Alina Tamasan

GRAS-ENGEL

ENGELSDORFER VERLAG

2010

Bibliografische Information durch die Deutsche Nationalbibliothek:
Die Deutsche Nationalbibliothek verzeichnet diese Publikation in der Deutschen
Nationalbibliografie; detaillierte bibliografische Daten sind im Internet über
http://www.d-nb.de abrufbar.

ISBN 978-3-86703-519-4

Copyright (2010) Engelsdorfer Verlag
Alle Rechte beim Autor
Coverfoto © Alina Tamasan
Hergestellt in Leipzig, Germany (EU)
www.engelsdorfer-verlag.de

12,95 Euro (D)

Die Engel Mihr und Micah sitzen im „Gras-Engel", dem beliebtesten Gasthaus im Himmel, und grübeln über den Sinn ihres Lebens nach. Der will sich ihnen nämlich einfach nicht erschließen. Also schickt Gott sie da hin, wo die Antwort zu finden ist: auf die Erde! Sie werden zu Menschen.

Menschen, wie die Studentin Hanne, die zwischen den Fronten ihrer streitsüchtigen Eltern gefangen ist – oder die Sektenführerin Ida, die unter Mordverdacht steht ... und Sebastian, Idas Zögling, der sich in einem Netz von Intrigen verfängt.

Das Leben ist erschütternd, aber sie erfahren mehr über den Sinn ihres (Engel-) Daseins als sie es je zu träumen gewagt hätten!

Alina Tamasan, 1979 in Kronstadt, Rumänien, geboren, studierte Germanistik und Journalismus. Mit ihrem spirituellen Werk „Gras-Engel" feiert sie ihr spannendes Roman-Debut. Sie lebt heute mit ihrem Partner in Hennef-Sieg.

Kontakt zum Autor: http://alinatamasan.blogspot.com/

INHALT

Prolog

Jedes Naturwesen, jede Seele und jeder Engel kennt sie: die große Turmstadt Ban, in der alle Feinstofflichen zusammenkommen, sei es, um sich mit Gott zu großen Sitzungen zu treffen und über das Schicksal der Welt zu beraten, eine Auszeit von der letzten Inkarnation zu nehmen oder auch nur, um dem ‚Gras-Engel' einen Besuch abzustatten.

Der ‚Gras-Engel' war das beliebteste Gasthaus in ganz Ban, Spaß und Zerstreuung wurden hier groß geschrieben und die delikatesten und wirkungsstärksten Energiecocktails weit und breit standen in diesem Wirtshaus ganz oben auf der Getränkekarte.

Micah saß schon eine Weile, er nippte vorsichtig an seinem Getränk und ließ den Blick immer mal wieder gespannt zum Eingang wandern.

„Da bist du ja endlich", rief er ungeduldig, als er den kleinen rothaarigen Engel hereinkommen sah. „Komm her, hier ist noch ein Platz frei." Er deutete auf den Stuhl neben sich. Mihr gab dem hochgewachsenen Freund die Hand und setzte sich.

„Na, und? Hast du eine Lösung gefunden?", fragte Micah ungeduldig.

„Nein, leider nicht." Mihr strich sich seufzend über das Gesicht. „Ich habe alle möglichen Bücher durchgewälzt und nichts gefunden!" Er sah so aus, wie auch Micah sich fühlte: hundeelend und total erschöpft.

„Ich habe auch nichts rausgekriegt", gab Micah verdrossen zu und stöhnte, „es ist immer das gleiche. Gott schickt mich – mal allein, aber auch häufiger – mit Michael zusammen hierhin und dorthin, ich soll dies oder jenes machen. Immer diese kleinen Schritte, so wie gerade eben, da sollte ich einer jungen Frau den Satz ‚Wer ist wie Gott?' einflüstern, indem ich einen Samen setze. ‚Samen setzen' – eine hoch ehrenhafte Aufgabe für einen verantwortungsvollen Engel, der nicht den blassesten Schimmer hat, was er da eigentlich tut. In der Bibliothek findest du auch nur unverständliches Fachchinesisch." Micah nahm einen kräftigen Zug von seinem Energiegetränk.

„Weißt du", grübelte der kleine Engel laut, während er nach der Bedienung Ausschau hielt, „meine Aufgabe ist ja der Dienst an der Menschheit und auch ich wüsste gerne, was genau ich da erledige. Na ja, das weißt du ja ... Wir grübeln und grübeln und können keinen Sinn hinter unserem Dienst erkennen." Er seufzte leise und schob angestrengt hinterher: „Ich weiß schon so in etwa, was ich tue, aber ich verstehe nicht, warum? Was hat das für einen Zweck?" Er hielt kurz inne und bestellte sich ein Getränk. „Fakt ist", fuhr er selbstquälerisch fort, „ich gehe zu den Menschen und vermittle ihnen etwas über bedingungslose Liebe in Beziehungen. Nun erkläre mir mal bitte, was ist ‚bedingungslose Liebe'? Und vor allem: Was ist eine ‚Beziehung'? Ich nehme das Wort unaufhörlich in den Mund und weiß nicht, was das ist. Ich habe schlichtweg keine Ahnung! Vor allem verstehe ich nicht, warum ich ausgerechnet mit Erzengel Chamuel und du mit Michael zusammenarbeitest!"

„Genau, mein Freund, du sagst es." Ratlos kratzte sich Micah am rechten Flügel.

„Was können wir also noch tun?" Mihrs Gesicht war ein einziges Fragezeichen.

„Ich denke, wir haben uns verrannt. Du weißt schon, wir sehen den Wald vor lauter Bäumen nicht mehr." Der Engel strich sich die dunklen Haare aus der Stirn.

„Wir haben zwei Möglichkeiten: Entweder wir bleiben hier sitzen und lassen uns so richtig schön volllaufen – das favorisiere ich in diesem Moment – oder wir suchen einen ganz neuen Weg."

Mihr nahm einen kräftigen Schluck vom Cocktail und rülpste leise. „Dem stimme ich voll und ganz zu", sagte er.

„Wem?", skeptisch hob Micah eine Augenbraue.

„Dem Volllaufen-Lassen und dem neuen Weg."

„Vielleicht sollten wir mit dem Weg beginnen." Der kleine Engel setzte das Glas ab und blickte Micah erwartungsvoll an. „Also?"

„Wir müssen etwas tun, was wir noch nie getan haben", begann der dunkelhaarige Engel und strich sich nachdenklich über das Kinn. „Es muss eine Lösung geben, etwas, das so naheliegend ist, dass wir Holzköpfe es übersehen, verstehst du?" Mihr starrte auf den Tisch und nickte verständnissinnig. „Wir haben die Bibliothek durchsucht und zig Engel befragt – die sollten es ja eigentlich wissen", führte Mihr den Faden fort und fuhr sich unsicher durch das rote, lockige Haar.

„Genau", Micah nickte. „Zig Engel befragt …", murmelte er nachdenklich, „aber …", er stockte, „haben wir auch die Erzengel befragt?"

„Die Erzengel? – Na klar, die Erzengel! Mensch, dass wir da nicht früher dran gedacht haben!" Mihr klatschte sich mit seiner kleinen Hand gegen die Stirn.

„Wir sind wirklich zwei Holzköpfe, nicht wahr?" Ein Lächeln umspielte Micahs Lippen.

„Das kann man wohl sagen." Die Engel prosteten einander erleichtert zu.

„Na gut", begann Micah nach kurzer Zeit erneut und in seinen Augen glänzte bereits der Tatendrang. „Im Grunde genommen ist es gar nicht so schwer. Sieh mal, der Name eines jeden Engels spiegelt seine Aufgabe wider, das lernen die Grünschnäbel schon im ersten Semester auf der Akademie. Dein Name ‚Mihr' bedeutet ‚bedingungslose Liebe in Beziehungen' – ‚Chamuel', das habe ich in der Engelbibliothek herausgefunden, heißt ‚bedingungslose Liebe'. Also ist doch klar, dass er dein Ansprechpartner sein muss! Da er dein Erzengel ist und du sein Gehilfe, muss er auch über das Wissen verfügen, dir deine Aufgabe näher erläutern zu können."

Micah tippte seinem kleinen Freund mit dem Finger gegen die sommersprossige Stirn, worauf dieser anfing, breit zu grinsen. „Ja genau! Und du, Micah, ‚Engel des göttlichen Plans', gehst zu deinem Erzengel Michael, dem ‚Wer-ist-wie-Gott?' und befragst ihn ebenfalls. Ist das eine gute Idee?" Die Freunde lachten und stießen miteinander an.

Kurze Zeit später trafen sich die beiden im ‚Gras-Engel' wieder, um Neuigkeiten auszutauschen.

„Und? Hat er es dir erklärt?", fragte Micah seinen Freund.

„Ja", antwortete der kleine Engel.

„Und?" Micahs Augen wurden groß und rund.

„Na jaah …", druckste Mihr verlegen, „also …"

„Also was? Hat er es dir nun erklärt oder nicht?"

„Ja", Mihr knetete verlegen seine Hände, „es gibt nur ein Problem."

„Was für ein Problem?", neugierig schaute er auf Mihr, der hoffnungslos vor sich hin stierte.

„Ich habe ihn nicht verstanden", seufzte er leise.

„Oh", Micah sank enttäuscht in seinen Stuhl zurück. „Also, er hat dir alles haargenau erzählt und breit offengelegt und du hast nicht die Bohne verstanden?"

„So ist es", antwortete Mihr betrübt, „und bei dir? Lass mich raten, bei dir war es genau so?" Er schaute den hochgewachsenen Engel fragend an. Micah nickte seufzend.

„Ich bin Michael auf Schritt und Tritt gefolgt und hab immer wieder dieselben Fragen gestellt. Er hat sie mir auch geduldig beantwortet. Nach dem dritten Anlauf zog er mich beiseite und meinte: ‚Hör mal, mein Lieber, ich habe das Gefühl, dass unsere Gespräche dich nicht an das erhoffte Ziel bringen, stimmst du mir zu?' Ich bejahte und fragte ihn, was ich tun könnte. Da riet er mir: ‚Geh zu Gott!' Wie angenagelt blieb ich stehen und sah wohl ziemlich verdattert aus. ‚Es gibt immer ein erstes Mal', sagte er, wohl wissend, dass ich Gottes Anwesen nie jemals betreten habe. ‚Wenn ich es dir nicht erklären kann', meinte er, ‚dann wird er es sicher können.' Ich muss gestehen, das leuchtet mir ein. Außerdem wollte ich Gott – der mich, seit ich denken kann, in alle möglichen Richtungen schickt – schon immer einmal persönlich treffen. Michael meinte, mein Freund würde mich sicher gerne begleiten. Wie findest du das?"

Micah tippte mit dem Zeigefinger auf Mihrs Brust. Der hatte aufmerksam zugehört und bemühte sich sehr, bis zum Ende des Berichts, ernst zu bleiben.

„Was denn?", fragte Micah, dem die Angestrengtheit des Freundes nicht entging.

„Du wirst es nicht erraten, Chamuel hat mir dasselbe vorgeschlagen. Er meinte, ich solle zu Gott gehen, denn der könnte es mir sicherlich erklären – Ach ja ... ich sollte meinen Freund Micah nicht vergessen." Sein Glucksen ging in ein befreites Lachen über und endlich entspannten sich beide. Sie lehnten sich zurück und bestellten sich erneut zu trinken.

„Die Erzengel haben unseren Termin bei Gott bestimmt zusammengelegt", bemerkte Micah verschwörerisch.

„Das ist für euch", die nette Bedienung legte ein kleines Kuvert auf den Tisch. Sie blickten erstaunt auf und in das Gesicht einer freundlichen Elfe.

„Was guckt ihr so? Chamuel hat mir das in die Hand gedrückt, bevor ihr hier aufgetaucht seid." Sie entschwand flink zwischen den Tischreihen. Die Engel beugten sich über den Umschlag und untersuchten ihn neugierig.

„Mach mal auf", stupste Micah Mihr an.

„Was? Warum denn ich? Es war doch deine Idee, die Erzengel zu fragen. Wenn die dann Termine mit Gott vereinbaren …" Er kreuzte voller Unschuld die Arme auf der Brust.

Micah nahm das Briefchen in seine schlanken Hände und prüfte es eingehender.

„Sieh mal", sagte er erstaunt, „Gottes Siegel!" Mihr fuhr mit seinen Fingern fasziniert darüber und raschelte aufgeregt mit seinen Schwingen.

„Es fühlt sich gut an", meinte er, „komm, mach mal auf." Beherzt brach Micah das Siegel auf und entnahm dem Umschlag ein goldgelbes Pergament, von dem ein zarter Fliederduft ausging.

„Hiermit seid ihr, Mihr und Micah, herzlich eingeladen, mich, Gott, zu besuchen",

stand dort in geschwungenen Lettern geschrieben.

„Das ist definitiv die Handschrift Gottes", sagte Mihr fasziniert, „von ihm, höchstpersönlich!"

„Woran erkennst du das?", fragte Micah neugierig.

„Ich bin neulich in der Engelbibliothek auf ein Buch gestoßen, in dem war sie abgebildet." In stiller Ehrfurcht betrachteten die beiden die Schrift.

„Sieh mal", sagte Micah nach einer Weile, „da steht gar nicht, wann wir kommen sollen."

„Kommt, wann ihr wollt", hörten sie eine Stimme. Überrascht wandten sie sich um. Michael war gekommen und schaute ihnen mit seinen braunen Augen über die Schulter. „Das Tor zu seinem Anwesen steht jedem jederzeit offen." Die Freunde rückten zusammen und Michael setze sich dazu.

„Wofür dann der Aufwand mit dem Brief und dem Siegel?", fragte Mihr.

„Nun ja", geduldig sah Michael seinen Nebenmann an, „wolltest du Micah nicht immer schon die Handschrift Gottes zeigen? Und du, Micah", wandte er sich an den Brünetten, „wolltest doch Gott ein Mal persönlich kennen lernen.

Nun habt ihr eine Einladung von Gott erhalten, ist das für euch nicht ein feierlicher Moment?"

„Ja, das ist es", nickte Mihr aufgeregt.

„Darauf wollen wir anstoßen." Micah hob das Glas zum Toast und sie prosteten sich zu. Kurz darauf gesellte sich auch Chamuel zu ihnen und die vier genossen noch einen ausgelassenen, geselligen Abend.

Nach geraumer Zeit trafen sich beide Freunde auf einer Ebene, die sie noch nie besucht hatten – zumindest nicht, seit sie sich erinnern konnten. Sie standen vor dem Tor von Gottes Haus.

„So! Was machen wir jetzt?" Micahs Blick wanderte fragend von seinen Freund hinauf zum massiven, gusseisernen Tor, welches das Anwesen verbarg. Er rieb sich nachdenklich das Kinn, ging auf das schwere Portal zu und strich über die raue Oberfläche.

„Es sieht nicht so aus, als sei man jederzeit willkommen. Man könnte meinen, der Zugang zu Gott wird nur per Einladung gewährt", meinte der rothaarige Engel ernst. „Wer aber Gottes Liebe im Herzen fühlt, der weiß selbstverständlich, dass er jeder Zeit willkommen ist", fügte er grinsend hinzu und sah seinen Freund wissend an, „sein Herz sagt ihm, dass er nur das zu tun braucht."

Mihr hob seinen Zeigefinger und stupste das Tor an. Es sprang sofort auf und gab den Blick auf einen üppigen Garten frei, der in voller Blüte stand. Direkt neben Affenbrotbaum und Zeder wuchsen Fliederbüsche und blühten Orchideen. Soweit das Auge reichte, gediehen die unterschiedlichsten Pflanzen und Bäume, aus den verschiedensten Breitengraden und ergaben eine bunte Pracht, die jedes menschliche Auge verwirrt hätte, Engel jedoch erfreute. Sie genossen die Schönheit dieser lebendigen grünen Welt, sogen ihren süßen Duft ein und fühlten sich sicher und geborgen.

Mihr und Micah zwinkerten einander zu. Gott ist gewiss ein vortrefflicher Gärtner. Sie betraten den schmalen Kiesweg, der sich durch die kunterbunte Flora hinauf zum Anwesen wand. Hinter ihnen schloss sich behutsam das Tor.

„Sieh mal", Micah deutete auf den Weg, „das sind die größten Kieselsteine, die ich je gesehen habe."

„Ja, ja", orakelte Mihr vielsagend, „für den einen sind es große Brocken, für den anderen zierliche Kiesel." Er machte eine allumfassende Geste. „Gott ist alles und überall, schau nur." Micah hörte gar nicht zu, er stand still, zog tief die Luft ein und genoss. Die Anwesenheit Gottes spürten beide deutlich, jedoch nicht kontrollierend. Eher respekteinflößend, ohne Furcht zu erwecken. Micah war so aufgeregt, dass er fürchtete, sein Herz würde sich überschlagen.

„Komm, lass uns zum Haus gehen", flüsterte er voller Ehrfurcht. Mihr ordnete kurz seine Schwingen und nickte ihm zu. Langsam gingen sie zum Gebäude, klopften an die schlichte, massige Holztür und warteten. Es kam ihnen wie eine halbe Ewigkeit vor. Dann hörten sie Schritte. Micah strich sich in aller Eile noch einmal die Haare glatt, während Mihr um eine entspannte Körperhaltung bemüht war. Die Tür ging auf. Vor ihnen stand, das wussten die beiden sofort, Gott persönlich.

„Hallo Gott, ich bin Micah", sagte der hochgewachsene Engel und reichte ihm die Hand. „Schön, dich hier zu sehen", freute sich Gott.

„Ich bin Mihr", erklärte nun der rothaarige Engel, wohl wissend, dass es dessen sicher nicht bedurfte. Gott winkte beide herein und sie machten es sich in den angebotenen Sesseln bequem.

„Möchtet ihr etwas trinken?"

„Ja, gerne", erklang es wie aus einem Munde.

„Bitte, die Spezialität des Hauses." Tief sogen sie den Duft des Getränkes ein und nippten vorsichtig daran.

„Mhm, hervorragend", Micah war erstaunt, „so was Leckeres gibt's noch nicht mal im ‚Gras-Engel'." Mihr fuhr sich mit der Zunge genüsslich über die Lippen und nickte.

„Oh ja", schwärmte er, „es ist köstlich." Ihre Anspannung war wie weggeblasen. Gott sah die beiden vergnügt an, dann wurde er ernst.

„Was kann ich für euch tun?", aufmerksam betrachtete er seine Gäste. Die Engel schauten einander an.

„Willst du …? Oder soll ich?", fragte Micah.

„Ich lasse dir gerne den Vortritt."

„Na gut", fing Micah aufgeregt an, „wir haben ein paar Fragen. Michael und Chamuel, unsere Erzengel, meinten, du könntest sie uns sicher beantworten." Er räusperte sich verlegen. „Wir erledigen sehr viel in deinem Auftrag und finden das auch gut so. Nur, jetzt würden wir gerne wissen, warum wir das alles tun und in welchem größeren Zusammenhang das alles steht."

„Dann haben euch also die Erzengel zu mir geschickt", ergänzte Gott, „weil ihr ihre Erklärungen nicht verstanden habt. Tja ... hmm ..." Er hielt inne und nippte an seinem Getränk. „Jaah", seufzte er gedehnt und lehnte sich in seinem Sessel zurück, „ich kann es euch gerne erklären."

„Danke!", kam es von beiden zugleich, wie aus der Pistole geschossen.

„Ihr beide", begann Gott, „führt meine Gedanken nicht nur aus, ihr seid meine Gedanken. Alles, was ich denke, manifestiert sich in einem Engel. Engel sind Energien, deshalb braucht ihr Energiecocktails. Die Menschen sind ebenfalls meine gedanklichen Manifestationen, aber in Materie. Sie sind nichts anderes als materialisierte Engel-Energien und – genau wie ihr – ein Teil von mir, also auch vollkommen. Leider haben viele Menschen das vergessen. Weil sie sich von mir getrennt fühlen, entsteht viel Leid auf der Welt, Leid, das sie selbst verursachen. Du, mein lieber Micah", er wandte sich an den brünetten Engel, „bist mein Vorhaben, die Menschen daran zu erinnern, dass ich sie nicht verlassen habe. Vielmehr ist es so, dass sie sich von mir entfernen. Also gehst du zu jenen Menschen, die große Sehnsucht danach haben, die göttliche Vollkommenheit in sich selbst wieder zu spüren und säst die Frage ‚Wer ist wie Gott?' in ihr Bewusstsein. Deshalb arbeitest du mit Michael zusammen, er ist Frage und Antwort zugleich. Gemeinsam sollt ihr den Menschen die Kraft geben, diese Aufgabe trotz potentieller Rückschläge weiter zu verfolgen, um irgendwann die Lösung zu finden." Wieder hielt er inne, nippte erneut von seinem Getränk und beobachtete Micah aufmerksam.

„Hast du Fragen?"

„Hmm", Micah kratzte sich ratlos den Kopf. „Gott, du verwendest ein paar Begriffe, die ich nicht verstehe."

„Die da wären ...?"

„Leid, Sehnsucht, Rückschläge – nur, um mal einige zu nennen."

„Wenn ich das richtig verstehe, dann begreifst du meine Erklärung genauso wenig, wie jene von Michael?" Micah schlug die Augen nieder.

„Ja", meinte er betrübt und raschelte seine braunen Schwingen.

„Tja", murmelte Gott vor sich hin, „dann erkläre ich jetzt Mihr seine Aufgabe und dann schauen wir weiter, ja?"

Mihr nickte eifrig. Auch ihm waren viele Begriffe in Gottes Erklärung ein Rätsel geblieben, aber vielleicht würde er ja seine eigene Botschaft verstehen?

„Mein lieber Mihr, du hast einen spezielleren – aber ebenso bedeutenden – Auftrag. Du bist der ‚Engel der Liebe und Freundschaft‘. Es liegt in deiner Natur, zwischen den Menschen zu vermitteln und sie einander näherzubringen, damit sie in bedingungsloser Liebe zueinander, aufgehen. Das Wichtigste ist, dass ein Mensch für den anderen nur dann bedingungslose Liebe empfinden kann, wenn er sich selbst bedingungslos liebt. Für diesen Prozess seid ihr, du und Chamuel, zuständig. Du bist der Vermittler und die Beziehung, Chamuel ist, was vermittelt und in Beziehungen verwirklicht werden soll: die bedingungslose Liebe. Diese Liebe ist das Fundament, das zur eigenen göttlichen Vollkommenheit führt. Du, mein lieber Mihr, bist also derjenige, der die Menschen daran erinnert, wer sie sind. Du und Chamuel, ihr arbeitet mit Micah und Michael eng zusammen. Damit schließt sich der Kreis und wir lernen, dass alles miteinander verbunden ist." Gottes Blick ruhte immer noch hochkonzentriert auf Mihr. Nun war es an dem, die Stirn zu runzeln und leise vor sich hin zu seufzen.

„Ich sehe schon", sagte Gott verschmitzt lächelnd, „du hast meine Worte auch nicht verstanden." Mihr nickte.

„Nein, leider nicht", meinte er und fügte traurig hinzu: „Ich weiß doch nicht, was ‚bedingungslose Liebe‘ ist."

„Meine Lieben", erwiderte Gott väterlich, „dass ihr mich nicht versteht, liegt daran, dass ihr euch selbst noch nicht erlebt habt. Nichts desto weniger wisst ihr bereits eine Menge – nur, das reicht euch anscheinend nicht." Nachdenklich schlürfte er an seinem Getränk und blickte versonnen in den Garten hinaus.

„Und nun, Gott? Was sollen wir tun?", fragte Micah.

„Euch erleben."

„Was ist das? Sich erleben?", fragte Mihr.

„Inkarnieren, zu Menschen werden", antwortete Gott. „In der Welt der Gegensätze habt ihr die Möglichkeit, euch dessen bewusst zu werden, wer ihr seid, was ihr tut und wie ihr wirkt. Um zu wissen, wer ihr seid, müsst ihr erfahren, wer ihr nicht seid, um zu erfahren, was ihr tut, müsst ihr erleben, was ihr unterlasst, um euer wahres Wirken zu erkennen, müsst ihr Irrwege beschreiten."

Mihr und Micah blickten einander ratlos an. Das Einzige, was sie verstanden hatten, war, dass sie eine Antwort erst finden konnten, wenn sie Menschen würden.

Wollten sie das? Wollten sie Menschen werden? Wenn sie ehrlich waren ... wussten sie es nicht. Woher sollten sie das auch wissen? Was Menschsein bedeutet, können schließlich nur Menschen wissen. Mihr und Micah glaubten freilich, dass die Wege, die Gott empfiehlt, immer die besten waren. Also lachten sie Gott dankbar an und stimmten zu. Bevor es allerdings mit dem Inkarnieren losging, durften sie ihre Getränke noch austrinken.

Engelboom

Mächtige Betonstahlmauern ragten in die Dunkelheit und rahmten ein großes, wuchtiges Eisentor, so dass der Eindruck entstand, es werde ein Gefängnis beschützt. Links und rechts des Portals waren kleine Kameras montiert, die leise summend ihre Runden drehten und jede Bewegung in ihre Objektive fassten. Das mächtige Tor zu öffnen, bedurfte eines akribischen Rituals, es zu durchschreiten, war nur Eingeweihten vorbehalten. Hatte man diese Hürden überwunden, stand man vor einer großen Anlage: einem fast unüberschaubaren Komplex, den ein Kiesweg durchquerte, welcher zum Zentrum führte: der ‚casa di angeli‘ oder dem Haus der Engel. Das Hauptgebäude der ‚Amnistiker‘-Sekte, ein gigantischer Prachtbau aus Stahl und Marmor, war von dem penibel zurechtgestutzten Grün eines Parks umgeben und strahlte luxuriöse Erhabenheit aus. Rechts von ihm befand sich ein kleines Gebäude, von der ein starker Seifengeruch ausging. Er mischte sich mit den sakralen Düften von Weihrauch und Myrre, die aus der ‚casa di angeli‘ sickerten.

Außerhalb des Parks, neben einer großen Kantine, ragten gewaltige Bürogebäude und die Schlote riesiger Fabriken in die Höhe und vermittelten den Eindruck reger Betriebsamkeit. Dies ließ einen Besucher leicht vergessen, dass er sich hier in einem hermetisch abgeschirmten Komplex befand. Entlang den Geschäfts- und Produktionsvierteln zog sich ein Wirrwarr von Gässchen, die von Wohnhäusern gesäumt waren, welche, abgesehen von wenigen Ausnahmen, beinahe identisch wirkten.

Es war 4:29 Uhr und vollkommen still. Das gesamte Areal befand sich in einem tiefen, fast narkotischen Schlaf, der so intensiv war, dass selbst der Wind es nicht wagte, am Laub der Bäume zu rühren. Der große Zeiger der Uhr auf der ‚casa di angeli‘ führte jetzt eine minimale Bewegung aus, welche die Stille jäh zerriss.

Bong-bong-bong, überdimensionale Glocken schlugen aneinander, zisch-zisch-zisch, zig Berieselungsanlagen auf dem kurz gehaltenen Gras begannen ihr Werk. Gleichzeitig dröhnte aus unzähligen Lautsprechern ein grauenvolles Geheul in jeden noch so abgelegenen Winkel der Anlage. Alle Lichter gingen mit einem Schlag an und ließen die Stadt hell erleuchten. Nach 15 Minuten hörte der ganze Spuk auf und hinterließ nur noch das leise Zisch-zisch-zisch der Sprinkler, als mahnende Erinnerung. Es dauerte nicht lange und die Straßen belebten sich mit Gestalten in braunen Gewändern, die alle dasselbe Ziel verfolgten: das seifig riechende Gebäude neben der ‚casa di angeli‘, über dessen Haupteingang in großen Lettern „Waschhaus“ geschrieben stand. Sie zogen ihre Sandalen aus, entledigten sich ihrer Kleidung und begannen mit dem, was sie eine ‚Rituelle Waschung‘ nannten. Aus unzähligen Wasserhähnen und Duschköpfen strömte heißes, mit ätherischen Ölen und Seife versetztes Nass, das die gesamte Waschhalle vom Boden bis zur Decke eindampfte. Kurze Formeln, sogenannte Mantras murmelnd, wurde die Waschung exakt und pflichtgemäß ausgeführt: vier Spitzer hier, drei Spritzer dort, Gesicht und Körper nicht vergessen. Das alles war nötig, um die Werkzeuge – wie die Schwingen der Engel genannt wurden – eines Tages zum Sprießen zu bringen. So hieß es zumindest auf Plakaten und Transparenten, die hier allerorts für das Ritual warben: Die eigens und minutiös festgelegte Rückenwaschung, die jeweils am Nachbarn vollzogen wurde, begleitet von speziellen Mantras, die den Wachstumsprozess einleiten und später aufrecht erhalten sollten.

Nach dieser Reinigung begaben sich alle in die Meditationshalle, der ‚casa di angeli‘, einem großen Saal aus Marmor, der in schummriges Licht getaucht war. Auf dem Boden waren helle Sitzkissen ausgelegt, die dem Hereinkommenden Platz boten, ihn aber zugleich zwangen, in der vorgeschriebenen Position des Lotussitzes, zu verharren. Wer sich im Lauf der Meditation allzu sehr hängen ließ, dem wurde von einem der umherlaufenden Wächter mit einem Rohrstock ein kurzer Hieb auf den Rücken versetzt.

Männer und Frauen nahmen Platz und begannen, jeder für sich, Mudras durchzuführen – jene, mit dem Aufsagen einzelner Buchstabenfolgen verbundenen Handgesten, welche die Energiezentren des Körpers, die so genannten Chakren, nacheinander aktivieren und ihre Energien fließen lassen sollten. Aufpasser kontrollierten die korrekten Handstellungen, die den Buchstabenfolgen entsprechen mussten, und die vorgegebene Reihenfolge der Mudras.

Diese Praktiken – so die ‚Amnistiker‘ – halfen, die Stufen auf dem Weg zur vollkommenen Umwandlung des menschlichen Körpers, in die feinstoffliche Wesenheit eines Engels zu erklimmen. Deshalb waren Mantras und Mudras fester Bestandteil des Alltags und wurden, genau wie die rituellen Waschungen, jeden Morgen vollzogen.

Jeder bevorzugte seine individuelle Geschwindigkeit, so dass sich der Saal nach und nach leerte. Bald hatten sich alle in der Kantine eingefunden, um ihr Frühstück einzunehmen. Von Müsli über Brot und Aufschnitt, bis hin zu Kaffee und Tee gab es alles, was das Herz begehrte. Schließlich war das Frühstück die wichtigste Mahlzeit, denn sie bereitete auf einen langen, anstrengenden Tag vor, der bis in die späten Abendstunden hinein, straff organisiert war.

Während ein Teil der Männer und Frauen als Kolonne in die Fabrikgebäude einmarschierte, arbeiteten andere im Büro oder Laboratorium. Die Sekte finanzierte sich nicht nur durch die Spenden gut situierter Mitglieder, sondern vor allem mit Hilfe der Produktion, der Vermarktung und dem Verkauf von Dingen, die sich in vielerlei Hinsicht mit dem Thema Engel befassten. Von Engelkartendecks, Engelfiguren, Engelkunst, Engelliteratur bis hin zu einer eigenen Kleidermarke – hier gab es nichts, wo ein Engel nicht hineinpasste. Was die ‚Amnistiker‘ hinter den dicken Mauern ihrer Zentrale nicht selbst produzieren, regulieren und vermarkten konnten, wurde den auf der ganzen Welt verstreuten Zweigstellen übertragen. Selbst in so gewichtigen Projekten wie Kino-Filmen mit hochkarätigen Schauspielern, konnten durchaus ‚Amnistiker‘ ihre Finger im Spiel haben. Das war vor allem dann sehr wahrscheinlich, wenn ein oder mehrere Engel Teil der Handlung waren. Die ISSIM, wie sich die Sekte im Geheimen bezeichnete – ein Begriff hebräischen Ursprungs, das mit Adlige, Prinzen oder Herren übersetzt wird – trugen mit ihren regen Unternehmungen dazu bei, einen Engel-Boom auszulösen, der sich seit einigen Jahren überall auf dem Globus bemerkbar machte. Sie waren diejenigen, die das Bild des Engels in der Öffentlichkeit, wenn auch nicht beherrschten, so doch maßgeblich mitbestimmten.

In den Büro- und Fabrikräumen des Komplexes hingen zahlreiche Appelle, in denen der Dienst am Engel gelobt wurde. „Zeigt den Menschen, was Engel sind" oder „Offenbart ihnen, was sie werden können" stand überall und in allen möglichen Formen geschrieben. Die Mitglieder erhielten als Entgelt, neben der Übernahme aller Zahlungen der Renten- und Krankenversicherungs- sowie sonstiger Beiträge, Kleidung für alle Anlässe sowie freie Kost und Logis. Der Arbeitstag betrug, je nach Erfordernis, acht bis zehn Stunden und wurde nur von der Mittagspause unterbrochen, in der die Menschen zur Kantine strömten und sich an einer Auswahl leicht bekömmlicher Gerichte gütlich tun konnten, die den Magen nicht belasteten und den Kopf frei hielten.

In der neunzigminütigen Mittagsruhe wurde es gerne gesehen, wenn man sich in der Bibliothek aufhielt, um unter anderem die zwei Teile des ‚Engel-Almanachs‘ der Großmeisterin und Gründerin der ‚Amnistiker‘ Ida B. zu studieren:

Im ersten Teil des Werks beschrieb die Großmeisterin das vollkommene Wesen und Wirken der Engel; welche es gab, wie man sie rief, wie man mit ihnen umging und was man dabei zu beachten hatte. Die Frage: „Wer ist wie Gott?", die sie am Ende des ersten Teils stellte, beantwortete sie ganz klar mit: „Der Engel!" Die Engelwesen, so stellte sie hier fest, seien vollkommene Geschöpfe Gottes. Sie seien den Menschen, bei denen es sich um unvollkommene, lasterbehaftete irdische Wesen handle, weit überlegen. Den Engeln sei nicht die Bürde des ewigen Kreislaufs der Inkarnation auferlegt worden. Sie dürften, im Gegensatz zu dem sich quälenden Menschen, bei Gott sein. Gott, so formulierte sie, hätte die Menschheit erschaffen, damit sie sich würdig erweise, in seine Engelsschar aufgenommen zu werden. Sie müsse sich ihre Flügel verdienen und hätte dafür einige Herausforderungen zu bewältigen.

Dann verwies die Großmeisterin auf den zweiten Teil ihres Werks, in dem sie all jene Gesinnungsänderungen, Rituale, Handlungen und Praktiken beschrieb, welche die Verwandlung des Menschen in einen Engel nicht nur auslösten, sondern beschleunigten und zum Abschluss brachten. Den Menschen, die sich ihr angeschlossen hatten und in Zukunft anschließen würden, versprach sie ewiges Heil und Glückseligkeit. Am Endpunkt des zweiten Teils stellte sie noch einmal die Bedeutung des Dienstes am Engel deutlich heraus. Dieser diene vor allem dazu, den Unwissenden und Ungläubigen die Augen zu öffnen, denn auch sie sollten eines Tages folgen und Gottes Gnade erfahren, ein Engel werden zu können.

Um sicher zu gehen, dass sie sich alle Mitglieder gut einprägten, wurden die Botschaften außerdem mehrmals in der Woche in E-Mails verpackt und an jeden Haushalt verschickt. Der heimische PC war ein Geschenk der Obrigkeit, das ausnahmslos jedem zustand. Er war für alle Zwecke gut gerüstet, nur Internet war streng verboten. Dies war, genauso wie die Möglichkeit, in die Außenwelt zu telefonieren, nur auf der Arbeit und vornehmlich in den Büros gestattet. Das Intranet war, genauso wie das Telefonnetz, gut überwacht. Gespräche wurden abgehört und Mails geprüft. Niemand war vor den wachsamen Augen der Großmeisterin sicher. Wer sich ihr verschrieb, tat dies mit Leib und Seele.

Nach Feierabend strömten die Mitglieder wieder in die Mensa, um ihr Abendmahl einzunehmen. Danach versammelten sie sich in der heiligen Halle der ,casa di angeli', um Gott und den Engeln in sakralen Handlungen zu huldigen, die im Wesentlichen aus Gebeten, Liedern und Räucheropfern bestanden. Dieser Dienst dauerte etwa eineinhalb Stunden. Eine Zusammenkunft schloss sich an, während derer die Mitglieder, die nach einem Losverfahren gezogen wurden, auf einem Podium von ihren Engelbegegnungen, eventuellen Fortschritten ihrer eigenen Verwandlung, aber auch von ihren Ängsten und Zweifeln berichteten. Ranghohe Mitglieder führten diese öffentlichen Zusammenkünfte an und gaben darauf Acht, dass keine Kritik am System der ,Amnistiker' aufkam.

Gegen 23 Uhr war Bettruhe geboten. Die war auch bitter nötig, denn in fünfeinhalb Stunden würde der nächste Tag beginnen. Den krönenden Abschluss einer solchen Fünf-Tage-Woche bildete der Besuch der Großmeisterin samt ihres ranghöchsten Getreuen. Die beiden residierten auf einem außerhalb der Anlage gelegenen Grundstück – das von dichten Wäldern umgeben und vollkommen geschützt lag – und reisten alle zwei Wochen mit dem Privatjet an.

Ida hatte Kopfschmerzen. Nein, das Reisen per Flugzeug tat ihr nicht gut, aber es war die schnellste Möglichkeit, die Zentrale zu erreichen und als Person des öffentlichen Lebens ungesehen zu bleiben. Sie fühlte sich müde und ausgelaugt und war überhaupt nicht in der Laune, einen Besuch abzustatten, aber dieser war nun einmal notwendig, die Organisation bedurfte der regelmäßigen Inspektion. Ida wollte ihren Kenntnisstand um die Entwicklung ihrer Schäfchen bestätigt wissen, schließlich war es nur auf diese Weise möglich, herausragende Talente auszuwählen und gezielt einzusetzen und zwar sowohl in spiritueller, als auch in weltlicher Hinsicht. Noch, so kam ihr in den Sinn, hatte ihre Methode keinen Durchbruch erzielt. Keiner ihrer Zöglinge – und das traf sowohl auf die in der Zentrale, wie auch auf die in den Zweigstellen untergebrachten Mitglieder zu – hatte sich bisher in einen Engel verwandelt, selbst sie nicht oder ihr engster Vertrauter, auch wenn sie beide spirituell besonders weit waren. Aber, so beschwichtigte sie sich, ein derart grundlegender Veränderungsprozess bedurfte einiger Zeit, das ging nicht von Heute auf Morgen. Das hatte sie in ihrem Werk, dem ‚Engel-Almanach‘, deutlich herausgestellt.

Sie blickte zu Victor hinüber, ihrem Vize-Großmeister, der ihr, den Kopf leicht geneigt, gegenüber saß und leise vor sich hin schnarchte. Auch das heutige ‚Große Gespräch‘ und die Engelssitzung würde er, wie immer, aus dem Verborgenen heraus leiten. Vorher mussten sie jedoch dieser und jener Filiale einen Besuch abstatten, schließlich ging es um die Koordinierung und Überwachung der Sekte an sich und der unglaublich großen Produktions-, Vermarktungs- und Verkaufsmaschinerie, deren Leitung in ihren und Victors Händen lag. Er lenkte mit ihr zusammen die Geschicke und stand Ida beratend zur Seite, und, das wusste sie genau, er würde keine Rücksicht auf ihre Müdigkeit nehmen. Victor würde ihr sagen, dass sie sich zusammenreißen soll. Er würde ihr sagen, dass sich der Aufwand lohne, er würde auf die unzähligen Erfolge bei der Verbreitung des Engelsglaubens verweisen und ihr erklären, dass sie sich auf dem richtigen Weg befanden. Ida nahm einen Schluck von ihrem Mineralwasser und blickte gedankenverloren zur Decke. Ihre Sache musste einfach gut sein, dachte sie sich und erinnerte sich an die Anfänge der ‚Amnistiker‘-Idee, die weit, weit in ihre Kindheit zurückreichten.

Seit Ida denken konnte, hatte sie Engel sehen können. Jene zarten, geflügelten Wesen, die, so fand sie, im besten Sinne vollkommen waren. Ida wandte den Kopf zur Seite und blickte zum Erzengel Michael, der neben ihr saß, zum Fenster hinausschaute und die weiße Wolkendecke betrachtete. Er war ihr ständiger Begleiter und permanent präsent, wenn auch nicht immer sichtbar. Er mischte sich nicht in ihre Angelegenheiten ein, es sei denn, es bestand für Ida unmittelbare Lebensgefahr oder sie bat ihn um Rat – dann schritt er ein.

Ida verstand einfach nicht, warum er sie bei ihrem Vorhaben, die Menschen in Engel zu verwandeln, nicht tatkräftig unterstützte. Gerade er, dessen Name die Frage „Wer ist wie Gott?“ bedeutet, musste doch wissen, dass nur Engel wie Gott waren.

Er sagte, dass ihm die Menschen am Herzen lägen. Warum also half er ihr nicht, sie zu göttlichen Wesen zu machen? Warum half er nicht, sie vor dem Untergang zu retten? Wenn sie ihre Unzufriedenheit angesichts seiner Passivität ansprach, erwiderte er stets dasselbe:

„Ich bin immer für dich da, aber ich lebe nicht dein Leben. Ich unterstütze dich in deinem Selbsterkenntnis-Prozess, aber ich löse nicht deine Aufgaben. Ich kenne die Antwort auf die Frage, wer wie Gott ist, aber du kennst sie ebenso. Sie ist in deinem Herzen, sieh dorthin, dann weißt du es."

Ida sah hin und die Antwort lag vor ihr:

‚Nur Engel sind wie Gott', sagte sie sich immer wieder und blickte voll Trauer und Enttäuschung auf die Werke der Menschen. Nein, ein so boshaftes, machtgieriges und brutales Wesen wie der Mensch, der die Erde durch sein verantwortungsloses Verhalten in den Untergang trieb, konnte niemals so wie Gott sein. Ida sprach den Menschen – und damit auch sich selbst – das Vermögen, vollkommen zu sein, ab! Sie seufzte leise vor sich hin und dachte an die Produkte, die sie herstellen, vermarkten und verkaufen ließ. Ja, sie versuchte alles, soweit es ihr möglich war, menschen- und umweltfreundlich abzuwickeln, aber oft, so hatte ihr Victor immer wieder vor Augen geführt, ließen sich die gesetzten Ziele nur mit einer gewissen Strenge und Rücksichtslosigkeit umsetzen. Wenn Menschen und Umwelt darunter litten und zu Schaden kamen, dann musste man das eben erst einmal hinnehmen.

Sie hatte Gutes im Sinn und auch wenn ihre Mittel nicht immer optimal waren, so waren die Beweggründe doch sehr edel. Allein schaffte es die Menschheit nicht, sie musste ihr helfen. Nicht umsonst, dachte sie, hatte man ihr Michael zur Seite gestellt. Er würde ihr und allen Mitgliedern der ‚Amnistiker' das nötige Rüstzeug verschaffen, um in Duldsamkeit und Demut das Vorhaben, zu Engeln zu werden, durchzuführen. Dann würde sie die Frage „Wer ist wie Gott?" in die Herzen aller Menschen tragen können, damit diese erkennen, dass dies die Engel sind. Sicher, noch interessierten Frage und Antwort nur jene, welche – wie sie – die brennende Sehnsucht nach der Vollkommenheit Gottes in ihrem Herzen verspürten, aber bald würde der Engelboom so weit um sich greifen, dass auch der Ungläubigste erfasst würde. In Idas Augen blitzten wieder Mut und Tatendrang auf.

„Michael?" Der Engel blickte sie mit rehbraunen Augen aufmerksam an.

„Ja?"

„Sag mir, dass alles gut wird", bat Ida, wie schon viele Male zuvor.

„Alles wird gut", Michael lächelte.

Die Sonne verschwand gerade am Horizont, als der Privatjet auf dem kleinen Flugplatz landete. Mit langen Umhängen, deren Kapuzen sie tief in die Stirn gezogen hatten, markierten Fackelträger die Landefläche und boten so den festlich gekleideten Kolonnen des Begrüßungskomitees Orientierungspunkte, an denen sie sich aufstellen sollten. Alle ‚Amnistiker' hatten sich hier versammelt, denn die Ankunft der Großmeisterin und ihres Gefolgsmanns war ein bedeutendes Ereignis und wollte bejubelt werden.

Während sich die Tür des Fliegers langsam öffnete, herrschte unter den Zuschauern atemlose Stille. Da! Ein Schatten vor der Luke. Wer konnte das sein? War es der stellvertretende Großmeister Victor oder die Großmeisterin Ida höchstpersönlich? Niemand wusste es. Sie lösten sich in der Reihenfolge beim Verlassen des Jets ab und trugen dabei immer tiefe Kapuzen, die ihre Gesichter verdeckten. Beide waren etwa gleich groß, was die beabsichtigte Verwirrung unterstützte. Verhüllt standen sie eine ganze Weile lang schweigend nebeneinander. In den Zuschauerreihen herrschte atemlose Stille. Tosender Applaus brach aus, als sie die Schleier ihrer Identität lüfteten und die Zuschauer erkannten, wer wer war.

„Willkommen daheim, Herrin." Georg, der Zentralleiter, schritt auf die Meisterin zu, verbeugte sich tief und deutete einen Handkuss an. Dann ging er zu Victor hinüber und begrüßte diesen auf dieselbe Art und Weise. Eine schwarz gekleidete Gestalt stellte flugs ein Ständermikrofon vor sie. Ida trat einen Schritt vor.

„Meine geliebten Getreuen", eröffnete sie ihre Rede und erntete sofort tosenden Applaus. „Ich grüße euch", fügte sie hinzu, nachdem sich der Tumult so weit wieder gelegt hatte, dass sie fortfahren konnte. „Auch heute haben wir uns hier versammelt, um der Stunde zu gedenken, da die Gründung unserer Vereinigung erfolgte. Jetzt werden mein Adlatus und ich die weltlichen und spirituellen Fortschritte und Errungenschaften unserer Vereinigung begutachten. Ich blicke durch unsere Reihen und sehe Menschen mit viel Potential.

Wer von euch hat sich seines Dienstes als würdig erwiesen? Wer hat Außergewöhnliches geleistet? Wir werden sehen und …" sie hielt kurz inne, erhob die Stimme und fuhr würdevoll fort, „wer weiß, vielleicht ist ein Auserwählter dabei!" Um ihre Aussage zu unterstreichen, nickte sie bestimmend. „Dieser, so schwöre ich bei meinem Amt, wird die Ehre einer persönlichen Audienz erhalten."

Sie schloss ihre Rede mit einer feierlichen Verbeugung und begann, von Victor begleitet und von Georg angeführt, den schmalen Kiesweg zu beschreiten, der durch die Reihen ihrer Anhänger führte. Sie ging langsam, schenkte den Frauen und Männern ihr schönstes Lächeln und schüttelte dem einen oder anderen, der ihr besonders hingebungsvoll zujubelte, auch die Hand.

Allmählich zerstreuten sich die Zuschauer und begaben sich in ihre Behausungen, um sich auf das ‚Große Gespräch' und die anschließende Engelssitzung vorzubereiten.

Georg und jene Mitglieder, die Schlüsselpositionen innehielten und deren Anwesenheit deshalb erforderlich war, erläuterten der Herrin und dem Herrn die unterschiedlichen Produktionsprozesse und Projekte, sowie deren Entwicklungsstand. In Wahrheit standen aber weniger die Fortschritte im Fokus des Interesses, als vielmehr die sich aus den vielfältigen Aufgaben ergebenden Probleme, die eben nicht so ohne Weiteres über Telefon und E-Mail zu lösen waren, sondern ihre persönliche Anwesenheit erforderten. Wenn es nötig war, wurden am darauffolgenden Tag mehrere Sitzungen anberaumt, in denen über die verschiedenen Möglichkeiten der zu bewältigenden Herausforderungen diskutiert wurde. Heute, so stellten Ida und Victor erleichtert fest, konnten sämtliche Schwierigkeiten umgehend aus der Welt geschaffen werden.

„Sag mal, Georg", fiel Ida ein, bevor sie sich verabschiedeten, „dieser, wie hieß er doch …?", Ida grübelte, „ah ja, Sebastian! Dieser Sebastian, hat er sich in dieser Woche wieder so vortrefflich für das Geschäft eingesetzt?"

„O ja, Herrin", antwortete Georg mit einem Kopfnicken, „er ist an sich unauffällig, aber sehr intelligent und hat immer gute Ideen, die unsere Projekte schneller voranbringen. Auch hörte ich, dass er in der Ausführung der Mudras sehr gewissenhaft sei und sehr gründlich arbeite. Viele Mitglieder lassen sich von ihm in die Kunst der Reinigung einführen, dabei ist er noch gar nicht so lange bei uns."

„Aha", Ida nickte Victor zu, der sie mit einem wissenden Blick bedachte. „Gut, wir danken dir, Georg. Wir treffen uns in einer Stunde zum Gespräch, derweil ziehen wir uns in unsere Gemächer zurück."

Zum ‚Großen Gespräch' versammelte man sich in der Kantine. Es handelte sich um eine offizielle Veranstaltung, in deren Rahmen jene Mitglieder, die sich im spirituellen und, oder im weltlichen Bereich verdient gemacht hatten, benannt und geehrt wurden. Ab und an kam es vor, das war bekannt, dass die Großmeisterin dem einen oder anderen dieser Gewissenhaften, die besondere Ehre einer Audienz zuteil werden ließ.

Im Speiseraum der Kantine war ein Podest aufgestellt, auf dem sowohl ein Pult, als auch ein Tisch mit Sitzgelegenheit bequem Platz fanden. Von hier aus konnte man bis in die hintersten Tischreihen blicken.

Ida hatte mit Victor an einer, mit erlesenen Speisen bedeckten, Tafel Platz genommen. Zufrieden nahm sie zur Kenntnis, dass der Raum, wie üblich, zum Bersten gefüllt war.

Georg betrat den Saal, stieg aufs Podium und bat, mit Hilfe einer kleinen Glocke, um Ruhe. Die Gespräche erstarben und alle Aufmerksamkeit richtete sich auf die Bühne.

„Meine lieben Brüder und Schwestern", eröffnete Georg seine Rede, „ich heiße euch herzlich willkommen zu dieser erlesenen Stunde, da wir uns hier versammelt haben, um gemeinsam Gottes Früchte zu teilen und all jene zu ehren, die durch ihren spirituellen und, oder weltlichen Einsatz positiv aufgefallen sind." Er machte eine kurze Pause und öffnete umständlich eine Schriftrolle. „Ich lese jetzt Namen vor. Die Genannten erheben sich bitte von ihrem Platz, um uns zu ermöglichen, ihnen gebührend zu huldigen."

Georg las die Namen mehrerer Männer und Frauen vor, die sich nacheinander erhoben, nach vorn gingen und ein kleines Geschenk empfingen, das mit einem bedeutungsvollen Kopfnicken der Herrschaften übergeben wurde. Schließlich fiel der Name Sebastian Z. In einer der hinteren Reihen, an denen vornehmlich neue Mitglieder saßen, erhob sich die athletische Gestalt eines jungen, hochgewachsenen Mannes.

Ida kniff die Augen zusammen und betrachtete ihn interessiert. Ja, er hatte zweifelsohne etwas Faszinierendes an sich. Anders als die Vorgenannten, die aufgeregt emporfuhren und mehr oder minder zum Podium gehastet waren, strahlte er durch seinen ruhigen, ja fast gelassenen Gang Würde und Großmut aus, was Ida außerordentlich beeindruckte. Sein ebenmäßiges Gesicht strahlte freundliche Herzlichkeit aus und, so vermutete Ida, musste auf jeden entwaffnend wirken. An irgendjemanden erinnerte sie dieser junge Mann, an wen, das konnte sie noch nicht feststellen.

„Schau ihn dir an, Victor, er hat was, findest du nicht?"

„Er ist ein kluger Kerl", brummelte der brünette Mittvierziger kurz durch seinen Schnauzbart.

„Ja, das dachte ich auch gerade", antwortete Ida nachdenklich.

Victor runzelte die Stirn. „Mach dir mal in dieser Hinsicht nicht allzu viele Hoffnungen", meinte er und blickte sie aus blaugrauen Augen skeptisch an.

„Wir werden sehen, wir werden sehen", flüsterte Ida und zwinkerte ihrem Intimus zu. Dann sah sie in die wachen Augen Sebastians und fügte dem üblichen Kopfnicken noch ein flüchtiges Lächeln bei, das der junge Mann sofort zurückgab.

Nach dieser letzten Auszeichnung begaben sich die Mitglieder nach und nach in den Audienzraum der ,casa di angeli', wo alle Zusammenkünfte abgehalten wurden, die des Einsatzes modernster Multimedia bedurften. Die Ausstattung, ansonsten ähnlich der des Speiseraums, wurde hier jedoch durch eine Bühne ergänzt, deren Vorhänge die Ereignisse dahinter, gerade noch verbargen. Nach und nach nahmen die Mitglieder Platz. Im Hintergrund ertönten zarte Harfenklänge, gerade laut genug, um im allgemeinen Getuschel nicht unterzugehen. Nach einiger Zeit betrat Georg die Bühne und bat mit seinem Glöckchen um Aufmerksamkeit.

„Liebe Brüder und Schwestern", hub er an, „ich begrüße euch herzlich zur heutigen Engelssitzung." Applaus donnerte ihm entgegen. So dezent er gekommen war, verschwand Georg zwischen den leise raschelnden Vorhängen. Unter den Zuschauern herrschte atemlose Stille. Während das Licht immer schwächer und schwächer wurde und schließlich ganz erlosch, machten die zarten Harfenklänge im Hintergrund allmählich einer exotischen Melodie Platz. Sie wurde lauter und lauter und mündete schließlich in einen bombastischen Trommelwirbel, der von Basstönen begleitet, allen Anwesenden unter die Haut fuhr. Die Bühnenvorhänge öffneten sich raschelnd und boten dem

Blick eine aufwendige Lichtshow, die den faszinierten Zuschauern „Ooohs" und „Aaahs" entlockte und die Sinne berauschte. Sie wich einem hellen Strahl, der von meditativen Klängen begleitet, so lange suchend über die Bühne fuhr, bis er auf einer Gestalt verweilte. Der Spot lag auf langem, kupferrotem Haar, dessen Besitzerin mit geschlossenen Augen, in der meditativen Haltung des Lotussitzes, verharrte. Beim Anblick Idas setzte ein tosender Beifallssturm ein, der nur nach und nach erstarb. Mehrere Minuten lang verharrte die Meisterin weiter in ihrer Position. Dann öffnete sie die Augen und die Musik verstummte. Sofort brach wieder Applaus aus. Dankend schenkte sie ihren Zuschauern ihr schönstes Lächeln.

„Guten Abend, meine Brüder und Schwestern, ich grüße euch", säuselte sie schließlich in ihr Headsetmikrofon. Als der Beifall verebbt war, fuhr sie fort: „Die Engel sind stolz auf euch. Es wir die Zeit kommen, da werden uns im wahrsten Sinne des Wortes, Flügel wachsen. Wir werden uns zum Firmament erheben und den Menschen die frohe Botschaft einer neuen Welt bringen, die von unser aller Erleuchtung gespeist, in Gottes Licht aufgehen wird. ‚Alle Menschen können Engel sein', werden wir zu ihnen sagen. Wir werden Gottes Werk vollbringen und ihm alle Wesen zuführen, auf dass eine neue Ära beginnt: das Lichtzeitalter der Engel." Um ihre Aussagen zu untermauern, hob Ida feierlich ihre Arme gen Himmel und fügte hinzu: „So sei es!"

„So sei es, halleluja", antworteten die Zuschauer wie aus einem Munde und streckten ebenfalls die Arme hoch.

„Heute", fuhr Ida würdevoll fort, „gebe ich die frohe Kunde, dass ich einen von euch", sie streckte ihren Arm aus und zeigte in die Menge, „auserwählt habe." Jetzt zeigte sie mit dem Finger auf den Platz neben sich. „Eine oder einer wird hier sitzen, die oder der sich durch herausragende Leistungen verdient gemacht hat."

Kaum hatte die Meisterin dies ausgesprochen, huschte eine in schwarzen Stoffen gekleidete Person über die Bühne und brachte ein weiteres Sitzkissen, das sie neben Ida platzierte. Die meditative Hintergrundmusik wurde von Trommelwirbel abgelöst.

„Diese auserwählte Person i-hiist …", sie erhob die Stimme und machte eine bedeutungsschwangere Pause, „… Sebastian Z.!" Ida machte eine einladende Handbewegung und schaute suchend in das Dunkel vor sich. „Sebastian, komm zu mir!" Ein Scheinwerfer sprang an, dessen Fokus die Sitzreihen absuchte, bis er den jungen Mann fand. Er saß auch hier in einer der hinteren Reihen. Der junge Mann erhob sich lächelnd und schritt gemessen auf die Bühne zu. Mit höflicher Geste verweigerte ihm die Meisterin den üblichen Handkuss und legte ihm stattdessen freundschaftlich die Hand auf die Schulter. Nachdem auch er mit einem Mikrofon versehen war, forderte Ida ihn auf, sich neben sie zu setzen.

„Berichte uns, lieber Sebastian, wie steht es um deine spirituelle Entwicklung?", fragte Ida und erkannte, dass sein Schutzengel unmittelbar hinter ihm stand.

„Was soll ich berichten? Ihr seid über alles sicherlich im Bilde", antwortete Sebastian mit sanfter Stimme und schaute Ida aus hellbraunen Augen aufmerksam an. „Gerne möchte ich aber unserer Gemeinde etwas sagen", fügte er liebenswürdig hinzu und sandte den Zuschauern ein herzliches Lächeln.

„Sehr viele von euch", begann er, während sein Blick durch die Reihen seiner Mitjünger wanderte, „haben die Fähigkeit des Hellriechens. Schnuppert mal", forderte er sie auf. Zufrieden vernahm er, wie alle, einschließlich der Meisterin, in den Raum hineinschnüffelten. „Na? Was riecht ihr?", fragte er mit einem Seitenblick auf die Meisterin. ‚Der Mann ist gut', dachte Ida, während sie Sebastian anerkennend zunickte. Hände streckten sich Sebastian entgegen. Er wies auf eine Frau und fragte: „Ja? Was riechst du?"

„Birnen", antwortete sie.

„Richtig", erwiderte Sebastian erfreut und erhob sich von seinem Kissen. „Und wisst ihr, warum es nach Birnen riecht?" Wieder schaute er fragend in die Menge. Er erblickte einen eifrigen, jungen Mann, der besonders engagiert mit dem Finger schnippte. „Du!", sagte Sebastian, „du kannst es uns sicher sagen."

„Das ist dein Schutzengel", antwortete dieser.

„Ja! Richtig!", strahlte Sebastian, „er riecht nach reifen, saftigen Birnen und daran erkenne ich ihn. Eigentlich könnte er nach allem Möglichem riechen, aber nein, er riecht ausgerechnet nach Birnen. Ihr fragt euch sicher, warum?" Sebastian blickte zur Meisterin, die ihm amüsiert lauschte. „Er riecht, wie der Garten deiner Eltern zur Erntezeit", sagte Ida. „Er riecht nach deiner schönsten Erinnerung", fügte sie erklärend hinzu.

„Ihr habt es genau getroffen, Herrin!", Sebastian verneigte sich. „Abgesehen davon, dass er vielleicht ein hübscher Engel ist, hat er die Angewohnheit, seine Liebe direkt in mein Herz zu gießen. Zugang verschafft er sich, indem er mir das Gefühl gibt, ich sei bei ihm sicher und geborgen. Wenn dieser Zugang sich durch Birnengeruch äußert, weil dies dem positiven Erfahrungsschatz meiner gegenwärtigen Inkarnation entspricht, dann ist es eben so!" Sebastian breitete in gespielter Verwunderung die Arme aus und erntete von der Menge heiteres Gelächter.

„Sag der Gemeinde, wie dein Schutzengel heißt", forderte Ida ihn auf.

„Er heißt Ooniemme", strahlte Sebastian. Dann ging sein Blick ins Leere.

„Du kannst ihn nicht sehen, nicht wahr?", fragte Ida und gebot ihrem Jünger, sich wieder zu setzen. Sebastian nahm Platz und blickte seine Meisterin erwartungsvoll an. „Ich kann dir helfen, den Kontakt zu Engeln weiter auszubauen", sagte sie und nahm seine Hand, „je näher du ihnen kommst, desto näher rückt auch deine eigene Verwandlung."

Wenn er es recht überlegte, wollte er momentan nur den Kontakt zu seinem Schutzengel intensivieren, alles andere, so kam Sebastian in den Sinn, war sehr schön und auch erstrebenswert, lag aber in einer ungewissen Zukunft. Trotzdem blickte er die Meisterin dankbar an und nun wusste sie, warum sein Schutzengel ausgerechnet Ooniemme, also Dankbarkeit, hieß. Dieser Mann, das fühlte Ida ganz deutlich, war zu Höherem bestimmt. Natürlich tat er seinen Dienst am Engel vortrefflich, war nachgerade ein Meister darin. Aber davon gab es unter ihren Schäfchen schon den ein oder anderen. Sebastian jedoch erinnerte sie an jemand besonderen – … und jetzt fiel es ihr wie Schuppen von den Augen. Erstaunen wollte sich auf ihrem Gesicht breitmachen, doch sofort verbarg sie jede Regung unter der Maske der Freundlichkeit. Trotzdem bemerkte Sebastian die Veränderung. Die Züge der Meisterin bekamen jetzt etwas Mütterliches.

„Möchtest du deinen Schutzengel sehen?", fragte sie sanft und nahm seinen Kopf zwischen ihre Hände.

„Gerne", antwortete Sebastian und sein Blick wurde sehnsuchtsvoll.

„Dann, mein Sohn, sieh in meine Augen. Schau mich an und lasse dabei alles in dir still werden." Mit hypnotischer Stimme, ihre Finger gegen seine Schläfen gedrückt, sah sie ihn an. Sebastians Blick versank in Idas klaren, wasserblauen

Augen. Er seufzte hingerissen auf, als er, zunächst noch schemenhaft, dann immer deutlicher, die Umrisse einer schlanken Gestalt erkannte.

‚Hallo, mein Engel‘, hörte er seinen Schutzengel mit heller Stimme in seinen Kopf hinein sagen. Die Gestalt breitete ihre hellgetupften Schwingen aus, flog mit behänder Leichtigkeit auf Sebastian zu und landete unmittelbar vor ihm. Die Zuschauer nahmen Sebastians wechselnde Mimik, wie in einem Film auf der Leinwand wahr und begleiteten ihn mit bewundernden „Ooohs“ und „Aaahs“. Ooniemme blickte Sebastian aus bernsteinfarbenen Augen freundlich an und lächelte sanft.

‚Du bist ein wunderbares Wesen‘, sagte er leise in seinen Gedanken, ‚so viel Liebe ist in dir, so viel Weisheit‘, fuhr er fort. ‚Vergiss niemals, alle Weisheit ist in dir. Sie wird dir durch deine täglichen Erlebnisse bewusst erfahrbar.‘ Tränen der Rührung rannen von Sebastians Wangen herab.

„Ich freue mich so, dich zu sehen“, sagte er leise, während sein Mikrofon die Worte in den Saal übertrug. Er wollte dem Engel die Hand auf die Schulter legen, stieß aber stattdessen an Idas Gewand und zog sie sofort wieder zurück.

‚Ich bin immer bei dir‘, sagte der Engel, ‚du fühlst es im Innen und Außen, mache es dir bewusst.‘ Ooniemme beugte sich ganz nah an Sebastian heran, schenkte ihm ein freundliches Augenzwinkern, breitete erneut seine Schwingen aus und flog davon. Ida ließ Sebastians Kopf los und reichte ihm ein Taschentuch, damit er sich das Nass von den Wangen wischen konnte. Im Hintergrund donnerte tosender Applaus, der allmählich abklang.

Das Ende der Engelssitzung brachte Ida nicht die erhoffte Ruhe, denn etwas brannte ihr noch immer unter den Nägeln. Angespannt saß sie nun in ihrem Gemach, schlürfte am Tee und blickte Victor ernst an.

„Ich muss mit dir reden“, sagte sie kurz angebunden, „bitte, nimm Platz.“ Der Mann setzte sich in einen der gemütlichen Sessel.

„Möchtest du etwas trinken?“, fragte sie ebenso knapp.

„Nein danke“, Victor schaute sie provozierend an: ‚Komm endlich zur Sache‘.

„Also, mein Lieber, ich habe dich hierher bestellt, weil ich mit dir über Sebastian reden möchte.“

‚Was für eine Überraschung', dachte Victor triumphierend. Er setzte eine abweisende Miene auf, als wolle er von dem Thema nichts hören. „Und?", fragte er trocken, derweil er sie mit blaugrauen Augen durchdringend fixierte, „was möchtest du mit mir bereden?"

„Victor", sagte Ida betont gelassen und lehnte sich vor, „ich weiß, dass dir das Thema nicht schmeckt, aber er ist etwas ganz Besonderes. Er könnte der Schlüssel zum Durchbruch sein."

„Aha."

„Ja, gerade eben auf der Bühne habe ich die Gewissheit erlangt. Er ähnelt Jofiel auf eine fast unglaubliche Art und Weise!"

„Dem Erzengel, dessen Name ‚Gott ist meine Wahrheit' bedeutet? Das ist nicht dein Ernst", lachte Victor auf. „Komm schon", fügte er mit gespielter Enttäuschung zu, „von dir hätte ich mehr erwartet."

„Zum Donnerwetter noch mal", antwortete Ida und schlug mit der rechten Hand aufgebracht gegen die Lehne des Sessels, „Sebastian ist aktiv und dient effizient und gleichzeitig ist er unauffällig, friedlich und unaufdringlich, wie der Engel. Er trägt Gottes Weisheit in sich. Das hat auch sein Schutzengel gesagt. Und nicht nur das, jetzt halt dich fest, er hat ihn ‚mein Engel' genannt!"

„Und?", fragte Victor mit gespielter Gleichgültigkeit, „wir Menschen nennen andere Menschen auch ‚mein Engel', was noch lange nicht heißen muss, dass sie auch Engel sind."

„Ja, wenn wir das sagen, Victor, aber wenn er von einem Engel ‚Engel' genannt wird, dann hat das einen ganz anderen Stellenwert!" Victor verdrehte demonstrativ die Augen und meinte, dem Ganzen noch eins draufsetzen zu müssen:

„Er mag vielleicht etwas von Weisheit erwähnt haben, aber er hat nichts von ‚göttlicher Weisheit' gesagt. Du weißt, was das heißt, ja? Menschen sind auf eine bestimmte Art auch weise, das hat aber nichts mit Gott zu tun!" Da musste Ida ihm Recht geben.

„Gut", sagte sie und rieb sich geistesabwesend das Kinn, „wir rufen Jofiel und fragen ihn persönlich. Er kann meine Vermutung bestätigen oder verneinen."

„Mach das." Victor war sehr zufrieden. Ja, er hatte es geschafft, Idas Leidenschaft zu Sebastian noch zu vertiefen. Bald würde sie wie Wachs in seinen

Händen sein und bereitwillig das tun, was für den jungen Mann am Besten war.

„Jofiel, ich rufe dich", hörte er Ida laut in den Raum deklamieren. Zunächst geschah nichts, dann erschien an der Decke des Raumes eine kleine Kugel gleißenden, goldgelben Lichtes, die immer größer und größer wurde und schließlich mit leisem Blubb eine hochgewachsene Gestalt mit Haaren wie Bernstein und schlanken, weißgetupften, ockerfarbenen Schwingen gebar.

„Hallo Jofiel", sagte Ida lächelnd und streckte dem Engel ihre Hand entgegen.

„Guten Abend Ida", antwortete dieser freundlich und erwiderte die Geste, indem er Idas Hand ergriff und sanft schüttelte. „Was kann ich denn für euch tun?" Sein Blick wanderte zu Victor, der ihn aufmerksam taxierte.

„Mach es dir doch bequem", bat Ida und deutete auf den weichen Teppich, der dem Engel willkommener war, als ein harter Stuhl oder steifer Sessel. Jofiel nahm dankend Platz. Ida und Victor taten es ihm nach.

„Mein Lieber", begann Ida, „Sebastian Z. ist dir doch bekannt, oder?" Jofiels Mimik hellte sich bei dem Klang des Namens auf und zauberte ein Lächeln auf seine schmalen, feinen Lippen.

„Ja", meinte er interessiert und nickte.

„Mir ist aufgefallen, dass er dir sehr ähnlich ist. Stimmst du mir da zu?"

„Ja", Jofiel raschelte vergnügt mit den Schwingen, „warum fragst du?"

„Also", fuhr Ida fort und räusperte sich dabei umständlich, „er ist von Ooniemme, seinem Schutzengel, als Engel betitelt worden."

„Ja", erwiderte der Erzengel, „und?"

„Ist er denn ein Engel?", presste Ida nun endlich ihre Frage heraus.

„Er ist mir sehr ähnlich", antwortete der Engel sanft und blickte mit glänzenden Augen nachdenklich auf seine Hände, die gefaltet in seinem Schoß ruhten.

„Also", insistierte Ida mit klopfendem Herzen weiter, „er trägt viele Anteile von dir in sich, ja?"

„Ja", der Erzengel lächelte gedankenverloren in sich hinein.

„Und Ooniemme, der dir übrigens auch sehr ähnelt, das ist sein Schutzengel?"

„Ja." Jofiel hob den Blick und sah Ida an. Große, bernsteinfarbene Augen ruhten auf ihr. Wenn er sie so aufmerksam ansah, war es ihr, als würde er durch ihre Kleidung und durch ihren Körper hindurchschauen. Es war wie ein Stich mitten ins Herz, der da sagte: ‚Ich sehe dich!' Bei keinem anderen Engel war dieses Gefühl so präsent, wie bei Jofiel. Ida rutschte nervös hin und her.

„Danke dir Jofi, deine Bestätigung hat mir sehr gut getan", sie senkte den Blick und reichte dem Engel verlegen die Hand.

„Bitte, gern", er nahm ihre Hand und schüttelte sie. „Hast du noch Fragen?" Langsam erhob er sich. Ida und Victor schüttelten fast zeitgleich den Kopf und standen ebenfalls auf.

„Gut, dann gehe ich jetzt weiter, ich habe noch einiges zu erledigen. Auf bald, euch beiden!"

„Auf bald!", rief Ida ihm hinterher, während Victor nervös von einem Bein aufs andere trat und verschämt nickte.

„So, Victor, nun haben wir es gehört", meinte Ida jovial, nachdem der Engel verschwunden war, „er ist spirituell sehr weit fortgeschritten. Wie könnte er auch sonst Engelanteile in sich tragen?" Victor, der den Ausgang dieser Situation – die im Übrigen ganz gut in seinen Plan passte – längst ahnte, nickte zustimmend. „Gut", stimmte er demütig zu, „wir nehmen ihn bei uns auf, denn das ist es doch, was du beabsichtigst, oder irre ich mich da?"

„Nein, du irrst dich nicht", antwortete Ida mit einem triumphierenden Lächeln.

Familien-Angelegenheiten

Doris seufzte leise auf. Ihre Schicht im ‚Peter-und-Paul'-Seniorenstift war sehr anstrengend gewesen. ‚Jetzt ein warmes Abendessen, vielleicht noch ein heißes Bad und dann ab ins Bett', dachte sie erschöpft, während sie den Schlüssel im Schloss umdrehte und den langen Korridor der Wohnung betrat. Sie schnupperte aufmerksam nach Essensgerüchen, stellte aber enttäuscht fest, dass sie fehlten. ‚Naja', dachte sie, ‚vielleicht hat Arnold heute Mittag gekocht, dann wärmen wir das auf.' Sie legte Jacke und Tasche ab und betrat das Wohnzimmer, aus dem laute Geräusche drangen. ‚Typisch', dachte Doris und verdrehte seufzend die Augen, ‚er hockt bestimmt wieder vor der Glotze.' Als sie eintrat, bestätigte sich ihre Vermutung. Ihr Mann lag, in eine dicke Decke eingehüllt, auf dem Sofa und starrte mit halboffenen, müden Augen in den Bildschirm. Es lief ein Westernfilm.

„Hallo Arnold", grüßte Doris, „ich bin wieder da." Arnold hob eine Augenbraue, blinzelte seine Frau kurz an und murmelte ein knappes „Hallo", um dann hinzu zu fügen: „Du kommst aber spät!"

„Ja", Doris war mittlerweile in das angrenzende Schlafzimmer gegangen, um sich umzuziehen. „Hat heute länger gedauert. Frau Kowalski hatte wieder einen ihrer Anfälle. Was gibt's denn zu essen?"

„Es ist noch eine Portion Erbseneintopf von gestern da", murmelte Arnold in seinen Bart.

„Und du? Isst du nichts?" Doris steckte den Kopf durch die Tür und blickte ihn fragend an.

„Ich hab mir Fisch gemacht", antwortete Arnold, „weißt schon, den mit Öl, Kräutern und viel Zwiebeln, den magst du ohnehin nicht. Deshalb habe ich schon vorher gegessen."

„Hat Hanne schon was gegessen?"

„Ja."

Doris seufzte leise. Dieser Abend war wieder einmal einer derjenigen, an denen die Familie nicht gemeinsam am Tisch saß. Nun ja, Doris blickte auf die Uhr, es war schließlich schon spät. Sie konnte nicht erwarten, dass alle mit hungrigen Mägen auf sie warteten.

Sie ging in die Küche und hörte im Hintergrund, wie sich Arnold von der Couch erhob und ihr folgte. Er hatte sich doch ein Herz gefasst, ihr Gesellschaft zu leisten. Sie öffnete den Kühlschrank und stellte den Topf mit dem Erbsengericht auf den Herd. Dann holte sie sich einen Teller und Besteck und wollte beides gerade auf den Tisch legen, als etwas sie davon zurückhielt.

„Was ist das?", fragte sie Arnold und blickte das gelbliche Papier zunächst ratlos an. Dann erkannte sie es: Es war ein Kontoauszug. ‚O nein', dachte sie und verdrehte seufzend die Augen, ‚jetzt geht dieses Theater schon wieder los.' Doris schob das Blatt beiseite und stellte Teller und Besteck hin.

„Hier!", sagte Arnold und tippte mit seinem Zeigefinger auf eine Stelle. „Was ist das hier für eine Ausgabe?" Doris kniff die Augen zusammen und sah genauer hin.

„Das sind die 200 Euro für meine Brille", sagte sie müde, ging zum Topf und begann darin herumzurühren. „Ich habe diese Ausgabe schon vor zwei Wochen angekündigt", fügte sie erklärend hinzu. „Die Brille hier", sie drehte sich kurz um und deutete auf ihre Nase, „taugt nichts mehr. Das Gestell ist alt, außerdem brauche ich neue Brillengläser, meine Dioptrien sind gestiegen."

„Und? Wo ist sie, deine neue Brille?", fragte Arnold in scharfem Ton. Doris seufzte. Nein, gerade jetzt hatte sie wirklich keine Lust, sich auf solcherlei Geplänkel einzulassen.

„Sie ist Ende der Woche fertig. Der Optiker gibt mir Bescheid", antwortete sie um einen ruhigen Ton bemüht.

„Gib's doch zu", stichelte Arnold weiter, „du hast das Geld gar nicht für eine Brille gebraucht, sondern mit deinem Verehrer verprasst! In der Zeit, als dieses Geld abgehoben wurde, bist du besonders oft und besonders spät nach Hause gekommen."

„Ja und?", fragte Doris nun in einem leicht verärgerten Ton. „Es gibt Leute hier, die müssen arbeiten!" Ihr Mann blickte sie betroffen an, und seine braunen Augen verengten sich zu Schlitzen. Doris wusste, dass sie einen wunden Punkt getroffen hatte.

„Duuu, duuu", begann er zu toben, „du wagst es, so mit mir zu reden?! Du wagst es, mir weiszumachen, dass du dieses Geld", er deutete auf den Kontoauszug, „dass du dieses Geld nicht auch von deinem eigenen Konto hättest abheben können? Wir beide wissen doch ganz genau, dass du einen fetten

Sparstrumpf hast, den du nicht anrührst. Lieber plünderst du für deinen Geliebten unser gemeinsames Konto! Dabei weißt du, wie verschuldet wir sind!"

Doris, die immer noch im Topf herumrührte, biss die Zähne aufeinander. ‚Nur ja nicht aufregen', dachte sie, ‚sonst schaukelt es sich wieder hoch.' Gleichzeitig fühlte sie sich von den Worten ihres Mannes tief verletzt.

„Was hast du zu deiner Verteidigung vorzubringen?", bohrte Arnold nach. Doris seufzte.

„Darf ich jetzt in Ruhe essen oder bin ich hier bei der Inquisition?", fragte sie im scharfen Ton.

„Ich will jetzt wissen, was du mit diesem Geld gemacht hast!"

„Mein Gott", schrie Doris, die es nun nicht mehr aushielt, „Arnold, wie kommst du nur immer wieder auf solche abstrusen Ideen? Ich hätte einen Geliebten, pah! Wann und wo soll ich mich denn mit dem treffen? Um 19 Uhr vor Frau Kowalskis Bett? Ich bin Altenpflegerin, ich verdiene nicht viel und das, was ich verdiene, fließt ausschließlich in die Familie und in deinen Kunstartikelladen, und du verwaltest die Finanzen. Du hast deine eigene EC-Karte! Reicht das nicht? Muss ich dich jetzt schon bei den notwendigsten Dingen um Geld anbetteln, das ich verdient habe?"

„Aha! Ja, da haben wir's, genau! *Dein* Geld!" Jetzt wurde es Doris zu viel. Sie schaltete die Herdplatte aus und verließ, die Tür laut zuknallend, die Küche.

„Ja, geh nur!", schrie Arnold ihr wütend hinterher und fügte noch hinzu: „Das ist doch der Beweis! Weglaufen, ja, ja, feige Leute laufen weg, anstatt sich der Wahrheit zu stellen."

Das kleine Zimmer grenzte an die Küche und unabhängig davon, wo in der Wohnung gestritten wurde, hier war es auf Grund des Lärmpegels immer zu hören. Hanne lag im Bett und blickte seufzend vom Fernseher hinauf zur Decke. Seit ihr bewusst war, dass sie existierte, hatte es in ihrer Familie fast nur Streit gegeben. In den letzten Jahren war es so schlimm geworden, dass sich Hanne immer öfter fragte, ob die beiden sich überhaupt jemals geliebt hatten. Und wenn ja, was hatten sie damals unter Liebe verstanden? Nach den Aussagen ihrer Eltern, bestand diese Liebe aus einer eigenartigen Mischung von Zweckehe und ungewollter Schwangerschaft, gepaart mit einigen absonderlichen, diffusen Vorstellungen darüber, wie dieses Miteinander zu geben, zu empfangen und zu leben sei. Allerdings, so dachte Hanne weiter, waren ihre

Eltern erwachsene Menschen. Es musste ihnen doch klar sein, dass die Art und Weise, wie sie miteinander umgingen, keine gute Basis für das Entstehen oder Fortführen einer liebevollen Beziehung sein konnte. Hanne seufzte. ‚Tja, vielleicht sind erwachsene Menschen', dachte sie, ‚einfach unnachgiebige Wesen, die stur ihr Ding durchziehen.'

Seit Jahren versuchte Hanne, zwischen ihren Eltern zu vermitteln, bisher leider erfolglos. ‚Also, auf ein Neues!', dachte sie betrübt. Als ob der liebe Gott sie gehört hätte, öffnete sich behutsam die Tür ihres Zimmers und Doris lugte mit verweinten Augen schüchtern hinein.

„Störe ich?", fragte sie leise.

„Nein, Mama, komm nur herein." Zwar hatte sie im Moment wirklich keine Lust, sich die Ausführungen ihrer Mutter anzuhören – die sich schauderhafterweise, mit einem ihr unerklärlichen Genuss, oft selbst bemitleidete und die Dinge schwärzer zu sehen pflegte, als sie waren. Doch einer vehementen inneren Regung ihres Herzens folgend, ergab sie sich – wie schon viele Male zuvor – der Situation. Hanne kam nicht umhin, sich einen Augenblick lang wie eine Sklavin ihres Innenlebens zu fühlen.

Doris betrat zögerlich das Zimmer und setzte sich zu ihrer Tochter auf das Bett. Hanne blickte ihre Mutter an. Sie sah nach all den Strapazen auf der Arbeit und dem Streit mit Arnold wirklich müde aus, und hatte, so vermutete Hanne, wie so oft an solchen Abenden, noch nichts gegessen. Es tat ihr auf einmal leid, dass sie mit dem Essen nicht auf ihre Mutter gewartet hatte, und im Stillen bereute sie ihre Gedankenlosigkeit. ‚Immer nur ich, ich, ich, wie egoistisch von mir', dachte sie und schüttelte unmerklich den Kopf. Ihre Mutter sagte indessen gar nichts, sondern begann leise vor sich hin zu weinen.

„Mama", sagte Hanne und legte ihre Hand auf Doris' Schulter, „so kann das nicht weitergehen." Ihre Mutter blickte auf und sah sie schluchzend an.

„Aber was soll ich denn machen?", begann sie wie schon viele Male zuvor, und Hanne seufzte leise. „Der Kunstartikelladen ist doch sein Ein und Alles. Ich kann seinen Traum doch nicht zerstören."

„Mama, dieser Laden schreibt nur rote Zahlen. Zusammen mit der Wohnung fressen allein die Mieten bereits zwei Drittel deines Gehalts auf. Schon als wir hierher zogen, hatte ich so ein dummes Gefühl. Der Vormieter hat doch Laden und Wohnung auch deshalb abgestoßen, weil es hier keine Laufkundschaft gibt. Und dass der Vermieter auf die Kaution verzichtet hat, ist, angesichts solcher Rahmenbedingungen, doch klar! Der will jemanden hier drinhaben, um jeden Preis. Weiterhin Geld in dieses Unterfangen zu pumpen, ist reine Verschwendung. Ich, an deiner Stelle, würde die Finanzen wieder in die eigenen Hände nehmen und Arnold klipp und klar sagen, dass wir hier ausziehen müssen. Entweder er kommt mit oder er lässt es sein!"

„Aber Hanne! Ich kann nicht so hart zu ihm sein, das Geschäft ist sein Leben. Er soll doch glücklich sein!"

„Ist er denn glücklich?"

„Nein, ist er nicht, aber wenn ich ihm das noch wegnehme …"

„Du nimmst ihm nichts weg. Ganz im Gegenteil, du ermöglichst ihm damit einen Neuanfang", ergänzte Hanne.

„Aber er braucht seinen Traum doch!", beharrte Doris. „Mein ganzes Leben lang", fuhr sie schluchzend fort, „habe ich mich für meine Familie aufgeopfert. Ich tue alles, damit er es gut hat, und wie dankt er es mir? Mit bösen Anschuldigungen. Ich hab's satt, ich habe das alles so satt!"

„Mama", mahnte Hanne und blickte ihre Mutter sanft an, „du machst einen entscheidenden Fehler!" Ihre Mutter schaute sie bestürzt an.

„Ach ja?", antwortete sie mit zittriger Stimme, während ihr die Tränen weiter über die Wangen kullerten, „willst du damit etwa sagen, ich sei an allem schuld?"

„Nein, das will ich nicht! Der entscheidende Fehler ist deine Opferhaltung. Du meinst immer, dich opfern zu müssen, damit Arnold glücklich wird und erwartest dafür Liebe."

„Aber er muss doch erkennen, wie sehr ich mich für ihn einsetze!", schluchzte Doris.

„Nein, liebe Mama, das muss er nicht!" Hanne strich ihrer Mutter sanft über die nassen Wangen. „Wahre Liebe ist bedingungslose Liebe", fuhr sie fort, „sie erwartet keine Opfer. Du tust Dinge für ihn, die dich sehr viel Kraft kosten, aber du tust sie nicht aus tiefstem Herzen, sondern unter der Bedingung, dass er dasselbe für dich tut – was ja nachvollziehbar ist. Aber mehr noch als das, du erwartest von ihm, dass er dich für deine Leistungen nicht nur lobt, sondern auch noch auf ein Podest hebt. Du verwechselst Liebe mit der Befriedigung deines Egos. Arnold fühlt das. Und je mehr er sich dagegen sträubt, dir diese ‚Liebe' zu geben, desto mehr rutscht du in das Bewusstsein, Opfer gebracht zu haben. Es ist nicht falsch, für seine Leistungen anerkannt zu werden, das brauchen wir Menschen einfach, aber nicht so!"

Doris starrte ihre Tochter mit weit aufgerissenen Augen fassungslos an. Hanne ließ sich nicht beeindrucken und fuhr ungehindert fort.

„Hör auf, die Heldin zu spielen, Mama, sei doch einfach du selbst!" Sie tippte ihrer Mutter sanft auf die Brust, „und tue nur das, was du bereit bist, aus vollem Herzen zu tun. Wenn er dich so nicht will, dann ist das, was ihr beide hier lebt, keine Liebe! Lass ihn los. Dreh ihm den Geldhahn zu, ziehe aus und gehe deinen Weg. Damit ermöglichst du ihm, aus seiner Lebenssackgasse herauszukommen. Du gibst ihm eine Chance." Doris knetete nervös an der Bettdecke herum und schluchzte leise vor sich hin.

„So ist das also", schluchzte sie nach einer geraumen Weile gepresst, „ich bin mal wieder an allem schuld. Ich bin egoistisch, ja? Aber zum Arbeiten bin ich gut! Irgendwann breche ich zusammen, dann ist Schluss. Dann macht's ‚Bumm', und ich bin weg!" Hanne spürte heftige Abwehr in sich aufsteigen.

„Wenn du das glaubst, Mama, dann bist du wirklich zu bedauern", enttäuscht wandte sich die junge, zierliche Frau ab. Ihre Mutter wollte von Neuem beginnen, wurde aber sofort von ihr unterbrochen.

„Nein", Hanne bemühte sich um Selbstbeherrschung, „bitte keine weiteren Ausführungen deines unendlichen Leides, das will ich nicht."

„Aber …"

„Nein, Mama, nein, bitte nicht!"

„Gut!", sagte Doris schnippisch und rückte die Brille auf der Nase zurecht, „ich werde nichts mehr sagen – nie wieder! Ich werde mich in mein Innerstes zurückziehen, alles hinunterschlucken und euch mit meinem Leid nicht mehr belästigen!" Hanne seufzte.

„Du weißt ganz genau, dass ich das nicht so meinte."

„Doch, doch, ich weiß schon wie du das meinst." Doris verlieh ihrer Stimme einen zitternden Unterton. „Ich werde dich nicht weiter stören!" Ohne ein weiteres Wort erhob sich die rundliche Frau von ihrem Platz und verließ das Zimmer. Hanne lehnte sich zurück und seufzte enttäuscht auf.

Warum bemühte sie sich eigentlich noch? Warum tat sie es immer wieder, obwohl sie ganz offensichtlich nicht imstande war, diese Beziehung in harmonischere Bahnen zu lenken? Hanne wusste es nicht, sie wusste nur, dass ihre Bemühungen fast einem Reflex glichen. Sie zwang sich zwar immer wieder, nicht einzugreifen, sie sagte sich, dass ihre Eltern schließlich die freie Wahl hätten, so miteinander zu verfahren, wie sie es wollten. Sobald sich ihre Eltern aber – jeder für sich – bei ihr beklagten, waren all ihre guten Vorsätze dahingeschmolzen, und sie spielte die Vermittlerin – wiewohl ‚vermitteln' für das, was sie tat, eigentlich nicht der richtige Begriff war. Vermitteln, so sinnierte Hanne, das ist doch der Versuch, zwei Streithähne miteinander auszusöhnen, also Frieden und Harmonie wiederherzustellen. Das würde doch bedeuten, dass sich ihre Eltern lieben lernten. Diese Strategie hatte Hanne seit frühesten Kinderjahren verfolgt, aber irgendwann wieder fallengelassen. In einer Beziehung, das wusste sie ab einem bestimmten Zeitpunkt, kam es nicht nur auf Harmonie an, denn Harmonie war sehr zerbrechlich und oft nur scheinbar. Vermitteln bedeutet auch, der Ursache des Streits auf den Grund zu gehen und eine Lösung zu finden, mit der beide Parteien einverstanden sind. Das klingt so einfach, ist aber so schwer durchzusetzen, denn ihre Eltern, so hatte Hanne im Teenager-Alter begriffen, sind bockig! Statt aufeinander zuzugehen, beharrt jeder auf seinem Standpunkt, ohne auf die Bedürfnisse des anderen einzugehen. Hanne hatte die Hoffnung längst aufgegeben, dass diese Menschen jemals aufhören würden, sich zu streiten, geschweige denn, dass jemals so etwas wie Liebe entstehen würde. Sie fuhr aber, und das war ihr selbst unbegreiflich, weiter damit fort, zwischen ihnen vermitteln zu wollen. Warum?, fragte sie sich auch diesmal wieder. Was gab es denn eigentlich noch zu vermitteln? Waren die Worte, die sie soeben an ihre Mutter gerichtet hatte, vermittelnd gewesen? Nein! Sie hatte, so stellte Hanne erschrocken fest, ihrer Mutter geraten, ihren eigenen Weg zu gehen. Arnold würde sie raten, sich von seiner illusorischen Geschäftsidee zu trennen. Mit anderen Worten, er sollte ein Mal in seinem Leben, sein paranoides Misstrauen loslassen und auf seine Frau hören. Oder eben seinen eigenen Weg gehen! Vermitteln, das erkannte Hanne jetzt, war doch das richtige Wort, nur mit der Ergänzung, dass ein Vermittlungsversuch eben auch das Auseinanderbrechen einer Beziehung hervorrufen konnte. ‚Auseinanderbrechen' hörte sich negativ an, ohne negativ zu sein! Manchmal ist es einfach besser, wenn jeder seinen eigenen Weg geht. Auf diese Weise werden Menschen frei für neue Beziehungen. Hanne seufzte.

Sie wusste, dass es ziemlich unwahrscheinlich war, dass die beiden sich je trennen würden, zumal er viel zu stolz war, um – im Falle des Ausbleibens ihrer finanziellen Unterstützung – zum Arbeitsamt zu gehen und Sozialhilfe zu beantragen, und sie zudem so sehr nach seiner Anerkennung hungerte, dass sie ihn einfach nicht loslassen konnte. Hanne erkannte die Aussichtslosigkeit ihrer Lage, dennoch brannte in ihr der Wunsch, sich auch noch Arnold zuzuwenden. ‚Ich muss zu Ende führen, was ich begonnen habe', dachte sie, ‚noch ein allerletzter Versuch! Dann ist Schluss!' Sie horchte auf. Jemand hantierte in der Küche. ‚Ist wahrscheinlich Mama', dachte sie, ‚jetzt wärmt sie sich doch etwas zu Essen auf.' Doch statt des klappernden Geschirrs hörte sie das leise Plopp der soeben entkorkten Weinflasche. Hanne ahnte, dass es nicht bei einer Flasche bleiben würde. Im Laufe der nächsten zwei Stunden würde sich ihre Mutter betrinken und irgendwann im Küchenstuhl einschlafen. Den räumte sie im betrunkenen Zustand, für jedes noch so weiche Bett der Welt, nur sehr ungern. In Erwartung der Szenerie, in der Arnold und sie Doris vom Stuhl würden wegzerren müssen, um sie ins Bett zu bringen, richtete Hanne schweren Herzens ihre Aufmerksamkeit wieder auf den Bildschirm.

Am nächsten Morgen saß sie mit Arnold am Frühstückstisch. Doris war schon zur Arbeit gegangen.

„Hat sie den Wecker gehört?", fragte Hanne ihren Vater.

„Ja", antwortete dieser kauend, „hat aber länger gedauert, außerdem war ihr noch übel. Sie hat keinen Bissen runtergekriegt, nur Cola getrunken. Das scheint wohl gegen Übelkeit ein probates Mittel zu sein", fügte er spöttisch hinzu. Hanne blickte ihren Vater betrübt an.

„Diese Aktion mit dem Kontoauszug gestern, Papa, die musste wirklich nicht sein", sagte sie vorwurfsvoll. Arnolds Augen bekamen ein scharfes Glitzern.

„Halt dich da raus", antwortete er kurz angebunden.

„Du weißt genau, dass sie eine neue Brille braucht", fuhr Hanne in ruhigem Ton fort.

„Ja, brauchen tut sie diese wohl", antwortete ihr Vater trocken, „aber nicht von unserem Geld. Sie kann sich das Ding von ihrem Geliebten bezahlen lassen. Geld wird er ja wohl haben – oder sie kann es von ihrem eigenen Konto abheben, schließlich hat sie selbst genug Geld!"

„Papa, du redest nur Unsinn und drehst dich mit deinen Aussagen im Kreis", traurig schüttelte Hanne den Kopf.

„Unsinn?!", hielt ihr der Vater empört entgegen.

„Ja, Unsinn! Zwei Drittel ihres Gehalts gehen für die Mieten drauf, das sind fast 1000 Euro. Wenn noch Fixkosten, Versicherungen, Telefon etc., dazukommen, dann sind wir schon bei 1300 Euro im Monat. Der Rest wird gebraucht, um drei Personen zu ernähren!"

„Das musst du mir nicht vorrechnen!", warf ihr Vater aufgebracht dazwischen, „ich weiß auch, wie knapp wir bemessen sind."

„Gut!", antwortete Hanne resolut. „Dann überlege mal weiter. Wie viel, glaubst du, verdient eine Altenpflegerin so im Monat?" Arnold erkannte, worauf sie hinaus wollte, runzelte die Stirn und grummelte vor sich hin.

„Findest du nicht", fuhr Hanne bestimmt fort, „dass ein Netto-Monatseinkommen von 1700 Euro ein ziemlich guter Verdienst ist?"

„Sie hat Abitur und sitzt in einer leitenden Position, deswegen bekommt sie mehr", antwortete Arnold.

„Genau! Außerdem leistet sie viele Überstunden, falls dir das noch nicht aufgefallen ist! Und …"

„Was bezweckst du eigentlich damit?", unterbrach Arnold seine Tochter, „willst du mich etwa als Lügner hinstellen?"

„Papa, schalte bitte deinen Verstand ein", fuhr Hanne in ruhigem Ton fort, „woher soll das Geld, das sie angeblich jeden Monat in ihren Sparstrumpf überführt, denn herkommen? Und wann soll sie Zeit haben, sich einen Geliebten zu halten, wenn sie permanent beschäftigt ist, um dein Geschäft zu finanzieren?"

„Ja, ja, *mein* Geschäft! So, so! Hat sie dir wieder Flausen in den Kopf gesetzt, deine Mutter? Ich habe doch gehört, wie ihr euch gestern über mich unterhalten habt!"

„Papa, du lenkst vom Thema ab!", antwortete Hanne sachlich. „Doris arbeitet für ein aussichtsloses Unterfangen und überlässt dir die Verwaltung über die Finanzen, um deinen männlichen Stolz nicht zu verletzen."

„Was?!" Diese direkte Äußerung war Arnold zu viel. „Du unmündiges Kind! Wie kannst du es wagen, so mit mir zu reden? Du hast von Geschäften keine Ahnung und willst dich in meine Angelegenheiten einmischen?!" Er ballte seine Fäuste zusammen und seine dunklen Augen spien pures Gift. „Diese Verrückte, anders kann ich sie nicht nennen", fuhr er erregt fort, „kann sich froh schätzen, dass ich die Finanzen regle! Sie hat sich in all den Jahren sämtliche Gehirnzellen weggesoffen. Die kann doch nicht einmal mehr eins und eins zusammenzählen, geschweige denn, Überweisungen tätigen oder Behördengänge erledigen. Und mein Geschäft", fuhr er mit erhobenem Zeigefinger fort, „wird laufen, du wirst sehen! Und wenn es läuft, dann verlasse ich diese Irrenanstalt mit Sack und Pack und sie sieht mich nie wieder! Dann soll sie sehen, wie sie alleine zurechtkommt oder zu ihrem Geliebten gehen!"

„Papa, Doris hat keinen Geliebten!", Hanne verlor langsam die Geduld.

„Klar", Arnold lachte verbittert auf, „hat sie's also geschafft, hat dich auf ihre Seite gezogen und dir weisgemacht, dass ich sie der Lügen bezichtige. Gott, stehe mir bei, sie wird für das, was sie mir antut, ihre gerechte Strafe erhalten." Er blickte seine Tochter herausfordernd an. ‚Du weißt genau, was ich meine', sagte sein Blick. Hanne schüttelte traurig den Kopf.

„Deine Frau vergiftet deine Kleidung und deine Bettwäsche mit schädlichen Mitteln? Ich glaube, mein Lieber, du vergiftest dich eher selbst! Du vergiftest dich und deinen Körper mit deinen eigenen giftigen Gedanken!"

„Sie hat es aber getan! Und sie tut es noch!", warf Arnold protestierend dazwischen, „ich kann es beweisen, und ich habe es bewiesen!"

„Mag sein", antwortete Hanne schlicht, „mag sein, dass an deinen Aussagen etwas Wahres ist. Wenn dem aber so ist, dann geh zum Arzt und lass dir das von ihm bescheinigen. Vergiftungen kann man nachweisen. Aber nein, das vermeidest du, denn es könnte herauskommen, dass die Ursachen deines Unwohlseins bei dir selbst liegen."

„Das stimmt nicht, und das weißt du genau!", schrie Arnold wütend und klopfte mit seiner Faust auf den Tisch.

„Das stimmt nicht? Gut, dann ist so, wie du es darstellst", fuhr Hanne mit leiser eindringlicher Stimme fort, „wenn es aber so ist, dann überlege dir einmal, warum? Was würde eine Frau dazu treiben, eine solche Verzweiflungstat zu begehen?"

Arnolds Augen wurden plötzlich ganz leer. Seine Gestalt schien zu schrumpfen, er sackte in seinem Stuhl zusammen. Hanne ahnte, dass er sich daran erinnerte, wie er vor vielen Jahren, seine hochschwangere Frau im Stich gelassen hatte, um sich mit einer Geliebten zu vergnügen.

„Doris ist bestimmt nicht perfekt", flüsterte Hanne und nahm seine Hand, „versuch aber auch, sie zu verstehen! Natürlich bemitleidet sie sich oft selbst, und sie liebt es, auf ein Podest gestellt zu werden. Hinter diesem Verhalten steckt aber ein enormer Minderwertigkeitskomplex, weil sie in den Jahren eurer Ehe überwiegend Ablehnung von dir erfahren hat. Ab und an kannst du sie auch einmal für ihre Leistungen loben, anstatt immer nur auf sie einzuhämmern. Vertrau ihr doch bitte! Nur ein Mal! Gib dir und ihr die Möglichkeit eines Neuanfangs, indem du ein Mal auf sie hörst und den Laden hier schließt. Dann wird am Monatsende mehr Geld übrigbleiben, sie muss weniger Überstunden machen und du kannst einen Neuanfang wagen! Einen besseren diesmal, schließlich wissen wir alle, dass es hier keine Laufkundschaft gibt."

„Wenn sie das will", meinte Arnold kalt und entzog Hanne seine Hand, „dann soll sie kommen und mir das ins Gesicht sagen!" Hanne verdrehte seufzend die Augen.

„Du weißt genau, dass sie sich vor deiner Ablehnung fürchtet", sagte sie resigniert, stand auf und verließ die Küche.

Sie ging in ihr Zimmer und setzte sich erschöpft auf das Bett. Jetzt hatte sie es getan. Sie hatte gemacht, was sie sich vorgenommen hatte. Diese Beziehung, so ihr Schluss, war nicht nur irreparabel, sie war gleichzeitig unkaputtbar! Ihre Eltern saßen in einer Sackgasse, die sie sich durch ihre Unnachgiebigkeit selbst erschaffen hatten und weiter aufrecht erhielten, wobei sie es vorzüglich verstanden, sich diesen starren Zustand so unangenehm wie möglich zu gestalten und sich so laut zu beklagen, dass jeder Umstehende geneigt war, ihnen zu glauben, wenn sie betonten, dass sich dringend etwas ändern müsste. Hanne schüttelte den Kopf.

‚Diese Beziehung kann nur noch Gott trennen, indem er ein katastrophales oder tragisches Ereignis einführt, so dass alles wie ein altes Gebäude einstürzt', dachte sie traurig. In diesem Augenblick fühlte sie sich einsam und hilflos. Sie war fassungslos darüber, wie unnachgiebig und blind Menschen sein konnten. Nach 27 Jahren kam Hanne endgültig zu dem Ergebnis, dass es aussichtslos war, hier noch einwirken zu wollen. Wenn Vermitteln darin bestand, eine Einigung in Liebe oder eine Trennung in Frieden herbeizuführen, dann war ihr Vorhaben in jeglicher Hinsicht gescheitert. Hanne fühlte, wie etwas in ihr zerbrach.

„Gott!", schluchzte sie verzweifelt, während sie das Keramik-Kreuz, das über ihrer Tür hing, betrachtete, „ich habe versagt!" Bei diesem Gedanken brachen alle Dämme.

Irgendwann waren die Tränen versiegt, bis auf ein leises Wimmern.

„Nein", flüsterte Hanne, und ihre Augen verengten sich zu Schlitzen, „ich werde nicht so wie sie, ich werde es anders machen! ... Andererseits", sagte sie sich und unvermittelt verfiel sie nun auch in Selbstmitleid, „muss ich mir eingestehen, dass ich es verbockt habe! – Verflixt noch mal, ich will das Leben meiner Eltern organisieren, bekomme aber mein eigenes kaum in den Griff. Seit Jahren bin ich Single, weil ich Angst habe, dass meine Beziehung genauso enden könnte, wie die meiner Eltern. Aber nicht genug damit, ich belege einen Studiengang, dessen Perspektiven schlechter nicht sein können! Literaturwissenschaft, unglaublich – fast so gut wie Philosophie oder Kunst! Möönsch Hanne! Da hast du aber echt was geleistet, was?", sagte sie sarkastisch und klopfte sich spöttisch auf die Schulter. „Klasse! Echt klasse! Wohnst mit 27 noch bei Mama und Papa und lässt dich von ihnen durchfüttern. Irgendwann, so nach 15 Semestern vielleicht, entscheidest du dich, deinen Abschluss zu machen und dann begibst du dich auf Jobsuche! Spitze, wirklich spitze! Nach der Hundertsten Bewerbung beginnt der Elan nachzulassen und du denkst dir: Hey, es gibt ja noch Sozialhilfe! Oder ich nehme, was ich kriegen kann. Und wenn ich im Bewerbungsgespräch gefragt werde, warum ich den Beruf der Verkäuferin so liebe, wo ich doch studiert habe, dann sage ich: ,Wissen Sie, es ist meine Berufung! Aber diese Leidenschaft habe ich erst nach meinem Studium entdeckt!'" Hanne spürte, wie ihr die Luft ausging und sackte in sich zusammen.

Insgeheim bewunderte sie all jene, die nach ihrem Schulabschluss eine Ausbildung begonnen hatten, denn diese standen in ihrem Alter schon voll im Berufsleben, während sie noch bei ihren Eltern wohnte.

„Warum bin ich nicht früher ausgezogen?", fragte sie sich traurig und gestand sich die Antwort sofort ein: Neben der eigenen Bequemlichkeit war es ihr Drang gewesen, die Beziehung ihrer Eltern zu kitten! „Ein schlechter Kitt, ein überaus schlechter Kitt", sagte sie verbittert, ‚und bei diesen Menschen auch noch reine Zeitverschwendung', fuhr sie in Gedanken fort. „Menschen und bedingungslose Liebe, pah!" Hanne ließ ihre Hände über das Gesicht gleiten. Zweifelsohne, sie war selbst ein Mensch, und wenn sie es sich recht eingestand, so ekelte sie sich vor sich selbst.

Ankunft

Sebastian schaute aus dem Fenster und betrachtete interessiert die sonnenbeschienene Wolkendecke, die sich wie Wattelandschaft in schier unendlichen Dimensionen unter ihnen erstreckte. ‚Wie wunderschön', dachte er hingerissen. Er war aufgeregt. Er wusste nicht, was ihn erwartete. Als ihm Herrin und Herr angeboten hatten, in den höchsten Kreis aufgenommen zu werden, hatte er sich zweifelsohne sehr geehrt gefühlt und sofort zugesagt. Jetzt saß er im herrschaftlichen Privatjet, vertrieb sich die Zeit mit allerlei Dingen, wie aus dem Fenster schauen, lesen oder Musik hören und kam doch nicht umhin, sich immer wieder dieselbe Frage zu stellen: ‚Warum ich?' Ja, er hatte sich im Dienst am Engel profiliert, sich in der Zentrale schnell eingelebt und die Abläufe rasch verinnerlicht, aber reicht das aus, um nach so kurzer Zeit, solch eine hohe Ehre zu erfahren?

Als er seine Aufmerksamkeit der Herrin zuwandte und gewahr wurde, dass diese ihn offenbar seit geraumer Weile mit verklärtem Blick beobachtete, wandte er sich irritiert ab. Er drehte seinen Kopf weg und sah zu Victor hinüber. Dessen hageres Gesicht zeigte keinerlei Regung, doch seine blaugrauen Augen starrten ihn durchdringend an. ‚Er wirkt, wie ein Tier, das auf seine Beute lauert. Irgendetwas stimmt hier nicht', dachte Sebastian mit pochendem Herzen und schaute wieder aus dem Fenster. ‚Die Herrin schwebt in irgendwelchen Sphären und er scheint auf etwas zu warten. Ich muss mich von beiden fernhalten.' Sebastian seufzte. Wo hatte er sich da nur hineingeritten?

Endlich hatten sie ihr Ziel erreicht, der Jet landete auf einem Flugplatz innerhalb einer unüberschaubaren Anlage, die sehr abgeschieden lag. Sebastian stieg aus und betrachtete neugierig das Gebäude neben der Landebahn. Es war nüchtern und funktionell und nicht besonders groß. „Ich sehe, du betrachtest gerade unser Bürogebäude", Ida strich sich durch das lange, kupferrote Haar und hakte sich bei ihm ein. „Hier", sagte sie, während sie ihn sanft in die Richtung zog, „sind die vier Büros sowie ein Konferenzraum untergebracht. Das ist also gewissermaßen unser Arbeitsgebäude." Ida zwinkerte ihm zu und ergänzte stolz: „Wir wohnen hier nicht. Unsere Wohnstätte liegt dort." Sie streckte ihren Arm aus und deutete mit dem Zeigefinger in die Ferne. Sebastian kniff die Augen zusammen, aber er konnte nichts erkennen. „Ja", lachte

Ida, „es ist wirklich gut versteckt. Das Anwesen ist von einer dichten, grünen Mauer umgeben, die es vor neugierigen Blicken schützt. Komm, lass uns hingehen." Amüsiert zog sie den verdutzten jungen Mann hinter sich her. Sie gingen einen unauffälligen, gepflasterten Weg entlang, der durch einen kleinen Wald führte und erreichten bald eine wild wuchernde Hecke, aus deren dichtem Geäst unauffällig ein Tor hervorlugte. Während Ida es öffnete, blickte sich Sebastian um und stellte erstaunt fest, dass Victor nicht dabei war. „Er wird noch etwas im Büro zu erledigen haben", sagte Ida knapp und zog den jungen Mann sanft durch den Eingang.

„Da sind wir. Darf ich dir unser bescheidenes Anwesen vorstellen?" Was Sebastian erblickte, war im Vergleich zu dem, was er von der ‚Amnistiker'-Zentrale kannte, in der Tat bescheiden: Ein einfaches Landhaus aus Holz mit einer kleinen Veranda, versteckt in einem wilden, urwüchsigen Garten. Eine Treppe führte vom Kiesweg hinauf. Die Schlichtheit und Schnörkellosigkeit der Behausung irritierten Sebastian, obschon gerade dies ihm besonders gefiel.

„Was hast du denn geglaubt?", fragte Ida, die seine Gedanken zu erraten schien, „glaubtest du, wir wohnen in einem Palast?" Sebastian errötete etwas.

„Paläste", dozierte die Herrin mit erhobenem Zeigefinger, „sind zwar schön anzusehen, haben aber einen wesentlichen Nachteil. Sie müssen instand gehalten werden und benötigen Personal. Das hieße für uns, erhöhte Personalkosten und vor allem neugierige Blicke, beides brauchen wir nicht."

„Aha", Sebastian hatte verstanden.

„Komm!", sagte Ida und nahm ihn am Arm, „ich zeige dir unser Domizil."

Sie schlenderten den Weg entlang, hinauf zur Veranda. Neugierig trat Sebastian durch die massive Tür in einen kleinen holzvertäfelten Korridor. An den Wänden hingen gerahmte Zeichnungen und Lithografien. Links und rechts von ihnen befanden sich zwei Räume, unmittelbar vor ihnen führte eine schmale Treppe in das obere Stockwerk.

„Hier", begann Ida und öffnete das Zimmer links neben ihnen, „findest du das Wohnzimmer. Hier erholen wir uns bei einem guten Buch oder einem Gläschen Wein." Sebastian lugte zögerlich in den Raum hinein. „Schau ihn dir nur an", ermunterte Ida ihn freundlich.

„Es ist sehr behaglich", meinte der junge Mann und ließ seinen Blick vom lodernden Kaminfeuer über die bequemen Sessel, bis hin zum überfüllten Bücherregal wandern.

„Unsere gemeinsame Bibliothek", erklärte Ida stolz, während sie Sebastians Blick folgte, „hier findest du alles, was dir Zerstreuung bringen kann: historische Romane, Krimis neuerer Autoren oder Klassiker. Dort drüben", sie deutete auf eine bestimmte Stelle im Regal, „befindet sich eine Übersicht spiritueller Literatur. Sie ist Wegweiser und Unterhaltung zugleich. Darüber hinaus hat jeder von uns auf seinem Zimmer seine eigene Bibliothek." Sebastian wanderte am Regal entlang und betrachtete interessiert die Titel der Werke.

„Schön", befand er und drehte sich zu Ida herum.

Dann betraten sie wieder den Korridor und Ida öffnete die Tür auf der anderen Seite.

„Das", sagte die Herrin und wies in den Raum, „ist die Küche. Wir haben sie großzügig eingerichtet, denn hier nehmen wir unsere Mahlzeiten ein. Sie bietet, was das Herz begehrt!"

Ida hatte Recht! Der Raum war groß und übersichtlich eingerichtet. Der große Tisch, der die Mitte des Zimmers füllte, bot mehreren Personen Platz. An den Wänden standen Kühlschrank sowie Koch- und Arbeitsnische, Backofen und Spülmaschine. Alle Möbel waren aus Eichenholz.

Das leichte Durcheinander – hier ein liegen gelassenes Buch, dort die vergessene Tasse – vermittelte den Eindruck, dass in diesem Haus gewohnt und gelebt wurde, stellte Sebastian erfreut fest. „Ein Mal in der Woche kommt Werner vorbei, unsere Haushaltshilfe, der gegen einen Obolus unsere Einkäufe erledigt. Der einzige und regelmäßige Besucher unseres Heims." Ida schmunzelte und zwinkerte Sebastian zu. Gemeinsam verließen sie die Küche.

„Hier hast du nun alles gesehen. Lass uns hoch gehen!"

Auf dem oberen Korridor befanden sich auf jeder Seite zwei Türen.

„Das hier", erklärte Ida, während sie die Tür auf der linken Seite öffnete, „ist mein Zimmer."

Sebastian erkannte, neben dem riesigen Himmelbett, kleine Sessel, eine gemütliche Arbeitsecke mit Privatbibliothek sowie eine mit Sitzpolstern ausgelegte Nische.

„In diesem Haus gibt es keinen gemeinsamen Meditationsraum", erklärte Ida, als sie sah, dass Sebastians Blick daran hängenblieb. „Es meditiert jeder für sich", fügte sie hinzu, „in jedem Zimmer wirst du eine solche Nische vorfinden. Der Bewohner richtet sie nach seinen Vorlieben ein. Und dies", sie schloss den Raum und wies auf die gegenüber liegende Tür, „ist Victors Zimmer. Er kann es dir zeigen, wenn er wieder hier ist. – Nun, mein Lieber, kommen wir zu deinem Zimmer. Du hast zwei Möglichkeiten: Entweder nimmst du das, welches auf meiner Seite liegt oder du nimmst jenes auf Victors Seite."

Sebastians Herz begann wieder zu klopfen. Lieber würde er in Idas Nähe wohnen. Der Anstand erforderte jedoch, dass er sich beide Zimmer ansah.

„Dies ist das eine Zimmer." Ida öffnete die Tür auf Victors Seite. „Es ist sehr groß und geräumig, aber nicht besonders hell, da das Fenster wenig Licht hineinlässt."

Dieser Raum war genauso möbliert, wie jener von Ida. Allerdings ließ das kleine Fensterchen nur wenig Licht herein und tunkte alles in einen schummrigen Dämmer.

„Und das andere?", fragte er neugierig.

„Es ist kleiner", antwortete sie und öffnete die andere Tür, „wirkt aber heller und offener, da ein zweites Fenster eingearbeitet wurde."

Sebastian ging hinein und schaute sich um. Es war wie alle anderen möbliert.

„Dort hinten ist die Meditationsecke", erklärte Ida und wies mit dem Finger darauf, „und links vom Bett, hinter dieser kleinen Tür, da ist das Badezimmer. Es hat Dusche und WC und eignet sich hervorragend für die rituellen Waschungen. Einen gemeinsamen Waschraum gibt es hier nicht", meinte sie keck und zwinkerte ihm zu.

„Das nehme ich", entschied Sebastian und holte sein Gepäck aus dem Korridor.

„Wir treffen uns gegen 19 Uhr zum Abendessen, bis dahin kannst du es dir gemütlich einrichten", sagte Ida und verabschiedete sich freundlich.

Sebastian ließ sich auf das weiche Bett fallen, verschränkte die Arme im Nacken und schaute nachdenklich zur Decke. „Die Meisterin ist wirklich nett zu mir", sagte er. Bilder von der Engelssitzung kamen in ihm hoch, und er erinnerte sich wieder an ihren seltsamen Blick, als er auf der Bühne gestanden hatte. „Ich möchte nur wissen, was in ihr vorgeht", murmelte er leise vor sich hin und überlegte sich, sie in einem ruhigen Moment abzupassen und unauffällig zu befragen. „Nein, nein, das geht nicht", verwarf er den Gedanken sogleich wieder, „wenn sie mir etwas mitzuteilen hat, wird sie das im gegebenen Moment tun. Es wäre respektlos, sie auszuhorchen." Sebastian seufzte leise vor sich hin. Irgendwie kam ihm das alles hier sehr merkwürdig vor. Die Herrin schwelgte in euphorischer Zuneigung zu ihm, während ihm der Herr ein Verhalten entgegenbrachte, das ihn frösteln ließ. Eines stand fest: Hier stimmte irgendetwas nicht. „Sie haben irgend etwas vor – jeder, und jeder auf seine Weise", sagte sich Sebastian, „was gäbe ich darum, ihre Gedanken lesen zu können."

„Hinterhalt", hörte er plötzlich, gleichzeitig streichelte ein leichter Birnenduft seine Nase. Sebastian horchte auf.

„Du meinst auch, dass es ein Hinterhalt ist?", fragte er eindringlich nach.

„Sieh dich vor", war die Antwort. In Sebastian wallte eine innere Erregung auf und er begann zu zittern.

„Ich bin bei dir", reagierte die Stimme. Der Birnenduft war nun sehr stark zu vernehmen.

„Vor wem von beiden soll ich mich vorsehen?", fragte er aufgeregt nach.

„Sei wachsam!", kam die Antwort. Sebastian schluckte trocken.

Er spürte einen warmen, beruhigenden Hauch auf seiner Wange und fiel allmählich in einen unruhigen Schlaf, aus dem er nach kurzer Zeit abrupt erwachte. Verschlafen rieb er sich die Augen und blickte auf die Uhr neben dem Nachttisch. Es war kurz vor 19 Uhr. Schnell erhob er sich vom Bett und ging nach unten in die Küche, wo Ida und Victor schon auf ihn warteten.

Der Tisch war bereits mit allerlei Köstlichkeiten gedeckt.

„Setz dich", wies Ida ihn an und machte eine auffordernde Handbewegung. Sebastian nahm Platz und betrachtete aufmerksam die Gesichter der Anwesenden: das freundlich lächelnde Gesicht Idas und das regungslos starre von Victor.

„Wenn du etwas Warmes essen willst, kannst du es dir selbst zubereiten", bot Ida an, „es wird gern gesehen, wenn man für die Anderen mitkocht", fügte sie noch hinzu. Sebastian nickte verständig und besah sich den gedeckten Tisch.

In der Mitte stand ein Korb, gefüllt mit dunklem Vollkornbrot, daneben Platten mit Käse und Aufschnitt, außerdem mehrere Thermoskannen, deren Inhalt allerdings nicht ersichtlich war.

„Koffeinfreier Kaffee, Grüner Tee und Rooibuschtee", meldete sich Victor zu Wort, seinerseits den Gast beobachtend. „Im Regal, findest du noch andere Sorten", ergänzte er knapp.

„Was möchtest du trinken?" Sebastian bemühte sich, in Victors Gesicht zu lesen, doch der sah ihn nur aufmerksam an.

„Bitte Grünen Tee", antwortete er. Victor ergriff die Thermoskanne und schenkte ein. Die dampfende Flüssigkeit duftete zart. Sebastian bedankte sich und musterte aufmerksam Victors Bewegungen. Als er sah, dass sich dieser aus derselben Kanne einschenkte, atmete er unmerklich auf.

„So, meine Lieben, greift zu!", lud Ida die Anwesenden stolz ein, als sei sie die Gourmetköchin eines selbst bereiteten Festtagsschmauses. Als Sebastian sich überzeugt hatte, dass die beiden anderen es sich schmecken ließen, tat er es ihnen erleichtert nach.

Während des Essens wurde wenig gesprochen. Gern hätte der junge Mann die Atmosphäre etwas gelockert, wusste aber auch nicht, welchen Gesprächsbeitrag er hätte leisten können. Also widmete er seine ganze Aufmerksamkeit dem Abendmahl.

„Ich finde", bemerkte Ida später, „das war ein köstlicher Schmaus!" Sie lehnte sich zurück, strich sich genüsslich über den Bauch und schaute munter in die Runde. Victor lächelte, Sebastian nickte artig.

„Was haltet ihr davon, wenn wir uns einen Nachttrunk, etwa ein Gläschen Wein, gönnten? Danach kannst du", Ida blickte auf Victor, „Sebastian dein Zimmer zeigen. Er wird sich sicher freuen, deine umfangreiche Sammlung spiritueller Bücher kennenzulernen. Du musst wissen", jetzt sah sie Sebastian an, „dass Victor ein begabter Kräuterkundler ist: ‚Gegen jedes Wehwehchen wächst ein Kraut', nicht wahr, Victor?" Victor lächelte mühsam und nickte.

Er mochte es nicht, gelobt zu werden. Lobpreisung, so seine Meinung, war etwas für egomanische Gurus, die nichts Besseres zu tun hatten, als sich ständig bauchpinseln zu lassen. Andererseits trug er es Ida in diesem Moment nicht nach, denn er erkannte ihre Absicht, die beiden Männer einander näherzubringen. Um Ida, die einen satten und zufriedenen Eindruck machte, entgegenzukommen, erbot er sich, den Wein zu holen.

„Macht es euch doch derweil im Wohnzimmer gemütlich", empfahl er freundlich, „im Kamin lodert das Feuer bereits." Ida dankte und winkte Sebastian, ihr zu folgen.

Sie machten es sich in den weichen Sesseln bequem. Victor erschien mit einer Flasche Rotwein und mehreren Gläsern. Er reichte jedem ein Glas, entkorkte die Flasche und schenkte ein. Sebastian fühlte wohlige Müdigkeit und glaubte, dass es den anderen genauso ging. Er schlürfte genüsslich an dem vorzüglichen Wein, lehnte sich entspannt zurück und lauschte dem Prasseln des Kaminfeuers. ‚Ja, hier wissen sie zu leben‘, dachte er.

„Gefällt es dir bei uns?", fragte Ida an Sebastian gewandt.

„Ihr habt wunderbare Annehmlichkeiten", antwortete der junge Mann, „ich muss aufpassen, dass ich nicht bequem werde", fügte er scherzend hinzu.

„Mach dir keine Sorgen", antwortete Ida und nahm einen Schluck von ihrem Wein, „morgen sieht die Welt ganz anders aus. Dann werde ich dir im Büro deinen Arbeitsplatz zuweisen und dich in deine Tätigkeit als Sekretär einführen." Sebastian wandte sich ihr aufmerksam zu und bemerkte nicht, dass auch Victor aufhorchte. Der blickte nachdenklich in sein Weinglas und runzelte die Stirn. ‚Ich muss mich beeilen‘, dachte er, ‚die Zeit drängt!‘

Als die beruhigende Wirkung des Weins auf die Gemüter nachgelassen hatte, bot Victor Sebastian an, ihm sein Zimmer zu zeigen. Auch wenn er sich bei dem Gedanken, mit Victor allein zu sein, unwohl fühlte, war er trotzdem darauf erpicht, mehr über diesen Mann zu erfahren. Was bot sich dazu besser an, als dessen Allerheiligstes zu beäugen? Begleitet vom zufriedenen Blick Idas stimmte er zu.

„Darf ich fragen, welches Zimmer du gewählt hast?", fragte Victor neugierig, als sie oben angekommen waren.

„Ich habe jenes Ihnen gegenüber gewählt", antwortete Sebastian, „es ist hübsch klein und hell."

„Du kannst mich ruhig duzen", Victor legte dem jungen Mann freundschaftlich den Arm um die Schulter und blickte ihn aus seinen blaugrauen Augen durchdringend an, „schließlich gehörst du jetzt zu uns!" Er öffnete sein Zimmer und lud den unsicher lächelnden Sebastian ein, näher zu treten.

Victors Zimmer war kleiner als Idas, aber größer als seins und mit allerlei eigenartigen Dingen vollgestellt, die dem Raum eine – wie Sebastian fand – mystische Atmosphäre verliehen. Da war ein Regal, das mit zig kleineren und größeren Gläsern bestückt war, in denen allerlei Gewächse herumschwammen, die Sebastian noch nie gesehen hatte.

„Die Pflanzen kommen aus aller Welt – sind teilweise schwer zu kriegen – und haben die unterschiedlichsten Wirkungen", erklärte Victor, der Sebastians Blick gefolgt war. „Wie Ida schon sagte, es gibt nichts, wofür oder wogegen nicht ein Kraut gewachsen wäre." Der junge Mann betrachtete interessiert die einzelnen Gefäße und wandte sich schließlich dem riesigen Bücherregal zu.

„Das wird deine große Sammlung spiritueller Literatur sein, die Ida mir anpries?", fragt er eifrig.

„Groß?" Victor lachte laut auf, „gegen ihre ist das hier nichts! Sie hat Werke in Besitz, von denen ich nicht einmal zu träumen wage", fügte er hinzu, „hat sie dir diese nicht gezeigt?" Er blickte Sebastian fragend an. Der junge Mann schüttelte den Kopf.

„Aber ihr Zimmer hat sie dir schon gezeigt?" Sebastian nickte.

„Meine Spezialität", erklärte Victor weiter, „sind Tinkturen, Idas Steckenpferd sind Pulver. Sie war es, die mich auf die Sammlung seltener Literatur und auf Kräuterkunde aufmerksam gemacht hat."

„Pulver?", fragte Sebastian neugierig.

„Ja, Pulver", antwortete Victor und forderte den jungen Mann auf, es sich in einem der Sessel gemütlich zu machen. „Kennst du Apothekerschränke?" Sebastian dachte kurz nach.

„Die mit den vielen kleinen Schubladen?"

„Ja, so einer ist in ihrem Besitz. Wenn du ihr Zimmer betrittst, gleich auf der rechten Seite neben der Tür. Darin bewahrt sie getrocknete Kräuter auf, die, zerrieben, in Pulverform dargereicht werden." Befriedigt beobachtete Victor, wie sich Sebastians Augen vor Staunen weiteten.

„Wofür braucht ihr denn diese Kräuter?", fragte er unsicher. Victor drehte sich um und faltete die Hände auf dem Rücken.

„Wir sind Heiler", sagte er zum Fenster gewandt und grinste. „In dieser abgelegenen Gegend gibt es weit und breit keinen Arzt. Wenn es einem von uns schlecht geht, müssen wir uns selbst behandeln." Er drehte sich wieder um und blickte den jungen Mann in aller Unschuld an.

„Aha", antwortete Sebastian brav, ihn interessierte noch etwas anderes.

„Darf ich mir deine Bücher ansehen?", fragte er Victor.

„Aber gerne, deswegen bist du doch gekommen", antwortete Victor, „du wolltest mich doch besser kennenlernen", fügte er schlau hinzu.

Sebastian erhob sich aus seinem Sessel und ging zum Regal, das mit Büchern beladen war. Manche Werke älterer und jüngerer Autoren waren Sebastian bekannt. Von anderen wiederum hatte er noch nie gehört und konnte sie auch nicht beurteilen. Sie trugen Titel in fremden Sprachen, die ihm entweder vollkommen unbekannt waren oder die er als Griechisch, Lateinisch, Arabisch und Hebräisch identifizierte. Manche der Bücher, stellte er erstaunt fest, trugen überhaupt keinen Titel.

„Sehr schön", sagte er und drehte sich zu Victor um, „wirklich sehr schön. Allerdings kann ich mit einigen Büchern nicht viel anfangen."

„Ich kann dir sagen, worum es sich bei den einzelnen Werken handelt, falls es dich interessiert", sagte Victor.

„Ach, lieber nicht", antwortete Sebastian, „das würde mir doch nichts sagen."

„Wie du meinst", Victor lächelte.

„Ich denke, für mich ist es Zeit, ins Bett zu gehen", sagte der junge Mann, „morgen steht mir sicher ein langer Arbeitstag bevor "

„Ja, geh nur. Gute Nacht." Sebastian verabschiedete sich von Victor und ging noch einmal zur Meisterin. Ida blickte ihm müde entgegen.

„Wann wollt ihr mich morgen sehen?"

„Um 8 Uhr gibt's bei uns Frühstück", antwortete sie sanft.

„Gut, dann gehe ich jetzt zu Bett. Gute Nacht." Er verließ soeben das Zimmer, als sie ihn zurückrief.

„Sebastian?" Er drehte sich im Türrahmen um.

„Ja?"

„Ist alles in Ordnung?" Sie blickte ihn mit ihren wasserblauen Augen aufmerksam an.

„Ja Herrin, alles ist gut", antwortete er müde.

„Nenn' mich Ida", sagte sie, „du bist nun einer von uns."

„Ja", Sebastian nickte respektvoll und verschwand aus dem Zimmer. Er legte sich sogleich ins Bett und obwohl er gerade erst ein Nickerchen gehalten hatte, schlief er nach einigen Minuten erschöpft ein.

Als am nächsten Morgen der Wecker klingelte, fühlte sich Sebastian erfrischt, ausgeschlafen und wie neu geboren. „Das ist purer Luxus", murmelte er, während er sich die Augen rieb und ausgiebig streckte. Er ging ins Badezimmer und widmete sich seiner rituellen Waschung. Anschließend kleidete er sich an und meditierte, wie gewohnt zügig und akkurat. Als er die Küche betrat, blickte er erstaunt in verschlafene Gesichter.

„Bevor ich keinen Kaffee getrunken habe, werde ich schlecht wach und mit Victor verhält es sich ebenso", Ida lächelte entschuldigend. Sebastian runzelte die Stirn und setzte sich dazu. ‚Wie kann man nach der Waschung und Meditation noch müde sein?', fragte er sich und entschied sogleich, seine Irritation möglichst zu verhehlen.

Victor und Ida schenkten sich reichlich Kaffee ein, während Sebastian wieder grünen Tee trank. Allmählich wurden seine Tischgenossen munter und begannen, sich angeregt miteinander zu unterhalten. Sebastian folgte interessiert den Gesprächen, die sich um die heutigen Aufgaben im Rahmen des Dienstes am Engel bewegten.

„Du, Sebastian", sagte Ida schließlich an den jungen Mann gewandt, „wirst unsere Termine koordinieren und Kundenanfragen beantworten." Der junge Mann nickte eifrig.

„Heute, jedoch", fuhr Victor unvermittelt dazwischen, „wirst du nach der Einführung in die Büroangelegenheiten mit der ‚Admiel'-Meditation beginnen." Sebastian und Ida schauten Victor überrascht an. Victor sah Ida in die Augen, sein Blick sagte: ‚Vertrau mir, ich weiß was ich tue.' – ‚Gut', antwortete Ida stumm und wandte sich wieder Sebastian zu.

„Tu bitte, was Victor sagt", sagte sie sanft aber bestimmt.

„Das ist nicht euer Ernst!", wollte der junge Mann sich entrüsten, besann sich aber eines Besseren und bemühte sich um ein beherrschtes Nicken.

„Darf ich um Erlaubnis bitten, die Einweisung in meine Aufgaben zu verschieben?", fragte er mit zittriger Stimme.

„Selbstverständlich", antwortete Ida mitfühlend. Sebastian stand auf und verließ die Küche.

„Was hat dich geritten, ihn ausgerechnet mit dieser komplexen und langwierigen Meditation beginnen zu lassen?", fragte Ida Victor scharf, als Sebastian außer Hörweite war.

„Weil er dazu bereit ist", antwortete der brünette Mann schlicht.

„Bereit?" Ida blickte ihn skeptisch an.

„Ja, bereit. Du hast doch Jofiel dazu befragt."

„Ach so, ja!" Ida nickte wissend. „Du meinst also, Sebastian ist schon für den letzten Schritt bereit?" Victor sah, wie die Augen seiner Freundin fieberhaft funkelten und nickte.

„Willst du damit andeuten, dass er weiter ist als wir?", warf Ida spitz ein, „ihm fehlen schließlich eine Menge Stationen, die er durchlaufen muss, um eine Meditation zu beginnen, die wir selbst noch nicht vollzogen haben."

„Ja, das würde ich so sagen", gespielt nachdenklich runzelte Victor die Stirn.

„Du weißt aber auch, warum wir die ‚Admiel'-Meditation noch nicht vollzogen haben?", fuhr Victor fort und hob fragend eine Braue.

„Ja", seufzte Ida, „die Meditation ist so fürchterlich erschöpfend und man muss lange ruhen danach. Mist, wir haben so viel Verantwortung im Rahmen des Dienstes am Engel zu tragen, dass wir uns diesen Luxus schlichtweg nicht leisten können."

„Genau", Victor erhob sich von seinem Stuhl, trat an Ida heran, nahm ihren Kopf in seine Hände und blickte in ihre wasserblauen Augen.

„Liebe Freundin", sagte er sanft und strich ihr mit seinen Daumen zärtlich über die Wangen, „ich möchte deine ehrliche Meinung hören, ja?" Ida nickte. „Was sagt dein Gefühl? Wird er Erfolg mit der ‚Admiel'-Meditation haben?" Sie seufzte unmerklich.

„Willst du es wirklich hören?", fragte sie leise und blickte ihn verlegen an.

„Ja", sagte er bestimmt.

„Ich glaube", sie sprach so leise, dass er es kaum verstehen konnte, „dass die Meditation nicht den erhofften Durchbruch bringt." Vorsichtig löste sie sich aus Victors Griff, erhob sich ebenfalls von ihrem Stuhl, ging zum Fenster und schaute nachdenklich hinaus. „Sie stellt die wichtigste Voraussetzung zur Verwandlung dar, löst diese aber höchstwahrscheinlich nicht aus." Nun drehte sie sich zu Victor um und er bemerkte die Tränen in ihren Augen.

„Ja", sagte dieser und nahm sie in den Arm, „dieses Gefühl habe ich auch und zwar schon seit längerem."

„Warum gibst du ihm dann diesen Auftrag?" Auf Victors Lippen schlich sich ein Lächeln.

„Jaah", meinte er geheimnisvoll und kniff Ida keck in die Wange, „nun, wie soll ich es sagen …?" Sein Lächeln wurde breiter.

„Sag bloß, du hast eine Entdeckung gemacht", Idas Gesichtszüge hellten sich auf.

„Ja, das habe ich", Victor grinste, „du kennst mich doch!"

„Welche?" Idas Neugier wuchs ins Unermessliche.

„Nach dem Abendessen treffen wir uns in deinem Zimmer und ich zeige es dir, ja?"

„Gut", freute sie sich, „dann lass uns mit der Arbeit beginnen!", fügte sie beschwingt hinzu.

Sebastian lag auf seinem Bett und starrte auf die Decke. „Das ist nicht ihr Ernst", sagte er. „Ooniemme, das ist nicht deren Ernst", wiederholte er, während sein Herz wild klopfte.

‚Keine Angst', hörte er die leise Stimme des Engels in seinem Kopf antworten.

„Diese Meditation, die ist …", er schluckte, die Worte blieben ihm im Halse stecken.

„Beruhige dich", besänftigte ihn sein Freund. Sebastian vernahm einen zarten Birnenduft und eine sanfte Berührung an seiner Wange. Er beruhigte sich etwas.

‚Werde klar und triff eine klare Entscheidung', riet sein Schutzengel.

„Aber welche?!" Sebastians Herz begann wieder heftiger zu klopfen.

‚Werde ruhig und fühle in dich hinein. Triff deine Entscheidung.'

„Welche ist die richtige?!"

‚Die Entscheidung deines Herzens', hörte er ganz leise, bevor die Stimme in seiner wachsenden Verzweiflung unterging.

„Ooniemme!", schrie Sebastian in den Raum hinein, aber der junge Mann hörte seine Worte nicht mehr.

Keine Wahl

Es war dunkel geworden, Hanne hatte einen langen, anstrengenden Tag in der Uni hinter sich. Sie hatte ihre Abschlussarbeit endlich abgegeben und alle Formalitäten erledigt, die sie dazu berechtigten, ihre schriftliche und mündliche Abschlussprüfung zu absolvieren. ‚Nach 14 Semestern wird es auch langsam Zeit‘, dachte sie müde aber zufrieden. Sie spürte ihren Magen bedenklich knurren. Ob ihr Vater etwas Leckeres gekocht hatte? Erfüllt von Vorfreude betrat sie die Wohnung.

Es roch nach Bratkartoffeln. ‚Oh, Mamas Leibspeise. Sie ist wohl heute ausnahmsweise früher von der Arbeit nach Hause gekommen? … Ach ja, stimmt, das sagte sie heute Morgen‘, dachte Hanne lächelnd. Sie sog tief den Atem ein und stellte naserümpfend fest, dass es noch nach etwas anderem roch. ‚Es ist angebrannt‘, dachte Hanne. Eine dumpfe Ahnung kroch in ihr hoch und ihr Herz pochte stärker. „Keine voreiligen Schlüsse“, beruhigte sie sich „bleib ganz ruhig.“ Sie ging auf ihr Zimmer, legte die Sachen ab und wusch sich die Hände.

Als sie die Küche betrat, traf sie beißender Qualm wie ein Schlag. Hanne wich einen Schritt zurück und hustete. Sie blickte zum Fenster, es war bereits geöffnet. Sie sah ihre Mutter am Herd stehen, ihr Vater saß, den Rücken ihr zugewandt, am Esstisch. Irgendetwas stimmte hier nicht, das fühlte sie ganz deutlich.

„Hallo Mama, hallo Papa“, hustete sie den beiden durch die Schwaden als Begrüßung entgegen. Hanne trat näher an ihre Mutter heran. Ihr Blick wanderte routiniert über deren Gestalt und musterte sie von oben bis unten. Doris' Oberkörper ruhte schwerfällig auf der Arbeitsfläche. Während sie ihren bleiernen Kopf auf den Arm stützte, kratzte sie mit dem Pfannenwender in der anderen Hand, im Tiegel herum. Hanne wich erschrocken zurück. ‚Nein‘, dachte sie, ihre Ahnung bestätigte sich: Doris war sturzbetrunken. Sie konnte sich kaum noch auf den Beinen halten und hatte ihre Tochter immer noch nicht registriert. Hanne erwog kurz, gleich wieder unbemerkt zu verschwinden, als ihre Mutter sie endlich wahrnahm.

„Hllo Hanne“, lallte Doris ihr entgegen und versuchte dabei ein Lächeln zustande zu bringen, „kmmst grade richtich, Essen ist faßt frtich.“ Hanne starrte ihre Mutter fassungslos an. Trauer, Wut und unsägliche Enttäuschung stiegen in ihr hoch. Sie wollte alles herausschreien, konnte aber im aller letzten Augenblick noch an sich halten, schluckte ihren Ärger mühsam herunter und drückte stattdessen ein gequält klingendes „Hallo Mama" heraus. Dann setzte sie sich schweigend an den Tisch. Erst jetzt bemerkte sie, dass ihr Vater ihren Gruß nicht erwidert hatte.

„Hallo Papa", wiederholte sie. Ihre Verwunderung wuchs, als ihr Vater immer noch keine Anstalten machte, zu reagieren. Bei ihrer Mutter konnte sie es ja verstehen, sie war, wie so oft, betrunken, aber zu Arnold passte dieses Verhalten ganz und gar nicht. Hanne beugte sich zu ihrem Vater vor und betrachtete ihn eingehender. Er saß vornüber gebeugt da, hatte die Ellenbogen auf den Tisch gestützt und hielt seinen offenbar schwer gewordenen Kopf in seinen großen Händen.

„Papa? Ist alles in Ordnung mit dir?", fragte Hanne vorsichtig nach. Sie legte ihre Hand auf seinen Arm und zog sie erschrocken wieder zurück. Sein Bademantel war schweißnass und sein Gesicht war, wie sie nun bemerkte, kreidebleich.

„O Gott!", stieß die kleine Frau alarmiert aus. „Papa?!", rief sie ihn nun lauter, während sie sanft und bestimmt an ihm rüttelte, „sag mir, was ist mit dir? Papa?!" Offensichtlich ging es ihm nicht gut. Hanne blickte hilfesuchend zu ihrer Mutter.

Doris war damit beschäftigt, das Essen umständlich auf mehrere Teller zu verteilen, die neben ihr bereit standen. Hanne stellte völlig fassungslos fest, dass ihre Mutter den Ernst der Lage nicht einmal ansatzweise zu begreifen schien. Sie fühlte panische Angst in sich aufsteigen.

„Papa?!", schrie sie ihren Vater an, während sie nun stärker an ihm rüttelte, „sag was!" Endlich schien er sie zu bemerken. Er blickte langsam auf und schaute sie mit eigenartig geweiteten, wässrigen Pupillen verloren an. Langsam und umständlich formten seine Lippen ein teigiges: „Guuuttt", dann war seine Aufmerksamkeit wieder dahin.

„Was mache ich jetzt bloß?", stieß Hanne hektisch aus und blickte wieder hilfesuchend zu Doris, welche, die Teller bedächtig in ihren Händen balancierend, mühsam auf den Tisch zutorkelte. „Soll ich den Krankenwagen rufen, oder was?" Hanne versuchte sich zu beruhigen und einen klaren Gedanken zu fassen, stellte aber fest, dass das ein sinnloses Unterfangen war. Doris knallte die Teller auf den Tisch und forderte Arnold und Hanne lallend auf, zu essen. Als sie sah, dass sich ihr Ehemann nicht regte, griff sie mit der Hand in Arnolds Teller, nahm eine ölige Kartoffelscheibe zwischen ihre Finger und stopfte diese in den leicht geöffneten Mund ihres Mannes. Dieser begann mechanisch vor sich hin zu kauen, was Hanne, angesichts seines Zustands, erstaunte. Er schien den Nahrungsbrei, wenn auch sehr lahm, so doch tatsächlich hinunterzuschlucken. Doris, durch das Verhalten ihres Mannes ermutigt, ergriff wiederum ein paar Kartoffelscheiben und schob ihm auch diese, mit einer für ihren Trunkenheitsgrad erstaunlichen Präzision, in den Mund.

Unfähig etwas zu tun, betrachtete Hanne dieses groteske Schauspiel. In ihrem Kopf drehte sich ein Wirrwarr von Gedanken. Was mochte er haben? War das, was er hatte, lebensgefährlich oder lediglich eine Kreislaufschwäche, die von allein wieder verschwinden würde? Doris würde es wahrscheinlich wissen. Sie war zwar kein Arzt, aber als gelernte Altenpflegerin hatte sie zumindest medizinische Grundkenntnisse. Andererseits war ihrer Mutter in dieser Situation, kein klarer Gedanke und erst recht kein korrektes Urteil über den Gesundheitszustand ihres Mannes, abzuverlangen. Also doch den Krankenwagen rufen? Arnold hasste Krankenhäuser, auch Doris mochte sie nicht besonders.

„Mama", rief Hanne, als hätte sie eine Schwerhörige vor sich, klar und deutlich, „dem Papa geht's nicht gut, er muss ins Krankenhaus." Als Doris das K-Wort hörte, hielt sie inne, blickte ihre Tochter mit glasigen Augen und schiefem Stirnrunzeln an und murmelte nur ein abweisendes: „ Qwtsch!", um dann mühsam hinzuzufügen, „mmüdde, dder msss inss Bett!"

„Nein, Mama", blieb Hanne standhaft, „sieh ihn dir doch an, hier fühl' mal. Er ist klatschnass, leichenblass und kaum noch ansprechbar!"

„Neeee", antwortete ihre Mutter mit trunkener Gewissheit, „kne ßorge, mmein Kint, dem gehtß primma!" Doris förderte ein schiefes Grinsen zutage, griff ihrem, um einiges größeren und schwereren, Ehemann unter die Achseln und zog ihn mit einem gezielten Ruck aus seinem Stuhl, so dass er plötzlich auf beiden Beinen stand. Als er zu wanken begann, stemmte sich die kleine füllige Frau dagegen und hielt ihn grinsend in seiner Position. Hannes Augen weiteten sich erschrocken. Ihre Mutter überraschte sie im trunkenen Zustand immer wieder. Einerseits konnte sie ihre eigenen Massen kaum aufrecht erhalten, andererseits schien sie gerade in diesem Zustand übermenschliche Kräfte zu besitzen. Sie schaffte es auch noch, die Küchentür zu öffnen, ohne ihren Mann loszulassen. Ihre Bewegungen waren zwar unsicher und fahrig, so dass Hanne zwischendrin immer wieder um ihre Sicherheit bangte, aber sie schaffte es erstaunlicherweise, sowohl sich, als auch ihren fast leblosen Ehemann, nicht nur auf den Beinen zu halten, sondern sogar fortzubewegen. In Schlangenlinien und mit kleineren Patzern, durch die sie beide immer wieder zu stürzen drohten, schob Doris ihren Mann über den langen Korridor, durch das Wohnzimmer bis in das benachbarte Schlafzimmer und schließlich in sein Bett. Hanne glaubte immer wieder, eingreifen zu müssen, fühlte aber instinktiv, dass sie damit mehr schaden, als helfen würde und unterließ es. Bereit, sie im Notfall beide zu stützen, folgte Hanne ihren Eltern bis ins Schlafzimmer. Als Arnold im Bett lag, atmete sie erleichtert auf und warf Doris einen fragenden Blick zu. Ihre Mutter lachte sie fröhlich an und wankte zu ihrer Betthälfte.

„Mama, aufpassen!", schrie Hanne, aber es war schon zu spät. Doris' Kopf stieß mit einem dumpfen Schlag gegen das geöffnete Schlafzimmerfenster. Ihre Mutter prallte zurück, betrachtete irritiert das Fenster, scheinbar ohne den geringsten Schmerz zu verspüren und wollte erneut Anlauf nehmen, als Hanne dazwischensprang und es mit einem lauten Patscher zustieß. Doris wankte, ließ sich wie ein nasser Sandsack auf das Bett fallen und schlief, in der Position, in der sie niedergesackt war, sofort ein.

Hanne stand fassungslos im Schlafzimmer ihrer Eltern und fühlte sich in diesem Moment mutterseelenallein! Arnolds Schicksal lag jetzt alleine in ihrer Hand. Ein eiskalter Schauer lief ihr den Rücken hinunter. Wenn sie nichts unternahm, konnte es durchaus sein, dass ihre Mutter morgen neben einer Leiche aufwachte. Wenn sie den Krankenwagen rief, konnte es sein, dass sie die Wut beider Elternteile auf sich zog. Doch nun war ihr das Leben ihres Vaters wesentlich wichtiger, als die eventuelle Schelte infolge einer voreiligen Handlung. Hanne ging zum Telefon und rief den Notarzt an.

Kurze Zeit später klingelte es an der Tür. Hanne öffnete, führte den Sanitäter in das Schlafzimmer ihrer Eltern und deutete auf ihren Vater. Der Mann blickte fragend auf Doris, die narkotisiert dalag, aber Hanne schüttelte den Kopf und wies auf ihren Vater.

„Gut, dass Sie uns gerufen haben", stellte der Sanitäter fachmännisch fest, „er liegt fast schon im Koma. Etwas später, und er wäre nicht wieder aufgewacht!"

„Was hat er?", fragte Hanne mit zittriger Stimme.

„Er ist stark unterzuckert", antwortete der Mann, „ich gebe ihm jetzt eine Glukose-Infusion, damit er wieder etwas zu Kräften kommt. Dann müssen wir ihn mitnehmen."

„Wird er es überleben?", hakte Hanne noch einmal nach.

„Na klar", antwortete der Sanitäter, verabreichte Arnold die Infusion und es dauerte tatsächlich nicht lange, bis er wieder etwas zu sich kam.

„Was? Was ist los?", fragte er und blickte angesichts des plötzlichen Besuchers seine Tochter verwirrt an.

„Du bist stark unterzuckert, Papa, du musst ins Krankenhaus."

„Ins Krankenhaus?" Arnolds Augen wurden groß und rund. Er starrte abwechselnd auf die Nadel in seinem Arm, den Infusionsbeutel, den Sanitäter und seine Tochter und schüttelte vehement den Kopf.

„Nein, nein", beeilte er sich zu sagen, „mir geht's wieder gut! Sehen Sie?" Er versuchte sich demonstrativ aufzurichten, sank aber von Schwäche ergriffen, sofort wieder auf sein Lager zurück.

„Halten Sie bitte den Infusionsbeutel", sagte der Sanitäter, „wir bringen die Trage. Es macht Ihnen doch nichts aus, wenn wir dazu die Türen öffnen?" Er schaute Hanne fragend an.

„Nein", Hanne ergriff den Beutel. Während der Mann draußen beschäftigt war, blickte Arnold seine Tochter hilflos an.

„Ich will nicht ins Krankenhaus", bat er, „du weißt doch, was für Scharlatane das sind. Die schlitzen mich auf!"

„Nein Papa, das tun sie nicht. Sie werden dich nicht operieren, aber sie müssen dich im Auge behalten und schauen, woher deine Unterzuckerung kommt und ob du eventuelle Folgeschäden davon getragen hast."

„Folgeschäden?" Arnold sah sie erstaunt an.

„Ja", antwortete Hanne bitter, „du wärest beinahe ins Koma gefallen. Wenn ich den Krankenwagen nicht gerufen hätte, wärst du morgen tot!" Arnold wurde kreidebleich und schwieg betroffen.

Die Sanitäter kamen zurück und Arnold wurde auf die Trage gebettet. Doris, die bisher nichts mitbekommen hatte, begann sich, aufgrund des erhöhten Geräuschpegels, nervös hin- und herzuwälzen. Um ihren Protest auszudrücken, murrte und knurrte sie zunächst leise, dann immer lauter werdend, vor sich hin. Als die Umgebung darauf nicht reagierte, öffnete sie ihre verklebten Augen und stöhnte angesichts des grellen Lichts leise auf. Die Sanitäter waren gerade dabei, Arnold hinauszutragen, nun hielten sie kurz inne und blickten Hanne fragend an.

„Sie ist nur betrunken", sagte Hanne mit einer wegwerfenden Handbewegung, „wird schon wieder. Bringen Sie ihn nur ins Hospital." Die Männer nickten und trugen den leichenblassen Arnold hinaus in den Krankenwagen. Doris, die mittlerweile etwas klarer war, hob den Kopf.

„Wass, was ist los, Hanne?", fragte sie erstaunt, „wwo iss Papa?"

„Er kommt ins Krankenhaus", antwortete ihre Tochter knapp, erhob sich und folgte den Medizinern.

„WAS?" Doris saß auf einmal kerzengerade im Bett. Sie erhob sich mühsam, torkelte hinter ihrer Tochter nach draußen und stellte nun erschrocken fest, dass dies kein böser Traum war.

„Wenn Sie möchten, können Sie mitkommen", sagte einer der Sanitäter an Hanne gewandt, „eine Begleitperson ist erlaubt."

„Wie geht's ihm denn?", wollte Doris wissen.

„Sein Zustand ist stabil", antwortete der junge Mann. Hanne drehte sich um, sah ihre Mutter hinter sich stehen und sie bestürzt anstarren. Sie schüttelte den Kopf.

„Wenn er stabil ist, brauche ich nicht mitzukommen", sagte sie an den Notarzt gewandt. „Geben Sie mir bitte eine Visitenkarte? Dann rufe ich Sie später noch mal an", bat sie.

„Aber gerne", der junge Mann reichte ihr ein Kärtchen und stieg zu seinem Kollegen in den Wagen. Hanne seufzte auf und drehte sich zu ihrer Mutter um, die immer noch in derselben Position verharrte und ihre Tochter mit weit aufgerissenen Augen ungläubig anstarrte.

„Komm, Mama", Hanne fühlte sich unendlich erschöpft, „lass uns reingehen, es wird kalt." Sie packte Doris sanft am Arm und zog sie hinter sich her, bis sie wieder in der Wohnung waren. Dann ließ sie ihre Mutter los und schlurfte müde in ihr Zimmer, wo sie sich auf ihr Bett fallen ließ. Es dauerte nicht lange und Doris stand im Zimmer.

„Was hast du gemacht?", fragte sie ihre Tochter ärgerlich. Hanne blickte müde auf.

„Er war stark unterzuckert", sagte sie leise, „wenn ich den Krankenwagen nicht gerufen hätte, wäre er im Bett neben dir gestorben."

„Oh, mein Gott!" Doris, die plötzlich ganz klar im Kopf war, hielt sich die Hand vor den Mund und wich schockiert einen Schritt zurück.

„Und ich habe es nicht gemerkt, nicht wahr?", fragte sie leise mit Tränen in den Augen. Ihre Tochter schüttelte den Kopf.

„Das hast du gut gemacht, mein Kind", sagte Doris, setzte sich zu Hanne auf das Bett und legte sanft die Hand auf ihre Schulter. Hanne sank in ihre Arme.

„Wo haben sie ihn hingebracht?", fragte ihre Mutter nach einer Weile.

„Ins Städtische Klinikum", antwortete Hanne, „wo denn auch sonst, wir wohnen schließlich in der Nähe."

„In dieses Schlachthaus!", schimpfte Doris weinend und schlug sich dabei mit den Händen auf die Oberschenkel. „Nein, nein, nein, nicht in dieses Schlachthaus", schluchzte sie nun immer heftiger. „Er muss da raus! Sofort!" Doris erhob sich und war im Begriff, ins Schlafzimmer zu gehen und sich anzukleiden.

„Nein, Mama", sagte Hanne energisch, stand ebenfalls auf und hielt ihre Mutter zurück.

„Warum nicht?!", tobte Doris.

„Weil er krank ist, deshalb", Hanne wurde nun auch lauter.

„Ich werde ihn jetzt da rausholen!", schrie Doris plötzlich wie wahnsinnig.

„Das wirst du nicht!", bestimmte Hanne resolut und verstärkte ihren Griff um Doris' Arm.

„Ich will aber!", schrie Doris wie ein trotziges Kind, während sie sich unter Hannes festem Griff hin- und herwand.

„Sieh mich an!", zischte Hanne plötzlich mit schneidender Kälte in der Stimme und drehte ihre Mutter mit einem Ruck zu sich um. „Du bleibst schön hier. Hast du mich verstanden?"

„Aber … aber …", Doris erschrak angesichts der groben Strenge ihrer Tochter und wurde kreidebleich.

„Dieser Mann", fuhr Hanne mit eisiger Stimme fort, in der ihre grenzenlose Wut mitschwang, „er wäre heute Nacht beinahe gestorben, weil du dir mal wieder die Birne zusaufen musstest! Und jetzt, da er halbwegs wieder beisammen ist, willst du ihn wieder nach Hause schleifen? Das wirst du hübsch bleibenlassen! Hast du mich verstanden?!" Doris blickte ihre Tochter mit schreckensgeweiteten Augen an und begann leise vor sich hin zu wimmern.

„Hast du mich verstanden?!", fragte Hanne lauter.

„Ja, ja", antwortete Doris, die sich in jenem Moment nichts anderes wünschte, als von diesem Tier loszukommen, das sie so wütend anschnaubte.

„Gut", zischte Hanne und ließ sie los, „du gehst jetzt ins Bett. Morgen können wir ihn besuchen." Doris verließ fluchtartig das Zimmer, begab sich in das elterliche Schlafzimmer und löschte endlich das Licht. In der Wohnung war es nun totenstill.

Benommen torkelte Hanne ein paar Schritte zurück und sank kraftlos ins Bett. Ihr Kopf tat weh und alles drehte sich wie ein Karussell. Sie spürte, wie ihr schlecht wurde und musste husten. Tastend suchten ihren Hände nach der Wasserflasche, die stets neben ihrem Bett stand. Als das kühle Nass ihre ausgetrocknete Kehle benetzte, fühlte sie sich wohler. Die Übelkeit verschwand nach und nach und machte einer tiefen Trauer Platz, an der sie fast zu ersticken drohte. Heiße Tränen kullerten ihr über die Wangen und sie schluchzte tief auf.

Wieso hatte sie es nicht kommen sehen? Seit langer Zeit klagte ihr Vater, dass er sich nicht gut fühlte. Andererseits, was hätte sie tun können? Arnold hatte sich strikt geweigert, einen Arzt aufzusuchen. Dieser sture Kerl! Und Doris müsste man wegen ihrer Trunksucht mal ordentlich packen und durchschütteln. Hanne fühlte sich unendlich alleine. Sie hatte das Gefühl, nicht bei ihren Eltern, sondern bei zwei unmündigen Kindern zu hausen, die ständig Dummheiten anstellten. Sie fühlte sich nicht wie die Tochter, sondern zunehmend wie deren Mutter. Außerdem befürchtete sie, dass diese Partnerschaft sich nicht nur als Sackgasse für ihre Eltern erweisen würde, sondern auch für sie selbst. Nicht nur, dass sie nichts daran ändern konnte, nein, sie gab dieser aussichtslosen Beziehung auch noch Nahrung, indem sie, anstatt ihr eigenes Leben zu beginnen, hier blieb, um auf ihre Eltern aufzupassen. Langsam wollte sich Verzweiflung in ihr breit machen. ‚Nein!‘, dachte sie bockig, ‚bald, bald werde ich meinen Abschluss machen und dann werde ich mich verabschieden, unabhängig davon, was sich hier alles noch abspielen wird.‘ Oder doch nicht? Die zierliche Frau zweifelte und eine unsägliche Angst übermannte sie. Ihre Vermittlungsversuche waren gescheitert und nun würde sie mit diesen unmündigen Menschen untergehen. Aber, so sagte sie sich, sie war ja selbst schuld daran. Was hatte sie auch veranlasst? Wer hatte sie denn dazu bewegt, sich dieser Aufgabe zu stellen? Ihre Eltern? Gott? Ganz bestimmt nicht. Sie selbst war es und das Schlimmste war, sie wusste nicht warum.

„Sie sind meine Eltern, ich fühle mich für sie verantwortlich, das ist die einzige Erklärung“, flüsterte Hanne in die Dunkelheit. „Ob alle Menschen so unnachgiebig und starrsinnig wie meine Eltern sind?“, fragte sie sich. Sie war ja selbst ein Mensch, war sie auch so? Hanne spürte einen Stich in ihrer Brust. Es war der Schmerz der Gewissheit, dass sie aufgrund ihres Scheiterns nichts anderes verdient hatte, als mit ihnen unterzugehen und wenn sie es genau betrachtete, so stand sie den beiden als deren Tochter und als Mensch in nichts nach. „Gott“, sagte sie leise, „ich habe nur dich. Bitte hilf mir.“

Am nächsten Tag besuchten Hanne und Doris Arnold im Krankenhaus. Es ging ihm schon wieder viel besser, so dass sie zunächst zur Ansicht gelangten, dass er schon bald wieder entlassen werden könnte. Nachdem die Ärzte befragt wurden, stellte sich jedoch heraus, dass sein Befinden im Augenblick zwar beschwerdefrei, sein Gesundheitszustand jedoch noch immer kritisch war. Arnold litt seit bald zehn Jahren an Diabetes, die zahlreiche Folgeschäden, wie Herz-, Lungen- und Niereninsuffizienz in seinem Körper verursacht hatte. Das Schlimmste war, und darüber waren Hanne und Doris außer sich, dass Arnold seiner Familie die Erkrankung verschwiegen und keinerlei Maßnahmen ergriffen hatte, sich behandeln zu lassen.

„Du Wicht!“, spie ihm Hanne ins Gesicht, „anstatt zum Arzt zu gehen, ziehst du es lieber vor, die Schuld für deinen Zustand deiner Frau in die Schuhe zu schieben?! Was bist du nur für ein Mensch?“

„Aber ich sage die Wahrheit", stammelte Arnold, „sie versucht mich zu vergiften. Als ich vor vielen Jahren meine Niere verloren habe, da war es nur wegen ihr." Er deutete mit blassem Finger auf seine Frau.

„Arnold, du bist so was von unmöglich", zischte Doris, „und so was will mein, mich liebender Ehemann sein! Pah! Komm, lass uns gehen Hanne!" Beide Frauen verließen das Zimmer und ließen einen sprachlosen Arnold zurück.

Ihren Eltern fehlten offensichtlich mehrere Tassen im Schrank, dachte Hanne wütend, als sie zu Hause angekommen waren und sie mit ansehen musste, wie sich ihre Mutter daran machte, die erste Weinflasche zu öffnen.

„Sag mal, hast du nichts besseres im Sinn, als dich jetzt zu betrinken?", fuhr sie Doris barsch an.

„Was fällt dir ein, so mit mir zu reden?", wütete Doris zurück.

„Ihr seid erbärmlich und benehmt euch wie kleine Kinder", schrie ihr Hanne verzweifelt ins Gesicht, „ich hasse euch!" Sie knallte die Küchentür hinter sich zu und zog sich auf ihr Zimmer zurück. Kurz darauf hörte sie das trockene Ploppen des Korkens …

Einen ganzen Monat musste Hannes Vater noch im Krankenhaus bleiben, weil sich herausstellte, dass sein Körper kein Wasser ausscheiden konnte. Er bekam entwässernde Tabletten verabreicht und wurde auf eine Radikaldiät von 12 Broteinheiten pro Tag gesetzt.

Die Ärzte entließen ihn mit einem ganzen Arsenal an Medikamenten, die er von nun an, jeden Tag nehmen musste und die so starke Nebenwirkungen hatten, dass seine Lebensqualität erheblich nachließ: Die Medikamente beeinträchtigten seine ohnehin geschädigte Niere noch mehr, machten ihn träge und verstärkten nicht nur seine Herzrhythmusstörungen, sondern verursachten auch heftige Durchfallattacken, was ihn mehr und mehr zur Entscheidung trieb, lieber das Haus zu hüten, anstatt vor die Tür zu gehen. Und so wurde aus dem ehemals kräftigen, agilen Mann, innerhalb eines halben Jahres, ein mageres Elend mit tief in den Höhlen liegenden, traurigen Augen, das sich kaum auf den Beinen halten konnte, ständig hustete und auf Grund seines chronischen Unterzuckers – er aß kaum noch – alle zwei Wochen mit Herzmassagen, Dextrose, Schokoladenprinten und Salamibroten reanimiert werden musste.

Während seiner wenigen klaren Momente ereiferte sich Doris. Sie schrie ihren Mann an, er möge endlich seinen faulen Hintern vor die Tür bewegen und gefälligst im Haushalt mittun, anstatt sich so gehenzulassen. Arnolds Klage, dass er doch nicht könne, ließ sie nicht gelten. Wenn ihr dann schmerzlich bewusst wurde, dass sich ihr Mann aufgegeben hatte, griff sie zur Flasche. Während Arnold im Wohnzimmer lag und leise vor sich hin wimmerte, die Mutter schalt oder trank, bereitete sich Hanne ehrgeizig auf ihr bevorstehendes Examen vor.

Wie in vielen Nächten zuvor, fuhren in Hannes Kopf auch heute zig Gedanken Karussell. ‚Wie lange wird sich die Krankheit noch hinziehen?‘, fragte sie sich. ‚An manchen Tagen sagt er mir ganz offen, dass sein Leben keinen Sinn mehr hat und er nicht mehr leben will. An anderen Tagen wiederum, schleppt er seinen abgemagerten Körper in zwei Runden durch die Wohnung und seine Augen glitzern, als ob alles eines Tages wieder gut werden könnte. Mama will ihn nicht verlieren, schadet ihm mit ihrer Schelte aber mehr, als sie ihm hilft. Und? Was wird sein? Wenn ich ihn so betrachte, dann habe ich das Gefühl, er könnte noch lange im Siechtum verweilen – ohne zu sterben.‘ Hanne seufzte leise in das Dunkel des Zimmers. ‚Ich sehe es schon vor mir, das Krankenlager im Wohnzimmer – im Schlafzimmer ist kein Platz für all seine Geräte und Utensilien – und er hängt, als ein Schatten seiner Selbst, mittendrin. Wer wird diesen armen Mann pflegen? Meine trinkende Mutter? Nein. Ich? Tja, ich werde es wohl sein. Abschluss hin, Abschluss her, was nützt er mir? Nächstes Jahr geht Mama in Rente. Wer zahlt dann die Mieten? Ein Umzug ist mithin aussichtslos geworden‘, sinnierte Hanne verbittert. ‚Keine Heilung, keine Auflösung, nichts! Nur Siechtum! Ich verabscheue mich, ich verabscheue dieses Leben!‘ Sie schloss die Augen und versuchte sich zu beruhigen. „Komm, hör auf, so viel zu denken", beschwichtigte sie sich, „alles hat ein Ende, auch dies! … Ja, genau", erinnerte sie sich, „das erschütternde Ereignis, das Eingreifen Gottes! Irgendwann wird er die Fäden durchtrennen und was liegt da näher, als der Tod meines Vaters? Ich habe versagt, hoffnungslos versagt!" Sie drehte sich auf den Bauch und schluchzte lange ins Kissen. Als alle Tränen geweint waren, senkte sich eine bleierne, wohlige Trägheit, wie ein warmer Schleier, über sie und sie atmete leise auf. „Alles wird gut", besänftigte sie sich mit einer fremdartig liebevollen Stimme, „du hast dein ganzes Leben noch vor dir. Dies ist nur eine Etappe und sie wird, wie alle Etappen, vorübergehen."

Endlich lockerten sich die Schnüre um ihre Brust, und sie konnte wieder frei atmen. Sie sog die Luft tief ein und stieß sie befreit aus, währenddessen sie eine vertraute Berührung spürte, die sich wie ein zarter Musselinschleier über ihre nackte Haut zog, sie liebkoste und ihr jene Geborgenheit schenkte, nach der sie sich so brennend sehnte.

„Wer bist du?", fragte sie leise, während ihre Augen eine Gestalt oder wenigstens deren Umrisse erheischend, die Dunkelheit abtasteten. Sie erhielt keine Antwort, spürte nur die Wärme an Stirn, Wangen und Armen. „Wer auch immer du bist, ich danke dir!", sagte sie gerührt und spitzte in Erwartung eines Kusses ihre Lippen. Wie schon in anderen Nächten zuvor, so kam sie sich auch diesmal reichlich albern vor. Als sie aber kurz darauf spürte, dass ihre Zärtlichkeitsbekundung erwidert wurde, hüpfte ihr Herz vor Freude, und sie kam nicht umhin, sich zu fragen, wer da so selbstlos Energie investierte, um ihr trauriges Herz zu trösten.

Hanne dachte nach und die Worte ihres Vaters kamen ihr in den Sinn: „Nachdem wir sterben", hatte er seiner Tochter schon als Kind versichert, „ist unser Leben nicht zu Ende. Nein, ganz im Gegenteil, wir kommen zu Gott und aller Schmerz des vergangenen Lebens ist fort. Dort, wo wir alle nach dem Tod hinkommen, dort gibt es nur noch Liebe!", hatte er Hanne vorgeschwärmt. Sie hatte ihm von Anfang an geglaubt und jetzt, da sie diese sanften, beruhigenden Berührungen spürte, war sie von der Richtigkeit seiner Aussage überzeugt.

„Bist du ein Verstorbener?", fragte Hanne leise in die Dunkelheit, bekam aber auch diesmal nur Berührungen als Antwort. „Hmm", dachte sie laut, „ich weiß nicht recht, ein Verstorbener, der wird doch sicher Besseres zu tun haben, als jede Nacht hierher zu kommen, um mich zu trösten, denn, so hat mir Papa auch erzählt, wir leben nicht nur ein Mal, sondern inkarnieren immer wieder, weil wir hier Aufgaben haben. Vielleicht berührt mich nicht nur einer, sondern ihr Verstorbenen löst euch dabei ab. Mal der eine, mal der andere – ja das wird es sein und vielleicht …", Hanne grübelte weiter, „vielleicht ist es mein Schutzengel, Mama meint, es gibt sie und im Gegensatz zu den Verstorbenen, sind die dazu da, dem Menschen immer zur Seite zu stehen! Könntest du also mein Schutzengel sein?", fragte sie wieder in den Raum hinein. Auch diesmal war die Antwort nur eine sanfte Berührung. „Männooo, warum sagst du nichts?", grummelte sie leise, um dann hinzuzufügen: „Vielleicht sagst du ja was, nur höre ich dich nicht. Ist es so? Bitte streiche mir zwei Mal über die linke Wange, wenn es so ist." Hanne hielt der Dunkelheit ihre Wange entgegen und wartete geduldig ab. Und tatsächlich, es dauerte nicht lange und sie spürte zwei unmittelbar aufeinanderfolgende Berührungen. „So ist das also, ich höre dich nicht", seufzte Hanne leise, „was kann ich denn tun, um dich zu vernehmen?", fragte sie sowohl sich als auch den Schutzengel, den sie in ihrer Nähe vermutete. „Na, mal sehen, wir kriegen das schon hin, nicht wahr?" Wieder eine sanfte Berührung. Hanne nickte zufrieden und schloss die Augen.

„Gute Nacht", murmelte sie noch leise, bevor sie in den Schlaf hinüberdämmerte.

Admiel-Meditation

Sebastian lag im Bett und starrte noch immer vor sich hin. Seit er auf sein Zimmer geschickt worden war, um die ‚Admiel'-Meditation zu beginnen, waren sicher zwei Stunden vergangen. Heftige Emotionen erschütterten ihn und rührten sein Herz. Diese innere Erregung machte ihn für Ooniemme schon unerreichbar, außerdem hatte der ihm doch gesagt, was er zu tun hatte: Er sollte eine klare Entscheidung treffen, eine Entscheidung des Herzens. Sebastian wusste, was der Schutzengel damit meinte.

„Wenn du etwas tust", erinnerte sich Sebastian an die Lehre, „dann tue es aus voller Überzeugung. Nicht, weil du dich verpflichtet fühlst oder weil es deine Umwelt erwartet." Das klang so einfach und war doch so schwer umzusetzen.

„Also eine klare Entscheidung", murmelte Sebastian und seufzte leise auf. „Gut, also beginne ich von vorne!", sagte er leise. „Wenn ich tief in mein Herz hineinfühle, dann spüre ich, dass es nicht richtig ist, die Meditation zu beginnen. Es ist eine äußerst komplexe Meditation, die für Menschen bestimmt ist, die spirituell weit fortgeschritten sind. Im ‚Engel-Almanach' wird ausdrücklich betont, dass man dazu die siebte Bewusstseinsstufe erreicht haben muss und nun meinen die beiden, ich Frischling solle sie durchführen. Ich gebe zu, ich bin ein ehrgeiziger Schüler, aber die ‚Admiel'-Meditation …? Nein! Sie löst, so steht es geschrieben, die Verwandlung in einen Engel aus – oder eben auch nicht. Wenn man nicht ausreichend entwickelt ist, kann diese Meditation großen Schaden anrichten. Ich könnte schizophren werden!" Sebastian spürte, wie sein Körper zu zittern begann.

„Die Frage ist doch", führte er sein Selbstgespräch weiter und erschrak plötzlich über seine Gedanken, „ob ich überhaupt ein Engel werden will? Wollte ich das denn jemals? Warum bin ich überhaupt hier?" Er hielt inne und erkannte den wahren Grund. „Ich bin ein dummer Junge", sagte er sich, „ich wollte nur einen besseren Kontakt zu meinem Schutzengel. Vor meinem Eintritt in diese Vereinigung habe ich doch gar nicht geglaubt, dass die Verwandlung in einen Engel überhaupt möglich ist. Und nun? Was denke ich jetzt? Ist sie doch möglich?" Unsicherheit breitete sich in ihm aus. Wenn er seit seinem Beitritt eines gelernt hatte, dann das, dass alles möglich war. Er dachte an den

Almanach, an die vielen Berichte, die er von anderen erhalten hatte und schauderte innerlich.

‚Warum wehrst du dich?‘, flüsterte eine Stimme in seinem Kopf. ‚Es ist eine Ehre, ein Engel zu sein. Wenn dich die beiden auserkoren haben, dann werden sie wissen, was sie tun.‘ Sebastian seufzte. „Aber der Hinterhalt“, antwortete er leise, „es ist ein Hinterhalt. Ganz bestimmt! Irgendetwas stimmt hier nicht!“ Der junge Mann wand sich in emotionalen Qualen, als ihm plötzlich etwas einfiel. „Halt“, sagte er leise, und ein Lächeln schlich auf seine Lippen, „ich bin doch hier allein. Niemand weiß, ob ich tatsächlich meditiere. Ich mache es mir mit einem Buch gemütlich und sage den beiden, ich würde die Meditation durchführen. Ein kleiner Blick in den Almanach, ein paar Details zur Vorgehensweise aufgeschnappt, den erschöpften Mann gespielt und fertig! Niemand braucht zu wissen, was ich hier wirklich tue!“ So sehr er sich für seinen „genialen Einfall“ pries, so richtig froh machte dieser Gedankengang ihn dennoch nicht. Er spürte einen schweren Kloß im Magen.

„So weit bist du also schon“, rügte er sich, „willst nicht nur dich, sondern auch deine Meister belügen. Es liegt doch klar auf der Hand, was zu tun ist. Du solltest ihnen sagen, dass du diese Meditation nicht vollziehen willst, dass du dich dazu noch nicht bereit fühlst. Was kann denn schon passieren? Sie werden versuchen, dich zu überzeugen, es dennoch zu tun und wenn ihnen dies misslingt, werden sie wütend auf dich sein und dann …?“ Die Vielzahl okkulter Literatur der beiden kam Sebastian wieder in den Sinn und er erschauerte. „Sie werden sich rächen“, flüsterte er zitternd, „ja, das wird es sein. Das wird der Hinterhalt sein. Sie wollen herauszufinden, ob du dich nach der Meditation in einen Engel verwandelst oder nicht. Sie trauen sich nicht, es selbst zu tun. Wenn du es aber nicht tust, werden sie sich mit magischen Mitteln an dir rächen.“ Sebastian spürte, wie der Wahnsinn seine Klauen nach ihm ausstreckte und er erinnerte sich daran, was ihm sein Schutzengel für solche Fälle geraten hatte: „Kappe die Gedankenschnur und komme wieder zu dir, indem du dich mit kaltem Wasser wäschst.“

Sebastian stand auf und wankte ins Badezimmer. Er zog sich vollkommen aus und duschte sich kalt ab. Nun fühlte er sich klarer. „Ich werde es tun“, sagte er, während er sich abtrocknete, „es kann mir nichts passieren, ich stehe unter Gottes Schutz!“ Er schluckte den verbliebenen Skrupel hinunter, zog sich an und richtete sich die Meditationsecke für einen längeren Aufenthalt ein. Dann nahm er Platz, schlug im ‚Engel-Almanach' die ‚Admiel'-Meditation auf und las die ersten Seiten. „O je", seufzte er leise, „worauf lasse ich mich hier nur ein?"

Mit einem Blick auf die Uhr stellte er fest, dass es Zeit für das Abendessen war. Sebastian reckte und dehnte seine Glieder, die nach stundenlangem Verharren in einer Position steif und ungelenk geworden waren und erhob sich langsam. Er ging in die Küche, wo er von Ida und Victor bereits erwartet wurde. Die Herrschaften blinzelten sich an und nickten einander wissend zu. Sebastians Erschöpfung war offensichtlich und nicht zu verkennen.

„Wenn du hier fertig bist", sagte Ida mit sanfter Stimme, „kannst du dich Schlafen legen."

Sebastian, der stumm am Tisch saß und mechanisch sein Essen mümmelte, blickte kurz auf, nickte unmerklich und versank wieder in Apathie. Nein, es ging ihm nicht gut. In seinem Kopf drehte sich alles, er war hundemüde und nach Essen war ihm überhaupt nicht zumute. Er spürte, wie sein Magen nach jedem Schluck rebellierte. Nach einiger Zeit zog er sich, eine knappe Abschiedsformel murmelnd, auf sein Zimmer zurück. Dort ließ er sich erschöpft ins Bett fallen und schlief sofort ein.

„Was glaubst du, wird er es schaffen?" Ida blickte Victor sorgenvoll an.

„Was? Diese Meditation? Natürlich schafft er die. Er ist nur müde, mehr nicht. Das ist ja auch angesichts der zahlreichen akribischen Schritte und Feinheiten, die streng zu beachten sind, nicht verwunderlich", antwortete Victor mit einer wegwerfenden Handbewegung.

„Aber wenn er das nicht absolut fehlerfrei absolviert, dann …"

„Was dann?", unterbrach er sie, „dann passiert gar nichts. Wenn du eine Meditation nicht richtig ausführst, hat sie schlichtweg keine Wirkung! Aber das habe ich dir schon gesagt, als du den ‚Engel-Almanach' verfasst hast."

„Hmm, hmm", Ida rieb sich nachdenklich das Kinn. „Ja", stimmte sie dann zu, „du hast Recht. Ich erinnere mich an eine Medi, die ich vor langer Zeit vollzog, die ebenfalls keine Wirkung zeigte."

„Siehst du?" Victor strich seiner Gefährtin sanft über die Wange. „Es kann und wird ihm nichts passieren. Er ist nur übermüdet, mehr nicht. Ich versichere dir, er wird alles richtig machen. Ein Pedant wie er, kann einfach nicht anders, als auf jede Kleinigkeit zu achten. Denk daran, was Jofiel sagte." Ja, er hatte Recht, Ida nickte zufrieden.

„Du wolltest mir doch etwas zeigen?", erinnerte sie Victor und ihre Augen begannen zu funkeln.

„Ach ja!", der Vertraute schüttelte lachend sein brünette Mähne, „wie konnte ich das nur vergessen? Lass uns auf dein Zimmer gehen, dort zeige ich es dir."

„Bitte, nimm Platz", Ida rückte ihm einen Sessel zurecht, „möchtest du etwas trinken? Ich habe noch einen Bordeaux hier."

„Aber gerne." Victor lehnte sich im Sessel zurück. Ida holte die Flasche aus einem Schränkchen hervor, entkorkte sie und schenkte beiden ein. Dann machte auch sie es sich bequem.

„So, mein Lieber, nun schieß mal los!", meinte sie und schlürfte an ihrem Wein.

„Alsooo …", begann Victor mit breitem Grinsen, wobei er das Wort genüsslich in die Länge zog. „Als ich vor einiger Zeit meinen Studien in deiner Bibliothek nachging, habe ich eine sehr interessante Entdeckung gemacht, die ich kaum glauben wollte. Deswegen habe ich dich nicht gleich unterrichtet, sondern stattdessen weitere Nachforschungen angestellt." Victor lehnte sich nach vorne und stellte das Weinglas ab.

„Und? Was haben sie ergeben, deine Nachforschungen?" Das Grinsen in Victors Gesicht wurde noch breiter.

„Sie haben die Richtigkeit meiner Vermutung bestätigt", behauptete er stolz.

„Welche da wären?" Ida stellte ihr Weinglas nun ebenfalls ab.

„Hol mir mal das ‚Verum Fixum' aus dem Regal." Er lehnte sich wieder zurück und ergriff erneut sein Weinglas. Ida stand auf, suchte das uralte, sehr gut erhaltene, ledergebundene Buch heraus und legte es auf den Tisch.

„Schlag die Seite 307 auf. Ganz unten links." Sie tat, wie ihr geheißen. Ihre Augen wanderten suchend über das Papier und fanden nach einiger Zeit einen Abschnitt, der in einer schier unglaublich winzigen Schrift verfasst war. „Nimm die Lupe und lies", dirigierte Victor und schlürfte genüsslich aus seinem Glas. Ida kramte in den Schubladen ihres Schreibtisches herum und fand endlich die Lupe. Sie nahm wieder Platz und begann zu lesen. Mit Genugtuung registrierte Victor ihre vor Staunen größer werdenden Augen und amüsierte sich königlich.

„Und?", fragte er nach einer Weile. Ida blickte auf.

„Das ist unmöglich", sagte sie und schüttelte dabei ungläubig mit dem Kopf.

„Dieses Buch ... ich meine, schau es dir doch an, es ist so unübersichtlich strukturiert, und du findest diesen winzigen Text!"

„Zufall", Victor machte eine wegwerfende Handbewegung.

„Und du glaubst wirklich, das könnte funktionieren?"

„Ich sagte dir doch, ich habe Nachforschungen angestellt. Es ist wasserdicht."

„Aber hier steht ...", Ida ergriff wieder die Lupe und führte sie an die betreffende Textstelle, „dass es nicht bei jedem funktioniert."

„Richtig", antwortete Victor, „wenn du aber weiter liest, weißt du auch, dass die betreffende Person in diesem Fall zwei Tage unter Durchfall leidet – mehr nicht!" Idas Augen suchten den Text ab.

„Ja", sagte sie nickend und blickte auf. „Hast du dich tatsächlich davon überzeugt, dass dies die einzige Nebenwirkung ist?", hakte sie ernst nach.

„Ja. Ich habe in weiteren Werken nachgeschlagen und überall steht dasselbe: Im Falle eines Versagens leidet die Person unter Durchfall. Dieser ist zwar lästig und unangenehm, aber auf keinen Fall tödlich!"

„Gut", antwortete Ida und nahm erleichtert wieder Platz.

„Es handelt sich um ein Pulver", bemerkte sie nach einer Weile und strich sich durch das kupferrote Haar.

„Ja", Victor sah sie aus blau-grauen Augen durchdringend an.

„Ich vermute, du hast die Person, an der es angewendet werden soll, bereits auserkoren?" Ida taxierte ihn aus den Augenwinkeln.

„Ja", antwortete Victor und nahm wieder einen Schluck von seinem Wein.

„Aber warum verwenden wir es nicht?" Sie sah ihren Gefährten erwartungsvoll an.

„Weil wir unseren Dienst am Engel pflichtgemäß absolvieren müssen und wir uns im Falle eines Durchbruchs keine Abwesenheit erlauben können. Außerdem haben wir die ‚Admiel'-Meditation noch nicht absolviert. In den ergänzenden Werken – ich habe mich zusätzlich schlau gemacht – wird vor der Anwendung des Pulvers die Absolvierung dieser Meditation ausdrücklich empfohlen."

„Es gibt also doch mehrere Haken an der Sache", bemerkte Ida mit gehobener Augenbraue.

„Haken würde ich es nicht nennen", Victor wurde ernst, „eher Voraussetzungen. Vorher muss die ‚Admiel'-Meditation absolviert werden und – ganz wichtig – es müssen viele Engel-Anteile vorhanden sein. Diese besitzt Sebastian und an der Meditation arbeitet er."

„Und was ist, wenn die Meditation misslingt?"

„Dann wirkt auch das Mittel nicht und er kriegt … Durchfall!", antwortete Victor lächelnd.

„Aber mal ehrlich, du glaubst doch nicht im Ernst, dass er sich nach dieser komplexen Meditation, vor der er zudem eine Heidenangst hat, auch noch bereit erklären wird, mein Pulver einzunehmen?"

„Das wird er ganz sicher nicht", pflichtete Victor bei, um dann mit einem hinterhältigen Grinsen hinzuzufügen, „er muss es auch nicht wissen."

„Nein!", Ida fuhr erschrocken zurück, „das kannst du vergessen. Ich werde ihm das Zeug ganz sicher nicht heimlich in den grünen Tee schütten!"

„So etwas habe ich dir nicht unterstellt!", beeilte sich Victor zu versichern. „Aber …", fügte er mit erhobenem Zeigefinger hinzu, „bedenke, was Jofiel gesagt hat: Er ist bereit dazu! Wenn wir diese Gelegenheit nicht ergreifen, bloß weil dein Schäfchen irgendeine diffuse Angst davor hat, dann können wir diesen ‚Amnistiker'-Kram gleich ganz sein lassen und uns eingestehen, dass wir den ganzen Zinnober nur veranstalten, um unsere Taschen zu füllen!"

Ida schwieg betroffen und Victor triumphierte verhohlen über seinen Erfolg.

„Überlege es dir", insistierte er nach einer Schweigeminute und erhob sich. „So eine Gelegenheit bietet sich uns so schnell nicht wieder." Er nahm sein fast leeres Weinglas und verließ das Zimmer.

Ida saß reglos da und war verwirrt. Ja, in der Hoffnung, endlich den ersehnten Durchbruch zu schaffen, hantierte sie schon seit Jahren mit Sprüchen und Pulvern, doch nun, als die Möglichkeit, ihr Wissen einzusetzen, zum Greifen nahe war, wurde ihr doch mulmig zumute. Immerhin ging es hier um ein Menschenleben. Sie begann zu zittern und schenkte sich noch Wein nach.

„Ausgerechnet ein Pulver", flüsterte sie seufzend. „Warum konnte es keine Tinktur sein? Na klar, dann muss es Victor nicht selbst herstellen, sondern ich." Es kam ihr in den Sinn, Michael zu rufen und ihn um Rat zu bitten, aber der mischte sich in solche Angelegenheiten nicht ein, und wenn, dann würde er ihr sicher raten, die Finger davon zu lassen. Okkulte Handlungen, das war Ida durchaus bekannt, gehörten nicht in das Repertoire eines Engels. Dennoch suchten ihre Augen unwillkürlich das Zimmer nach ihm ab. „Victor hat Recht", flüsterte sie in den Raum hinein, „wenn wir diese Gelegenheit nicht ergreifen, können wir uns gleich eingestehen, dass wir diese ,Amnistiker'-Sache nur veranstalten, um uns zu bereichern." Ida erhob sich von ihrem Platz und ging zum Fenster.

„Und?", hörte sie plötzlich jemanden unmittelbar hinter sich sagen, „macht ihr es, um euch zu bereichern?" Sie drehte sich um und erkannte Michael, der sie aus seinen braunen Augen erwartungsvoll ansah.

„Warum stellst du mir jetzt diese Frage?", fragte Ida gequält.

„Weil du sie gestellt hast", der Engel trat ebenfalls an das Fenster. „Also? Macht ihr es nur des Geldes wegen?" Er legte seinen Arm sanft um ihre Schultern und fühlte, wie Idas Körper steif wurde.

„Nein, natürlich nicht", antwortete Ida empört, um dann unsicher hinzuzufügen. „Ich glaube es jedenfalls nicht, oder …?" Sie blickte Michael verzweifelt an. „Ich meine", beeilte sie sich hinzuzufügen, „ich möchte, dass die Menschheit aufhört zu leiden!"

„Wenn du möchtest, dass die Menschheit aufhört zu leiden", sagte der Engel, „dann solltest du bei dir anfangen, findest du nicht?"

„Wieso?" Idas Augen wurden groß und rund.

„Wenn du mit dir selbst zufrieden und im Einklang bist", antwortete Michael, „dann kannst du diesen Zustand auch auf andere übertragen. Wie sagt ihr Menschen doch immer? ,Kehre erst vor der eigenen Haustür, bevor du dich über den Dreck auf den Straßen beschwerst.'" „Aber ich bin zufrieden", antwortete Ida eigensinnig. „Ich weiß, was ich will und ich weiß, was ich tue!"

„Ach, ja?" Sie wich seinem strengen Blick aus. Wie so oft, fühlte Ida auch diesmal im Gespräch mit Michael eine quälende Hilflosigkeit in sich aufsteigen. Oder war es Wut? Wut darüber, dass sie sich ertappt fühlte? Wut darüber, dass sie ihm nichts vormachen konnte? „Aber Micha!", schluchzte sie schließlich mit Tränen in den Augen, „an dieser ‚Amnistiker'-Strippe hängen so viele Menschen, so viele Arbeitsplätze – ach, was sage ich – ein ganzes Imperium! Es muss einfach funktionieren! Ich weiß doch selbst, dass die ‚Admiel'-Meditation nicht als Allerwelts-Heilmittel gegen menschliche Einfalt dient, obwohl ich sie als solches anpreise! Und dieses Mittel, das Pulver, auf das mich Victor hinwies, ist Magie. Ich weiß nicht einmal, wer darauf gekommen ist, diese Formel auszusprechen und sie auch noch niederzuschreiben, aber …“, sie brach ab und vergrub ihr Gesicht in den Händen. „Es ist die einzige Möglichkeit, verstehst du?“ Sie blickte auf und sah den Engel verzweifelt an, „die einzige Möglichkeit, die Menschen zu retten, denn sie sind nicht wie Gott! Und das waren sie nie!“ Zitternd torkelte Ida zurück und ließ sich in einen der Sessel fallen. Michael folgte ihr, strich ihr mitfühlend über das Haar und beugte sich zu ihr herunter.

„Sieh mich an“, sagte er sanft. Ida drehte ihm ihren Kopf zu und konnte ihn plötzlich kaum noch wahrnehmen. „Ich wiederhole, was ich dir schon sagte, als du ein kleines Mädchen warst“, Michaels Stimme kam von sehr, sehr weit weg, „sei ehrlich zu dir selbst.“ Leise seufzte Ida auf.

Sebastian strich sich seufzend durch das hellbraune Haar und rieb sich die geröteten Augen. Es war nun schon geraume Zeit vergangen, seit er die ‚Admiel'-Meditation begonnen hatte und er würde auch noch eine Weile benötigen, um sie zu absolvieren. Er fühlte sich müde und erschöpft und je länger er meditierte, desto stärker wurde seine Unruhe, die ihn noch bis in den Schlaf verfolgte. Mit zittrigen Händen blätterte er im ‚Engel-Almanach' herum. Seine Augen wanderten über die Seiten und erleichtert stellte er fest, dass er es bald geschafft haben würde. „Nur noch ein bisschen“, murmelte der junge Mann, während er sich erhob und ins Badezimmer ging, um sich mit kaltem Wasser zu erfrischen. Dann nahm er wieder in seiner Ecke Platz, um erneut fortzufahren. Diesmal gelang es ihm nicht.

„Nur ein paar Minuten ausruhen“, dachte er sehnsuchtsvoll, erhob sich wieder und schlurfte zum Bett. Er legte sich hin und schloss die brennenden Augen.

„Ach ja“, seufzte er, „ich würde mich viel besser fühlen, wenn dieser beißende Geruch nicht wäre.“ Gestern Nacht hatte er so entsetzlich geschwitzt, dass die gesamte Bettwäsche klitschnass war. Mühsam erhob sich Sebastian wieder und ging zum Sessel, wo, in weiser Voraussicht, frische Bettwäsche deponiert war. Er zog das Bett ab und warf die schmutzige Wäsche achtlos auf den Boden. Heute, vor dem Abendessen, würde er sie mitnehmen und in den Waschraum bringen, der ganz unten im Keller war. Dann würde er sich neue besorgen, falls er auch diese Nacht wieder stark schwitzen würde. Er legte sich ins frischbezogene Bett, schloss die Augen und versuchte zu schlafen – doch er kam einfach nicht zur Ruhe.

Nicht etwa, dass ihm Gedanken durch den Kopf kreisten und ihn beunruhigten, für solcherlei Grübeleien war er viel zu erschöpft. Trotzdem ließ ihn das Gefühl nicht los, dass in seinem Kopf etwas arbeitete, sich ständig drehte. Er versuchte einen Zipfel dessen zu erfassen, aber es entfloh ihm und schwirrte wie ein Kreisel durch sein Ich. Sebastian seufzte leise auf und versuchte, an Ooniemme zu denken. ‚Bist du da?‘, fragte er in Gedanken, erhielt aber keine Antwort, keine, die durch sein inneres Chaos zu ihm dringen konnte.

„Warum habe ich nur diese verflixte Meditation begonnen?“, schimpfte er sich und wand sich von einer Seite auf die andere. ‚Abbrechen kann ich sie jetzt allerdings auch nicht‘, dachte er weiter, während er seine Körperposition wieder wechselte. ‚Es ist ja nicht mehr viel, bis ich endlich fertig bin.‘ Dieser Gedanke beruhigte ihn schließlich. Er fiel in einen tiefen, unruhigen Schlaf, aus dem er Stunden später, nur wenig erholt, wieder erwachte.

Als er seinen Kopf zur Seite drehte, zuckte er mit schmerzverzerrtem Gesicht zusammen. Offensichtlich hatte er längere Zeit in einer ungünstigen Körperposition gelegen. Stöhnend erhob er sich von seinem Lager. Er wechselte sein Gewand und erfrischte sich mit kaltem Wasser. Dann nahm er wieder in der Ecke Platz, sammelte sich und vertiefte sich in die geistige Übung. Nach Stunden höchster Konzentration konnte er die Meditation endlich beenden!

Ein Blick auf die Uhr verriet, dass es Zeit zum Abendessen war. Sebastian nahm seine Schmutzwäsche und trug sie in den Waschraum. Auf dem Weg spürte er, wie seine steifen Glieder langsam zum Leben erwachten. Trotzdem wollte der Schmerz aus seinem Körper nicht weichen. Er peinigte ihn nicht nur im Nacken, nein, irgendwie, so hatte der junge Mann das Gefühl, schien *alles* zu schmerzen. Doch das Allerschlimmste war: er wusste nicht, woher er kam. Vielleicht vom langen Liegen oder Sitzen, das wäre die naheliegendste Erklärung, nur verstand er nicht, warum ihm das so stark zusetzte. In der Zentrale hatte er es über längere Zeit genauso gehandhabt, ohne unter diesen Begleiterscheinungen zu leiden. Und mehr noch: seit er hier war, machte er täglich Spaziergänge, die in den Meditationspausen die fehlende Bewegung wettmachten. Na gut, die hatte er wegen seiner Erschöpfung in letzter Zeit immer häufiger durch Schlafpausen ersetzt, aber das erklärte noch lange nicht, warum ihm Muskeln und Sehnen so arg schmerzten und warum sich seine Gelenke anfühlten, als wären sie mit Sand gefüllt.

„Die Erschöpfung ist normal", sagte Ida mitfühlend, als Sebastian mit ihnen beim Abendessen saß und er einfach nicht mehr umhin kam, beiden sein Leid zu klagen.

„Hast du die Meditation absolviert?", fragte Victor zögerlich nach.

„Ja", antwortete der junge Mann leise. „Habt ihr etwas dagegen, wenn ich euch morgen nicht auf die Zentralinspektion begleite?", fragte er erschöpft.

„Aber nein", beeilte sich Victor zu versichern und bedachte Ida mit einem fordernden Blick. Sie stand auf und bereitete frischen Tee.

„Möchtest du?", fragte sie an Sebastian gewandt. Der junge Mann rieb sich die müden Augen und nickte. Ida nahm das kleine Kännchen und schenkte ihm ein. Mechanisch griff der Jüngling nach dem Becher. Ooniemme schrie so laut er konnte, doch Sebastian hörte ihn schon seit einer geraumen Weile nicht mehr.

Engel-Ki

Hanne rieb sich die brennenden Augen. Seit Stunden saß sie vor dem Computer. Es war spät und eigentlich, das war ihr durchaus bewusst, gehörte sie ins Bett. Die letzte große Prüfung stand bevor und sie musste am nächsten Tag früh aufstehen. Wollte sie eine gute Note erzielen, so musste sie ihr ehrgeiziges Lernpensum bis zum Schluss durchhalten.

Die Angelegenheit, die sie im Moment jedoch beschäftigte, hatte für sie fast ebenso große Bedeutung, wie ihr Examen. Zwar drängte es sie, ins Bett zu gehen, doch Hanne schrieb diese Regung ihrem schlechten Gewissen zu und gab sich leise murmelnd Zuspruch: „Nur noch fünf Minuten", während ihre müden Augen weiter über den Bildschirm wanderten.

Sieben Hinweise hatte sie aus dem Esoterikforum erhalten, als sie in der geistigen Welt nach dem Namen ihres Schutzengels hatte fragen lassen, das war sehr viel. Blöd war, stellte Hanne genervt fest, dass die Antworten erheblich voneinander abwichen. „Ja, ja, so ist's, alle Nutzer haben tolle Engelkontakte, aber wenn's drum geht eine einfache Frage zu beantworten, dann kommt nur Kraut und Rüben raus." Die junge Frau schnaubte leise.

Während einige Nutzer der Meinung waren, Namen seien vollkommen unwichtig und ihr rieten, ihren Lieben doch zu nennen, wie es ihr am besten gefiel, kamen andere mit Anreden wie: Manuel, Michael, Gabriel und einige mehr, die sie an Hannes Seite zu wissen glaubten. Eine der Zuschriften erwähnte sogar einen Chamuel. Während ihr die meisten zumindest ansatzweise etwas sagten, war ihr ein „Chamuel" völlig unbekannt.

„Wo hat die Nutzerin denn diesen Namen ausgegraben?", fragte sich Hanne murrend und kratzte sich unschlüssig am Kopf. „Okay", seufzte sie, gab den Namen in die Suchmaschine ein und mit einem „Na, dann mal los!" wurde sie fündig.

„Ein Erzengel", stellte sie fest, „bedingungslos Liebe ... göttliche Liebe ... aha – und der soll mein Schutzengel sein, als hätte er nichts Besseres zu tun, als bei mir zu sein und mein Händchen zu halten." Hanne schüttelte den Kopf und lehnte sich erschöpft zurück. „Tja", murmelte sie in den Raum hinein, „ist gar nicht so einfach, deinen Namen herauszufinden. Wer weiß, vielleicht sollte ich dich selbst einmal fragen? ... Und was werde ich dann raus bekommen? ... Chamuel – pah!"

Gerade wollte sie ihre Aufmerksamkeit wieder der Webseite widmen, als sie eine zarte Berührung auf ihrer rechten Wange spürte. „Nicht so wichtig, he?", vergewisserte sie sich und bekam wieder eine Berührung als Antwort. „Wenn ich nur nicht so neugierig wäre", seufzte sie. „Ich meine", sie drehte ihren Kopf in die Richtung, aus der die Berührungen kamen, „du musst doch Jemand sein. Es kann doch nicht angehen, dass ich dich *irgendwie* nenne. Jeder hat einen Namen! Oder nicht?! Da forstet man wochenlang durch den Chat, befragt Hinz und Kunz – die alle die tollsten Kontakte haben – eröffnet im Forum ein Thema und es gibt nicht einmal zwei übereinstimmende Antworten! Das darf doch nicht wahr sein, Mist! Na ja, was soll's. Mal schauen, ob sich jemand auf mein ‚Engel-Ki'-Inserat gemeldet hat." Sie wählte die betreffende Seite und stellte zufrieden fest, dass ihr die Benutzer des Esoterikforums auch hier rege geantwortet hatten.

„Schau mal", sagte Hanne zu ihrem Schutzengel, den sie immer noch hinter sich wähnte, „da hat eine geantwortet, die macht das kostenlos und weiht mich ein. Toll, nicht? Ich werde ihr gleich einen Termin nach meiner Prüfung vorschlagen. Als Selbstgeschenk, was hältst du davon?" Sie lehnte sie zurück, drehte ihren Kopf nach rechts und wartete ab. Stattdessen spürte sie plötzlich eine Berührung auf der linken Wange.

„Hey", kicherte die junge Frau, „treibst du hier ein Spiel mit mir? Du weißt doch, dass ich dich weder sehen noch hören kann. Aber das wird sich bestimmt bald ändern. Wenn diese Einweihung etwas taugt, dann wird sich mein Kontakt zu dir und auch zu anderen Engeln verbessern. Das wäre doch wunderbar, findest du nicht?" Hanne hielt inne und freute sich über die bestätigende Berührung auf der linken Wange. „So, und jetzt ab ins Bett, morgen muss ich auch fit sein und lernen." Sie schaltete den PC aus, erhob sich und ging ins Badezimmer. Danach kleidete sie sich um und legte sich ins Bett. Bevor sie jedoch die Augen schloss, horchte sie in die Dunkelheit hinein.

Im Haus war es vollkommen still, stellte sie zufrieden fest. Ihr Vater schien endlich zu schlafen, das übliche Wimmern aus dem Wohnzimmer, wo er sein Lager nun aufgeschlagen hatte, war nicht mehr zu hören. Sie atmete leise auf und entspannte sich – und konnte doch nicht einschlafen.

„Es ist bestimmt sehr schön, ein Engel zu sein", murmelte sie in die Dunkelheit, „nicht wahr?" Wie erwartet, kam keine Antwort.

„Ich würde dich so gerne sehen können", flüsterte Hanne weiter, „nicht nur deine Berührungen spüren, sondern dich wirklich sehen und mit dir reden. Ich würde dich fragen, was dieser Traum zu bedeuten hat, den ich neulich erlebt habe. Weißt schon, den mit dem Engel, der mich sucht und dessen Kleidung ich am Ende trage. Also nicht, dass ich …", Hanne räusperte sich, „unverschämt oder gar überheblich sein will, aber ich habe seine Kleidung getragen. Dann bin ich doch er, oder? Und …", sie schwieg verlegen. „Nein, nein", schob sie den Gedanken beiseite, „das ist unmöglich! Unsinn!" Sie drehte sich auf die andere Seite und kuschelte sich tief in ihre Decke. „Gute Nacht", flüsterte sie leise und spürte eine sanfte Berührung.

Der Wecker schrillte. Hanne wand sich murrend im Bett. Sie hatte absolut keine Lust, jetzt aufzustehen, aber es half ja nichts, sie hatte heute einiges zu erledigen. Mürrisch rieb sie sich die Augen, streckte sich ausgiebig und stand auf. Ein leises Wimmern drang an ihr Ohr. Ihr Herz zog sich zusammen und sie stöhnte leise auf.

Egal, wie oft sie schon ihren Vater vor Schmerz und Schwäche hatte wimmern hören – sie konnte sich einfach nicht daran gewöhnen. Jedenfalls nicht daran, dass sein Leid nun ein alltägliches war. Andere Menschen, so kam ihr in den Sinn, stumpften mit der Zeit ab, doch ihr gelang das nicht. Sie litt mit ihm und das machte ihr Angst.

„Was ist, wenn mich der Schmerz um ihn übermannt?", fragte sie sich in diesem Moment traurig. „Was ist, wenn das Leid so stark wird, dass ich mich nicht mehr auf das Lernen konzentrieren kann und durch meine Prüfung rassele? Dann war mein ganzes Studium umsonst? Nein, das darf nicht passieren", ermahnte sie sich und unterdrückte die Tränen der Hilflosigkeit, die bereits in ihren Augen glänzten.

Sie wischte sich mit der Hand über das Gesicht. Dann zog sie sich um, machte ihre Morgentoilette und ging ins Wohnzimmer, um nach Arnold zu schauen. Der lag, in viele Decken eingewickelt, auf der Couch und blinzelte sie mit eingesunkenen Augen an.

„Hallo Papa", grüßte Hanne sanft und setzte sich neben ihm auf die Kante. „Hast du gut geschlafen?" Sie griff nach seiner dürren Hand und stellte fest, dass sie trotz der vielen Decken eiskalt war.

„Nein", winselte er leise, „nicht gut."

„Wie geht es dir?", fragte seine Tochter leise.

„Mir ist kalt." Hanne seufzte. ‚Kein Wunder, dass ihm kalt ist', dachte sie traurig, ‚er ist ja nur noch Haut und Knochen. Keine Muskeln, kein Fett.' Sie nahm seine großen Hände und schob sie in die Ärmel ihres Pullovers.

„Komm", sagte sie, „ich wärme dich etwas, ja?" Seine Finger umschlossen sofort ihre warmen Unterarme und dankbar lächelte er seine Tochter an.

„Möchtest du etwas essen?", fragte Hanne.

„Nein", jammerte Arnold. Hanne seufzte.

„Bitte Papa, nur ein paar Bissen, ja?" Sie sah ihn flehend an. „Ich bringe das Essen hierher und dann essen wir gemeinsam, ja?" Hanne dachte daran, dass Doris schon längst zur Arbeit gegangen war und heute wieder spät nach Hause kommen würde. Also hatte sie ihren Vater auch heute wieder in ihrer Obhut. Sie fühlte sich verpflichtet, sich um ihn zu kümmern, ihm ihre Zeit zu widmen. Wenn sie jedoch in sein ausgemergeltes, schmerzverzerrtes Gesicht blickte, krampfte sich das Herz in ihrer Brust zusammen und sie spürte das brennende Verlangen, sofort das Zimmer zu verlassen. So kurz vor ihrer letzten Prüfung konnte sie es sich einfach nicht erlauben, sich starken Gefühlen hinzugeben und womöglich in ihnen zu versinken.

Mühsam rang sich Hanne ein Lächeln ab, erhob sich und ging in die Küche, um das Frühstück vorzubereiten. Mit belegten Broten, Kaffee und Tee kam sie zu ihm zurück.

„Komm", sagte sie sanft und half Arnold, sich aufzurichten.

„Hast du mir etwas mitgebracht?", fragte er.

„Ja, Papa, hier." Sie zeigte auf eine kleine Scheibe Brot mit Butter und Marmelade. Sicher wäre Doris, wegen Arnolds Diabetes, beim Anblick des süßen Aufstrichs an die Decke gegangen. Aber mehr als diese kleine Scheibe Brot würde der ausgemergelte Mann heute vermutlich sowieso nicht essen und so war es Hanne egal, ob ihre Mutter damit einverstanden war oder nicht. Arnolds Augen glänzten schwach und das reichte ihr.

„Ich habe dir auch einen Tee bereitet", beeilte sie sich zu sagen. „Möchtest du etwas?" Arnold saß mit seinem Marmeladenbrot in der Hand da und mümmelte langsam die kleinen Bissen. Geduldig wartete Hanne, bis er geschluckt hatte und wiederholte ihre Frage.

„Ja, Tee ist gut", murmelte Arnold und verlangte nach der Hitze des dampfenden Getränks. Hanne schenkte ihm ein. Er legte das Brot ab, umgriff mit beiden Händen den warmen Becher und führte ihn langsam an seine ausgemergelten Lippen. Hanne wusste, dass er das Brot nun nicht mehr zu Ende essen würde. Sie wollte sich über ihr hastiges Angebot ärgern, überlegte es sich aber anders, als sie sah, mit welchem Genuss Arnold am heißen Tee nippte. Sie seufzte leise auf.

„Ja", Arnold lächelte bitter, „mit einem Wrack in der Wohnung, das jeden Tag abzukratzen droht, lernt es sich wahrlich nicht gut, nicht wahr?" Er nippte wieder an seinem Tee. „Aber, ich halte durch, ich verspreche es dir! Ich halte durch, bis du deinen Abschluss gemacht hast, den will ich unbedingt noch miterleben!"

„Aber Papa", entrüstete sich Hanne, worauf er mit einer wegwerfenden Handbewegung das Thema abwürgte. Hanne schwieg und seufzte wieder.

„Ist dir etwas wärmer?", fragte sie nach einer Weile.

„Keine Wärme dieser Welt kommt dauerhaft gegen die innere Kälte an, die ihre gierigen Klauen nach mir ausstreckt", klagte ihr Vater bitter und nippte wieder an seinem Tee. „Das einzige, was zeitweise hilft, ist ein heißes Bad." Er schaute seine Tochter unterwürfig an.

Sie erhob sich, ging ins Bad und ließ heißes Wasser ein. Mittlerweile badete er fast jeden Tag. Solange sein Körper im heißen Wasser lag, wich die innere Kälte und er fühlte sich etwas besser. Hanne ging wieder ins Wohnzimmer zurück und wartete geduldig, bis Arnold seinen Tee getrunken hatte. Dann half sie ihm aufzustehen und führte ihn zur Toilette, wo er sein Geschäft verrichtete.

„Bist du fertig?", fragte sie durch die Tür, hörte aber nur ein Grummeln. „Was ist?", hakte sie nach.

„Ich habe mir wieder in die Hose gemacht", greinte Arnold bitter.

„Warte, ich drehe schnell das Wasser ab und komme gleich wieder, ja? Dann helfe ich dir."

„Nein. Ich will nicht, dass du das siehst", winselte er beschämt.

„Papa, das sind nur Exkremente, ich sterbe schon nicht davon!" Sie drehte das Wasser zu, kam zurück und öffnete die Tür des Klos. Arnold saß wie ein Häufchen Elend mit herabgelassener Hose auf der Schüssel und blickte sie aus traurigen Augen hilflos an.

„So", sagte Hanne, während sie sich das Malheur beschaute, „wenn du schon einmal sitzt, dann ziehen wir gleich alles aus!" Arnold wollte protestieren, seufzte dann aber nur und ließ widerwillig alles mit sich geschehen.

„Ich entsorge die Schmutzwäsche und du wischst dir bitte noch den Popo ab, ja?" Arnold nickte betreten.

„Fertig?", fragte Hanne, als sie wiedergekommen war.

„Ja."

„Gut, dann gehen wir jetzt ins Bad." Sie hielt ihm ihre Schulter hin, damit er sich auf sie stützen konnte und half ihm, sich aufzurichten. Arnold war es ausgesprochen peinlich, dass seine Tochter ihn so nackt, bloß und hilflos sah, doch wehren konnte er sich auch nicht. Und so ließ er sich wie ein braves Lamm ins Badezimmer führen.

„Was stinkt denn hier so?", rümpfte er die Nase.

„Das ist deine Unterwäsche", antwortete Hanne knapp, „ich werde sie gleich einweichen, dann ist der Geruch weg."

„Das brauchst du nicht", beeilte sich Arnold zu versichern.

„Doch, doch. Das geht ganz schnell", beeilte sich Hanne und fügte gelassen hinzu: „Sind nur Ausscheidungen. Die bringen mich nicht um." Arnold seufzte bekümmert und ließ seinen dürren Körper in das warme Wasser sinken.

„Oh-jaaah", flüsterte er erleichtert. Hanne wusch Arnolds Unterwäsche im Waschbecken und hing sie auf.

„Geschafft", sie lächelte gequält. „Ich gehe jetzt lernen. Wenn du wieder raus möchtest oder etwas brauchst, dann sag Bescheid, ja?" Arnold nickte dankbar. Als er alleine war, begann er leise zu weinen.

Sobald sie die Tür hinter sich geschlossen hatte, füllten sich ihre Augen mit Tränen. Diesmal konnte sie sie nicht zurückhalten. Die kleine Frau setze sich auf ihr Bett und weinte leise vor sich hin. Dabei verschwendete sie keinen Gedanken an ihre prekäre Situation, denn das – das wusste sie – würde sie nur noch tiefer an den Rand des Abgrunds führen, der da wie ein Raubtier lauerte, um sie zu verschlingen. Hanne schnupfte in ihr Taschentuch und lehnte sich seufzend zurück. „Komm Kleine, einmal tief einatmen, einmal ausatmen, ein, aus …", leitete sie sich mit einer merkwürdig ruhig klingenden Stimme an. Sie spürte, wie sie ruhiger wurde. Sie wischte sich das Nass von den Wangen, schnäuzte noch einmal in ihr Taschentuch und ergriff die Bücher, die auf dem Nachttisch bereit lagen.

„So", sagte sie und tippte sich dabei an den Kopf, „jetzt Schluss mit dem E-lend und auf den Stoff konzentriert." Sie nahm ein Buch zur Hand und begann zu lesen.

Nach einer geraumen Zeit wurde sie durch ein schwaches Rufen aus ihren Gedanken gerissen. Sie legte das Buch beiseite und erhob sich, ging zum Badezimmer und signalisierte ihrem Vater, dass sie ihn gehört hatte. Anschließend holte sie frische Kleidung und half ihm zurück auf die Couch im Wohnzimmer. Dann ging sie auf ihr Zimmer, um weiterzulernen.

In zwei Tagen war die Prüfung. Dieser Gedanke erleichterte Hanne ungemein. Gleichzeitig hoffte sie innbrünstig, dass ihr Vater noch etwas länger am Leben bleiben würde.

„Er soll wenigstens noch meinen Geburtstag miterleben", murmelte sie leise, bevor sie sich wieder ihrem Lernstoff widmete, „die zwei Monate muss er noch schaffen."

Ab und an spitzte sie die Ohren und horchte, ob sich im Wohnzimmer – abgesehen von dem üblichen Wimmern – etwas Ungewöhnliches regte. Nach ein paar Stunden begann ihr Magen zu grummeln. Sie aß eine Pizza und machte anschließend ein Nickerchen. Dann stand sie auf, schaute noch mal nach ihrem Vater und lernte weiter, bis Doris endlich nach Hause kam.

Nach dem Abendessen setzte sie sich wieder vor den PC. Sie war neugierig, ob sich die Dame auf ihren Terminvorschlag zur ‚Engel-Ki'-Einweihung eingelassen hatte. Freudig sah sie die Antwort im Postfach. Übermorgen, gleich nach der letzten Prüfung, sollte es soweit sein. Wie angekündigt, würde es eine Ferneinweihung sein, was bedeutete, dass sich Hanne mit der Frau nicht treffen musste. Beide waren zum vereinbarten Zeitpunkt zu Hause, um die Einweihung über die Ferne hinweg zu vollziehen. In der E-Mail erhielt Hanne die nötigen Anweisungen. Die Absenderin teilte ihr mit, dass sie es sich zum Termin bequem machen und eine entspannte Position einnehmen solle.

Hanne las die Nachricht zu Ende und hoffte inständig, dass Doris nicht auf die Idee käme, in ihr Zimmer zu platzen. Sie würde ihr die ganze Einweihungszeremonie kaputtmachen, denn – das wusste Hanne nur zu gut – ihre Mutter ließ sich nicht abwimmeln, wenn es darum ging, zu erfahren, was ihre Tochter da eigentlich trieb. Wenn sie diesen Gedanken weiterspann und sich vorstellte, wie sie kostbare Zeit damit verbrachte, ihrer Mutter zu erklären, was sie tat, warum sie es tat und weshalb sie es besser verschwieg, seufzte die kleine Frau leise auf. Nein! Das würde sie auf keinen Fall zulassen! Sie schickte ein Stoßgebet an die Engel, dass sie bitte ungestört bliebe und schob alle Nöte vorerst beiseite.

Voller Vorfreude auf das bevorstehende Ereignis notierte sie sich die Telefonnummer der Frau, sie wollten sich anschließend über den Verlauf der Einweihung austauschen.

Zwei Tage später hatte sie ihre letzte Prüfung mit Bravour bestanden. Ihre Eltern waren hochbeglückt und sehr stolz auf sie, denn sie war seit langer Zeit das erste Familienmitglied mit einem akademischen Grad.

„Freut euch nicht zu früh", scherzte Hanne, die es kaum fassen konnte, dass das Studium nun endlich hinter ihr lag, „das war nur die Bewertung der Prüfung. Die Endnote erfahre ich erst, wenn der Durchschnitt errechnet wurde."

„Tu doch nicht so, als würdest du den nicht kennen", schmunzelte Doris und schlug ihrer Tochter stolz auf die Schulter, „da wird bestimmt eine Eins vor dem Komma stehen!" Hanne blickte zu Arnold hinüber, der zur Feier des Tages aus seinem Bett aufgestanden war und nun mit Doris und ihr in der Küche zusammen saß. Er blickte sie selig an.

„Komm her", sagte er sanft. Hanne spürte seine knöchernen Arme, die er ihr um den Rücken legte und nun wurde es ihr doch schwer ums Herz.

„Sei nicht traurig", flüsterte Arnold, als hätte er ihre Gedanken erraten, „du bist jetzt endlich fertig und eine gemachte Frau – so wie ich es mir immer gewünscht habe." Hanne löste sich aus seiner Umarmung und sah, dass er Tränen in den Augen hatte. Sie überlegte kurz, ob sie ihm von der unmittelbar bevorstehenden ‚Engel-Ki'-Einweihung berichten sollte, verwarf dies jedoch gleich wieder, um ihm nicht zu verwirren. Auch wenn es ein noch so freudvolles Ereignis war, normale Menschen konnten mit Engeln einfach nichts anfangen und ihn würde es vielleicht nur aufregen. Aufregung war Gift für sein krankes Herz!

„Mein Geburtstag ist bald", meinte Hanne, ihren letzten Gedanken wegschiebend, und schluckte schwer, „bleibst du noch so lange, Papa?" Die zierliche Frau blickte ihren Vater flehend an und er nickte. Von Doris erntete sie allerdings, ob dieser Frage, einen entrüsteten Blick. Sie kümmerte sich nicht weiter darum, der Tod stand Arnold schließlich deutlich im Gesicht geschrieben. Auch er schien das zu wissen, seine Hand wanderte sanft über das Gesicht seiner Tochter und noch einmal nickte er bekräftigend.

An diesem Abend räumte Hanne ihr Zimmer gründlich auf, entzündete Kerzen und legte leise Musik auf.

„Ja", sagte sie aufgeregt und nickte zufrieden, „das ist genau die richtige Atmosphäre für eine Einweihung. Bin gespannt, was ich erlebe und vor allem, ob ich etwas sehe." Sie dachte an ihren liebenden Schutzengel, den sie inzwischen Manuel nannte und hoffte, ihm durch die folgende Weihung näherzukommen. Sie setzte sich bequem aufs Bett und spitzte angespannt die Ohren. Ihre Eltern saßen anscheinend vor dem Fernseher. Gut so. Hanne nickte zufrieden und legte sich hin, dann schloss sie die Augen und wartete. Die Musik säuselte im Hintergrund, die Kerzen flackerten, der Fernseher plapperte leise im Wohnzimmer – so weit, so gut. Hanne spürte und fühlte mit aller Intensität in sich – nichts! Sie klappte ein Augenlid hoch und linste auf die Uhr neben dem Bett. Es war schon nach 20 Uhr, also hatte die Frau die Weihe bereits begonnen. Warum sah und spürte sie nichts?

„Geduld, nur Geduld", sagte sie sich, um kurz darauf wiederum festzustellen, dass nichts zu spüren war. ,Vielleicht sollte ich lieber aufstehen und im Zimmer umherlaufen', dachte sie. Hanne erhob sich aus ihrem Bett. Kaum war sie drei Schritte durch den Raum gegangen, hörte sie eine sanfte Stimme, die sie eindringlich bat, sich bitte wieder hinzulegen. Also legte sie sich wieder hin – mehr passierte jedoch immer noch nicht. Als sie Anstalten machte, sich erneut zu erheben, meldete sich sofort diese Stimme wieder. Also blieb sie mit geschlossenen Augen liegen und jetzt, fast eine halbe Stunde später, nahm sie endlich etwas wahr.

Ein Kribbeln zog sich, zunächst in sanften Wellen, durch ihren Körper, wurde immer stärker, bis es so heftig war, das Hanne leise aufstöhnte. Myriaden von winzigen Feuerameisen krabbelten durch Venen und Kapillaren, Muskeln und Knochen. Es brannte, juckte, ziepte, zog und trieb ihr nun Tränen der Freude und Rührung in die Augen. Gleichzeitig hoffte sie, dass es nicht noch intensiver würde, ihre Empfindungen bewegten sich hart an der Schmerzgrenze. Irgendjemand schien sie erhört zu haben, das Prickeln ließ nach und wurde schwächer, bis es schließlich ganz abklang. Hanne seufzte leise auf. Ja, das zwar zweifelsohne ein wunderbares Erlebnis gewesen.

„Meinen Schutzengel habe ich allerdings nicht zu Gesicht bekommen", murmelte sie etwas enttäuscht. Sie blieb noch eine Weile liegen, bis sie ganz sicher sein konnte, dass die Prozedur beendet war. Dann stand sie auf und ging ans Telefon.

Es meldete sich eine freundliche weibliche Stimme.

„Hallo Hanne", sagte sie sanft, „wie ist es dir ergangen?" Hanne, von dem aufregenden Erlebnis noch aufgewühlt, sprudelte los und berichtete in allen Einzelheiten.

„Ja", die Stimme am anderen Ende der Leitung lachte fröhlich. „Ich war das. Ich habe dir geraten, dich wieder hinzulegen, du warst so hibbelig. Nun ja, das haben wir ja dann auch gut hinbekommen, nicht wahr?"

„Ja, ich denke schon", antwortete Hanne und stimmte ins Gelächter ein. „Wer war denn anwesend?", fragte sie neugierig.

„Na alle", die Dame lachte wieder, „du hattest doch gesagt, dass jeder kommen kann, der möchte."

„Und?"

„Also waren viele Engel da, darunter dein Schutzengel, Michael und einige andere."

„Einige andere? Wer denn zum Beispiel?", bohrte Hanne eindringlich nach.

„Naja, einige Engel eben, unbekannte Engel."

„Unbekannte?"

„Ja", stimmte die Dame zu, „sie verhielten sich, als wäre ein lange vermisstes Familienmitglied zurückgekehrt."

„Oh", Hanne verschlug es einen Augenblick lang den Atem. Ihr Herz klopfte bis in den Hals und sie erinnerte sich an ihren Traum, in dem ein Engel sie gesucht und sie selbst am Ende dessen Kleidung getragen hatte.

„Du weißt aber nicht, wer sie waren?", vergewisserte sie sich noch einmal.

„Nein, tut mir leid."

„Okay", sagte Hanne, „was hast du denn eigentlich mit mir gemacht?"

„Ich habe deine Energiebahnen gereinigt, daher das Kribbeln."

„Und was noch?"

„Wo einst deine Energieschwingen waren, hattest du Wunden. Die habe ich verschlossen und mit deinem Herzen verbunden." Hanne fuhr erschrocken zusammen.

„Energie... – was?", erkundigte sie sich irritiert.

„Schwingen", antwortete die Dame.

„Was für Schwingen?!"

„Energieschwingen", wiederholte sie. Hanne fühlte ihren Puls in den Schläfen hämmern.

„Nein", flüsterte sie in den Hörer.

„Was nein?", fragte die Dame etwas irritiert.

„Ä-hä", Hanne räusperte sich, „weißt du, ich … ich hatte da mal einen Traum, weißt du? Da habe ich geträumt, ein Engel sucht mich und am Ende war ich er. Und …" Sie spürte, wie ihr mit jedem Wort heißer wurde und kalter Schweiß sich in ihren Achseln sammelte.

„Und? Erzähle", ermutigte die Frau sie.

„Naja … außerdem habe ich was ganz Blödes getan."

„Was denn?"

„Ich habe hier im Forum eine Nutzerin getroffen, die hat behauptet, sie könne anhand von Fotos erkennen, ob jemand ein …", Hanne stockte wieder, ihr war ganz schlecht von den Hitzewellen, „ob ich ein inkarnierter Engel bin. Ich habe ihr mein Foto geschickt."

„Und?", fragte die Frau weiter.

„Sie meinte, ich sei …" Hannes Stimme war nur noch ein leises Flüstern.

„Aha", hörte sie die Frau unbestimmt sagen.

„Und jetzt kommst du mir mit Schwingen", ihr Flüstern war zu einem flüchtigen Murmeln geworden. Am anderen Ende der Leitung wurde es still.

„Na, ja", fing Hanne leise wieder an, als die Frau immer noch keine Anstalten machte, das Wort zu ergreifen, „ich danke dir für deine Zeit und wünsche dir noch alles Gute. Meine Adresse, für die Urkunde über die Einweihung, hast du ja."

„Ja", sagte die Frau endlich, „alles Gute dir und mach dir nicht so viele Gedanken", gab sie Hanne mit auf den Weg, bevor sie sich verabschiedete. Hanne seufzte leise auf, ging zu ihrem Bett und ließ sich hineinfallen. Die Frau hatte Recht, es hatte keinen Sinn, sich solchen Gedanken hinzugeben, damit machte sie sich nur selbst verrückt.

Energieschwingen, Energieschwingen ... na und? Irgendwann würde sie dem Geheimnis auf die Spur kommen. Bis dahin würde sie sich an der Anwesenheit ihres Schutzengels erfreuen und die Auswirkungen der Weihe abwarten, so solche überhaupt auftreten sollten. Bei Manchen, so hatte sie aus dem Forum erfahren, passierte danach gar nichts. Andere wiederum erfreuten sich intensiver Erlebnisse und wohliger Engelkontakte. Und sie? Was würde sie erleben?

Wochen später – Hanne saß im Rechenzentrum der Universität, um nach Stellenanzeigen zu schauen – war sie von der Intensität des Kontaktes, den ihr Manuel plötzlich zuteil werden ließ, so überrascht, dass sie Mühe hatte, nicht vom Stuhl aufzuspringen. Keine Frage: Er war bei ihr, er begleitete sie auf all ihren Wegen. In der Mensa stand er mal zu ihrer Linken, mal zur Rechten und beobachtete, während sie aß, aufmerksam das Studentenleben. Manchmal erlaubte er sich einen Schabernack und kitzelte Hanne an der Wange, wohl wissend, dass sie sich in der Anwesenheit anderer zusammenreißen musste. Andere Male fuhr er ihr mit seinen Händen durchs Haar oder massierte ihr die Schultern. Hanne liebte das.

Tortur

Ein heftiger Wind pfiff um das Haus. Dicke Regentropfen klatschten gegen die Fensterscheiben. Seit Ida und Victor zur Zentralinspektion aufgebrochen waren, tobte der Sturm. Sebastian saß mit einem Glas Wein in der Hand in einem der Wohnzimmersessel und lauschte ehrfurchtsvoll den tobenden Naturgewalten. Obwohl das Feuer im Kamin munter vor sich hin prasselte und heimelige Wärme ausstrahlte, war ihm eiskalt. Da halfen auch der Wein und die Decken, die er sich um die Schultern gelegt hatte, nichts, stellte er fröstelnd fest. Warum fror er nur so? „Es wird an dieser verfluchten ,Admiel'-Meditation liegen", flüsterte Sebastian bibbernd und nahm noch einen tiefen Schluck aus dem Glas.

Er schloss die brennenden Augen, fuhr erschrocken hoch und öffnete sie sofort wieder. Da! Schon wieder! Konnte das wirklich sein?

„Das bildest du dir ein, Sebastian", beruhigte er sich, schloss erneut die Augen und musste sich eines Besseren belehren lassen. Es war ganz offensichtlich: Als führten sie ein Eigenleben, vibrierten seine Augäpfel in den Höhlen auf und ab, hin und her. Fixierte er längere Zeit einen bestimmten Punkt im Raum, konnte er ganz deutlich erkennen, wie sich das Bild bewegte. Sebastian schüttelte den Kopf.

„Reiß dich zusammen", schimpfte er laut, um sich dann einzugestehen, dass mit ihm eindeutig etwas nicht stimmte. ,O Gott!', dachte er und fühlte, wie sein Herz in der Brust zu hämmern begann. Er nahm einen großen Schluck und blickte auf die zittrigen Hände, die das Glas umfasst hielten. Er fühlte alle Gelenke in ihnen und jedes einzelne schmerzte wie ein altersschwaches Scharnier. „Kein Wunder, geschwollen wie sie sind …", Sebastian seufzte während seine zuckenden Augäpfel über die Schwellungen wanderten, die sich durch die Haut drückten. „Wie mag mein Körper aussehen?", fragte er sich zähneklappernd, „Wie ein einziger Arthroseherd? Ob meine Haut schon so durchsichtig ist, dass sie den Einblick in das Blutsystem gewährt?" Tatsächlich wollte er das gar nicht so genau wissen.

„Was habe ich mir nur dabei gedacht, diese Meditation zu machen?", schluchzte er verzweifelt und vergrub sein tränenbenetztes Gesicht in den entstellten Klauen. „Was mache ich jetzt nur? Wenn die beiden wiederkommen und mich so sehen, was werden sie dann mit mir anstellen?"

„Ich sollte diesen Ort verlassen", sinnierte er und verwarf diesen Gedanken sogleich. Schüttelfrost und Entstellungen waren bei weitem nicht seine einzigen Probleme. Seine trüben Augen glitten über die leere Flasche auf dem Tisch hinüber zum Holzvorrat am Kamin, der langsam dahinschmolz. Es half ja nichts, er musste einsehen, dass er gar nicht in der Lage war, irgendwohin zu wollen: Er konnte ja gar nicht mehr laufen.

Sein müder Blick glitt zum Fenster. Der Sturm hatte sich wieder gelegt. „Na, schön!", bemerkte er bitter, „dann kommt sicherlich bald Hilfe. – Ach, wer kann mir in diesem Zustand schon noch helfen?"

Er wollte sich im Sessel zurücklehnen, doch blieb er in der Bewegung stecken und konnte nur hilflos zucken. Der Druck des Sessels auf seinen Rücken verursachte wieder dieses starke Ziehen, das ihm beinahe den Brustkorb zuschnürte. Verzweifelt nach Luft ringend, neigte er sich wieder vor. Seine Gesichtszüge entspannten sich ein wenig, als er mühsam den ersehnten Atemzug machen konnte. Er griff nach dem Wein und leerte das Glas in einem Zug. Dann wälzte er sich vorsichtig auf die Seite, schloss seine erschöpften, brennenden Augen und bemühte sich, das Zucken zu ignorieren. „Ooniemme", rief er schwach in sich hinein, bevor er in einen narkotischen Schlaf fiel. Er erhielt keine Antwort.

Irgendetwas tastete über sein Gesicht. Was war das? Sebastian grummelte leise vor sich hin. Als er sich wieder regte, stellte er – völlig benommen – fest, dass sein Rücken immer noch höllisch schmerzte. Er stöhnte leise, rückte sich in die Mitte des Sessels und rieb sich die Augen. Er stierte in zwei Augenpaare, die ihn erschrocken anstarrten.

„Sebastian", Ida hatte sich besorgt über ihn gebeugt, ihre Stimme klang dumpf und wie aus weiter Ferne, „wie geht es dir?" Der junge Mann rieb sich den schmerzenden Rücken und zuckte heftig zusammen.

„Ich …", presste er hervor und sein Atem rasselte, mühsam hob und senkte sich sein Brustkorb. „Ich …", die Finger seiner entstellten Hände klammerten sich krampfhaft um die Sessellehnen. Wo kam dieser Druck plötzlich her? Er hatte sich doch kaum bewegt. Unter ungeheueren Anstrengungen rang er um

Atem. Sein Gesicht lief blau an, sein Körper zuckte und krampfte sich unter dem Sauerstoffmangel zusammen.

„Los", befahl Victor plötzlich, „hilf mir, ihn auf den Boden zu legen."

„Was? Warum?" Ida war kreidebleich geworden und starrte ihren Gefährten ungläubig an.

„Tu, was ich dir sage!", brüllte dieser zurück. Sie pellten den jungen Mann schnell aus dem Deckengewirr, griffen ihm unter die Arme und zerrten ihn auf den Boden.

„Leg ihn auf die Seite", befahl Victor barsch, „setz dich auf ihn drauf und halt ihn fest." Ida glotzte schockiert auf das bläuliche zuckende Etwas, das sich unter ihren Augen krampfhaft hin und her wälzte und überwand endlich ihre Starre. Hastig tat sie, wie ihr geheißen. Sie wuchtete ihr Gewicht auf den sich krümmenden Leib, packte die wild umher fuchtelnden Arme und drückte sie, so fest sie konnte, gegen den Boden.

„Lass mich an den Rücken ran", zischte Victor. Er stellte sich daneben und jagte dem jungen Mann sein Knie mit einer solchen Wucht zwischen die Schulterblätter, dass es laut knirschte und knackte. Der Körper bäumte sich noch einmal kurz auf und erschlaffte augenblicklich. Ida stieß einen entsetzten Schrei aus und ließ vor Schreck Sebastians Arme los.

„So!", keuchte Victor und strich sich eine Strähne seines dunklen Haars aus der Stirn. „Wir werden ihn jetzt auf sein Zimmer bringen. Ich nehme den Oberkörper und du die Beine. Also los!" Ida nickte, griff den leblosen Leib und mühsam hievten sie ihn die Treppe hinauf.

Im Zimmer angekommen, legten sie Sebastian behutsam auf die Seite in sein Bett. Ida beugte sich zu ihm herunter und stellte erleichtert fest, dass er wieder regelmäßig atmete.

„Hilf mir, ihn auszuziehen", befahl Victor und fügte erklärend hinzu: „In seiner Kleidung wird es ihm bald zu eng werden." Ida nickte.

„Oh, mein Gott", entfuhr es ihr, als sie auf die nackte Gestalt sah. „Victor, sieh nur!", rief sie schockiert.

„Das sagte ich doch", warf dieser ungerührt ein und wischte sich den Schweiß aus dem Gesicht.

„Aber das ist doch nicht normal", Idas Stimme war in ein leises Flüstern übergegangen.

„Und ob das normal ist", antwortete Victor kalt, „er wird es überleben!" Ida legte die Hände vor den Mund und trat einen Schritt zurück. Tränen glitzerten in ihren Augen.

„Was habe ich nur getan?", schluchzte sie leise auf.

„Mädchen, nun mach dir mal keine Sorgen", redete Victor beschwichtigend auf seine Gefährtin ein, „diese Deformationen sind normal, schließlich wird sein ganzes Skelett in die Länge gestreckt. Die Haut wird zwar aufreißen, aber es wird neue wachsen, glaub mir."

„Aufreißen?!", schrie Ida entsetzt.

„Ja klar, er wird ja sehr groß werden. Sieh mal, er ist doch jetzt schon groß, aber als Engel wird er riesig sein, das macht die Haut nicht mit, also wird sie sich spannen und reißen. Anschließend wird ihm eine neue Hülle wachsen, ‚Haut' kann man dann eher nicht sagen."

„Woher weißt du das alles?", fragte sie schockiert.

„Na, woher wohl? Ich habe es gelesen", antwortete Victor ungerührt.

„Und du sagst mir nichts davon?", fragte Ida ihn erregt.

„Du hast mich nicht danach gefragt. Außerdem ist es doch unerheblich, wie er sich verwandelt, Hauptsache, er verwandelt sich." Ida sandte ihm einen verächtlichen Blick.

„Wie kannst du nur?", fragte sie voller Abscheu.

„Liebes!", erwiderte Victor, dem langsam der Geduldsfaden riss, „eine Verwandlung *muss* schmerzhaft sein. Der Körper durchläuft eine durchgreifende Veränderung der gesamten Struktur. Hast du denn tatsächlich geglaubt, dass das mit einem Fingerschnippen erledigt ist?"

„Nein, das nicht", antwortete Ida, ihre Stimme war nur noch ein leises Flüstern, „aber sieh ihn dir doch an", schluchzte sie betroffen, „es lag nie in meiner Absicht, ihn leiden zu lassen."

„Es muss sein", meinte Victor ruhig, trat auf seine Gefährtin zu und nahm sie in den Arm. „So, nun kannst du dich um seinen Rücken kümmern. Ich muss noch mal ins Büro."

„Lass mich bitte nicht allein", flehte sie.

„Ach was, das schaffst du schon", ermutigte Victor sie, „lege ihm ein paar weiche Tücher unter, gegen die Schmerzen. Außerdem solltest du ihm mit Kamille den Rücken abtupfen."

„Das trocknet die Haut doch noch mehr aus", protestierte Ida.

„Ja, es desinfiziert aber auch. Die Flügel werden bald durchbrechen und du musst die Wunden rein halten. Den Rest seines Körpers kannst du zunächst vernachlässigen." Ida wurde kreidebleich.

„Wann kommst du wieder?", erkundigte sie sich ängstlich.

„Wenn ich fertig bin", antwortete Victor lapidar. „Übrigens, im Keller findest du Windeln. Windle ihn damit, hast du verstanden?"

„Aber, aber …"

„Nichts aber, er kann jetzt nicht auf die Toilette gehen. Wenn er pinkelt, soll er in die Windel machen und nicht ins Bett." Victor schloss die Tür hinter sich. Verblüfft und verzweifelt stand Ida erst einmal verdutzt da. Dann gab sie sich einen Ruck und wandte sich Sebastian zu. Als sie ihn so daliegen sah, begann sie zu weinen.

„Was habe ich dir nur angetan?", schluchzte sie in den Raum hinein, „was mache ich jetzt nur? Michael, was mache ich jetzt nur?", heulte sie laut auf. Eine Antwort erhielt sie nicht und hatte sie auch nicht erwartet.

„Okay, Ida", sie schloss die Augen, „tief ein- und ausatmen, ein und aus … Vertraue Gott, vertraue den Engeln, alles wird gut, werde ruhig." Sie wiederholte die Worte mehrmals und machte tiefe Atemzüge. Endlich spürte sie Erleichterung, die Tränen versiegten und ihre Panik wich, um mehr und mehr seelischer Entspannung Raum zu geben.

„Michael?", forschte sie laut.

„Ja?" Seine Stimme kam irgendwo aus dem Zimmer. Sie sah sich um und er stand vor ihr.

„Was soll ich jetzt machen?", fragte sie ihn hilflos.

„Das oberste Ziel ist sein Überleben", erläuterte der Engel sachlich und sah sie forschend an, „tue, was Victor dir aufgetragen hat."

„Victor?!" Ida blickte Michael entsetzt an. „Kannst *du* ihn denn nicht heilen? Oder Raphael? Er ist doch der Mediziner unter euch, er muss ihn doch heilen können." Michael schüttelte langsam den Kopf.

„Diese Herausforderung muss er alleine bestehen." Er deutete auf Sebastian. „Du kannst ihm beistehen, indem du tust, was Victor dir auftrug." Ida seufzte.

„Tue es bitte", forderte Michael sanft und legte ihr mit Nachdruck die Hand auf die Schulter.

„Bitte, bleib bei mir", bat Ida leise.

„Ich bin immer bei dir", entgegnete der Engel.

„Du weißt, was ich meine." Michael nickte.

„Bitte!", erinnerte er sie, „tu, was er dir gesagt hat!"

Ida ging in den Keller und holte die Windeln, dann zog sie Sebastian die Unterhose aus und windelte ihn. Sie bereitete das Kamillenwasser zu und schob dem jungen Mann weiche Tücher unter. Dann beugte sie sich über seinen deformierten Leib und tupfte sanft die aufgeplatzte Haut ab, zwischen deren leblosen Fetzen sich an einigen Stellen flaumig-weiche Materie ihren Weg nach draußen bahnte. Sebastian stöhnte leise auf. Ida fuhr zusammen und schluckte trocken.

„Weißt du, wie lange dieser Prozess andauert?", wandte sie sich ratlos an Michael, der ihr aufmerksam über die Schulter schaute.

„Das ist von Mensch zu Mensch unterschiedlich", antwortete er.

„Es wird noch lange anhalten, nicht wahr?" Darauf zuckte Michael nur die Achseln. Ida stieß einen tiefen Seufzer aus.

„Wird er es denn überleben?", fragte sie nach.

„Das hängt vor allem von ihm selbst ab", antwortete der Engel ernst.

„Oh, Micha", klagte Ida, während sie Sebastian versorgte, „ich meinte es doch gut mit ihm."

„Ja", pflichtete dieser bei, ordnete geflissentlich seine Schwingen und lehnte sich nachdenklich an die Wand.

„Was ja?", hakte Ida nach und tunkte das blutverschmierte Tuch in das Kamillenwasser.

„Du sagtest, du meintest es gut und ich sagte, ja!" Ida sah ihn immer noch fragend an.

„Viele Menschen meinen zu wissen, was anderen Menschen gut täte", fuhr Michael erklärend fort, während er die Arme vor der Brust verschränkte, „manche stellen dann fest, dass sie damit mehr geschadet, als geholfen haben, andere wiederum begreifen nicht, warum sich ihr Gegenüber von ihnen entfernt, schließlich meinten sie es ja nur gut!" Ida seufzte.

„Ja", sagte sie leise. „Ich weiß, was du meinst. Aber ich wollte doch nur helfen."

„Wolltest du das?" Der Engel musterte sie eindringlich aus seinen braunen Augen.

„Ja!", murrte sie trotzig.

„Hast du ihm deine Hilfe angeboten?", hakte er nach. Ida errötete und wurde still.

„Um wirksam zu helfen", fuhr Michael in sachlichem Ton fort, „braucht es – neben demjenigen, der Hilfe anbietet – denjenigen, der sie annimmt." Eine wahre, bittere Erkenntnis für Ida. Sebastian stöhnte leise auf und wollte sich auf den Rücken legen.

„Nicht auf den Rücken", Ida schrak hoch. Sie wollte ihn zurückhalten, aber Michael schüttelte den Kopf.

„Lass ihn. Er soll seine Erfahrungen selbst machen", bat er sanft. Ida ließ Sebastians Schulter los.

„Au!", schrie der junge Mann und richtete sich abrupt im Bett auf. „Wo bin ich?", sein Blick irrte suchend durch das Zimmer und blieb an Ida haften, die bei seinem Anblick unwillkürlich zusammenzuckte.

„Mein Zimmer? Das ist mein Zimmer, nicht wahr?", fragte er abwesend und wunderte sich überhaupt nicht über den seltsamen Klang seiner Stimme. Er sackte in sich zusammen, stützte sich aber gleich wieder auf und seufzte schließlich erleichtert auf.

„Michael!", flüsterte Ida ohne ihren Blick von Sebastian zu wenden, „sieh dir mal seine Augen an, ist das normal?"

„Die Metamorphose zieht diese Veränderung nach sich", hörte sie ihn antworten.

„Geht es vorbei?"

„Alles geht vorüber", antwortete der Engel.

„Ida, mit wem sprichst du?" Sebastians pupillenlose, rabenschwarze Augen ruhten auf ihr. Ida spürte, wie ihr Herz pochte, sie schluckte trocken und jäh wurde ihr bewusst, dass es keinen Sinn hatte, ihn zu belügen.

„Mit Michael", antwortete sie wahrheitsgemäß.

„Michael?", ein Lächeln umspielte Sebastians rissige Lippen. „Ich freue mich, dass er bei dir ist. Ich freue mich, dass du ihn siehst und mit ihm reden kannst. Mein Schutzengel hat mich verlassen", flüsterte der junge Mann traurig und sank kraftlos wieder auf sein Lager zurück. Seinem wunden Rücken geschuldet, legte er sich auf die Seite.

„Sieh mal", sagte er und sein Blick wanderte über die Tücher um ihn herum, „das ist Blut, mein Blut, nicht wahr? Ich laufe aus!" Er sah wieder auf und blickte Ida mit seinen schwarzen Augen verzweifelt an. Diese spürte, wie sich ihr Herz vor Schmerz zusammenzog und wandte sich ab.

„Warum hat mich mein Schutzengel verlassen?", fragte Sebastian und sah instinktiv in Michaels Richtung.

„Er hat dich nicht verlassen", antwortete der Engel, „er steht an deinem Bett." Ida erschauderte, wandte ihren Blick zur Seite und tatsächlich: am Bettende stand eine drahtige Gestalt mit hell getupften Schwingen und blickte ernst auf ihren Schützling herab.

„Du hast mich wieder an die Oberfläche geholt", Ooniemme lächelte Michael dankbar an. Verdutzt blickte Ida von einem Engel zum anderen.

„An die Oberfläche geholt?", fragte sie verdutzt.

„Ooniemme, bist du da?", entfuhr es Sebastian, während er aufmerksam in den Raum hinein schnupperte. Der Engel eilte zum Kopfende des Bettes und ergriff besorgt Sebastians Arme, die sich ihm entgegen streckten.

„Ja", sagte er erfreut, „ich bin hier!" Ida machte Platz und stellte sich neben Michael. Gemeinsam betrachteten sie die rührende Szene.

„Oh, da bist du ja", sagte der junge Mann bewegt, während seine Arme jene Ooniemmes festhielten. „Ich rieche dich und ich fühle dich", sprudelte es voller Freude aus ihm heraus, „wie habe ich dich vermisst. Ooniemme, ich habe dich so vermisst!" Sebastians Hände glitten ungläubig über die Gestalt seines Schutzengels, was dieser offensichtlich genoss.

„Er freut sich auch", meinte Ida mitfühlend, „er freut sich, wieder Zugang zu haben", gab sie Michaels Worte wieder. Sebastian strahlte über das ganze Gesicht. Plötzlich durchfuhr ihn ein heftiger Schmerz.

„Waaas issst daaas?", kreischte der junge Mann mit verzerrter Stimme, während sich sein Körper aufbäumte und sich seine Finger verzweifelt in Ooniemmes Arme gruben. Der Engel torkelte, fing sich aber sofort und hielt Sebastians verkrampften Griffen stand.

„Nein!", fuhr Michael dazwischen und hielt Ida zurück, die einschreiten wollte.

„Waaaaaaaa", brüllte Sebastian herzzerreißend vor Pein. In seinem Rücken knirschte und knackte es. Um die Balance zu halten, öffnete Ooniemme seine Schwingen. Die Knochengeräusche wurden lauter, leises Schleifen gesellte sich dazu. Neugierig beugte Ida sich vor, aber Ooniemmes zuckende Schwingen versperrten ihr die Sicht. Ängstlich drückte sie sich an Michael, der sanft seine Arme um sie legte.

Das Martyrium dauerte noch eine Zeit, dann ebbte es endlich ab. Sebastians Hände lösten sich aus der Umarmung seines Schutzengels und er sank ohnmächtig in sich zusammen. Ooniemme, plötzlich ohne Gegengewicht, torkelte zurück und stolperte direkt in Michaels Arme, die ihn sanft auffingen.

„Danke", meinte er erleichtert und blickte den größeren Erzengel dankbar an. Ida hatte inzwischen das Ausmaß dessen erkannt, was sich in der Zwischenzeit ereignet hatte und stieß einen entsetzten Schrei aus.

„Oh, mein Gott", krächzte sie heiser. Mit zitternden Knien trat sie zaghaft auf die blutende Gestalt zu, die erschöpft in die Kissen röchelte. Nun sah sie auch, dass sich die Ansätze eines Schwingenpaars durch seinen Rücken ihren Weg gebahnt hatten.

„Victor!", dachte Ida, „wo bleibt dieser Kerl bloß? So lange können die Angelegenheiten im Dienste am Engel doch nicht dauern!" Sie schüttelte den Kopf, beugte sich zu dem schweißgebadeten jungen Mann hinunter und erkannte am säuerlichen Geruch, dass er sich in die Windel gemacht hatte.

„Kann mir einer von euch helfen?", bat Ida die beiden Engel, die ihr Tun aufmerksam betrachteten. Ooniemme nickte.

„Was soll ich tun?", fragte er angespannt. „Die Handtücher müssen hervorgezogen und durch neue ersetzt werden. Heb den Körper an, ich wechsle die Sachen." Der Engel nickte. Er stellte sich in Position, schob seinen rechten Arm unter Sebastians Körper und hob ihn an. Ida entfernte die Tücher.

„Halte ihn in dieser Position", bat sie und legte dem Jüngling frische Wäsche unter. Ooniemme setzte ihn sanft ab. Ächzend machte sich Ida daran, Sebastian die Windel zu wechseln. Sie nahm die blutigen Tücher und die verschmutzte Windel und entsorgte sie.

„Michael", fragte Ida, als sie wieder da war, „wann kommt Victor wieder?"

„Wenn er beschließt, dies zu tun", erklang es lapidar.

„Lass mich raten, du weißt nicht, wann das ist, oder?" Michael schüttelte ernst den Kopf.

„Ruh dich etwas aus", sagte er dann sanft. Ida nahm erschöpft im Sessel Platz.

„Eure Gegenwart ist von unschätzbarem Wert", sagte sie, „danke!" Die Engel nickten höflich.

„Er wird nicht kommen, oder?", fragte sie nach einer Weile enttäuscht, „ich meine Victor. Er wird so lange nicht kommen, bis ich mit Sebastian fertig bin, oder?"

„Im Moment ist das nicht absehbar", antwortete Michael.

„Das dachte ich mir", seufzte Ida und strich sich eine Haarsträhne aus ihrem verschwitzten Gesicht. Ihr Blick fiel auf das Kamillenwasser, das sich nun rot verfärbt hatte und sie fuhr gleich wieder empor.

„Ich muss neues machen", rief sie. Michael drückte sie sanft zurück auf ihren Platz.

„Das hat Zeit", meinte er liebenswürdig aber bestimmt.

„Vielleicht kann er ja das machen", Ida deutete auf Ooniemme. Dieser schüttelte bedauernd den Kopf.

„Ich werde euch Engel nie verstehen", hauchte Ida betrübt, „du konntest den Körper halten, aber neues Kamillenwasser kannst du nicht bereiten."

„Es ist nicht meine Aufgabe, Kamillenwasser zu bereiten." Ooniemme sah sie mitfühlend an.

„Ja, mein Lieber", sagte Ida schlaff, „ich weiß."

Sie ruhte sich ein wenig aus, blickte dann zu Michael, und als dieser seine Zustimmung gab, stand sie auf, schüttete das alte Wasser weg und bereitete neues zu.

„Ooniemme", bat sie, „hilf mir, ihn so zu drehen, dass ich an den Rücken gelange." Der Schutzengel nickte. Gemeinsam drehten sie den ohnmächtigen jungen Mann in die entsprechende Position. Ida reinigte zunächst die Schwingenansätze, an deren blutigen Spitzen zarter Flaum wuchs. Dann tupfte sie die Wunden ab und nahm es teilnahmslos hin, dass Sebastian unter der Wirkung des Desinfektionsmittels immer wieder zuckte und leise aufstöhnte.

Irgendwann konnte sie nicht mehr. Sie deckte Sebastian zu, setzte sich wieder in den Sessel und nickte ein.

Als sie die Augen aufschlug, graute bereits der Morgen. Sebastian schlief immer noch, wälzte sich aber unruhig hin und her.

„Was ist los?", Ida blickte Ooniemme fragend an.

„Der nächste Schub setzt ein", antwortete der und blickte sie mit bernsteinfarbenen Augen ernst an.

„Was passiert nun genau?", erkundigte sich Ida.

„Alles", sagte Michael ernst.

„Wie alles?", fragte Ida bestürzt und wurde blass.

„Aaaargh!", schrie Sebastian unvermittelt auf. Er wand sich in spastischen Bewegungen und presste die wunden, deformierten Hände tief in die Augäpfel.

„Meine Augen! Meine Augen!", kreischte er. Sofort stand Ida neben ihm und beugte sich zu ihm herab.

„Sebastian, Sebastian, nimm die Hände von den Augen, ich will dir helfen", redete sie auf ihn ein.

„Nein, nein! Ich kann nicht, das tut so weh, so weeeh", heulte der Gepeinigte. Ida verfolgte, wie sich seine Arme plötzlich nach außen bogen und sich, genauso wie seine umherschlagenden Beine, knirschend und knackend in die Länge zogen. Aus seinen Augen trat das Blut.

„Waaaaa", brüllte Sebastian. Sein Haar hob und senkte sich, wie ein Dutzend sich windender Schlangen, fiel aus und wuchs wieder, seine Augäpfel barsten und entstanden aufs Neue, Haut und Sehnen spannten sich über dem sich streckenden Skelett, rissen und setzten sich wieder zusammen. Ein Schwingenpaar bahnte sich seinen blutigen Weg durch den aufgesprungenen Rücken nach draußen. Ida wurde schwarz vor Augen, sie sank bewusstlos zu Boden und dann wurde es still.

Engel-Angelegenheiten

Hanne stand an der Haltestelle und blickte ungeduldig auf die Uhr.

„Oh Mann", seufzte sie und verdrehte die Augen, „noch 10 Minuten, das gibt's ja wohl nicht." Während sie ihr Gewicht nervös von einem Bein auf das andere verlagerte, kam ihr in den Sinn, dass der heutige Tag eigentlich ganz ergiebig gewesen war. Sie hatte mit ihrer Freundin im Rechenzentrum der Uni gesessen und vier Bewerbungen abgeschickt. Es waren die ersten Bewerbungen seit über einem halben Jahr – in Ermangelung an Stellen aus ihrem Berufsfeld, waren es zwar nur Aushilfsjobs, aber das war immer noch besser als gar nichts. Schließlich musste irgendwie Geld in die Kasse kommen.

„Mit elf Euro auf dem Konto kannst du dir gerade noch einen Haarschnitt leisten", flüsterte Hanne verbittert und senkte traurig den Blick. „Normalerweise müsste ich mir dafür gehörig in den Hintern treten", schalt sie sich weiter, „wenn man aber bedenkt, dass ich nach dem Tod meines Papas – angefangen bei der Abmeldung seines Gewerbes und die Klärung der Rentenangelegenheiten meiner Mutter, bis hin zur Entrümpelung von Laden und Wohnung, der Suche nach einer günstigeren Bleibe und dem Umzug dahin – alles allein organisieren musste, dann sind vier Bewerbungen ganz schön viel." Hanne schluckte trocken.

„Jetzt ist endlich alles vorbei", flüsterte sie und war sich gleichzeitig gewiss, dass sie, selbst wenn sie den Job als Aushilfs-Kassiererin im Kaufhaus bekam, nicht annähernd so viel verdienen würde, um endlich von ihrer saufenden Mutter loszukommen, die sie, wo sie nur konnte, tyrannisierte. „Bald finde ich eine Arbeit, und dann ziehe ich endlich aus. Ja!", meinte sie trotzig, um sich dennoch Mut zu machen, während sich das Bild ihrer greinenden Mutter mehr und mehr vor ihr geistiges Auge drängte.

Da fiel Hanne auf, dass sie seit dem Tod ihres Vaters keine einzige Träne vergossen hatte. „Nicht nötig", wiegelte sie ab, „er hat sich lange genug gequält, nun hat er endlich seinen Frieden gefunden, das ist doch so in Ordnung. Warum also weinen? Wenn ich mich genauso hätte gehen lassen wie Doris, dann wären wir jetzt nicht, wo wir sind. Dann hätten wir immer noch zwei Mieten zu zahlen und wüssten nicht, wie, schließlich bekommt sie nur eine magere Rente."

Hanne blickte sehnsuchtsvoll in den Himmel. „Am liebsten würde ich jetzt die Flügel ausbreiten und wegfliegen", seufzte sie, „wenn ich welche hätte." Sie schloss die Augen und hing diesem Gedanken nach, bis sie glaubte, wie eine Rakete in die Lüfte zu schießen. Dann öffnete sie ihre Augen wieder und sah auf die Anzeigentafel. Noch fünf Minuten, bis die Straßenbahn kam. Es gab Zeiten, da flog die Zeit nur so dahin, wenn sie aber auf ihre Bahn wartete, dann kroch sie wie eine Schnecke. Hanne schüttelte den Kopf und senkte wieder den Blick. Gedankenverloren starrte sie die Pflastersteine an. Genau so wie die fühlte sie sich jetzt: Als würden tagtäglich Menschenmassen auf ihr herumtrampeln. Sie war müde und erschöpft und all ihre Anstrengungen waren … sinnlos, wer dankte sie ihr? Wer nahm sie in den Arm? Wer löschte die unersättliche Sehnsucht in ihrem Herzen, sich wie ein Engel in die Lüfte zu erheben und all das hier hinter sich zu lassen? Niemand … Das Bild der Pflastersteine verschwamm vor ihren Augen und ihre Schultern sanken kraftlos in sich zusammen.

Plötzlich hörte sie ein Geräusch. *Klack-klack* – da war es schon wieder. Hanne fuhr zusammen und war sofort hellwach.

„Was war das?", zischte sie irritiert hervor. Sie spitzte die Ohren und lauschte angestrengt, aber jetzt waren nur der übliche Straßenlärm und das Gemurmel der Menschen zu hören. Gerade, als sie es als Einbildung verwerfen wollte, hörte sie es wieder: *Klack-klack.* Hanne gab einen erschrockenen Laut von sich.

„Das kann unmöglich sein", murmelte sie ungläubig. Ihr Blick ruhte immer noch auf den Steinen, doch vor ihrem inneren Auge schob sich ein Meer aus Federn. Sie erkannte ein großes, helles, rotgetupftes Schwingenpaar, das ihr aus dem Rücken wuchs. Hanne torkelte einen Schritt zurück und blickte überrascht und verwirrt in die fragenden Gesichter der umstehenden Menschen.

„Nichts passiert", sagte sie mit einer wegwerfenden Handbewegung, während ihr Blick verlegen zur Anzeigetafel huschte. Erleichtert stellte sie fest, dass die Bahn jeden Augenblick kommen würde. Und tatsächlich, kaum, dass sie den Gedanken zu Ende gedacht hatte, fuhr sie auch schon heran. Mit heißem Gesicht und klopfendem Herzen stieg die junge Frau ein. Sie nahm den Rucksack ab, setzte sich und war heilfroh, die fragenden Gesichter der Menschen an der Haltestelle hinter sich gelassen zu haben. Dann blickte sie nachdenklich zum Fenster hinaus und ließ ihre Gedanken wieder kreisen.

‚Da muss ich doch eben geträumt haben, das kann unmöglich wahr sein‘, dachte Hanne. ‚Meine Fantasie muss mir einen Streich gespielt haben …‘ Sie stockte und die Engel-Karten fielen ihr plötzlich ein, die sie seit knapp einem Monat besaß. Ein Büchlein gehörte dazu, welches die Bedeutungen der Karten näher erläuterte. Sie erinnerte sich daran, wie sie es neugierig durchgeblättert hatte und an einer Seite hängen geblieben war. Dort waren die Engel des rosafarbenen Strahls benannt und beschrieben und ein Name war ihr besonders ins Auge gefallen.

‚Der Name der russischen Raumstation‘, dachte Hanne und grinste, ‚aber mit Ha: Mihr.‘ Jedes Mal, wenn ihr im Geist der Name erklang, begann ihr Herz wild zu klopfen und ihr wurde heiß.

„Lass den Unsinn“, rief sie sich auch diesmal zur Raison. Scheu blickte sie sie sich um. ‚Puuh, hat niemand bemerkt‘, dachte sie erleichtert und belustigt, ‚mir müssen ein paar Tassen im Schrank fehlen … – Der Name ist einfach schön, das ist es, mehr nicht‘, versicherte sie sich. Sie würde heute Abend mit ihrer Freundin telefonieren, um ihr von den Ereignissen zu berichten und deren Meinung einzuholen.

Hanne hatte Johanna im Esoterikforum kennengelernt und sich auf Anhieb mit ihr verstanden. Da Doris vermutlich dazu tendieren würde, sich Sorgen um den psychischen Zustand ihrer Tochter zu machen, war Johanna die Hauptansprechpartnerin für Engel-Angelegenheiten, denn sie glaubte Hanne nicht nur, sie besaß auch noch einen sehr guten Draht zu Engeln und wusste stets, was diese zu sagen hatten.

Hanne fühlte wieder ihr Herz in der Brust, als sie an Mihr dachte und sie zuckte zusammen.

‚Vielleicht heißt mein Schutzengel gar nicht Manuel‘, sinnierte sie, ‚vielleicht heißt er … Mihr. Das wäre zumindest eine Erklärung dafür, warum ich so heftig auf diesen Namen reagiere … Heißt du Mihr?‘, fragte sie in Gedanken in den Raum hinein, wobei sie wieder spürte, wie ihr die Hitze ins Gesicht stieg. Sie bekam keine Antwort, aber eine liebevolle Berührung an der Wange, die wohl sagen wollte: Mach dir nicht so viele Gedanken!

„Du hast gut reden!“, antwortete sie, stand auf, nahm ihren Rucksack und stieg aus.

„Noch ein paar Schritte, dann bin ich endlich zu Hause. Ob Mama gekocht hat? Ich hoffe nur, dass sie nicht wieder getrunken hat." Hanne kaute nachdenklich auf der Unterlippe.

„Eigentlich hat sie doch bis spät gearbeitet und dürfte noch nicht lange zu Hause sein, also kann sie noch gar nicht so viel getrunken haben, dass …" Die kleine Frau hoffte innbrünstig, dass ihre Spekulation sich als wahr erwies.

Als sie kurze Zeit später über die Schwelle trat, schlugen ihr angenehme Essensgerüche entgegen. Aus der Küche erklang leiser Singsang und – Hanne spitzte mit klopfendem Herzen die Ohren – es hörte sich nüchtern an! Doris hatte Steak mit Kartoffelpüree und Salat gemacht.

„Hallo mein Kind, du kommst genau richtig!", meinte sie lächelnd, „das Essen ist beinahe fertig."

„Toll, Mama", antwortete Hanne, „ich komme gleich." Sie ging auf ihr Zimmer und zog sich um. Dann wusch sie sich die Hände und betrat die duftende, dampfende Küche.

„Das schnuppert ja lecker", sagte sie zu ihrer Mutter.

„Ach komm, das sagst du nur so", antwortete Doris ungläubig.

„Nein Mama, wirklich!"

„An die Kochkünste deines Vaters reiche ich nicht heran", fügte ihre Mutter traurig hinzu. Da hatte sie allerdings Recht, aber das bedeutete nicht, dass sie nicht in der Lage war, leckere – wenn auch einfache– Gerichte zu kochen.

„Das machst du prima", ermunterte ihre Tochter sie und gab ihr einen Kuss auf die Wange.

„Und? Hast du heute eine Stelle gefunden?", fragte Doris plötzlich im strengen Ton, während sie die Teller füllte.

„Ja", antwortete Hanne stolz, „ich habe heute vier Bewerbungen losgeschickt."

„Und?" Ihre Mutter schaute sie skeptisch an.

„Was und? Ich habe sie abgeschickt und muss nun auf die Antwort warten."

„Was glaubst du, wie lange es dauern wird, bis sie antworten?"

„Das ist unterschiedlich, Mama", antwortete Hanne nun doch etwas gereizt.

„Sind das Stellen aus deinem Berufsbereich?", hakte Doris nach. Die kleine Frau seufzte und senkte verlegen den Blick.

„Nein Mama", sagte sie leise.

„Sag bloß, du hast dich schon wieder irgendwo als Kassiererin oder so was beworben." Doris stemmte die Hände in die rundlichen Hüften und sah ihre Tochter ärgerlich an.

„Ja Mama, genau das, als Kassiererin!", warf Hanne patzig ein. „Natürlich habe ich mich als Kassiererin beworben, als was denn sonst?! Ich finde doch nix!"

„Komm mir bloß nicht wieder damit", schimpfte Doris, „du musst dich einfach mehr bemühen, Kind, sonst wird das nichts!"

„Mamaaa", maulte Hanne, „können wir jetzt bitte essen?" Ihre Mutter ließ sich nicht beirren.

„Ich sagte es ja, du bemühst dich einfach nicht genug."

„Mama!!!" Der Ton in der Stimme ihrer Tochter gab Doris unmissverständlich zu verstehen, dass es nun reichte. Ihre Mutter schnaubte verärgert und setzte sich hin.

„Dann machst du morgen weiter, ja?", meinte sie knapp.

„Ja!" Schweigend begannen sie zu essen.

„Warum gehst du eigentlich für die Stellensuche in die Uni?", setzte ihre Mutter nach einer kurzen Pause kauend von neuem an.

„Weil ich keinen Bock habe, den ganzen Tag hier alleine vor dem PC zu hocken! Reicht das als Antwort, oder möchtest du noch gerne wissen, welche Unterhose ich morgen anzuziehen gedenke?!" Doris sah ihre Tochter entrüstet an.

„Ja ist doch wahr, Mama, kaum setze ich einen Fuß in die Tür, werde ich von dir gleich ins Verhör genommen, man könnte fast meinen, du hättest das von Arnold gelernt." „Wieee? Wie kannst du es wagen, mir so etwas zu sagen?!", schrie Doris verletzt, „ab in dein Zimmer mit dir, aber schnell, sonst ..."

„Aber Mama ..."

„Los jetzt, geh mir aus den Augen!" Mit zitterndem Zeigefinger deutete sie zur Tür. Hanne erhob sich und verließ schnaubend die Küche. Bereits im Gehen begriffen, hörte sie noch das Zischen der Bierflasche.

„War ja wohl wieder klar", zischte sie wütend, als sie die Tür hinter sich geschlossen hatte. „Nichts, aber auch gar nichts ist dieser Frau gut genug. Ach ..." Hanne machte eine wegwerfende Handbewegung und nahm auf ihrem Bett Platz. Nachdem sie sich etwas beruhigt hatte, ging sie ans Telefon und wählte die Nummer ihrer Freundin.

„Jetzt den Streit raus und die Engel rein", sagte sie sich, während sie auf ihre Teilnehmerin wartete.

„Hallo Johanna", freute sich Hanne, als sie die Stimme ihrer Freundin vernahm, „wie geht's dir?"

„Mir geht's gut und dir? Was hast du erlebt?" Hanne ließ sich auf dem weichen Teppich nieder und seufzte leise. Dann erzählte sie Johanna aufgeregt von dem Erlebnis mit den Flügeln und der seltsamen Anziehungskraft des Namens „Mihr".

„Und, was sagst du dazu?", fragte sie ihre Freundin ungeduldig. Am Ende der anderen Leitung war es auf einmal totenstill.

„Johanna? Bist du noch da?", Hanne klopfte unsicher auf den Hörer.

„Ja", kam die knappe Antwort. „Warte", entschuldigte sie sich, „ich bekomme gerade eine Botschaft."

„Eine Botschaft?" Hanne platzte beinahe vor Neugier, „welche denn?"

„Also ...", begann Johanna gedehnt mit vor Erregung bebender Stimme und räusperte sich.

„Was denn?", bohrte Hanne gereizt weiter.

„Ich habe gerade die Bestätigung meiner Vermutung erhalten", antwortete ihre Freundin.

„Welche Bestätigung denn?"

„Dass du ein Engel bist", platzte es endlich aus Johanna heraus. Hanne spürte wie sich ihr Magen zusammenkrampfte. Ihre Kehle schnürte sich zu und das Herz hämmerte laut in ihrer Brust.

„Das ist nicht wahr", presste sie in das atemlose Schweigen des Hörers.

„Doch, ist es – Mihr", sagte Johanna leise. Hanne traf der Name wie ein Schlag. Sie spürte jede Körperzelle vibrieren und ein Schwindel erfasste sie. Eine kurze Weile konnte sie kein Wort herausbringen und nur in den Hörer keuchen.

„Ich habe also gar keinen Schutzengel?", fragte sie dann ihre geduldig abwartende Freundin.

„Du hast jemanden an deiner Seite", antwortete Johanna, „aber es ist nicht Manuel."

„Nicht Manuel?", Hanne schluckte.

„Du sagtest doch, dass du deinen Namen unter den Engeln des rosa Strahls gefunden hast", erinnerte Johanna ihre Freundin.

„Ja", Schweiß sammelte sich in ihren Achselhöhlen.

„Schau mal nach, wem sie unterstehen", wies Johanna sie an. Hanne stand auf, suchte das Buch zum Kartendeck hervor und schlug es mit zittrigen Händen auf.

„Chamuel", wisperte sie nach einer Weile so leise, dass ihre Freundin am anderen Ende der Leitung Mühe hatte, sie zu verstehen.

„Richtig", antwortete diese.

„Und das soll mein Begleiter sein?", fragte Hanne ungläubig.

„Du unterstehst ihm", antwortete Johanna ernst und feierlich.

„Süße", krächzte Hanne in den Hörer, „ich weiß nicht, wie ich es dir sagen soll, aber ich glaube, da irrst du dich." Johanna lachte leise auf.

„Ach, ehrlich?", sagte sie, „deswegen schwitzt du so verrückt und keuchst mir die Ohren voll!"

„Aber, ich … ich …", stotterte Hanne.

„Glaub es doch endlich", mahnte ihre Freundin sanft, „diese Botschaft kam direkt von oben." Hanne wurde still, ganz still. Engel zu lieben, Engelkarten zu besitzen oder mit Engeln Kontakt aufzunehmen, das war schön und gut, aber selbst ein Engel zu sein? Das war ein ganz anderes Kaliber.

„Hanne? Bist du noch da?", erkundigte sich Johanna nach einer Weile.

„Ja, bin noch da … du sag mal …"

„Ja?"

„Also, wenn ich ein Engel bin …? Was mache ich hier eigentlich? Ich meine, hier auf der Erde?"

„Na, den Menschen helfen", antwortete ihre Freundin prompt.

„Aha, und wie mache ich das?"

„Indem du dich mit ihnen beschäftigst und ihnen zur Seite stehst." Hanne konnte mit der Aussage ihrer Freundin im Augenblick nichts anfangen, ließ sie aber unkommentiert stehen, weil sie ihr irgendwie logisch schien.

„Okay", sagte sie nach einer kurzen Pause, „du hast doch Verständnis dafür, wenn ich mich jetzt verabschiede? Ich muss das erstmal verarbeiten."

„Ja, mach's gut Mihr", antwortete Johanna.

Hanne legte auf. Sie erhob sich vom Teppich, stolperte mit wackeligen Beinen zu ihrem Bett und ließ sich darauf fallen. Sie zitterte am ganzen Körper. Tausend Gedanken schossen ihr durch den Kopf und vermischten sich mit ihren aufgewühlten Emotionen.

„Seit ich denken kann, habe ich mich auf dieser Welt irgendwie deplatziert gefühlt und jetzt?", sie schluckte und ordnete vor ihrem inneren Auge die Schwingen, auf denen sie unbequem zu liegen glaubte. „Jetzt soll ich ein Engel sein!? – Eigenartig, ich fühle die Schwingen." Sie raschelte damit und schob sie in eine andere Position. „Und jetzt meine ich auch zu wissen, warum mein Vater gestorben ist. Wenn er noch leben würde, würde er diese Entwicklung mit Besorgnis verfolgen und versuchen, mir alles auszureden." Hanne seufzte.

„Trotzdem habe ich versagt. Wenn Mihr …", sie stockte, ihr Herz klopfte wieder heftig, „wenn er wirklich ein Engel ist, der Menschen zusammenführt, ein Engel der Liebe und der Freundschaft, wie es in diesem Buch steht, dann habe ich auf allen Linien versagt! Aber ich wusste bisher nicht, dass ich Mihr bin. Ändert dieser Umstand etwas? Vielleicht irre ich mich und ich bin nicht dieser Engel. Vielleicht irrt sich auch Johanna – und alle anderen, die meinen, ich sei einer. Vielleicht bin ich nur ein Mensch mit einer blühenden Fantasie, der gerne ein Beziehungsengel wäre, weil er es nicht ertragen kann, bei seinen Eltern versagt zu haben? Ich muss doch verrückt sein, auch nur daran zu denken, ein Engel zu sein!" Hanne tippte sich an die Schläfe.

Am nächsten Morgen ging sie wie gewöhnlich ins Rechenzentrum, obwohl ihr gar nicht danach war. Sie hatte in der Nacht unruhig geschlafen und zwischen ihren Schultern schmerzte es.

„Diese ollen Dinger", dachte sie müde, als sie auf den Kaffee wartete, den Doris zubereitete, „sie sind so groß und ich weiß nicht, wohin damit!" Jedes Mal, wenn ihre Mutter sich hinter ihr aufhielt, zog sie reflexartig die vermeintlichen Schwingen ein, so gut es eben ging.

„Hanne, Schatz, was ist heute los mit dir?", fragte Doris besorgt, als sie ihre Tochter so bekümmert dasitzen sah. Sie blickte ihre Mutter flehend an und dachte einen Moment lang darüber nach, die Last, die ihr auf dem Herzen lag, loszuwerden. Hanne öffnete den Mund und wollte es hinausschreien, besann sich aber im letzten Augenblick und seufzte stattdessen nur. Sie konnte es ihr einfach nicht sagen – das würde nur wieder unnötige Fragen aufwerfen. Wenigstens schien Doris ihr den Streit vom Vorabend nicht nachzutragen.

„Hanne, sag doch was", bat ihre Mutter.

„Ich habe schlecht geschlafen, Mama, weiter nichts", antwortete sie schließlich ausweichend. „Ich bin müde und habe eigentlich gar keine Lust, ins Internet zu gehen und Stellen zu suchen, aber es muss ja sein, nicht?" Sie zwang sich ein Lächeln ab, das in Doris' Augen wenig überzeugend wirkte.

„Kind, ist wirklich alles in Ordnung mit dir? Du siehst so durcheinander aus! Was ist passiert? Seit du gestern telefoniert hast, bist du wie ausgewechselt."

„Och, es ist nichts. Wie gesagt, ich habe lange mit Johanna gesprochen und danach konnte ich nicht einschlafen, weil ich von den Ereignissen des Tages noch so aufgedreht war."

„Schatz, pass' bitte auf, dass du dich nicht in eine Obsession hineinsteigerst!", mahnte die Mutter besorgt.

„Das ist keine Obsession", protestierte ihre Tochter. „Es geht mir wirklich gut, ich bin nur müde, weiter nichts."

„Diese Freundin ist mir nicht geheuer", meinte Doris nachdenklich.

„Mamaaaaa", maulte Hanne leicht gekränkt, „lass uns bitte essen, ja?" Doris schwieg, sie wusste, dass weitere Worte bewirken würden, dass Hanne die Küche verließ.

Nach dem Essen ging Hanne auf ihr Zimmer und packte ihren Rucksack.

„Wusste ich es doch", murmelte sie traurig vor sich hin, „ich kann es ihr nicht erzählen, dabei würde ich es gerne, so gerne. Ich weiß nicht, was ich machen soll." Sie zog ihre Jacke an, legte sich den Rucksack um und spürte sofort wieder den Schmerz zwischen ihren Schultern.

„Aua!", stieß sie leise aus und warf den Beutel beiseite. „Mist! Mist! Mist! Was mache ich nur? Komm schon, Hanne, keine Panik, nicht abdrehen, du hast keine Flügel. Gestern ging es noch, also wird es heute auch gehen!" Sie beugte sich hinunter und wagte erneut einen Versuch.

„Aua! Mennooooo …! Okay, es wird auch ohne Rucksack gehen. Ich schreibe doch eh' Onlinebewerbungen, die Zeugnisse habe ich auf dem USB-Stick, den kann ich mir auch in die Jacke stecken und mehr brauch ich nicht." Sie verließ ihr Zimmer, verabschiedete sich von ihrer Mutter und ging aus der Wohnung.

Schon im Treppenhaus stellte sie fest, dass irgendetwas nicht stimmte. Sie glaubte, die Stellung ihrer Schwingen immer wieder neu justieren zu müssen, damit diese nicht an den Wänden entlangschleiften oder irgendwo anstießen. Als sie die Tür zur Straße öffnete, wusste Hanne plötzlich, was sie irritierte, sie stutzte.

,Hoffentlich merkt niemand, dass ich ein Engel bin', dachte sie voller Panik. Gerade wollte sie auf dem Absatz kehrtmachen, als ihr einfiel, dass ihre Mutter ja noch daheim war. Die würde für ihr seltsames Verhalten bestimmt eine Erklärung verlangen. Also überlegte sie es sich anders, trat unsicheren Schrittes vor die Tür und machte sich zaghaft auf dem Weg zur Haltestelle.

„Keine Panik", versuchte sie sich zur beruhigen, „alles ist gut. Wenn du deine Schwingen nicht siehst, werden die Leute um dich herum, sie auch nicht bemerken." Sie blickte in die Ferne und zuckte wiederum zusammen. „Was ist nur los mit mir?", fragte sie sich verwirrt. „Bleib ruhig, ganz ruhig", beschwichtigte sie sich und stellte sich zu den Wartenden an die Haltestelle. Als die Bahn kam, stieg sie ein und sofort begann sie, wie Espenlaub zu zittern. „Was ist denn nur los?", sie umklammerte benommen das Gestänge.

Beim Anblick der dicht gedrängelten Leiber im Waggon erschlug es sie förmlich. Überall saßen oder standen Menschen unterschiedlichen Geschlechts und Alters, die schweigend zum Fenster hinausstarrten, Musik hörten, sich unterhielten oder mit Zeitungen raschelten, und Hanne sah, roch und hörte alles! Alles auf einmal!

,Was? Was? Was ist los?', fragte sie sich erneut und schüttelte benommen den Kopf. Sie schloss die Augen, hielt sich die Ohren zu und den Atem an. ,Ganz ruhig', flüsterte sie in sich hinein, ,das ist nur ein böser Traum, du bist kein Engel und das hier ist nicht real.' Ein paar Minuten hielt sie so inne und merkte, dass sie sich langsam wieder beruhigte. Vorsichtig ließ sie ihre Ohren wieder los, öffnete langsam die Augen und holte leise Luft; prompt boten sich ihr wieder genau dieselben Eindrücke. Benommen torkelte sie auf einen freigewordenen Platz.

Hanne sah zur Seite und erblickte erschrocken das fragende Gesicht einer jungen Frau, die sie mit großen blauen Augen seltsam durchdringend anstarrte. Hanne schauderte, lehnte sich heftig atmend zurück und spürte mit einem Mal, wie ihre Schwingen durch die Reihen der Menschen wischten. Ihre

Nachbarin verkrampfte sich, ihr Blick wurde noch tiefgründiger. Das alles nahm Hanne nicht wahr, sie hatte die Augen wieder geschlossen.

‚Hanne, Hanne‘, flüsterte sie sich ein, aber Hanne reagierte nicht. ‚Mihr‘, wisperte sie nun, ‚Mihr, beruhige dich, alles ist gut. Du warst bisher ein Mensch und bist jetzt ein Mensch. Erfahre deine Umwelt nicht wie ein Engel, sondern wie ein Mensch.‘ Das wirkte. Hannes Körper entspannte sich und ihr Puls wurde ruhiger. Die Geräusche wurden stiller und geordneter, die Gerüche schwächer. Irgendwann öffnete sie die Augen und wagte einen Rundumblick. Alles war wieder wie gewohnt, nur der Blick der Frau neben ihr, war immer noch durchdringend und – wie Hanne plötzlich fand – irgendwie bittend. ‚Nein, nicht bittend, eher flehend‘, stellte sie betroffen fest und wandte sich irritiert ab. Lange hielt Hanne das jedoch nicht aus und wandte sich wieder der Frau zu.

„Was möchtest du?", fragte sie mit den Augen Mihrs.

„Bitte", flehte deren Blick, „bitte, nimm mich mit!"

„Du hast noch Aufgaben zu verrichten", antwortete Mihr sanft, „zudem ist es nicht mein Auftrag, dich mitzunehmen", fügte er hinzu.

„Ich halte es hier nicht mehr aus!", antwortete die Frau, und ihre Augen überzogen sich mit einem Tränenschleier. Hanne seufzte mitfühlend, rückte ein wenig näher an die Frau heran und legte ihre Schwingen um sie.

„Alles wird gut", sagten Mihrs Augen. Da wurde der Blick der Frau ganz weich und strahlte dankbar.

Die Lautsprecherdurchsage rüttelte Hanne wach. Sie ruckte hoch und stand abrupt auf. Bevor sie ausstieg, drehte sie sich noch einmal zu der Frau um. Deren Blick war wehmütig und Mihr lächelte ihr zuversichtlich zu: „Alles wird gut", flüsterte er und verließ die Bahn.

Hanne stand wie vom Donner gerührt. ‚Das gibt's nicht‘, dachte sie und korrigierte ihre Eindrücke: „Ich bin wirklich Mihr!", sagte sie leise zu sich selbst, nahm nachdenklich auf einer Bank Platz und ordnete ihre unsichtbaren Schwingen. Dann blickte sie auf und betrachtete die Menschen, die an ihr vorbeigingen.

‚Keiner merkt es‘, stellte sie erleichtert fest, ‚nur einige wenige, denen es wohl in die Wiege gelegt worden ist. Was mache ich denn nun? Ins Rechenzentrum gehen und nach Stellenanzeigen suchen?‘ Schon der Gedanke daran kam ihr so unwirklich vor, dass sie leise auflachte. ‚Kein Wunder, dass es mit der Vermittlung zwischen meinen Eltern nicht geklappt hat‘, sinnierte Hanne. ‚Wenn ich damals schon gewusst hätte, dass ich ein Engel bin … Als Mensch konnte ich nicht so gut helfen.‘

Nachdenklich betrachtete sie den blauen Himmel. Die Sonne schien und es war angenehm warm. „Ja, hier auf dieser Bank lässt es sich gut aushalten." Hanne wurde melancholisch und fragte sich wieder, was sie als Engel hier eigentlich zu suchen hatte.

‚Ich sollte den Menschen in ihren Beziehungen helfen‘, kam ihr in den Sinn, ‚nur wie? Ich kann doch schlecht hingehen und sagen: „Ööh, entschuldigen Sie mal, aber wie Sie gerade Ihre Frau behandeln, das ist nicht gut."‘ Hanne seufzte und das Bild ihres Vaters tauchte vor ihren Augen auf.

„Ja, Papa", flüsterte sie leise, „du bist heimgegangen, damit ich bewusst da sein kann. Du glaubtest aus ganz anderen Gründen gestorben zu sein. Für dich war es alles zuviel, der Laden, der nicht lief, die finanzielle Abhängigkeit von deiner Frau und dann brach noch die Krankheit aus, da hast du eben aufgegeben – und mir damit die Entfaltung meiner Spiritualität ermöglicht. Ich bin dir so dankbar und überhaupt nicht traurig oder enttäuscht, dass du gegangen bist. Das war in dieser Situation für alle das Beste."

Irgendwann erhob Hanne sich und ging doch noch ins Rechenzentrum. „Wenn ich schon nicht die Welt verändere, so kann ich doch wenigstens etwas chatten", meinte sie, „im Esoterikchat gibt es bestimmt ein paar Leute, die meine Hilfe brauchen."

Admiel

Es tat höllisch weh. Wo kam denn nur dieser Schmerz her? Langsam kam sie zu sich und forschte in ihren Körper. Ja, jetzt spürte sie es ganz deutlich: Ihr linkes Schultergelenk schmerzte fürchterlich. Sie lag verquer, ihr gesamtes Körpergewicht ruhte auf dem Arm und drückte auf die harte Unterlage. Also lag sie auch gar nicht im Bett, es fehlten Decke und Kissen. „Warum liege ich auf dem Boden?", fragte sich Ida schlaftrunken. Dann erinnerte sie sich wieder und war plötzlich hellwach.

Stöhnend wechselte sie auf den Rücken und rieb sich die verkrusteten Augen. Vorsichtig blinzelte zur Zimmerdecke. Es war bereits heller Tag. Sie richtete sich langsam auf und blickte sich um. Michael war nirgends zu sehen und Ooniemme auch nicht. Das Bett von Sebastian war leer. Ida spürte, wie sich ihr langsam die Kehle zuschnürte, sie schluckte trocken.

„Sebastian?", fragte sie zögerlich in den Raum hinein, „bist du hier?" Sie horchte: nichts! Totenstille!

„Sebastian?", rief sie, diesmal lauter. Sie hielt den Atem an und horchte wieder. Da! Da war etwas! Ida spitzte die Ohren. Ein leises Wimmern drang zu ihr vor. Wo kam das her? Sie ließ ihren Blick wandern und erkannte die Quelle. „Ach, im Bad", sagte sie leise. Sie stand auf und drückte ihr Ohr gegen die geschlossene Tür.

„Sebastian?", fragte sie mit klopfendem Herzen, „Sebastian bist du das? Bist du da drin?" Gedämpftes Winseln drang aus dem Zimmer, ein Wimmern, das nichts menschliches mehr hatte, wie Ida nun aufgeregt feststellte.

Zögerlich drückte sie die Türklinke hinunter, öffnete langsam die Tür und linste mit einem Auge in den Raum hinein. „Sebastian?", fragte sie noch einmal. Wieder nur ein leises Stöhnen. Da sie durch den geöffneten Spalt nichts ausmachen konnte, musste Ida über ihren Schatten springen und das Bad betreten. Da sah sie ihn in einer Ecke zusammengekauert. „Sebastian", flüsterte sie erleichtert, „da bist du ja!" Die hochgewachsene, nackte, blutverkrustete Gestalt stieß einen leisen Schrei aus, drückte sich ängstlich jammernd in die Ecke und ließ Ida nicht aus den Augen.

„So wunderschön", wisperte Ida verzückt, als sich ihre Blicke trafen und sie seine großen, bernsteinfarbenen Augen sah. „Hab keine Angst, ich tue dir nichts", sagte sie sanft, ging in die Hocke und näherte sich ihm langsam. „Tut es sehr weh? Du sitzt nicht gut", flüsterte sie mitfühlend, während sie ihm sanft eine Strähne des wirren, ebenfalls bernsteinfarbenen Haars aus dem Gesicht strich. Sebastian fuhr zusammen, presste seine Schwingen noch stärker in die Ecke und stöhnte mit schmerzverzerrtem Gesicht auf.

„Siehst du? Das tut doch weh. Komm." Ida streckte ihm aufmunternd ihre Hände entgegen. Sebastian schüttelte heftig den Kopf.

„Aber ich darf doch bei dir bleiben, oder?" Sebastian wimmerte und Ida schob sich näher an ihn heran. „Schau mal", meinte sie liebevoll, „wenn du dich nach vorn lehnst, dann tut es nicht so weh." Ihre schmalen Hände umfassten sanft seine zitternden Schultern und zogen seinen Oberkörper ein wenig aus der Ecke. Sebastian seufzte auf. „Komm, noch ein Stückchen." Ida zog ihn weiter an sich heran. Dankbar über den gewonnenen Raum, falteten sich die Schwingen wie von selbst auseinander. Sie waren mit Blut verklebt.

„Ist es nun besser?" Sebastian ächzte erleichtert und nickte kaum merklich. Langsam ließ er sich von Ida aus der Ecke und schließlich auf die Beine helfen. Überrascht stellte sie fest, wie leicht er sich, trotz seines beachtlichen Volumens, anfühlte.

Als er aufrecht vor ihr stand, erschrak er ob seiner Blöße. Er wollte sich ihr entziehen und versuchte, sich an die Wand pressen. „Nein, nicht", Ida hielt ihn sanft zurück. Sebastian kreuzte seine Arme vor dem nackten, zitternden Leib. Ida lächelte freundlich und tätschelte ihm zuversichtlich die Wange.

„Was hältst du davon, wenn ich dich etwas wasche?", fragte sie. „Schau, du bist ganz schmutzig." Ihr Blick wanderte, gefolgt von Sebastians Augen, über seinen nun geschlechtslosen Körper.

„Iih", stieß er hervor, dann schluckte er und schaute gequält auf Ida.

„Es ist alles gut gegangen", meinte sie sanft, „du bist jetzt ein Engel!"

„Ein Engel?!", zum ersten Mal hörte er seine eigene Stimme, die seltsam ätherisch klang. Er torkelte einen Schritt zurück, öffnete seine Schwingen und betrachtete sie ungläubig.

„Ein Engel!", stieß er entsetzt aus. „Ich bin ein Engel?!", wiederholte er und blickte verwirrt um sich. „Warum bin ich ein Engel?!" Langsam erinnerte er sich. „Ach ja, die ,Admiel'-Meditation!" Sebastian nahm kreidebleich auf dem

Klosettdeckel Platz. „Deswegen diese ganzen Qualen?", fragte er und blickte Ida mit seinen bernsteinfarbenen Augen erschöpft an. Ida seufzte und nickte.

„Aber, schau mal", sagte sie und zog ihn wieder auf die Beine, „es ist das eingetreten, was du dir immer gewünscht hast, du bist ein Engel. Admiel!"

„Wie?", fragte Sebastian, als hätte er sich verhört.

„Admiel", antwortete sie sanft, „du weißt doch, der erste Engel auf Erden, den ich in meinem Almanach erwähnt habe. Das bist du!"

„Ich?!" Admiel schwankte zwischen Skepsis und Verblüffung. „Konntest du kein anderes Mitglied hier herholen? Warum gerade ich?"

„Aber du wolltest doch ..."

„Was wollte ich?", fragte der Engel empört. „Habe ich jemals gesagt, dass ich Admiel sein will? Ich bin hergekommen, um meinen Dienst am Engel zu verrichten – mehr nicht. Ich wollte *meinem Schutzengel näherkommen.*"

„Warum hast du dann diese Meditation vollzogen?", fragte Ida verwirrt, nun mit einem trotzigen Unterton in der Stimme.

„Weil ich dumm war", antwortete Admiel müde, „ich habe euch nicht getraut, hatte aber auch Angst, euch zu enttäuschen. Ach, wie kindisch von mir." Er seufzte tief.

„Aber freust du dich denn gar nicht?", Ida konnte ihre Enttäuschung kaum verhehlen. Der Engel blickte sie aus seinen bernsteinfarbenen Augen ernst an.

„Ich weiß es nicht", sagte er, „ich weiß nicht, ob ich mich freuen soll. Vermutlich müsste ich, schließlich habe ich jahrelang rituelle Waschungen, Mantras, Mudras und Meditationen vollzogen, nur um diesen Augenblick zu erleben."

„Es ist reine Gewöhnung", meinte Ida sanft und legte ihm beruhigend die Hand auf die Schulter. „Höre, Lieber, ich habe dich ausgewählt, weil du mich an Jofiel erinnert hast."

„An wen?"

„Jofiel, den Erzengel. Wir haben ihn befragt, er hat es bestätigt."

„Was hat er bestätigt?"

„Dass du ihm sehr ähnlich bist."

„Und? Rechtfertigt das etwas? Rechtfertigt es dies alles?" Er sah an sich herab, die Federn seiner Schwingen sträubten sich und wieder seufzte er. Ida schwieg betroffen. Da machte sie sich die Mühe, jemandem zu helfen, und wie dankte er es? Indem er sich aufregte und ihr – ausgerechnet *ihr*, die sie sich am meisten engagiert hatte – Vorhaltungen machte und sie beschimpfte. Andererseits, was erwartete sie denn? Eine neuerschaffene Engelsgestalt, so etwas Außergewöhnliches, das gab es nicht alle Tage. Er würde sich schon daran gewöhnen und dann *musste* er ihre Leistung anerkennen.

„Ich will das Blut wegbekommen", meinte Admiel nach einer Weile und blickte an sich herunter. „Vor allem hier, an den Federn", fügte er hinzu, als er die verklebten Schwingen sah, „es zieht so fürchterlich." Er riss den Vorhang beiseite, stellte sich unter die Dusche und ließ heißes Wasser über seinen Körper rinnen. „Seltsam", flüsterte er nachdenklich, „es fühlt sich an wie … Ich meine, dieses Wasser, es scheint nicht nur über mich, sondern durch mich hindurch zu strömen, ja mehr noch, sich mit mir zu vereinigen." Er warf seinen Kopf in den Nacken, öffnete den Mund, streckte seine Zunge weit heraus und hieß Millionen Tröpfchen Willkommen, die mit ihm und in ihm Eins wurden. Die Blutkrusten wurden schwammig, weich und flossen rosa in Rinnsalen an ihm herab. Ida kam nicht umhin, wieder einmal festzustellen, wie außerordentlich erregend seine Erscheinung auf sie wirkte. Sie seufzte leise.

Admiel schmunzelte leise in sich hinein.

„Das hättest du dir früher überlegen sollen", gluckste er gedämpft. Er seifte sein Haar und spürte Erleichterung, als sich das Nass liebkosend mit ihm verband und den alten Dreck davon spülte. Dann reinigte er gemächlich und sorgfältig seine Schwingen. Ida lachte unwillkürlich laut auf: ‚Er sieht aus, wie ein Vögelchen, das badet.'

„So ist es gut", der Engel wandte sich Ida zu, die überrascht feststellte, dass sein Körper bereits getrocknet war. Jetzt, da alles Blut von ihm gewaschen war, kamen seine Makellosigkeit und Reinheit voll zur Geltung.

‚Wenn Jofiel ihn so sehen könnte', dachte Ida verzückt.

Das Beige seiner Haut harmonierte vorzüglich mit seinen honigbraunen Augen und dem gelockten bernsteinfarbenen Haar. Zusammen mit den ocker getupften Schwingen erhielt seine Gestalt eine ganz eigene graziöse Ästhetik. Admiel durchschaute ihre Gedanken wohl.

„Jofiel?", fragte er. Ida nickte stumm.

„Na ja, wer weiß", der Engel hob eine Braue, „vielleicht bin ich ja sein Bruder."

„Das ist sogar ziemlich wahrscheinlich", meinte Ida feierlich.

„Sag mal, kannst du mir etwas zum Anziehen besorgen? Oder meinst du, ich bekomme das selbst hin?", fragte der Engel schließlich nachdenklich.

„Das weiß ich nicht", antwortete Ida wahrheitsgemäß, „darüber, wie sich Engel kleiden, habe ich noch nie nachgedacht. Ich kann dir gerne etwas zusammensuchen, vielleicht passen dir ja die Sachen von Victor?" Admiel schüttelte den Kopf.

„Die sind zu klein", sagte er, „sieh dir nur diese riesigen Teile an", ein wenig stolz war er nun doch und er breitete seine Schwingen zur vollen Größe aus, „die passen durch keinen Pullover."

Admiel, eben noch völlig erschöpft und am Boden zerschlagen, staunte über seine plötzliche gute Laune. Noch mehr wunderte er sich darüber, dass er seine Gestalt, die doch nun so ganz anders aussah, als die, in der er fast 30 Jahre gehaust hatte, so problemlos annehmen konnte – gerade so, als wäre dies sein eigentliches Aussehen.

Er betrachtete Ida, ließ seine Finger kreisen und flüsterte lächelnd: „Jetzt pass mal auf! Simsalabim." Entzückt blickte er an sich herab: „So-so, das ist doch gleich viel besser, findest du nicht? Jetzt bin ich ein Engel, der etwas drauf hat, hö-hö!" Verzückt betrachtet er seinen plötzlich bekleideten Leib. Er fuhr er mit den Händen über das weiche orangefarbene weite Hemd, das Brust und Lenden bedeckte. Seine Beine steckten in einem beigefarbenen Hosenrock. Nur seine Füße waren nach wie vor nackt.

„Keine Schuhe?", fragte Ida. Der Engel schüttelte den Kopf.

„Nein", erklärte er, „ich mag es lieber so."

„Wie Jofiel, genau wie er …", murmelte sie nachdenklich, „du bist ihm wirklich sehr ähnlich."

„Kennst du ihn denn?" Die bernsteinfarbenen Augen des Engels begannen zu glänzen.

„Ach, nur flüchtig", Ida machte eine wegwerfende Handbewegung. Admiel war etwas enttäuscht darüber, dass Ida offensichtlich nicht mehr preisgeben wollte. Er besann sich jedoch, ordnete seine Schwingen und sah die rothaarige Frau erwartungsvoll an.

„Ich denke …" Er ließ den Satz unbeendet. Stattdessen knuffte er Ida lächelnd in die Seite, öffnete die Tür und schob sich samt Schwingen in sein Zimmer. Er blickte sich noch einmal um und wurde jetzt sehr ernst.

„Ida?", fragte er und deutete auf das Bett, „das da, das ist nicht allein das Ergebnis dieser Meditation, oder?" Er wandte sich ganz um und sah sie aufmerksam an.

„Die Meditation ist doch lediglich eine Voraussetzung für die Verwandlung, ist es nicht so?" Seine großen Augen ruhten abwartend auf Ida, die nervös von einem Fuß auf den anderen trat.

„Ja", gab sie kleinlaut zu.

„Dann sag mir bitte, was dein Anteil an der Verwandlung ist?"

„Ich wollte, dass du ein Engel wirst", antwortete Ida ausweichend.

„Das beantwortet meine Frage nicht", setzte Admiel streng nach. Ida standen die Seelenqualen bei dieser Bemerkung deutlich ins Gesicht geschrieben.

„Okay, okay", gab sie zu, „ich habe ein Pulver bereitet und es dir in den Tee gemischt."

„Auf Anraten Victors, nehme ich an?"

„Ja", flüsterte Ida kaum hörbar. „Aber es hat funktioniert, ich habe genau nachgeschaut, damit alles gut geht. Es ist wasserdicht, hat keine Haken, es ist ein Mittel, das uns Menschen von den Engeln geschenkt wurde", fügte sie aufgeregt hinzu und erntete für diese Aussage von Admiel ein Stirnrunzeln. „Was ist? Ist es etwa nicht so?"

„Das ist Magie", antwortete der Engel, „pure Magie."

„Aber es hat doch funktioniert!", protestierte sie.

„Ja, das hat es. Aber um welchem Preis?"

„Es ist …"

„Bitte, sei still!", unterbrach er sie abrupt. „Wir werden sehen. Ich lasse mich überraschen." Admiels Blick wanderte wieder zum Bett.

„Lass uns fix die Tücher entsorgen und die Bezüge wechseln." Ida wollte aufspringen, doch der Engel machte eine wegwerfende Handbewegung.

„Hetze dich nicht, ich glaube nicht, dass ich jemals wieder in diesem Bett schlafen werde."

Admiel spürte mehr und mehr heftige Abwehr in sich aufsteigen, je länger er sich in diesem Zimmer aufhielt. Doch besann er sich. Nein, er würde nicht in ein anderes Zimmer umziehen, er würde hier bleiben. *Hier* hatte sich seine Geschichte abgespielt, *hier* ist er geworden, *hier war er.*

„Warum willst du hier nicht schlafen?", erkundigte sich Ida erstaunt.

„Ich glaube, Engel schlafen nicht", antwortete Admiel.

„Ich werde es dir trotzdem richten", sie konnte den Anblick des zerknautschten, besudelten Lagers nicht mehr ertragen. „Wir müssen auch die Wände reinigen", fügte sie betriebsam hinzu.

„Ja, ja", Admiel nickte. Er ging auf das Lager zu, aber Ida hielt ihn zurück.

„Lass mal", meinte sie, „ich mache das alleine, du hast schon genug durchgemacht." Also nahm er im Sessel Platz und sah Ida beim Putzen und Aufräumen zu. Sie entfernte Handtücher und Wickel, zog die Bettwäsche ab und brachte alles in den Waschraum. Dann erschien sie mit der frischen Wäsche. Bevor sie die Matratze bezog, untersuchte sie diese sorgsam nach Blutspuren.

„Die vielen Tücher haben wahre Wunder bewirkt", meinte sie fachmännisch, „nicht das kleinste Fleckchen ist zu finden – zum Glück lag der Gummischutz darunter! Ich und meine Pedanterie, was?", fragte Ida kokett und blickte Admiel zufrieden an. Er nickte müde. Sie führte ihr begonnenes Werk zu Ende und brachte auch das Zimmer gleich in Ordnung.

Nach einer Weile sah der Raum wieder so aus, wie ihn Sebastian bei seiner Ankunft kennen gelernt hatte. Zufrieden mit sich, nickte Ida vor sich hin.

„So!", stellte sie aufgeräumt fest, „alles wieder wie neu!" Admiel nickte wieder und blickte sie mit seinen großen Augen ernst an.

„Was ist? Stimmt etwas nicht?", erkundigte sich Ida pikiert.

„Es ist eigenartig", meinte der Engel nachdenklich, „man wechselt die Bettwäsche, putzt hier ein bisschen weg, räumt dort ein wenig auf und schon glaubt man, ein Stück Vergangenheit getilgt zu haben." Er blickte Ida aufmerksam an und seufzte tief.

„Admiel", murmelte sie leise, „es tut mir wirklich leid, ehrlich! Ich wusste nicht, dass die Verwandlung so schmerzhaft sein würde! Aber schau, nun bist du ein Engel, du bist wie Gott!" Admiel schüttelte den Kopf.

„Liebes Kind", dozierte er geduldig, „du irrst dich. Alle Menschen sind wie Gott. Gott hat sie schließlich aus sich selbst erschaffen! Hat dir Michael das denn nicht gesagt?" Ida starrte ihn stumm und fassungslos an.

„Wir sind alle Eins. Die Menschen sind hier, um sich zu erfahren, verstehst du? Menschen sind nichts anderes als Engel, die sich erleben. Engel, die wissen wollten, wer sie sind, was sie tun und wie sie wirken. Sie kommen hierher in die Dualität – hierher, wo es Hell *und* Dunkel gibt. Denn nur wenn du weißt, was Dunkelheit ist, kannst du erkennen, was Helligkeit ist. Die Menschen fangen an, sich daran zu erinnern, dass sie göttliche Wesen sind – auch ohne schmerzhafte Verwandlungen!"

„Das glaube ich dir nicht!", rief Ida entrüstet und verschränkte trotzig die Arme vor den Körper.

„Es ist dir freigestellt, zu glauben, was immer du möchtest", antwortete der Engel, erhob sich und ging zum Fenster.

„Wieso? Aber ... das würde doch bedeuten ..." stotterte Ida und wurde kreidebleich.

„Ja! Das bedeutet, dass deine ganze ‚Anmistiker'-Gesellschaft auf einem Luftschloss basiert", vollendete Admiel ihren Satz. „Wir alle kommen hierher, um uns zu erleben. Alles, was wir denken und tun, erhält Resonanz, so dass es uns möglich ist, uns selbst zu erkennen, anstatt einfach zu Sein. Wir *sind*, und wir wissen auch *was* und *wer* und *wie* wir sind. Das ist das größte Geschenk, das Gott uns – seinen Wesen – machen kann."

„Du lügst!", stieß Ida hervor und wich ein paar Schritte zurück, ohne Admiel aus den Augen zu lassen, „dieses Pulver hat deine Sinne verwirrt."

„Vielleicht", fuhr Admiel ungerührt fort, „vielleicht brauchst du mich auch, um zu verinnerlichen, was du weder durch Michael noch durch Gott verstanden hast und als Mensch nicht sehen willst."

„Was will ich nicht sehen?!", rief Ida aufbrausend dazwischen, „dass die Menschheit ein Geschwür am Arsch der Welt ist? Ein Haufen von Trotteln, denen nichts Besseres einfällt, als sich die Köpfe einzuschlagen und ihren Lebensraum zu demontieren? Nein, nein, mein Lieber, du kannst mir nicht erzählen, dass das alles Engel sind!"

„Doch!", antwortete Admiel ruhig und drehte sich zu Ida um.

Sie musste ihn unbedingt vom Gegenteil überzeugen, das tat sie immer, wenn ihr einer ihrer Jünger widersprach, was – Gottlob! – selten genug geschah. Sie schnappte nach Luft und öffnete den Mund, doch sein Blick gebot ihr Einhalt. Ida hielt den Atem an und presste die Hände auf ihr Herz. Da war er wieder: dieser wissende Blick, der hinter jede Maskerade sah, jener Blick, der alles wusste – Jofiel! Ida klappte den Mund zu und blickte beschämt zu Boden. Ihre Glieder begannen zu zittern, schwer ließ sie sich in den Sessel fallen.

Der Engel senkte den Blick und fing plötzlich an, leise vor sich hin zu kichern.

„Wie kannst du jetzt lachen?", fragte Ida irritiert und war nun vollkommen fassungslos.

„Ich lache über die Spiele, die wir mit uns selbst spielen", antwortete Admiel. Er nahm auf dem weichen Teppich neben Idas Sessel Platz.

„Weißt du was?", fragte er, während seine schlanken Finger zärtlich durch die Strähnen ihres kupferroten Haars wanderten.

„Was?" Ida vermied es, ihm in die Augen zu schauen. Ein breites Lächeln umspielte seine Lippen: „Ich kann selbst kaum glauben, dass ich das alles weiß. Mein ganzes Leben habe ich meinem liebenden Schutzengel gewidmet, meinem Ooniemme, und ich habe nicht bemerkt, dass er ein Teil meiner ureigensten Energie ist, nämlich meine Dankbarkeit. Ist das nicht witzig?"

„Deine Dankbarkeit?", fragte Ida perplex und sah ihn nun noch an.

„Ja!", freute sich der Engel, „er ist Dankbarkeit. Ooniemme – das bedeutet ja sein Name und in Bezug auf mich, ist er meine Dankbarkeit! Wir sind miteinander verbunden, er und ich! So, wie alles miteinander verbunden ist!" Admiel öffnete seine Arme und formte mit seinen Händen einen weiten Bogen. Er lachte auf und raschelte vergnügt mit seinen Schwingen.

Plötzlich klopfte es zaghaft an die Tür.

„Victor!?", entfuhr es Ida und sofort bildeten sich Zornesfalten auf ihrer Stirn.

Der brünette Mann lugte vorsichtig in das Zimmer, bis sein Blick an dem Engel haften blieb.

„Sebastian?", fragte er ungläubig. Er wagte es nicht, einzutreten. Admiel wandte sich langsam um. Seine Augen ruhten aufmerksam auf Victor, der, in Demut verharrt, gebeugt vor ihm stand und ihn mit Luchsaugen von oben bis unten musterte.

„Tatsächlich", zischte Victor in seinen Schnauzbart, „er ist es tatsächlich. Unglaublich, es hat wirklich funktioniert."

„Komm nur herein." Der Engel erhob sich und machte eine einladende Geste. Zögernd trat Victor näher. Ergriffen blieb er ein paar Schritte vor dem Engel stehen.

„Keine Angst, ich beiße nicht", meinte Admiel lachend, „komm nur näher!" Er streckte seine Arme aus, ergriff den verdatterten Victor und zog ihn zu sich heran. Der brünette Mann hob ungläubig die Hand. Seine Finger streckten sich nach den weichen Federn des Engels, doch dieser zog sie zurück und schüttelte stumm den Kopf.

Ida, die sich seit Sebastians Verwandlung von ihrem Partner allein gelassen fühlte, schäumte vor Wut, sagte aber nichts. Ein Streit würde jetzt nicht helfen, beschwichtigte sie sich. Der Augenblick war zu feierlich, um ihn mit Wut und Groll zu füllen.

Admiel schob den nun kleineren Victor sanft zum Fenster. Eilig folgte Ida ihnen und stellte sich neben die beiden. Versonnen blickte der Engel hinaus.

„Es ist ein wunderschönes Wetter, findest du nicht?" Admiels Bernsteinaugen ruhten auf Victor, der ihn fassungslos und fasziniert zugleich, anstarrte. Der nickte nur stumm und glotzte den schönen Engel an, der ganz dicht neben ihm stand.

„Als du klein warst", begann Admiel, während sich sein Blick verklärte, „weißt du noch? Du hast auf dem Stein gesessen, in Omas Garten, hast in den Himmel gesehen und dir vorgestellt, du könntest fliegen. Später wolltest du Pilot werden. Na ja, viele kleine Jungen möchten Pilot werden. Manche, weil sie ein kriegerisches Herz haben und andere, weil sie fliegen wollen, so wie du! Nicht wahr?" Der Blick des Engels wurde eindringlich, Victor schaute verlegen zur Seite.

„Ja", nickte Admiel versonnen, nun die Landschaft draußen bewundernd, während er dem Meister freundschaftlich über die Schulter strich. „Dann kam Ida und mit ihr kamen die Engel und deine Fähigkeit, sie zu spüren. Und plötzlich war der Traum vom Piloten und dem Fliegen nicht mehr relevant. Sehnsucht entzündete sich in deinem Herzen und das Geld lockte!" Admiel lachte leise auf. „Wenn sich Enttäuschung mit Geltungsdrang paart, was kommt dabei heraus?" Er neigte seinen Kopf und blickte Victor fragend an. Dieser schwieg.

„Mein lieber Freund", wandte sich Admiel altväterlich an ihn und ging in die Hocke, so dass sie einander gerade in die Augen sehen konnten, „dein ganzes Leben war eine einzige Suche. Eine Suche nach dem, was hier drin ist!" Er tippte Victor vergnügt gegen die Brust. „Wenn dich das nächste Mal die Sehnsucht nach dem Fliegen packt", fuhr er lachend fort, „dann setz dich doch hinter das Steuer eures Jets! Was hältst du davon?"

Victor blickte ihn verwirrt an. Er schloss die Augen, schüttelte sich – und war wieder der alte.

„Wie fühlst du dich?", fragte er bewusst souverän und nahm wieder die für ihn typische würdevolle, distanzierte Haltung ein.

„Was möchtest du hören?" Admiel erhob sich und blickte ihn aufmerksam an. Victor atmete tief durch, hob an und … klappte den Mund wieder zu. Er wusste nicht, was er darauf antworten sollte.

„Ja", fuhr der Engel gedankenverloren fort, ohne auf Victors Verwirrung zu achten, „es ist eine sehr langwierige Prozedur und überaus schmerzhaft. Außerdem weiß niemand, ob man diese Tortur überlebt."

„Das weiß ich", gab Victor ungeduldig zu.

„Ja, das weißt du", echote der Engel, „und jetzt geht es darum, abzuwarten, nicht wahr?" Admiel blickte Victor eindringlich an. Der fühlte sich ertappt, sagte aber nichts.

„Ja, mach das mal, warte einfach ab. Ich würde es jedoch nicht in Erwägung ziehen!" „Warum nicht?", fragte Victor, nun doch neugierig geworden. Admiel seufzte.

„Ich kann es dir im Moment noch nicht genau sagen", antwortete er aufrichtig. „Du wolltest wissen, wie es mir geht. Ich fühle mich, als wäre ich weder Fisch noch Fleisch. Jetzt bin ich heiter und fröhlich und im nächsten Moment, zu Tode betrübt. Mit anderen Worten, ich fühle mich unbehaglich. Diese Erscheinung hier", er deutete auf sein Äußeres, „ist mir einerseits vertraut, andererseits fühle ich, dass sie nicht richtig ist, ich kann dir nicht sagen, warum … vertraut und doch fremd."

„Papperlapapp", warf Victor dazwischen, „das ist reine Gewöhnungssache, mehr nicht!"

„Darin stimmst du mit ihr überein." Admiel deutete auf Ida, die das Gespräch schweigend mitverfolgt hatte. „Ihr seid wirklich ein außergewöhnliches Pärchen – so unterschiedlich ihr seid, habt ihr doch Vieles gemeinsam."

Der Engel ließ Victors Schulter los und ging zur Tür. Als ihm die beiden folgten, drehte er sich abrupt um. „Könnt ihr mir den Gefallen tun, mich etwas allein lassen?", bat er und blickte in die nachdenklichen Gesichter.

„Keine Angst", schmunzelte er, „ich fliege euch schon nicht weg." Auf Idas Gesicht schlich sich ein Lächeln, sie nickte. Als auch Victor knapp bejahte, verließ der Engel das Zimmer.

„Und? Was denkst du?", fragte Victor unvermittelt.

„Was ich denke?", erwiderte Ida und ließ nun ihrer aufgestauten Frustration freien Lauf. Sie stemmte die Arme in die Hüften: „Ich denke, dass du ein jämmerlicher Feigling bist, der mich die ganze Drecksarbeit hat machen lassen, während du dich in deine Nische zurück gezogen hast, um abzuwarten, ob der Junge eingeht oder nicht!"

„Das ist nicht wahr", Victor protestierte, „ich hatte zu tun. In einer Zweigstelle sind heftige Proteste ausgebrochen. Die Leute fühlen sich ungerecht behandelt. Ich musste einschreiten!"

„Aha, musstest du das?!", fragte Ida sarkastisch, „eigenartig ist doch aber, dass der Zeitpunkt des Protestes so unmittelbar mit dem von Sebastians Verwandlung zusammenfiel und ich – noch dazu – kein Sterbenswörtchen davon erfahren habe."

„Ich wollte dich nicht auch noch damit belasten", warf Victor milde ein. „Ich finde es sehr lobenswert, dass du ihm so gut zur Seite gestanden hast, dein Einsatz war Gold wert!" Er legte ihr seinen Arm versöhnlich um die Schulter. „Wirklich, Ida", meinte er beschwichtigend und setzte sein entwaffnendstes Lächeln auf, „es tut mir wirklich leid. Ich wollte dich nicht allein lassen, aber ich hatte doch keine Ahnung, dass es so lange dauern würde. Als ich dann mittendrin war, dachte ich, dass dir jetzt alles gelegen kommen würde, nur nicht diese Nachricht. Verzeihst du mir?" Er blickte seine Freundin reuevoll an und diese ließ sich mal wieder erweichen.

„Okay", meinte sie knapp und schluckte ihren verbliebenen Ärger hinunter, „was gedenkst du als Nächstes zu unternehmen?" Victors Gesichtszüge hellten sich sogleich auf.

„Ich würde vorschlagen, wir gehen mit diesem Zeug in Massenproduktion", kündigte er aufgeregt an und grinste breit.

„Was willst du?!" Ida platzte sofort wieder der Kragen. „Sag mal, hast du dein Hirn auf der Straße verloren?" Victor wollte protestieren. „Unterbrich mich nicht!", fauchte Ida vor Wut schnaubend. „Denkst du eigentlich auch mal an andere, als immer nur an dich? Denkst nur daran, was du tun kannst, damit du ein Engel wirst? He???"

„Ich will gar kein Engel werden", trotzte Victor, um Würde ringend.

„Neeein, ganz bestimmt nicht", zischte Ida höhnisch, „nein, du hast den armen Jungen nur hierher geholt, um ihn zu benutzen. Du wolltest wissen, ob es überhaupt funktioniert."

„Jetzt mach aber mal halblang", unterbrach Victor ihre Tirade in scharfem Ton. „Du tust gerade so, als wäre der ganze Plan auf meinem Mist gewachsen. Wessen Augen haben denn geglänzt, als die Lösung schwarz auf weiß auf dem Papier stand?" Er blickte sie mit seinen blaugrauen Augen herausfordernd an. Ida fasste sich an die Schläfen und sank kraftlos in den Sessel. Leise stieß sie die Luft aus und flüsterte kaum hörbar: „Es war ein Fehler."

„Was war ein Fehler?" Victor horchte auf.

„Das hier … das alles hier, Victor, dieser ganze Engelkram." Während sie diese Worte aussprach, spürte sie, wie sich ihr Herz vor Enttäuschung zusammenzog.

„Wie kommst du denn jetzt auf diesen Trichter, hat dir das etwa dein Engel eingeredet?" Victor deutete mit blassem Finger zur Tür. „Ida", er trat an den Sessel und ergriff ihren Arm, „erinnere dich doch bitte daran, warum wir die ,Amnistiker' gegründet haben. Doch nur, weil wir die Menschen, die Engel innehaben, in den Status der Gottähnlichkeit aufsteigen lassen wollen."

„Admiel sagt etwas anderes", widersprach Ida.

„Was sagt er denn?", fragte Victor zynisch.

„Er meint, dass alle Menschen Engel sind, die hierherkamen, um sich zu erleben", gab sie die Worte des Engels wieder. „Und ich weiß nicht, wie ich dir das sagen soll", fügte sie mit bebender Stimme hinzu und blickte ihn mit großen, tränenumflorten Augen an, „es fühlt sich irgendwie richtig an. Ich …", sie stockte, bevor sie zögernd fortfuhr, „ich glaube, Admiel hat Recht!" Victors Gesicht verhärtete sich.

„Unsinn!", bellte er verächtlich, „der hat doch keine Ahnung! Die Verwandlung hat ihm das Gehirn vernebelt. Sieh dir die ‚göttlichen Menschen' doch nur an! Verhalten die sich wie Engel?"

„Sie müssen sich erst wieder daran erinnern", erwiderte Ida müde.

„Woran? Dass sie Engel sind? Oh, Ida, bitte! Ja klar, wir sind hergekommen, um einander niederzumetzeln und uns währenddessen daran zu erinnern, dass wir eigentlich alle Engel sind. Pah! Wir sind nicht mehr als ein Geschwür am Arsch der Welt!"

„Aber die Dualität", flüsterte Ida wie in Trance, „sie ist da, damit wir uns unserer Helligkeit bewusst werden."

„Idaaaaa", rief Victor eindringlich und tippte seiner Gefährtin an die Stirn, „wach a-hauuf, siehst du denn nicht, dass du dich vollkommen verrennst?"

„Ich weiß es nicht", nuschelte sie unsicher, „ich … ich weiß es nicht. Bitte Victor, lass mich jetzt allein, ja? Ich möchte mich gern ausruhen, die letzten Tage waren etwas zu viel für mich. Danach reden wir weiter, okay?" Victor wurde augenblicklich still.

„Ja", brummte er mit sanfter Stimme, „das wird wohl das Beste sein. Ruh' dich etwas aus."

Ida nickte und schlurfte an ihm vorbei aus dem Zimmer.

„Bis später", rief sie leise.

„Ja, schlaf gut", hörte sie Victor noch sagen, doch maß sie diesen Worten keine Bedeutung bei, sie fühlten sich plötzlich sehr leer und hohl an.

„Michael", flüsterte sie atemlos, als sie die Tür hinter sich geschlossen hatte, „Michael, bist du da?"

„Ja." Rechts neben sich nahm sie ihn wahr. Sie blickte zur Seite.

„Sag mir", sie schluckte trocken, „sag mir bitte, stimmt es, dass wir Menschen eigentlich alle Engel sind, die hierher kamen, um zu erfahren, *wer* sie sind, *was* sie tun und *wie* sie wirken? Sind wir alle göttliche Wesen?"

„Ja." Michael nickte und seine Augen bekamen einen freudigen Glanz.

„Aber … aber wie …?", Idas Gesicht überzogen fiebrige Flecken, „wie ist denn das möglich? Warum hast du es mir nicht früher gesagt? Du … du … ich meine …", sie stockte, „dein Name beinhaltet diese Frage und du kennst die Antwort."

„Ich habe dir viele Hinweise gegeben, aber sie haben dich nicht erreicht. Ich habe es dir mehrmals ausführlich erklärt. Es ist schon ein Weilchen her, damals war es dir nicht möglich, meine Worte zu verstehen."

„Aber warum nicht?"

„Weil sie keiner versteht, bevor er nicht hier war, um es selbst zu erfahren."

„*Ich* bin also ein Engel?", fragte Ida ungläubig. Michael grinste breit.

„Hier auf Erden bist du auch ein Mensch", meinte er.

„Aber, wer bin ich denn nun?", fragte sie verwirrt.

„Das, Liebes, wirst du auch noch herausfinden", antwortete der Engel erleichtert.

„Aber du weißt es, oder?"

„Klar weiß ich es!"

„Du willst es mir nicht sagen?", bettelte Ida.

„Nein!"

Admiel stand auf dem Flachdach des Hauses und genoss die Aussicht auf den dichten, dunkelgrünen Wald, der sich zu seinen Füßen erstreckte.

„Ob ich wohl fliegen kann?", fragte er sich. „Ich kann es nur herausfinden, wenn ich es versuche." Er trat an den Rand des Daches, blickte in die Tiefe und erschauerte. „Ach was. Was kann mir schon passieren? Sterben werde ich wohl nicht, also?" Er sah wieder auf und blickte in den Himmel. Das Herz hämmerte in seiner Brust. „Habe ich eins?", fragte er sich verwundert, ging dieser Frage jedoch nicht weiter nach, sondern spreizte seine Schwingen. „Du sagtest, du fliegst nicht weg", hörte er plötzlich eine Stimme.

Admiel fuhr erschrocken herum und erkannte Ooniemme, der lächelnd hinter ihm stand. Ihm wurde schwindlig, er ließ von seinem Vorhaben ab. Als die Blitze in seinen Augen verschwanden, war da noch immer dieses heftige Herzklopfen und er stellte erstaunt fest, dass er sich in Anwesenheit seines Schutzengels irgendwie schämte.

„Alles in Ordnung, mein Freund?" Ooniemme tätschelte ihn sanft an der Schulter.

„Was mache ich jetzt?", fragte Admiel, senkte den Kopf und blickte in den Abgrund zu seinen Füßen. „Ich meine, ich bin jetzt offensichtlich so etwas wie ein Engel, aber …", er stockte, „wo gehöre ich hin? Da draußen, jenseits dieser Abgeschiedenheit", Admiel blickte in die Weite, vor ihm erstreckten sich Wälder und Wiesen. „In das gewöhnliche Leben, da kann ich nicht mehr hin, denn … ich meine … sieh mich an!" Er schaute hilflos auf den Schutzengel und konnte seine Bestürzung kaum verhehlen.

„Da, wo ihr seid, ich meine, ihr Engel, da kann ich wohl nicht hin, oder? Genau betrachtet, bin ich ja eigentlich gar kein Engel. Ich bin ein Engel und ich bin kein Engel. Verstehst du, was ich meine?" Ooniemme nickte.

„Was würdest du am liebsten tun?", fragte sein Schutzengel.

„Du meinst, das Erste, was mir einfällt?"

„Ja."

„Zuerst würde ich gerne fliegen, ich bin noch nie geflogen, weißt du? Ich meine so, wie ihr das tut. Ich würde gerne erfahren, wie sich ein Engel fühlt und wie ein Engel ist, um euch besser kennenzulernen. Außerdem würde ich gerne Zeit mit dir verbringen, denn nun kann ich dich endlich sehen und mit dir reden."

„Und dann?", fragte Ooniemme weiter.

„Dann …", sagte Admiel nachdenklich, „dann würde ich gerne meinen Weg als Mensch weitergehen, denn das hier ist schön und gut, aber es ist noch nicht an der Zeit für mich. Wenn ich wieder Mensch wäre, könnte ich das, was ich über euch und über mich erfahren habe, in mein Leben und in das Leben anderer einbringen."

„Das ist ein guter Ansatz", antwortete Ooniemme und tätschelte seinen Freund erfreut an der Schulter.

„Sag mal, bin ich wirklich der Bruder von Jofiel?"

„Wie fühlt es sich denn an für dich?", fragte er aufmerksam, „bist du's oder bist du's nicht?"

„Ehrlich gesagt, ich habe keine Ahnung!", antwortete Admiel kopfschüttelnd.

„Was brächte dir dieses Wissen denn?", fragte Ooniemme.

„Im Moment wäre es wohl nur Bauchpinselei meines Egos", antwortete er wahrheitsgemäß.

„Richtig", lachte der Schutzengel und knuffte seinen Schützling in die Seite.

„So, mein Lieber", fuhr er nach einer kurzen Pause ernst fort, „du sagtest, du möchtest gerne fliegen?"

„Ja, das würde ich gerne!" Admiel strahlte und seine Augen begannen zu glänzen.

„Gut", sagte Ooniemme, „ich zeige dir, wie es geht. Doch bevor ich das tue, möchte ich dich um etwas bitten."

„Was immer du willst", rief Admiel voller Leidenschaft. Ooniemme zog ihn zu sich, so dass sie einander frontal gegenüberstanden.

„Ich bitte dich darum, das Fliegen nicht zum Fliehen zu nutzen", bat der kleinere Engel ernst.

„Wie meinst du das?", fragte Admiel verwirrt.

„Wie du selbst erkannt hast, ist es notwendig, zu deinem Leben als Mensch zurückzukehren", fuhr Ooniemme ernst aber freundlich fort.

„Ja?"

„Um diesen Weg zu beschreiten, musst du erst einmal sterben."

„Sterben?" Erschrocken fuhr Sebastian herum und sah Ooniemme mit weit aufgerissenen Augen an.

„Ja, mein Freund. Wichtig ist, dass du keine Angst hast, denn dieser Tod ist kein Tod für immer, sondern eine Erneuerung."

„Aber wie … was?", stotterte Sebastian mit klopfendem Herzen.

„Hab keine Angst", bat der Schutzengel sanft, „es geht ganz schnell und ist nicht schmerzhaft."

„Nein?" Sebastian entspannte sich wieder etwas. „Führst du diesen Tod herbei?" Ooniemme schüttelte mit dem Kopf.

„Nein, das ist nicht meine Aufgabe, das macht Azrael. Er wird dich aufsuchen. Es ist wichtig, dass du keine Angst vor ihm hast, sondern ihm offen begegnest. Sei ehrlich zu dir selbst und sage ihm die Wahrheit. Lass dich nicht einschüchtern oder dazu bewegen, vor ihm zu fliehen, er findet dich, egal wohin du gehst."

„Und er wird mir nichts tun?", vergewisserte sich Sebastian noch einmal und sah den kleineren Engel, immer noch bestürzt, an. Ooniemme schüttelte den Kopf.

„Nein, wenn du ehrlich zu ihm und zu dir bist, wird er dich erfolgreich wieder auf den Pfad des Menschen führen."

„Und was ist, wenn ich lüge?"

„Möchtest du das denn?" Ooniemme blickte ihn mit bernsteinfarbenen Augen fragend an. Heftig schüttelte Admiel den Kopf.

„Also", lächelte der kleine Engel und tätschelte ihn sanft, „dann brauchen wir dieses Thema nicht zu diskutieren, oder?"

„Wann wird er kommen?", erkundigte sich Admiel nach einer Weile.

„Er wird kommen, wenn du ihn rufst", antwortete Ooniemme.

„Ach so? Ehrlich? Ich soll ihn rufen?" Der Engel nickte.

„Im ‚Verum Fixum' – dem Buch aus dem das Rezept für das Pulver stammt, welches dich zum Engel machte – steht geschrieben, dass Azrael nach der Verwandlung gerufen wird, um den Menschen zu töten. Diese Aussage verwirrt manche Leser."

„Inwiefern?" Admiel sah ihn neugierig an.

„Sie deuten die Aussage so, dass Azrael die menschlichen Anteile im Engel tötet und damit den vollendeten Engel erschafft. Tatsächlich verwandelt er den Engel jedoch physisch wieder in einen Menschen und nimmt ihm die Illusion, er sei von Gott getrennt. So wird die Erkenntnis wiedergeboren, dass jeder Mensch göttlichen Ursprungs ist. Andere werden nach dieser Prozedur verwirrt, weil sie meinen, Azrael hätte ihnen die Engel-Identität genommen. Das stimmt nicht, denn du bist, was du bist, nämlich göttlichen Ursprungs und somit Engel und Mensch zugleich! Verstehst du?" Ooniemme blickte seinen Schützling ernst an. Admiel nickte. „Wenn Azrael dich tötet und du diese Lehre nicht annehmen willst, weil dein Ego meint, Engel-Sein sei besser, dann wirst du verrückt. Oder du verstehst diese Verwandlung. Es ist allein deine Entscheidung!"

„Oh", entfuhr es Admiel, „ja!"

„Also", sagte Ooniemme freundlich, „es ist alles in Ordnung und alles wird gut!" Admiel nickte beruhigt, seine Gesichtszüge hellten sich wieder auf.

„Möchtest du jetzt das Fliegen lernen?", fragte Ooniemme.

„Ja, gerne, aber vorher habe ich noch eine kleine Frage."

„Sprich!"

„Ich bin doch ein Engel, der hierherkam, um sich selbst zu erfahren, ist das richtig?" Der Schutzengel schmunzelte.

„Wie fühlt es sich denn an, wenn du in dein Herz hörst?" Admiel hielt kurz inne und fühlte in sich hinein.

„Ja", stöhnte er leise, „es fühlt sich so an, als sei ich ein Engel."

„Na, also! Was fragst du noch?"

„Schöööön", rief Admiel, „das ist so schöööön, he-he … und das hier", er deutete grinsend auf sein Äußeres, „das kommt dem Versuch nahe, eine Batterie in eine Batterie zu verwandeln, um ihre Leistung zu erhöhen!"

„Na ja, so ungefähr." Ooniemme trat einen Schritt vor, spreizte seine Schwingen und erhob sich flügelschlagend in die Lüfte.

„He", rief Admiel hinterher, „und was ist mit mir? Ich dachte, du willst es mir zeigen."

„Das muss ich nicht. Tue es einfach", rief Ooniemme hinunter, „du kannst *fliegen!*"

„Ich kann es?"

„Ja, du kleine Batterie!", kicherte der Engel. Admiel grinste.

„Also", begann er, „zuerst die Schwingen spreizen, richtig?" Er sah fragend nach oben.

„Vor allem, nicht so viel denken", riet Ooniemme, „tu es einfach, du hast es im Gefühl. Vertrau dir selbst!" Admiel fühlte in sich hinein und spürte auf einmal seinen richtigen Namen. Es war nicht der, den ihm Ida gab. Sein eigentlicher Engelname lautete Oofiel.

Er lächelte in sich hinein, spreizte die Schwingen und erhob sich in die Lüfte.

„Siehst du? Das war doch gar nicht so schwer", rief Ooniemme freudig. Oofiel strahlte über das ganze Gesicht und ergriff voller Freude die Hände seines zweiten Bruders.

Menschen-Angelegenheiten

Die Zeit, die sie in den letzten Tagen vor dem Computer verbracht hatte, war jedes Mal wie Butter zwischen warmen Nudeln verronnen. Fast täglich hatten sie aus dem Esoterik-Forum neue Anfragen erreicht, in denen sie als Mittlerperson zwischen der Engel- und der Menschenwelt fungieren sollte.

Was für eine Ehre! Sie gab die Botschaften der Schutzengel an ihre Bittsteller weiter und erinnerte all jene, die im Leben resigniert hatten, an die Existenz der helfenden Engelwesen, die niemanden im Stich ließen. Ja, hier im Esoterikchat, fühlte sie sich wohl. Hier konnte sie ganz Engel sein und Mihrs Aufgaben erfüllen, zum Wohle der Menschen beizutragen. Sie atmete tief ein und lächelte leise vor sich hin.

Doch heute war alles anders. Es wollten sich einfach keine Gespräche ergeben. Keinem Benutzer kam in den Sinn, sie anzuschreiben oder um Beistand in Engelangelegenheiten zu bitten – das war nun schon seit Stunden so! Hanne gähnte herzhaft.

Sie rieb sich ihre roten Augen und seufzte leise. Nun meldete sich ihr schlechtes Gewissen wieder. Worum hatte Doris sie doch gleich gebeten? Ach ja! Bewerbungen zu schreiben. Mist, was hatte sie getan?

„Hast den ganzen Tag mal wieder im Esoterikchat verplempert", ahmte sie Doris nach. „Ja, ja, Kind, du hast noch immer nicht begriffen, dass es hier um *deine* Zukunft geht. Du hast sieben Jahre studiert und solltest dir einen guten Beruf suchen, in deinem Bereich!" Hanne verdrehte die Augen und schüttelte den Kopf. „Sie will das doch gar nicht", murrte sie leise, „sie kann doch ohne mich gar nicht leben. Nie und nimmer würde sie mich gehen lassen, nie und nimmer mir ein eigenständiges Leben gönnen. Es könnte ja sein, dass sie allein bleibt … diese olle …" Hanne presste die Lippen aufeinander und schluckte die Verwünschung hinunter. „Außerdem, wer will mich denn haben?! Literaturwissenschaftler sind ungefähr so nutzlos wie ein Kropf! Nehmen wir doch mal an, ich bekäme tatsächlich einen Job – *meinen* Job – oh ja, das wäre wirklich toll! Den ganzen Tag im Büro vor dem PC hocken und mindestens acht Stunden lang – wenn nicht gar mehr – funktionieren: irgendwelche sinnlosen Tätigkeiten verrichten, die kein Schwein interessieren. Anstatt das zu tun, was wirklich wichtig ist, nämlich den Menschen zu helfen!" Ihr Blick wanderte wieder zum Esoterikchat.

Sie war ein Engel, sie war Mihr, und jetzt hockte sie schon den ganzen Tag im Esoterikchat, während ihre Mutter, die schon längst im Rentenalter war, arbeiten ging, um Essen auf den Tisch stellen und die Miete bezahlen zu können. Hanne seufzte. Irgendetwas stimmte nicht. Was hatte ein Engel im Büro zu suchen? Und warum sollte ein Engel arbeiten gehen, um Essen auf den Tisch stellen zu können? Engel aßen doch nicht, noch mussten sie sich um eine Miete kümmern. Aber sie, sie war ... Hanne atmete schwer aus. War sie vielleicht doch kein Engel? Bildete sie sich den ganzen Unsinn nur ein, um ihre faule Haut nicht aus dem Haus bewegen zu müssen? Sie wollte doch Verantwortung für sich übernehmen ...

Tiefe Enttäuschung stieg in ihr hoch, traurig klickte sie auf den Namen einer liebgewonnenen Schreiberin, die sie manchmal um Hilfe bat. Sie nannte sich ‚Bucurie', ein rumänischer Name, der „Freude" bedeutet. Bucurie war im Chat als exzellentes Medium bekannt. Hanne hatte schon oft mit ihr kommuniziert und ihr sogar angeboten, mit ihr zu telefonieren. Bisher hatte diese freundlich dankend abgelehnt. Sie meinte, Hanne solle es nicht persönlich nehmen, doch lehne sie Telefonate grundsätzlich ab, sie lebe gern zurückgezogen. Hanne verstand das und unterhielt sich weiter gerne und rege mit dieser freundlichen Unbekannten via Chat. Sie konnte ihr zu vielen Themen Rat geben und sicher würde sie ihr auch heute zur Seite stehen.

„Hallo Liebes", antwortete Bucurie freundlich auf ihren Gruß. „Was ist denn los mit dir? Du fühlst dich heute so traurig an", fügte sie hinzu. Hanne schossen prompt die Tränen in die Augen.

„Ich bin so traurig", antwortete sie wahrheitsgemäß.

„Aber warum denn, mein Schatz?" Hanne schluckte. Nun ja, sie hatte Bucurie schon oft um Hilfe gebeten, doch das ganze Ausmaß von Hannes Problematik kannte sie nicht. ‚Vor allem weiß sie nicht, dass ich Mihr bin!', dachte Hanne mit klopfendem Herzen.

„Komm, trau dich :)", erschien auf dem Bildschirm.

„Sie hat meine Gedanken erraten", gluckste Hanne zwischen Tränen und schniefte ins Taschentuch. „Also gut." Sie holte weit aus und berichtete ihrem Gegenüber alles, was sie erlebt hatte: vom ersten Flügel-Klackern bis hin zu ihrem Wirken als Mihr, dem Beziehungsengel, dem Engel der Liebe und der Freundschaft, der Menschen zusammenführt.

„Oh!", lautete die Antwort und Hanne wurde heiß.

„Was heißt: oh?", fragte sie, „was meinst du?" Sie starrte neugierig auf den Bildschirm.

„Ich erhalte gerade eine Mitteilung von den Engeln, einen Moment bitte." Hanne tippte „Okay" und wartete endlose Minuten.

„Also", antwortete Bucurie nach einer Weile, „ich kann dir wiedergeben, was die Engel dazu sagen." Hanne tippte wieder „Okay" und wartete gespannt. Ihr war nun doch mulmig zumute und sie glaubte, zu fühlen, warum: ‚Au backe! Sie werden dir den Kopf waschen, weil du so ein bequemes Prinzesschen bist!', dachte sie klopfenden Herzens. Dann las Hanne die Botschaft:

„Hör zu, was sie sagen: ‚Wir erinnern dich daran, dass du ein Mensch bist. Menschen haben keine Flügel, dafür aber Hände, mit denen sie ihr Leben aktiv gestalten können. Steh auf und nimm dein Leben in die Hände. Selbst ein Schmetterling, der nach der Verwandlung aus dem Kokon schlüpft, breitet seine Flügel aus und beginnt zu fliegen.' So, das war's!"

Hanne saß atemlos vor dem PC und war kreidebleich geworden.

„Wollen sie damit sagen, ich bin nicht Mihr?", fragte sie nach einer Weile vorsichtig. „Kleines", kam die Antwort, „du bist ein Mensch, ein Mensch mit menschlicher Energie. Die Engel sind bei dir. Sie wissen, dass du sie liebst und umgeben dich." Hanne las bestürzt die Zeilen, ein leiser Schrei entfuhr ihr.

„Das kann nicht sein! Ich fühle doch die Engel-Energien, wie einen Bestandteil von mir selbst. Ich kann sie doch nicht aus meiner Brust herausreißen und sie neben mich stellen?! Außerdem hat auch ein anderes Medium gemeint, ich sei Mihr. Viele andere Teilnehmer des Forums sagen ebenfalls, ich sei ein Engel. Jetzt habe ich mich endlich behutsam an den Gedanken gewöhnen können und nun kommst du und sagst mir, ich sei es doch nicht?!" Hannes Herz hämmerte heiß und pochte wild bis in den Hals. Schweißperlen sammelten sich auf den Schläfen und ihr wurde schwindelig.

„Schatz", kam es von Bucurie eilig zurück, „sieh doch, du hast einen menschlichen Körper, du bist ein Mensch unter Menschen mit einer menschlichen Energie. Engel haben keinen Körper und leben auf einer anderen Ebene, sie leben in der geistigen Welt. Sie sind bei dir, damit du dein Leben in den

140

Griff kriegst und dich an deinem Menschsein erfreuen kannst." In Hanne drehte sich ein Karussell und leise begann sie zu schluchzen.

„Schau Liebes, dieses Leben, das du führst, ist *dein* Leben mit *deinen* Bestimmungen. Wenn du dich selbst nicht annimmst, wie kannst du dann auf Andere wirken und ihnen bedingungslose Liebe vermitteln? Du stehst in erster Linie in Beziehung zu dir selbst! Nimm dich an, wie du bist. Mensch-Sein ist doch kein Verbrechen. Die Engel unterstützen dich dabei!"

„Pah, unterstützen! Du hast gut reden", weinte Hanne und wischte sich die Tränen von ihren Wangen. „Du hast ja keine Ahnung. Mein Papa ist tot – und meine Mutter? Die trinkt und trinkt weiter und terrorisiert mich jeden Tag. Mein Leben scheint ein einziger großer Scherbenhaufen, in dem nichts, aber auch wirklich gar nichts, funktioniert."

„Die Engel haben dir offenbart, dass sie dir beim Neuanfang helfen, Liebes", versuchte Bucurie sie zu ermuntern, doch ihre Worte wirkten nicht. Plötzlich traf Hanne all der Schmerz um den Verlust ihres Vaters mit einer solchen Wucht, dass sie laut aufschrie.

„Ich habe mit Beziehungen nichts am Hut!", hämmerte sie in die Tastatur, „ich bin ein elender kleiner Mensch, der noch nicht einmal sein eigenes Leben auf die Reihe kriegt! Wie konnte ich nur denken, ich sei ein Engel? Wie konnte ich nur?! Seit dem Tod meines Vaters ist fast ein Jahr vergangen, ein *ganzes* Jahr, das ich mit diesem Unsinn vergeudet habe! – Sorry, Liebes, ich verabschiede mich jetzt, ja? Wir sehen uns bald wieder …"

Nachdem sie die letzten Worte geschrieben hatte, schloss sie das Fenster und schaltete endlich den Rechner aus. Dann legte sie sich auf das Bett und weinte ohne Unterlass. „Papa", schluchzte sie, „Papa, ich vermisse dich so sehr, so sehr! Ich finde es überhaupt nicht gut, dass du gestorben bist, überhaupt nicht gut. Du hättest mir den Hintern versohlen sollen, so wie es sich gehört, denn ich bin nicht Mihr!" Als sie diese Worte aussprach, zersprang etwas in ihr. Eine zittrige Schwäche bemächtigte sich ihres Körpers, ihr wurde kalt. Sie schloss die Augen und schlief erschöpft ein.

Als sie ihre Augen wieder öffnete, stand Doris neben ihrem Bett.

„Na, mein Schatz, ist alles in Ordnung mit dir? Du siehst so blass aus. Bist du krank?", sie blickte besorgt auf ihre Tochter herab. „Ich habe mehrmals versucht, dich zu wecken. Das Essen ist fertig. Gerade wollte ich dich schlafen lassen, nun bist du doch aufgewacht." Hanne blickte ihre Mutter an und lächelte müde.

„Ich war traurig wegen Papa", flüsterte sie kaum hörbar und gleich füllten sich ihre Augen wieder mit Tränen. „Weißt du, Mama", begann sie zu schluchzen, „ich wollte mir nicht eingestehen, dass ich ihn vermisse und habe mich zu den Engeln geflüchtet, um mich abzulenken. Aber das war ein Fehler, das weiß ich jetzt!"

„Bist du doch vernünftig geworden? Endlich!", meinte Doris erleichtert. „Ich habe mir schon ernsthafte Sorgen um dich gemacht", fügte sie hinzu und nahm auf der Bettkante Platz. „Hast nur noch mit deiner merkwürdigen Freundin telefoniert und den ganzen Tag im Esoterikforum rumgehangen. Ein Wunder, dass du dich nicht selbst schon für einen Engel gehalten hast", lachte sie. Hanne schluckte trocken.

„Mama …?"

„Was denn, mein Kind?", die Mutter strich ihr sanft durch das Haar.

„In all den Jahren, weißt du, in all den Jahren, in denen du und Papa euch gestritten habt, da dachte ich, es sei meine Aufgabe, eure Beziehung wieder in Ordnung zu bringen."

„Was dachtest du?", fragte ihre Mutter und ein erstauntes Lächeln huschte über ihre Lippen. „Na, ich dachte, wenn ich mit jedem von euch rede, dann schaffe ich es vielleicht, dass ihr euch wieder versteht. Und wenn das nicht gelänge, so doch zumindest, dass ihr euch in Frieden trennt und jeder sein eigenes glückliches Leben führt. Aber nichts hat funktioniert!" Doris lachte nun laut auf.

„Natürlich hat das nicht funktioniert, du kleines Dummerle", sagte sie und strich ihrer Tochter gerührt über die Wange. Hannes Augen wurden groß und rund.

„Warum ist das natürlich?", fragte sie überrascht, „traust du mir das etwa nicht zu?"

„Schatz", Doris kicherte leise, „ich ehre deine Absicht, du meintest es gut. Aber du kannst nicht für uns, unser Leben führen. Jeder Mensch ist für sich selbst verantwortlich! Wir waren halt so, wie wir waren – und wenn es auch nicht so schien, so haben wir uns doch geliebt. Damals habe ich es nicht mit ihm ausgehalten und heute vermisse ich ihn. Zu gerne würde ich ihn wieder-haben wollen."

„Aber warum?!" Hanne blickte ihre Mutter perplex an.

„Weil ich ihn liebe, Kleines, deswegen", antwortete sie sanft. Ihre Augen be-gannen zu glänzen.

„Mama, ich kann deine Trauer so gut nachempfinden." Hanne strich ihrer Mutter zärtlich durch das Haar, „aber sieh mal, du tust dasselbe wie ich."

„Wie?" Doris zuckte zusammen und blickte ihre Tochter misstrauisch an. „Was meinst du damit?" Ihre Stimme wurde zum leisen Zischen. Hanne spür-te Unsicherheit aufsteigen und versuchte sich nichts anmerken zu lassen.

„Deine Trinkerei", meinte sie zögerlicher, als sie es beabsichtigt hatte, „das ist dasselbe, wie meine Flucht in den Esoterikchat." Mit jedem ihrer Worte wurde der Blick ihrer Mutter eisiger.

„Du … duuu …", Doris' Stimme war zu einem leisen, messerscharfen Flüs-tern geworden, „hast du das auch schon gelernt, ja? Beherrschst Verleumdun-gen mittlerweile mit derselben Perfektion wie einst dein Vater – ja, er war dir ein guter Lehrmeister, nicht wahr?"

‚Wenn Blicke töten könnten …', dachte Hanne zitternd, während sie ver-zweifelt nach den richtigen Worten suchte, um ihre Mutter wieder zu besänfti-gen.

„Ich meinte das doch nicht als Vorwurf", krächzte sie, „aber … es ist doch vorbei … er terrorisiert dich doch nicht mehr, du brauchst das doch nicht mehr. Wir haben … wir haben doch uns …" Hanne wollte ihrer Mutter ver-söhnlich die Hand auf die Schulter legen, aber Doris schlug sie weg.

„Lass das!", bellte sie, „ich weiß ganz genau, was du vorhast!!"

„Was habe ich vor?" Hanne fühlte sich auf einmal tief verletzt.

„Ich kenne dich doch! Du willst doch nur einen Vorwand finden, um mich alleine zu lassen, mit all dem hier", schrie Doris, während ihr die Tränen wie Sturzbäche über die Wangen rannen, „du hasst mich, ja genau, du hasst mich, so wie dein Vater mich gehasst hat!"

„Mutter, das ist blanker Unsinn!" Hanne richtete sich im Bett empört auf.

„Was ist blanker Unsinn? Dass du mich für eine irre Trinkerin hältst, die nichts auf die Reihe kriegt, und ein Kindermädchen braucht?!!" Hanne schlug sich mit der flachen Hand auf die Stirn.

„Nicht schooon wieder", fluchte sie. „Wir drehen uns hier schon wieder im Kreis! – Egal, aber auch wirklich egal, was ich jetzt sage oder tue, nichts wird dir gerecht! Ist es nicht so, Mama? He? Sei doch mal ehrlich, du willst mich doch gar nicht verstehen, noch willst du hören, was ich dir zu sagen habe. Das Einzige, was du kannst, ist stets und ständig deine kaputte Schallplatte immer und immer wieder abzuspielen und mich mit dem ganzen Unsinn mit verrückt zu machen!" Doris schnappte nach Luft, um sofort zu protestieren.

„Geh!", unterbrach Hanne sie, „raus hier!"

„Aber ..."

„Raus hier, habe ich gesagt!", schnauzte sie und zeigte auf die Tür. Doris Blick spie pures Gift. Sie erhob sich, warf den Kopf in den Nacken und verließ das Zimmer. Kurz darauf hörte Hanne, wie die Haustür krachend ins Schloss fiel.

Traurig ließ sich Hanne wieder ins Bett fallen und kuschelte sich ganz tief in ihre Decke ein, ihr Körper fühlte sich so unendlich kalt an. Sie empfand sich wie ein Eis-Klotz.

„Was ist nur los mit mir?", fragte sie zähneklappernd. Eben wollte sie ihre Schwingen visualisieren und sich in sie einhüllen, als es ihr wieder bitter aufstieß: Sie hatte keine Flügel, denn sie war kein Engel! Schon wollte sie wieder in die Traurigkeit abgleiten, da fühlte sie plötzlich einen stechenden Schmerz zwischen ihren Schulterblättern. „Phantomschmerzen", meinte sie nüchtern und schloss verbittert die Augen. Doch schlafen konnte sie nicht, vielmehr döste sie benommen vor sich hin.

Aus weiter Ferne klingelte es. Sie öffnete die verklebten Augen zu kleinen Schlitzen und hoffte inständig, dass ihre Mutter wieder da war und ans Telefon ging. Es klingelte und klingelte. Hanne stöhnte. ‚Das ist bestimmt Johanna', dachte sie mit bleischwerem Kopf, ‚die einzige, die so ausdauernd ist. Eigentlich habe ich keine Lust, mit ihr zu sprechen. Sie wird mir wieder einreden wollen, ich sei dieser Engel. Aber ich bin es nicht. Bucurie ist in solchen Belangen viel erfahrener. Johanna bekommt ja ihr eigenes Leben nicht in den Griff, sondern schwebt stets irgendwo knapp unterhalb der Decke.'

Hanne drehte dem Telefon den Rücken zu und ließ es klingeln, bis den Anrufer die Geduld verließ. „Wenn sie das nächste Mal anruft", murmelte Hanne in die Decke, „wird sie mir sagen, ich sei nicht da gewesen. Na ja, war ich halt nicht da, ich werde in der nächsten Zeit wohl häufiger nicht da sein. – Immer kann ich sie jedoch nicht abwimmeln, schließlich ist sie meine Freundin. Sie hat zwar einen ‚leichten Schuss in der Birne‘, aber ich hab sie sehr lieb. – Na ja, ich muss mich ja auf ihre Rede nicht einlassen."

Hanne schloss erneut die Augen, aber nun war sie so wach, das nicht mal mehr ans Dösen zu denken war. Ihr Körper war immer noch eiskalt. Sie erhob sich ächzend. „Ich brauche mehr Bewegung", murmelte sie, „viel mehr Bewegung. Dieser Schmerz ist ja unerträglich, als hätte man mir ein Messer zwischen die Schultern gejagt."

Sie ging ans Telefon und wählte die Nummer einer Freundin, mit der sie schon lange nicht mehr gesprochen hatte. Vielleicht hatte diese Lust zu einem Ausflug. Nach einer solchen Bewegungseinheit fühlte sie sich sicher wieder erholt und konnte sich morgen frisch und munter an den Computer setzen und nach Stellenanzeigen Ausschau halten.

Sie hatte Glück, Katja meldete sich sofort. Sie war eine ebenso spirituelle wie bodenständige junge Frau und freute sich sehr, wieder von Hanne zu hören. Katja hatte spontan Zeit für sie.

„Wir können in den Schlosspark gehen", meinte sie, „das Wetter ist herrlich und lädt gerade zum Spazieren ein."

„Ja", antwortete Hanne müde, „genau das machen wir. Wir treffen uns in einer halben Stunde vor dem Eingang des Schlossparks, ja?" Hanne zog sich an und hinterließ ihrer Mutter auf dem Küchentisch eine Nachricht.

Als sie vor die Tür trat, nahm sie erstaunt zur Kenntnis, wie gut es ihr tat, als das warme Sonnenlicht ihre blasse Haut neckte. Andere Menschen waren um diese Zeit von tiefer Bräune bedeckt, der Sommer hatte seinen Zenit fast überschritten.

„Ich habe zu lange im Zimmer vor dem Rechner gehockt", stellte Hanne sachlich fest. Ihre Laune besserte sich zunehmend. Ausgelassen schlenderte sie zur Straßenbahn und fuhr zum Schlosspark, wo sie ihre Freundin schon von Weitem erblickte.

„Hallo Katja", freute sie sich, „wir haben uns lange nicht gesehen. Freut mich, dass du Zeit hattest."

„Ja, mich auch", sie umarmte ihre Freundin innig.

„So, meine Liebe, jetzt machen wir einen flotten Spaziergang an der frischen Luft und du erzählst mir, wie es dir geht, ja?"

„Oh, das willst du nicht wissen", wiegelte Hanne ab, „ist eh' nur Unsinn. Aber das habe ich, Gott sei Dank, jetzt hinter mir und wenn ich in den blauen Himmel schaue und die schönen Blumen um uns herum ansehe, das weiche grüne Gras unter meinen Füßen spüre," Hanne blieb stehen und zog ihre Schuhe aus, „dann weiß ich schon jetzt, dass der Spaziergang sich lohnen wird!" Ein breites Lachen überzog ihr Gesicht. Katja entgingen jedoch die dunklen Schatten unter den Augen ihrer Freundin nicht, und sie runzelte skeptisch die Stirn.

„Hanne?", sie blieb stehen und ergriff deren Hände, „ich sag's dir ehrlich, ich freue mich, dich als Freundin zu haben."

„Schön", Hanne lächelte bescheiden, „lass mich erst einmal die Natur genießen und wieder zu mir selbst finden – als Mensch, denn der bin ich schließlich."

„Ich habe mir Sorgen um dich gemacht, Liebes. Johanna, aus dem Forum, ist sehr nett, keine Frage, aber das mit dem Engel, hätte sie dir nicht einreden sollen. Zumal sie doch wusste, wie empfänglich du dafür warst – nach dem Tod deines Vaters und der ganzen Dinge, die du hernach regeln musstest."

„Ja", seufzte Hanne leise. „So lange ich noch nicht gefestigt bin, werde ich den Kontakt zu ihr meiden. Ich muss erst einmal zu mir selbst finden, mich wieder als Mensch fühlen und in die Welt treten und leben. Ganz ehrlich, im Moment bin ich nicht in der Lage, Bewerbungen zu schreiben. Aber die Natur genießen, das kann ich und durch die Stadt schlendern und einen Latte Machiatto trinken, kann ich sicher auch und … – Oh, zu mehr reicht mein Geld leider nicht!", lächelte Hanne müde und fügte bitter hinzu: „Was muss dieser Engel wohl von mir denken, dass ich dachte, ich sei er?" Sie blickte ihre Freundin aufmerksam an.

„Na, ich denke, er wird sich freuen."

„Warum denn das?"

„Weil du ihn liebst, deswegen!", antwortete Katja schlicht.

Sie legten sich nebeneinander in das weiche Gras. Hanne sog den Duft der feuchten Erde tief in ihre Nase. Dann atmete sie erleichtert aus. Sie legte sich auf den Bauch und fühlte den kühlen, starken und doch weichen Grund unter sich.

„Ist sie nicht wunderschön, unsere Erde?", fragte Katja verzückt.

„O ja", Hanne entspannte sich, „ich wusste nicht, dass man sich so geborgen fühlen kann."

„Und wie man das kann", lachte ihre Freundin. „Schön, dass du dich wieder daran erinnerst", fügte sie ernst hinzu.

Auf dem Weg nach Hause fühlte Hanne sich schon viel besser. Sie war heiter und munter und fand es gar nicht mehr schlimm, ein Mensch zu sein. Ganz im Gegenteil, es gab sehr viele gute Gründe, das Leben eines Menschen zu führen. Als Kind und Jugendliche hatte sie ihren Namen gehasst, jetzt wiederholte sie ihn immer und immer wieder und fand, dass er eigentlich richtig gut zu ihr passte.

„Darf ich mich vorstellen?", salopp lächelte sie in ihr Spiegelbild und lüpfte einen imaginären Hut, „ich bin Hanne!" Ihr Bild lächelte zufrieden zurück.

Doris kam wieder nach Hause und war hocherfreut, ihre Tochter so guter Dinge zu sehen. Aller Ärger schien vergessen. Hanne hatte schon längst aufgehört, sich über die plötzlichen Stimmungswechsel ihrer Mutter zu wundern. Zu vertraut war ihr diese Verhaltensweise.

„Was hast du denn gemacht?", fragte Doris erstaunt.

„Ich bin nur ein bisschen spazieren gegangen, mit Katja", antwortete Hanne entzückt, „was so ein bisschen Natur bewirken kann, erstaunlich nicht wahr?", fügte sie fröhlich hinzu.

„Ja", stimmte Doris zu, „so ist es!"

„Hast du Lust, mit mir auf dem Balkon zu sitzen?", fragte Hanne ihre Mutter, „wir essen ein paar belegte Brote und genießen die letzten Sonnenstrahlen, was hältst du davon?" Doris kam aus dem Staunen gar nicht mehr raus.

„Klar", antwortete sie freudig. „Meinst du, es finden sich noch zwei Bierchen im Kühlschrank?" Hanne schickte einen Seitenblick zu ihrer Mutter.

„Weiß nicht", antwortete Doris wahrheitsgemäß. „Wenn nicht dort, dann sicher hinter der Tür im Wohnzimmer, die sind aber nicht gekühlt."

„Ach, macht nichts, so warm ist es in der Wohnung nicht. Ich schau mal in den Kühlschrank."

Während ihre Mutter belegte Brote zubereitete, machte sich Hanne auf die Suche nach Bier und fand sie gekühlt im Eisschrank. Dann machten es sich Mutter und Tochter auf dem Balkon bequem.

„So lässt es sich leben", meinte Hanne gemütlich, während sie genüsslich an ihrem Bier schlürfte.

„Wusstest du", fragte sie Doris, „dass Bier erdet?"

„Erden? Was ist das?"

„Geerdet fühlt man sich, wenn man einen Spaziergang im Park gemacht hat. Man fühlt eine tiefe, brummige und gleichzeitig behagliche Ruhe in sich, gepaart mit einer wohligen Müdigkeit."

„O ja, das kann ich unterschreiben", antwortete Doris und prostete ihrer Tochter müde zu.

Irgendwann, es war schon lange dunkel, verabschiedete sich Hanne von ihrer Mutter mit einem Kuss auf die Wange und ging ins Bett. Heute Nacht, so sagte sie sich, würde sie bestimmt gut schlafen, zumal sie sich in ihrem Körper nun wesentlich wohler fühlte. Ihr war auch wieder angenehm warm geworden – abgesehen von den kalten Füßen, dieses kleine Übel würde sich jedoch mit einer Wärmflasche beheben lassen.

Sie fiel sofort in einen tiefen, bierschweren Schlaf, der bis in das Morgengrauen reichte. Erfüllt von innerer Unruhe, riss Hanne gleich die Augen auf und starrte verwundert auf die Uhr. Es war fünf Uhr und noch viel zu früh, um aufzustehen. Sie blickte an die Decke und wunderte sich über ihr frühes Erwachen.

„Wahrscheinlich hast du gestern zu lange gedöst", murmelte sie leise vor sich hin, als sie ein heftiger Schmerz durchzuckte. „Aua, was ist das?", verwundert stellte sie fest, dass ihr Rücken – vielmehr die Stellen zwischen ihren Schultern – sie peinigte. Es piesackte sie so stark, dass sie davon hellwach wurde.

„Was soll das?", fragte sie ihren Körper entrüstet, „ich hab mich doch gestern bewegt, warum tut es trotzdem noch weh?" Murrend versuchte sie, die Qual zu lindern und änderte ihre Haltung. Aber wie sie sich auch drehte und wendete, es tat in jeder Position höllisch weh. Nachdem sie alle Stellungen ausprobiert hatte, stand sie auf und versuchte sich zu dehnen. Oh, das tat gut, sehr gut. Das Ziehen war zwar auch nicht gerade angenehm, machte den

Schmerz aber erträglicher, so dass sie sich nach einer halben Stunde wieder ins Bett legen und später sogar einschlafen konnte.

Als sie die Augen erneut öffnete, blinzelten bereits die Sonnenstrahlen grell durch die Ritzen der heruntergelassenen Jalousie. ‚Ein prächtiger Morgen‘, dachte Hanne und lächelte – um sich sogleich wieder vor Schmerz krümmen. Mit gequältem Gesichtsausdruck erhob sie sie langsam und stöhnte bei jeder Bewegung leise auf. „Boah!“, sie schüttelte ungläubig den Kopf, „ich fühle mich wie eine Greisin!“ Ein Blick auf die Uhr verriet, dass es bereits nach zehn Uhr war. Heute war Donnerstag, also hatte Doris Frühschicht und Hanne würde alleine frühstücken müssen.

Verschlafen schlurfte sie in die Küche, setzte Kaffee an und verschwand im Bad. Erfrischt setzte sie sich an den Tisch, kaute lustlos an ihrem Wurstbrot herum und schlürfte den heißen Kaffee in kleinen Schlückchen. Die Stille in der Wohnung empfand sie als unangenehm. ‚Vielleicht sollte ich Johanna anrufen‘, dachte sie nachdenklich, ‚sie wird natürlich fragen, warum ich gestern nicht ans Telefon ging. Ach, Quatsch, sie weiß ja nicht, dass ich gestern da war. Außerdem, wir müssen nicht jeden Tag telefonieren. Vielleicht war es gar nicht Johanna, die so ausdauernd angeklingelt hat? Auf jeden Fall muss ich sie früher oder später ohnehin anrufen, sonst wird sie glauben, ich hätte etwas gegen sie.‘ Hanne nickte bestätigend.

„Na klar, das war Johanna! Wer sonst“, warf sie erklärend in den Raum, als ob jemand etwas anderes behauptet hätte. Es juckte sie in den Fingern. Als könnte sie dies damit beenden, schüttelte sie abwehrend den Kopf. „Das lässt du schön bleiben“, ermahnte sie sich, „letztlich wird sie dich wieder davon überzeugen, dass du Mihr bist!“ Als sie den Namen laut aussprach, fing ihr Herz wild an zu pochen. Leise seufzte sie auf. „Allerdings“, keuchte sie, „wenn ich zu meiner neuen Entwicklung und Ansicht stehe und anerkenne, dass ich nicht der bin, für den ich mich hielt, kann mir nichts passieren! Dann bin ich gefestigt und kann nicht mehr rückfällig werden!“

Sie schob sich den letzten Bissen in den Mund, spülte den Rest Kaffee hinterher und rieb sich unwillkürlich die schmerzenden Stellen zwischen ihren Schultern. Dann ging sie ans Telefon und wählte die Nummer von Johanna. ‚Wer weiß?‘, dachte sie, während sie es läuten ließ, ‚vielleicht ist sie gar nicht da.' Hanne wollte gerade auflegen, da klickte es im Hörer. ‚Mmh, Mist!', fluchte Hanne in Gedanken. Doch sie begrüßte sie ausgesprochen freundlich.

„Hallo Johanna."

„Hallo, mein Engel", hörte sie ihre Freundin sanft säuseln. Hanne spürte, wie sich bei diesem Wort das Herz in ihrer Brust zusammenkrampfte, sie keuchte leise auf.

„Ich habe gestern bei dir angerufen, es war aber niemand zu Hause", klagte ihre Freundin prompt.

„Ach ja?", fragte Hanne sehr unschuldig und fügte gelassen hinzu: „Weißt du, gestern war so schönes Wetter, ich war mit einer Freundin im Schlosspark."

„Im Schlosspark? Wie schööön. Warst du mal wieder unter Menschen?", kicherte Johanna vielsagend in den Hörer. Hanne schluckte trocken.

„Wie geht's dir Süße?", fragte die Freundin.

„Och, ganz gut", antwortete Hanne, „nur ein bisschen Rückenschmerzen, mehr nicht."

„Hast du dir mal wieder die Flügelchen eingeklemmt?", mahnte Johanna leicht ironisch.

„Häh?", presste Hanne heraus, „nein!" Dann holte sie tief Luft und meinte voller Innbrunst: „Nein, das habe ich nicht, mal abgesehen davon, dass ich gar keine Flügel habe!"

„Aha!", hörte sie ihre Freundin staunen, „sag bloß! Wer hat dir denn das erzählt?"

„Eine liebe Nutzerin des Chats", antwortete Hanne ruhig und bemühte sich, ihrer Stimme Festigkeit zu verleihen.

„Und das glaubst du ihr?"

„Och, Johannaaa", maulte Hanne in den Hörer, „sie ist genau so ein gutes Engel-Medium wie du! Ihr wurde von den Engeln mitgeteilt, ich sei ein Mensch und basta! Menschen haben keine Flügel, so!"

„Du bist ja auch ein Mensch", säuselte es vom anderen Ende der Leitung sanft in Hannes Ohr, „aaaber! – wir wollen auch nicht vergessen, dass du auch ein Engel bist – Mihr!" Hier kicherte Johanna leise.

„Wieso?", fragte Hanne kurz angebunden und versuchte das pulsierende Hämmern in ihrer Brust zu ignorieren.

„Ich habe es dir schon in früheren Gesprächen erklärt, Liebes, aber anscheinend ist dieser Teil untergegangen", meinte Johanna nachsichtig.

„Was?"

„Du bist beides! Du bist ein Mensch und ein Engel zugleich! Das sind wir alle! Wir sind alle hier, um uns selbst zu erleben."

„Aha, das meintest du!" Jetzt fiel es Hanne wie Schuppen von den Augen.

„Genau das meinte ich, meine Liebe! Die Kunst besteht darin, beides zu leben! Stellenanzeigen und Esoterikchat, verstehst du?"

„Ja", flüsterte Hanne schuldbewusst, „aber das Andere ist viel schöner", fügte sie zögerlich hinzu.

„Es ist wesentlich verlockender", stimmte ihr die Freundin bei, „was meinst du, warum ich mit meinem eigenen weltlichen Leben so unzufrieden bin? Die Balance macht es, ich bin dabei, es umzusetzen – auch wenn das nicht immer danach aussieht", sie kicherte verlegen.

„Ja", Hanne entspannte sich.

„Verliere niemals dich selbst", mahnte Johanna, „weder als Mensch noch als Engel, bleibe immer bei dir, hast du verstanden?" Die Stimme ihrer Freundin klang liebevoll und hatte einen zarten Klang, der Hanne wie warmes Öl in die Gehörgänge floss und ein Gefühl von Behaglichkeit in ihr auslöste.

„So, mein süßer Mihr, nun hole mal deine Schwingen zwischen den Kniekehlen hervor und breite sie so richtig aus, ja?" Hanne kicherte errötend in den Hörer und als sie tat, wie ihre Freundin ihr geheißen, spürte sie eine unendliche Erleichterung, gefolgt von tiefer Entspannung, die in ein behagliches Wohlsein mündete, das ihr sagte: Ja, du bist hier richtig!

Metamorphosen

Zum ersten Mal, nach langer Zeit, fühlte er sich in seinem Element. Nicht, dass dies in seinem Menschenleben nicht ebenfalls der Fall gewesen war. Aber jetzt, in diesem Moment, da ihm der Wind durch die Haare strich und er das angenehme Ziehen seiner leicht schlagenden Flügel spürte, da fühlte Oofiel sich, als sei er angekommen. Nein, nicht in seiner Heimat Ban, an die er sich – genau wie an seinen Namen – nun erinnerte. Er fühlte sich angekommen auf der Erde.

Mit seinem Bruder Ooniemme flog er über tiefgrüne ausgedehnte Wälder, die das Anwesen Idas und Victors wie eine dichte Mauer umschlossen. Er fühlte sich so gut, wie schon lange nicht mehr. Er sah Ooniemme fragend an und dieser wusste, welche Frage Oofiel in diesem Moment auf den Lippen brannte: ‚Können wir nicht eine Ausnahme machen? Ich würde so gerne wieder nach Hause zurückkehren, und sei es nur für ein paar Tage.'

„Für ein paar Tage?", leise drang die Stimme seines Bruders durch das Rauschen des Windes an sein Ohr, „du machst Scherze!"

„Ja", antwortete Oofiel melancholisch, „so ist es wohl! Wie kann es anders sein?" Er sah auf die Landschaft, die sich unter ihm erstreckte. „Wenn ich es recht bedenke, möchte ich noch bleiben. Es ist so schön hier, findest du nicht?" Ooniemme stimmte kopfnickend zu.

„Was meinst du, wollen wir wieder zurück? Ida wird sich sicherlich fragen, wo ihr Admiel bleibt – du hast ihr versprochen, nicht fortzufliegen."

„Ich bin ja nicht weggeflogen, ich bin ausgeflogen, das ist ein Unterschied", erwiderte Oofiel und machte eine Kehrtwende.

Gemeinsam flogen sie wieder zurück. Ooniemme hatte sich nicht geirrt, sie sahen schon von Weitem Ida auf dem Dach stehen und nach ihrem Schützling Ausschau halten.

„Ich schwinge mich auf die nächste Ebene", entschied Ooniemme, „denk daran, ich mag nicht immer sichtbar sein, aber ich bin immer da!"

„Warum gehst du jetzt?", fragte Oofiel entrüstet.

„Ich gehe nicht, ich mache mich nur unauffällig! Ich begleite dich auf deinem Weg, gehe ihn aber nicht für dich!"

„Aber …?!"

„Ich begleite dich!", meinte Ooniemme fürsorglich, zwinkerte Oofiel zu und war mit einem Mal verschwunden. Oofiel seufzte leise, aber schon bald erfasste ihn wieder das glückselige Gefühl der Freiheit und Ungebundenheit. Die sanften Böen des Windes, die durch sein Haar strichen und seine Federn streichelten, trugen ein leises Lachen an sein Ohr.

„Nicht vergessen", schien es zu sagen, „ich bin immer bei dir!" Oofiel richtete seine Aufmerksamkeit auf das Dach des Grundstücks und die Gestalt, die sich zunehmend deutlicher abzeichnete und sein Näherkommen nun offenbar bemerkt hatte. Er winkte ihr zu und Ida winkte zurück, sie strahlte über das ganze Gesicht.

„Wie schön", dachte Ida hingerissen, „wie wunderschön. Ich wüsste zu gern, wer ich bin. Michael, sagst du mir, wer ich bin?", fragte sie in den leeren Raum hinter sich und drehte sich unbewusst nach Rechts, aber der Wind trug nur ein leises Lachen an ihr Ohr. Sie seufzte tief.

„Mennooo", flüsterte sie mit gespielter Entrüstung, derweil sie den näher kommenden Engel erfreut begrüßte.

„Ich denke, du wolltest nicht wegfliegen", rief sie ihm durch das Rauschen der schlagenden Schwingen zu.

„Ich bin nicht weggeflogen, ich bin ausgeflogen, Madame!", rief ihr der Engel fröhlich zu, „das ist ein großer Unterschied." Als er landete, strahlte er immer noch.

„Ich dachte schon, du hättest beschlossen, mich zu verlassen", er nahm die erregte Besorgnis in ihrer Stimme wahr.

„Nein, ich wollte nur die Schwingen ausprobieren", der Engel spreizte stolz seine Flügel. Dann ging er auf Ida zu, verneigte sich und sagte artig: „Darf ich mich vorstellen? Ich bin Oofiel!"

„Wie?!" Ida blickte ihn verwirrt an.

„Danke, dass du einen Namen aussuchtest, doch ich bin Oofiel." Die Verwunderung stand Ida deutlich im Gesicht geschrieben.

„Du erinnerst dich an deinen Namen?", fragte sie erstaunt.

„Ja", antwortete der Engel schlicht und lächelte weise. Ida begann vor Erregung am ganzen Körper zu zittern.

„Sag mal", meinte sie und hakte sich bei ihm unter, „kannst du …", sie räusperte sich umständlich, „ich meine, weißt du …" Oofiels Lächeln wurde zu einem breiten Grinsen,

„Ob ich weiß, wer du bist?", vervollständigte er Idas verschämtes Gestammel.

„Ja, ja genau! Bitte, kannst du es mir sagen?"

„Nein, das kann ich nicht, aber ich gebe dir einen brennend heißen Tipp!", sein Grinsen wurde breiter.

„Ja!? Und der wäre?", gespannt hielt Ida die Luft an. Oofiel beugte sich zu der viel kleineren Frau herunter und sagte: „Frag Mihr, er weiß es!"

„Mihr? Wer ist denn das?", fragte Ida verblüfft und schaute ihn verwirrt an. „Ist das ein Engel?" Oofiel nickte ernst.

„Mihr? Mihr? Ich kenne keinen Mihr, der Name ist mir noch nie begegnet", entgegnete Ida verdutzt und voller Entrüstung. Je verdatterter sie jedoch ausschaute, desto mehr brachte sie den Engel zum Lachen. Er konnte sich kaum noch halten. Michael, der das Gespräch aus dem Hintergrund mitverfolgt hatte, gesellte sich zur Runde. Gemeinsam prusteten die Engel herzergreifend, was Ida nur noch mehr irritierte.

„Hey, das ist unfair, warum lacht ihr? Ihr wisst, wer Mihr ist, wollt es mir aber nicht sagen!", schmollte Ida, wurde aber bald vom Gelächter der Engel angesteckt. Sie lachten alle drei, dass sich die Balken bogen, wobei Ida nicht so recht wusste, warum sie das taten. Trotzdem lachte sie aus vollem Herzen mit, bis ihr die Tränen kamen und der Hals schmerzte.

Irgendwann sackte sie keuchend in sich zusammen, wischte sich die Tränen aus den Augen und blickte die Engel fragend an.

„Mihr!", schoss es gleichzeitig aus Michaels und Oofiels Mund, was die beiden wiederum zu einem albernen Lachen veranlasste.

„Lasst mich raten, er wird mir begegnen, wenn es an der Zeit ist, oder?"

Die Engel nickten. Während Michael wieder im Äther verschwand, reichte Oofiel Ida seinen Arm und sie gingen gemeinsam ins Haus. Nachdem sie es sich in Idas Zimmer bequem gemacht hatten, wurde Ida nun wieder ernst und blickte den Engel erwartungsvoll an.

„Hör mal", sagte sie, „ich bin dir auf das Dach gefolgt, weil ich dir noch etwas mitteilen wollte."

„So? Was denn?", der Engel neigte den Kopf etwas zur Seite und sah sie mit seinen bernsteinfarbenen Augen aufmerksam an.

„Das Ritual, welches an dir vollzogen wurde", begann Ida und strich sich nervös durch das kupferrote Haar, „ist noch nicht ganz abgeschlossen. Um die Verwandlung zu vervollkommnen, ist es notwendig, Azrael zu rufen. Du musst ihn darum bitten, den Menschen in dir zu töten. Dann erst ist die Metamorphose vollständig. Ich meine …", Ida hielt kurz inne, um sich zu sammeln, „eigentlich wäre das alles ja nicht notwendig gewesen, schließlich sind wir alle Engel, die sich hier erfahren wollen. Aber wenn du nun mal begonnen hast, dann solltest du es vervollständigen, sonst bist du weder Fisch noch Fleisch, verstehst du?" Oofiel nickte verständnisvoll.

„Das werde ich tun", meinte er knapp, „ich werde den Zeitpunkt wählen und dir dann Bescheid geben."

Oofiel dachte kurz daran, Ida von der irreführenden Aussage im ‚Verum Fixum' zu berichten, wurde jedoch von Ooniemme zurückgehalten.

„Geduld, mein Freund. Noch ist sie von dem, was sie sagt, nicht überzeugt", hörte er seinen Bruder sagen, „auch wird sie nicht verkraften, dich wieder an Sebastian zu ‚verlieren'."

„Wann wirst du Azrael rufen?", hörte er Ida neugierig dazwischenfunken.

„In ein paar Tagen, schätze ich", antwortete Oofiel, „ich werde mich in den Wald zurückziehen und wiederkommen, wenn ich fertig bin."

„Aber warum denn das?", fragte Ida verwirrt.

„Weil es meine Angelegenheit ist, die ich selbst zum Abschluss bringe!", antwortete Oofiel ernst.

„Gut, gut", beschwichtigte ihn Ida, „ich werde dir nicht im Weg stehen!" Der Engel erhob sich, verbeugte sich und wollte das Zimmer verlassen.

„Oofiel?", rief ihm Ida hinterher. Er blieb stehen und sah sich noch einmal um.

„Danach … ich meine", Ida schluckte, „nachdem du Azrael gerufen hast und alles vollendet ist, bleibst du dann bei mir?"

„Es wird nur eine Trennung auf Zeit sein", antwortete er lächelnd.

„Also gehst du nicht in den Himmel, sondern begleitest mich weiterhin?"

„Aber ja!", stimmte er freundlich zu.

„Danke!", sie umarmte ihn gerührt.

Der dunkle Gang mit seinen angrenzenden Räumen, hatte seinen Anfang hinter einer der Wände seines Zimmers. Er war vor einigen Jahren, eher zufällig, darauf gestoßen. Lange hatte er daran gedacht, seine Gefährtin in dieses Geheimnis einzuweihen. Irgendetwas hatte ihn zurückgehalten und er folgte seiner Eingebung, dies nicht zu tun. Wer wusste schon, wozu ihm dieses heimliche Wissen einmal dienen konnte. Als junger Mann hatte Victor solche Machenschaften als ‚unsauber‘ verachtet, aber heute und insbesondere jetzt, freute er sich wie ein Schneekönig, dass ihm diese Räume alleine zur Verfügung standen.

Mit gleichförmigem Summen trieb der Generator die Heizung an. Die Kerzen im silbernen Leuchter flackerten warm und erhellten das schummrige Gewölbe. Er ließ seinen Blick über den massiven Tisch wandern, auf dem eine kleine Phiole stand. So zierlich und unscheinbar sie aussah, enthielt sie doch ein wertvolles Pülverchen, ein äußerst wirksames Mittel zu einem – wie Victor glaubte – neuen Leben: dem Leben als Engel. Über den Namen, den er sich geben wollte, falls er die Tortur überlebte, hatte er noch nicht nachgedacht.

Er streichelte die Phiole mit liebevollem Blick. Entschlossen ging er zu einer Truhe an der gegenüberliegenden Wand, die gerade so groß war, dass ein Mensch darin ausreichend Platz fände.

„Bald wirst du mir gute Dienste erweisen", flüsterte er zärtlich, während seine Hand vorsichtig über die noch feuchte Lehmfigur wanderte, die in der Truhe zu schlafen schien. Eine Wärmelampe bestrahlte den kostbaren Inhalt, derweil ein kleiner Generator vor sich hin ratterte, um die Hitze nicht ersterben zu lassen.

„Jetzt musst du nur noch trocknen. Dann versehe ich dich mit einer Prägung und lade dich mit Energien auf. Schließlich sollst du mich während der Verwandlung pflegen, mit Heil-Energie und Energie der liebevollen Fürsorge."

Victor ging zu einem der Regale an der Wand, holte ein kleines hebräisches Buch hervor und begann, zum Behälter gewandt, geheimnisvolle Worte zu murmeln, die er, wie ein Mantra, in kurzen Abständen wiederholte. Er tat das eine Stunde lang, ohne Unterlass. Dann hielt er inne und fuhr mit seiner Hand tastend über den Lehm.

„Er summt und brummt vor Energie", stellte er zufrieden fest. Er blätterte eine Seite um und wieder flüsterte er unverständliche Vokabeln. Schließlich begutachtete er sein Werk und nickte befriedigt. „Schön, die Energieformen sind versiegelt. Nun können sie erst wieder entweichen, wenn auch du vergehst! – Es ist vollbracht! Wenn du richtig ausgetrocknet bist, kann es losgehen."

Victor klappte das Buch zu, ging wieder zum Tisch, holte Blatt und Stift hervor und begann zu schreiben. „So!", brummte er, „das war's. Das hat mir viel Konzentration abverlangt. Aber die Anweisungen sind nun klar, ein Fehler praktisch ausgeschlossen. Er wird mir der perfekte Diener auf Zeit sein!"

Victor legte das Papier beiseite, erhob sich und ging wieder auf die Lehmfigur zu. Langsam ließ er die Hände über sie wandern und stellte zufrieden fest, dass der Trockenprozess fast abgeschlossen war. „Gleich ist er für den nächsten Schritt bereit!", lächelte er, während er die Wange der Lehmfigur tätschelte. „Er soll schön trocknen sein, das wird im Buch ausdrücklich empfohlen, aber jetzt scheint es bald gut zu sein!"

Victor schaltete Strahler und Generator aus und seufzte ob der plötzlichen Stille erleichtert auf. Dann nahm er wieder das kleine Buch zur Hand und blätterte darin herum.

„Jetzt geht es los", murmelte er – und zögerte nun doch. Er spürte sein Herz bis zum Hals hinauf heftig schlagen. „Jetzt oder nie!", sprach er sich Mut zu, holte tief Luft und begann das Ritual. Sieben Mal ging er um die Figur herum und beschwor nacheinander die Elemente Erde, Feuer, Wasser und Luft.

Zunächst geschah nichts. Kein Zeichen, dass die hebräischen Formeln etwas bewirkten. Doch als er zum Feuer schwor, begann die Figur zu glühen. Das Element Wasser bewirkte, dass sie erneut feucht wurde und heiße Dämpfe ausstieß. Fasziniert und wie gebannt beobachtete Victor, wie seinem Lehm-Diener Haare und Fingernägel wuchsen, was ihn dazu ermutigte, mit dem Element Luft das Ritual zu vollenden. Während der letzten Beschwörungsformel verfärbte sich der Lehm und die Figur bekam ein menschliches Aussehen. Victor blieb stehen, holte noch einmal tief Luft und übersetzte: „Gott blies ihm den lebendigen Atem in die Nase und der Mensch erwachte zum Leben. Ich taufe dich auf den Namen Emeth! Erhebe dich!" Als er diese Worte aussprach, durchfuhren die Erscheinung starke Zuckungen, die Truhe begann zu beben. Victor eilte zum Tisch, holte das Papier und hastete zurück zur

Figur. Die hatte sich inzwischen erhoben und starrte ihn mit seltsam glänzenden braunen Augen an.

„Steige aus dem Behälter", befahl er. Emeth tat, was er verlangte.

„Öffne deinen Mund!" Die Figur gehorchte. Victor faltete das Blatt zu einem kleinen, mundgerechtem Häppchen und schob es Emeth in den Rachen.

„So, nun schlucke das Papier hinunter." Die Figur schluckte es und zuckte kurz. Da Emeth nicht sprechen konnte, betrachtete Victor ihn eingehend, um so zu prüfen, ob die auf dem Papier verfassten Anweisungen auch verinnerlicht wurden. Zufrieden stellte er fest, dass sich in die glänzenden Augen Emeths ein entschlossener Zug geschlichen hatte.

„Kennst du deine Aufgabe? Nicke, wenn du zustimmst, schüttle mit dem Kopf, wenn du verneinst." Emeth nickte.

„Sehr gut, sehr gut!", triumphierte Victor und hüpfte enthusiastisch von einem Bein auf das andere.

„Dort drüben ist mein Bett", wies er die Figur ein. „Du hast hier alles, dessen es bedarf, sich um mich zu kümmern", instruierte er sie weiter. „Dort bereitest du heißes Wasser. Auf dem Waschbecken steht das Kamillenextrakt. Hier befinden sich saubere Tücher sowie Windeln." Er wies auf den Sessel, auf dem alles ausgelegt war.

„Ich werde mich jetzt vorbereiten und du folgst den Anweisungen. Hast du das verstanden?" Aufmerksam blickte er Emeth an, die Figur nickte. Victor öffnete die Phiole und leerte deren Inhalt in ein Glas Wasser, das er sich eigens dazu bereitgestellt hatte. Nach einem tiefen Atemzug, trank er alles in einem Zug aus und entkleidete sich vollständig. Um zu prüfen, ob Emeth wirklich ein perfekter Diener war, legte er sich nun ins Bett und wartete. Entzückt stellte er fest, dass dieser eine Windel nahm und sie ihm behutsam anlegte. Nachdem dies vollbracht war, nahm Emeth auf dem bereitgestellten Stuhl neben Victors Bett Platz und wartete.

Lange Zeit geschah nichts und Victor begann sich zu langweilen.

„Mmh, das verstehe ich nicht", wunderte er sich schließlich, „ich habe die ‚Admiel'-Meditation gemacht und das Mittel exakt nach der Rezeptur gemischt. Habe ich vielleicht etwas vergessen?" Er ging im Kopf noch einmal alle Zutaten durch und stellte fest, dass er an alles gedacht hatte. „Vielleicht habe ich mich in der Menge der Zutaten vertan?", grübelte er weiter und ging auch diese noch einmal im Kopf durch. „Nein, alles richtig. Entweder geht es jetzt los", murmelte er, „oder mir wird einfach nur kalt, weil ich in diesem Gemäuer splitternackt auf dem Bett herumliege."

Stunden über Stunden vergingen und nichts geschah, nichts Nennenswertes jedenfalls – außer, dass ihm immer kälter wurde. Irgendwann war er völlig durchgefroren und es reute ihn sehr, sich nicht mit ausreichend Decken versorgt zu haben, da er annahm, sie könnten ihm hinderlich sein. Er erinnerte sich an den schlotternden Sebastian und nickte zähneklappernd. Victor wollte Emeth gerade die Anweisung erteilen, da hatte sich die Figur schon erhoben und kam mit einem Glas Whiskey wieder.

„D-d-danke!", bibberte Victor und stürzte den Inhalt in einem Zug hinunter. Die erhoffte Wirkung trat nicht ein, er fühlte sich nicht wärmer. Eher führte der Alkohol dazu, dass sich ein grauenvoller Schmerz in seinen Gelenken und Sehnen festsetzte und diese traktierte. Victor schrie laut auf, sein Körper verkrampfte sich in spastischen Bewegungen. Emeth saß unbeteiligt auf seinem Stuhl und schaute dem Leiden zu.

„Hilf mir, Emeth!", kreischte Victor von Pein gequält auf. Aber auf dem Papier, das dieser geschluckt hatte, fand sich keine passende Anleitung, die dafür hätte sorgen können, dass Emeth ihn emotional unterstützte. Nur seine Augen glänzten fürsorglich.

Als sich Skelett, Sehnen und Muskeln zu verformen und zu dehnen begannen, bemühte sich Emeth, Victor in die seitliche Position zu bringen. Es gelang ihm nicht, da Victor sich aufbäumte und vor Qual hin und her warf. Trotzdem versuchte er es wieder und wieder. Aus Angst vor möglicher Gewalt, hatte er von Victor nur die „liebende Fürsorge" und die „seitliche Körperposition" eingeflößt bekommen, so fehlte ihm auch das Vermögen, sich durchzusetzen. Victor, vor Schmerzen fast blind, musste nun am eigenen Leib erfahren, wie fatal es war, auf dem Rücken zu liegen, derweil der Druck seinen Brustkorb fast zerriss.

„Tritt ... tritt ... Sebastian ... damals ...", keuchte Victor, dem allmählich die Luft wegblieb. „E...", keuchte er, „E... Emm... Emmeth", rasselte es immer schwächer aus ihm, „Emeth ... tritt ... tritt in ..." Die Augäpfel traten aus den Höhlen und ihm wurde ganz schwarz vor Augen. Mit letzter Kraft presste er undeutlich die Anweisung hervor. Emeth erhob sich und tat, was er verlangt hatte. Das Knacken und Knirschen von Knochen und Gelenken hallte durch die geheimen Gänge des Hauses. Victors Körper bäumte sich noch einmal auf, Blase und Darm entleerten sich und dann wurde es still.

Er öffnete vorsichtig die Augen und sah auf die nackte Wand vor sich. Langsam fand er zu sich und stellte erleichtert fest, dass er eine frische Windel trug. Dünne Rinnsale flossen seinen Rücken herab. In regelmäßigen Abständen wurde ihm etwas Nass-warmes zwischen die Schultern getupft. Das desinfizierende Mittel brannte höllisch, er zuckte vor Schmerz zusammen und wimmerte leise. Sein Rücken musste eine einzige große Wunde sein, es fühlte sich an, als sei er verbrannt, als fehle dem zarten Fleisch die schützende Haut. Er spürte den kleinsten Luftzug, der ihm jedes Mal heftigen Schmerz verursachte. Dennoch – da war noch etwas anderes. Da war etwas Neues, ein Fremdkörper? Dieses Fremde war beweglich. Wie ein Gelenk, das er nach oben und unten, nach links und rechts bewegen konnte. Nein, mit dem Kreisen wollte er es lieber nicht versuchen, er konnte die Schmerzen ohnehin kaum aushalten. Ein dumpfes Lächeln schlich sich auf die aufgeplatzten Lippen und verwandelte seine einst seriöse Ausstrahlung, in eine schmerzverzerrte grinsende Fratze, bevor er erneut in Ohnmacht fiel.

Als er erwachte, hatte die Metamorphose ihre letzte Etappe erreicht. Seine Augäpfel zogen und zerrten in den Höhlen, dehnten sich aus und wuchsen über ihren Raum hinaus. Etwas barst in ihm. Victor schrie auf und presste sich die deformierten Hände auf den blutenden, eitrigen Leib. Riesige Glieder bahnten sich ihren Weg durch seinen geplatzten Rücken. Victor versank in einem Meer ungeahnten Schmerzens, nie erlebter Pein, unendlicher Qual, was ihn – das spürte er noch – direkt in den Wahn trieb. Dann wurde alles still um ihn, still und schwarz. Dankbar und erleichtert ließ er sich in das Nichts hinab gleiten.

Irgendwann – die Vorstellung von Zeit hatte er verloren – kam Victor wieder zu sich. Er fühlte in sich hinein und zuckte erstaunt. Diese grässliche Pein, die ungeheure Marter, die ihm den Irrsinn so nahe gebracht hatte – sie war fort. Er fühlte sich – gut. Er wollte seine Augen öffnen, doch der Versuch scheiterte. Suchend tastete er mit den Händen das Gesicht ab. Seine Haut war blutverkrustet und hatte die Augen verklebt.

„Emeth", rief er mit fremder Stimme, bei deren Klang er irritiert zusammenfuhr.

„Emeth", wiederholte er, „bring mir warmes Wasser, damit ich mich waschen kann."

Er hörte Schritte und spürte kurz darauf die Gestalt Emeths neben sich. Behutsam suchte er nach dem Schüsselchen, welches die Figur in den Händen halten musste. Dann tauchte er seine Finger in das warme Wasser und befeuchtete seine verklebten Lider. Langsam öffnete er die Augen und sah sich um. Es war immer noch derselbe Raum, aber er sah ihn jetzt anders. Die Farben waren intensiver und das Licht erschien ihm heller.

‚Die Verwandlung muss gelungen sein', schoss es Victor durch den Kopf. Plötzlich spürte er den Drang, sich anzusehen und die neue Gestalt zu erkunden – wenn dem denn so war – aber noch wagte er es nicht.

„Ein Spiegel muss her", zischte er durch die Zähne. Er zuckte wieder zusammen. Diese fremdartige Stimme, sie kam ihm bekannt vor, doch seine war es nicht – nicht jene von Victor. Wer war er? Victor beschloss, sich damit im Augenblick nicht aufzuhalten und blickte in Emeths Gesicht. Trotz der menschlichen Züge, erkannte er deutlich, dass ein Lehm-Zombie vor ihm stand – ein willenloses Ding, dessen Augen glänzten, weil er Energieformen darin eingesperrt hatte. Als er noch einmal genau hinsah, erkannte er mit Schrecken, dass diese Energieformen Engel waren. Victor stieß einen leisen Schrei aus, Emeth lächelte freundlich. Wie konnte das sein? Der Lehm-Mann lächelte, aber … das ging doch gar nicht!

„Geht wohl", sprachen die Engel aus dessen Mund. Victor schluckte und stammelte errötend eine Entschuldigung. Dann übersetzte er laut: „Aus Erde wurde er erschaffen, zur Erde soll er wieder gehen!" Prompt wurde Emeth das, was er gewesen war, ein Klumpen toter Lehm. Erleichtert seufzte Victor auf. Sein Blick wanderte zu dem Lehmhaufen, der nun zu seinen Füßen lag und eine bleierne Schwere übermannte ihn. Trotz der Gefahr, entdeckt zu werden, fühlte er sich doch verpflichtet, diese Erde wieder der Natur zuzuführen. Ein Blick auf die Uhr zeigte ihm, dass es bereits Nacht geworden war. Also verpackte er die Erdbrocken in einen Sack und brachte diesen unbemerkt nach draußen, wo er ihn eilig auf einen kleinen Hügel ausschüttete. Im Weggehen murmelte er einen leisen Dank. Nun, stellte er erleichtert fest, ward ihm das Herz wieder leicht.

„Azrael ...", drang es leise an sein Ohr, nachdem er sich ungesehen wieder in die Gänge geschlichen hatte und jenen Raum betrat, in dem er den Golem erschaffen und zerstört hatte. „Azrael", wiederholte Victor mit klopfendem Herzen und wusste nicht, warum er so stark auf den Klang dieses Namens reagierte. Bisher hatte er ihn ganz selbstverständlich ausgesprochen. Da erinnerte er sich an das ‚Verum Fixum', in dem geschrieben stand, dass der Todesengel gerufen werden musste, um die Verwandlung zu vollenden. Victor wurde unheimlich zumute. Er schob das Gefühl beiseite und verließ, geräuschlos und barfüßig, den Raum. Er folgte dem Gang in den angrenzenden Bereich. Hier gab es Licht, eine starke Glühbirne hing an ihrem Kabel nackt von der steinernen Decke. Victor durchquerte den Raum und ging in die Duschkabine. Erschöpft ließ er das heiße Wasser über seinen neuen Körper fließen. Seine Neugier war unermesslich, und doch – er hielt sich zurück mit seiner Selbstbetrachtung. Stattdessen erkundeten seine Hände die blutverkrustete Gestalt, deren neuartige Beschaffenheit er tastend bewunderte. ‚Das Wasser liebt mich', schoss es ihm spontan durch den Kopf, ‚es vereinigt sich mit mir!'

Endlich fühlte er sich sauber und erfrischt. „Halt, da war noch etwas." Dieses merkwürdige Gefühl zwischen seinen Schultern ... Ja! Da war es, immer noch. Und nicht nur das: Es wurde immer stärker, stärker als je zuvor. „Flügel!", stieß er erschrocken hervor, blickte zur Seite und prompt klatschte ihm eine seiner Schwingen ins Gesicht. Daher also dieses Ziehen im Rücken. Sehr schön. Die unkontrollierten Bewegungen der fremden Glieder, die da aus ihm herausgewachsen waren und die er nicht recht koordinieren konnte, verwirrten ihn und verursachten konfuse motorische Abläufe. Je mehr und ungeduldiger sich Victor darüber aufregte, desto unruhiger ruderten seine Schwingen, sie schienen sich förmlich mit aufzuregen.

„Schluss jetzt!", vehement packte er beide Schwingen mit den Händen. Sachte und kontrolliert schob er sie nacheinander in die Duschkabine und spülte sie ausgiebig ab. Als sie vom Blut befreit waren, erkannte er deren einzigartige Ästhetik! Sie waren mannshoch und kräftig, flauschig weich und – abgesehen von einigen hellen Tupfen – von blau-grüner Färbung. Fiel das Licht in einem bestimmten Winkel auf sie, war im Gefieder ein rosa Schimmer zu erkennen. „Was sind denn das für Dinger?", fragte er sich erstaunt, „diese Farbe hab ich ja noch nie gesehen! Ich dachte immer, sie seien weiß oder grau, aber blau-grün?!"

Benommen torkelte er ein paar Schritte zurück, schüttelte sich und ordnete raschelnd seine neuen Fittiche. Dann trat er feierlich an den kleinen Spiegel und blickte zum ersten Mal in sein erneuertes Gesicht.

„Huch!", entfuhr es ihm und augenblicklich fuhr er zurück. Vorsichtig näherte er sich seinem Bild ein zweites Mal. „Ich bin ja bunt, wie ein geflecktes Huhn!" Zwei hellgrüne Augen blickten ihn aus einem blassen Antlitz an, dessen hellblaue, schmale Lippen die Worte formten. Sein Angesicht umrahmte dunkelrotes Haar, das ebenfalls hier und da einige bläulichgrüne Nuancen aufwies.

„Ääh?", ächzte Victor verwirrt und griff sich bestürzt in die Mähne. „Das geht doch nicht, das ist nicht wahr", rief er in den leeren Raum, während er seine kräftig-sehnigen Hände betrachtete. ‚Mezrael', schoss es ihm durch den Kopf und erneut zuckte Victor zusammen. „Warum sehe ich so aus?! Was soll denn das sein? Das ist doch kein normaler Engel?!" Sein Herz hämmerte in der Brust und nur das Wissen, dass er sicher und peu á peu sein neues Aussehen würde annehmen können, beschwichtigte ihn ein wenig.

„Reine Gewöhnungssache", keuchte er, „wie bei Sebastian, reine Gewöhnungssache!" Dann hielt er inne und überlegte: ‚Bevor ich jetzt raus gehe, muss der letzte Schritt getan werden und A…', Victor stockte, atmete tief ein, stieß die Luft fauchend aus und begann zu keuchen. Urplötzlich fiel ihm etwas ein: „Ich bin Mezrael! Mezra…? Wer ist das?" Ihm wurde schwindlig. „Ich kann den Engel noch nicht rufen, ich bin zu durcheinander – andererseits, schlecht wäre es nicht, wenn die Verwandlung endlich abgeschlossen wäre … Ich bin doch ein Engel, warum freue ich mich nicht? – Azrael, warum freue ich mich nicht?!", schrie er, fast ohne es zu wollen.

„Habe ich dir vor deiner Inkarnation nicht ausdrücklich und mehrmals gesagt, dass du in deinen Handlungen nicht zu voreilig sein sollst?", hörte er auf einmal eine Stimme hinter sich.

„Aber wie konntest du mich auch verstehen, du wusstest nicht, was Ungeduld ist, mein junger, ungestümer Bruder!" Mezrael gefror beim Klang der Stimme das Blut in den Adern. Er wagte es nicht, sich zu rühren. Stattdessen spürte er einen Griff, der sich behutsam um seine Schultern schloss und ihn drehte, sodass er wieder sein Spiegelbild sah. Mezrael erschauderte und stieß einen leisen Schrei aus. Der Engel neben ihm, sah ihm verblüffend ähnlich.

„Azrael!", stieß er leise hervor und wurde bleich. „Ich … ich wollte …", stammelte Mezrael, „ich wollte einen Neuanfang wagen, es war wohl zu früh … ich war zu voreilig, stimmt's?"

„Ja", Azrael und sah ihn mit rotgrünen Augen eindringlich an. „Nun weißt du, wohin Unduldsamkeit führt! Das war doch dein Anliegen, als du mich glänzenden Auges nach der Bedeutung des Wortes fragtest, bevor du deinen Weg antratest!" Der Todesengel versetzte seinem Bruder einen leichten Klaps.

„Aua!"

„Ich sagte: ‚Such den Neuanfang, denn der bist du schließlich, aber gehe behutsam vor und wähle weise!' Aber wer hört schon gern auf seinen älteren Bruder? Genau hier", er wies mit seinem Finger auf den Boden, „hier, in diesem elenden Gemäuer, sah ich dich schon damals stehen. Ich hoffte innbrünstig, du würdest diesen Weg nicht einschlagen, sondern jenem folgen, der dazu dient, dich zu erfahren, du … Neuanfang!" Er spie das Wort fast aus. „Was hast du nur getan?" Er versetzte seinem Bruder wieder einen Klaps gegen den Kopf und atmete geräuschvoll aus. „Du wähltest die Voreile, die Ungeduld, indem du dich diesem mehr als fragwürdigen Experiment unterzogst! Aber … ach", rief der Todesengel verärgert aus und machte eine wegwerfende Handbewegung, „was rede ich? Du wolltest wissen, was Unduldsamkeit ist. Bitteschön. Es scheint auch so viel interessanter, als die eigene Aufgabe zu lösen, nämlich den Menschen beim Neuanfang zu helfen!"

„Es tut mir leid", jammerte Mezrael kleinlaut und senkte den Kopf. „Ich … wollte …"

„Halt den Mund", fuhr ihm der Todesengel dazwischen.

„Aber …"

„Nein! Nichts, sag nichts, ich will deine Entschuldigungen nicht hören." Eine ganze Weile lang herrschte bedrückende Stille zwischen den Brüdern.

„Und? Was machst du jetzt mit mir?", fragte Mezrael nach einer Weile. Seine Stimme war kaum mehr als ein Flüstern.

„Na, was wohl? Ich werde meinem Job nachgehen und dich töten!"

„Was?!" Sein Bruder fuhr erschrocken herum und blickte den Engel bestürzt an.

„Na ja, den Menschen töten", erwiderte Azrael knapp, „das steht doch im Buch, hast du das vergessen?" Mezrael kratzte sich am Kopf und raschelte nachdenklich mit seinen Schwingen.

„Eine kleine Frage habe ich noch. Die Sache ... ich meine, die Sache ... die hat doch ...", er räusperte sich.

„Einen Haken, meinst du?", vollendete Azrael neckisch seinen Satz.

„Ja, genau! Einen Haken!", antwortete er kleinlaut.

„Na, ja", meinte der Todesengel geheimnisvoll, „für die Einen ist es ein Haken, für die Anderen eine Erlösung. Das liegt an jedem selbst!"

„Wie meinst du das?"

„Aber, Mezrael, das führt doch zu nichts, lass mich mein Werk tun und vertrau mir. Und vergiss nicht: Wähle weise und mit Bedacht!"

„Aber was ... was soll ich wählen?"

„Ob das, was ich tue, eine Erlösung oder ein ‚Haken' ist!", antwortete Azrael plötzlich mit weicher Stimme und strich seinem Bruder sanft über die Wange. Mit Bestürzung erkannte Mezrael die Trauer, die aus dessen Augen sprach.

„Es war zu früh, mein Kleiner, viel zu früh – und jetzt weißt du das! Ja, ja, deine Voreile, ich vergaß", der Engel senkte den Blick und tippte sich an die Stirn. Endlos lange Minuten verstrichen, ehe er sich wieder an seinen Bruder wandte.

„Hör mir gut zu!" Er legte ihm tröstend die Hand auf die Schulter. „Ich kann dir Eines auf den Weg mitgeben ..."

„Ja?", Mezraels Züge spiegelten blankes Entsetzen wider.

„Wähle den Neuanfang ..."

„Aber", Mezraels Augen weiteten sich vor Grauen und wurden groß und rund.

„Nein, nein, bitte nicht, lass mich leben!", bettelte er, „ich habe doch ... ich war voreilig, ja, aber ich brauche das, ich will ... Bitte! Töte mich nicht! Was passiert denn, wenn du mich tötest? Tötest du den Menschen oder den Engel oder uns beide? Bin ich jetzt ein Mensch, dann tötest du den Menschen und mich oder tötest du den Engel in mir, weil ich in deinen Augen noch Mensch bin? Nein ... bitte, bitte! Hab Erbarmen! Neeiiinnn!" Gleißend grell durchflutete Helligkeit den Raum wie eine Explosion, dann wurde es schwarz und still.

Im Mondlicht

„Heute Abend ist es so weit", Oofiel lief gedankenschwer im Zimmer auf und ab. Ida, von seiner Nervosität angesteckt, tat ihr Bestes, ihren Schützling, so gut es ging, zu beruhigen.

Seit Oofiel und Michael ihr unisono offenbart hatten, dass alle Menschen Engel sind, trieben Idas Gedanken und Gefühle ein wildes Spiel mit ihr. Einerseits war sie zutiefst beglückt und konnte es kaum fassen. Den ‚Amnistikern' war der entscheidende Durchbruch gelungen, ein Mitglied aus ihren eigenen Reihen war zum ersten Engel auf Erden geworden. Andererseits wusste sie, dass dies ein Papyrussieg war, der auf einem unfairen Spiel mit dem Herzen eines jungen Mannes basierte. Schon das konnte der Menschheit absolut nicht dienlich sein. Und nun wusste sie, da alle Menschen Engel waren, mussten sie nicht verwandelt werden.

Ida runzelte die Stirn. ‚Es ist unnatürlich', schoss es ihr durch den Kopf, ‚das alles ist nicht natürlich.' Und dennoch: Wenn sie diesem wunderschönen Engel in die warmen Augen sah, konnte sie nicht anders, als Oofiel in seiner Entscheidung zu unterstützen.

„Es wird nicht lange dauern", sagte Ida und klopfte dem großen Engel zuversichtlich auf die Schulter, „wenn alles vorbei ist, bist du ein vollständiger Engel." Oofiel runzelte seufzend die Stirn.

Er hasste es, zu lügen, am allermeisten hasste er es aber, diejenigen anzulügen, die ihm am Herzen lagen. Trotz all des Ungemachs, das sie um ihn herum und mit ihm selbst veranstaltet hatte, war sie ihm doch lieb geworden.

„Sag mal", fragte er, vor allem, um sie auf andere Gedanken zu bringen, „weißt du eigentlich, wo Victor ist?" Ida schüttelte den Kopf.

„Er hat sich mal wieder verflüchtigt", meinte sie mit sarkastischem Unterton. „Wer weiß, was er treibt? Womöglich ist er so verrückt, das Mittel an sich selbst auszuprobieren. Zuzutrauen wäre ihm das!" Ida seufzte leise. „Er sprach von Massenproduktion!", grollte sie bitter, „Stell dir vor, er wollte das Mittel in die *Massenproduktion* geben. Der ist doch verrückt, oder? Wenn du dich nicht entschlossen hättest, auch nach der Verwandlung bei mir zu bleiben, dann gäbe es ein Wesen weniger auf diesem Planeten. Nun stell dir vor, was passieren würde, wenn alle gewordenen Engel das täten, was ich im Almanach anpreise: himmelwärts auszuwandern, um in Gottes Scharen aufgenommen zu werden. Keiner würde mehr hier sein. Niemand würde die Erde mehr bewohnen. Die Menschheit und all ihre Errungenschaften würden vergehen, weil niemand auch nur einen Deut darauf gäbe, ein Mensch zu sein."

Oofiel lauschte aufmerksam den Worten, ordnete raschelnd seine Schwingen und nickte. Gemäß ihrem Glauben, einem Engel stünde es frei, jederzeit nach Ban zurückzukehren, hatte sie vollkommen recht mit dieser Vision, stellte er knapp fest.

„Ich dachte, du verachtest die Menschen", provozierte er sie. „Du sagtest mir mal, die Menschen täten einander und dieser Welt, viel Leid an. Ich hatte den Eindruck, du wolltest sie in eine bessere Zukunft führen. Wenn sie sich in Engel verwandeln, verlassen sie den Planeten, damit der sich von den Schäden erholen kann. Oder?" Oofiel blickte Ida fragend an.

„Jaaaa", antwortete sie gedehnt und seufzte, „das stimmt. Aber wenn ich es recht bedenke", sie stockte und schluckte trocken, „dann erschreckt mich der Gedanke. Wir haben ja auch Gutes geleistet und die Welt in vielerlei Hinsicht bereichert – auch wenn das auf den ersten Blick nicht deutlich wird und viele Umweltschützer und Kriegsgegner mich als Träumerin verspotten werden. Und …", Ida stockte wieder und schluckte erneut, „und außerdem denke ich, na, ja … also, mittlerweile denke ich: Wenn Gott alle Lebewesen erschaffen hat und wir demselben Ursprung entstammen – also *alle* Wesen, Tiere, Pflanzen und Menschen – dann lässt sich die Frage, wer wie Gott ist, doch auf alle ausdehnen. Wir alle sind doch in gewisser Hinsicht wie Gott, weil wir durch ihn sind und aus ihm. Außerdem sind doch alle Menschen nichts anderes als Engel, die sich erleben."

„Und was gedenkst du jetzt zu tun?", aufmerksam wandte sich Oofiel ihr zu. Ida sah ihn bestürzt an und strich sich nervös durch das kupferrote Haar.

„Ich weiß es nicht", gab sie leise zu und senkte den Kopf. „Was würdest du denn tun?" Sie schaute ihn erwartungsvoll an. Oofiel lächelte milde. Gleichzeitig umspielte Wehmut seine Züge.

„Ich weiß, wie du fühlst", sagte er mitfühlend und strich ihr sanft über die Wange, „aber ich kann dir deine Entscheidung nicht abnehmen."

„Wie solltest du auch? Du bist ja ein Engel, und Engel haben mit Angelegenheiten der Menschen nicht viel zu tun, nicht wahr?" Bitterkeit schwang in ihrer Stimme mit. Sie wandte sich ab und wollte gehen, als sich von hinten sanft ein Armpaar um sie schloss.

„Geh nicht", hörte sie den Engel leise in ihr Ohr flüstern.

„Was soll ich nur mit all den Menschen machen?" Ida rannen Tränen über die Wangen. „Es gibt Mitglieder, die waren seit Jahrzehnten nicht mehr unter ‚normalen' Menschen. Wenn ich die ‚Amnistiker' auflöse ... Oh Gott, was mache ich mit ihnen? Und was sage ich ihnen? ‚Hey, wisst ihr, ich habe mich geirrt. Ihr habt all die Jahre auf euer Leben verzichten müssen, weil ich mich versehen habe. Deswegen habe ich auch euer Leben ruiniert. Hab's halt verrissen ...' Oofiel, die sind ohne mich teilweise nicht mehr lebensfähig. Nicht in einer Welt, wie jener, die sie draußen vorfinden werden!"

„Unterschätze sie nicht, überschätze dich nicht", mahnte der Engel leise.

Sie spürte seine Arme, die er sanft um sie geschlungen hielt und ließ sich hineinfallen. Wie angenehm warm sein Körper war. Inmitten dieser einlullenden Geborgenheit pulsierte etwas in ihrem Rücken, das Ida nicht so recht deuten konnte. Ta-dam, ta-dam, ta-dam machte es in regelmäßigen Abständen. Sie zuckte unwillkürlich zurück und wollte hoch zum Engel schauen. Stattdessen verharrte sie in dieser Position und lauschte verzückt den Schlägen seines Herzens, die leise durch ihren Körper bebten.

„Ich wusste gar nicht ..." hob sie leise an. Oofiel schmunzelte.

„Ich auch nicht", gestand er. Dann schob er seine Schwingen auseinander und schloss sie um beide. Sie atmete leise in die Dunkelheit des Gefieders und spürte, wie ihr eigener Herzschlag regelmäßiger wurde – bis es sich dem des Engels angepasst hatte.

„Wir schaffen das", flüsterte sie leise, während sie seinen warmen Odem in ihrem Haar spürte.

Es war bereits dunkel, als sie vor dem Haus standen und die Landschaft betrachteten, die vom fahlen Mondlicht beschienen, geheimnisvoll vor ihnen lag.

„Wann kommst du wieder?" Sorge und Anspannung schwangen in Idas Stimme mit.

„Sobald ich fertig bin", antwortete er ruhig. Ida hatte ein mulmiges Gefühl. Sie wusste, dass er gewillt war, zurückzukommen, doch tief in ihr nistete die dumpfe Ahnung, dass zwischen Abschied und Wiedersehen eine lange Zeit liegen würde.

„Und du kommst sofort wieder, ja? Mein Engel, kommst du?" Sie flehte ihn mit bittenden Augen an. Oofiel lächelte.

„Aber natürlich", antwortete er, „ich komme wieder, wir kommen alle wieder."

„Was meinst du damit?", fragte Ida mit klopfendem Herzen.

„Das wirst du beizeiten wissen", der Engel spreizte seine Schwingen und erhob sich in die Lüfte. „Mach dir keine Sorgen", rief Oofiel ihr zu und winkte. „Ich suche mir ein ruhiges Plätzchen, nicht weit von hier. Bis bald!"

„Bis bald!", rief Ida zurück und schluckte wieder. Mit Beklemmung im Herzen blickte sie ihm lange nach.

Oofiel flog über dichte Wälder und suchte nach einem geeigneten Ort, an dem alles geschehen konnte. Auch ihm war mulmig zumute, sehr mulmig sogar und – wenn er es recht bedachte – war auch er traurig. Er spürte das angenehme Ziehen in den Flügeln, fühlte den frischen Wind durch sein Gefieder blasen und seufzte. „Da habe ich mich nun endlich daran gewöhnt", sagte er leise, „und nun soll es schon wieder vorbei sein?" Er blickte in das Licht des bleichen Mondes und schluckte.

Sein Blick wanderte über die Wälder unter ihm, bis er unmittelbar vor sich eine kleine Lichtung ausmachen konnte. „Eine Wiese mit wilden Blumen und hohem, saftig grünem Gras", flüsterte Oofiel hingerissen, „wie auf dem Schild vom ‚Gras-Engel'." Er lächelte verlegen in sich hinein und landete. Seine nackten Füße strichen durch die weiche Flora, die im blassen Mondenschein leicht schimmerte. „Wenn ich jetzt noch einen Stab in die Hand nehme, sehe ich so aus, wie der Engel auf dem Gasthaus-Schild."

Doch nun wurde ihm schwer ums Herz. „Komm schon", ermutigte er sich, „es ist doch kein Weltuntergang. Du trittst wieder in die Existenz des Menschen, das ist doch etwas Herrliches. Oofiel ist hier fehl am Platz! Ein Federvieh, das von Ida ewig im Verborgenen gehalten wird, bis … na ja, bis sie stirbt und dann? Was machst du dann? Ja, Oofiel, was machst du dann?", fragte er kaum hörbar. „Es gibt kein ‚Dann'", antwortete er sich selbst, „es gibt nur ein ‚Jetzt!" – „Ja", seufzte Oofiel, „es gibt nur das ‚Jetzt'! Also gut, bringen wir es hinter uns." Er ordnete seine Schwingen, holte tief Luft und rief nach Azrael.

Kaum hatte er den Namen ausgesprochen, bereute er es auch schon. „Du Dummkopf", schalt er sich und klatschte sich mit der Handfläche gegen die Stirn. „Du hast doch noch genügend Zeit! Du kannst dich erstmal hinsetzen und diese Landschaft genießen. Das hätte dich beruhigt, ja beruhigt hätte es dich …" Der Engel stapfte nervös über die Wiese und raschelte aufgeregt mit seinen Schwingen. „Ach was, von wegen beruhigt. Du hättest dich nur noch mehr in die Atmosphäre von Ban hinein versetzt. Das hätte doch nur schmerzliche Erinnerungen gegeben. Das Menschsein ist schön, also brauchst du keine Angst zu haben. Bitte …", flehte er sein rasendes Herz an, „hab keine Angst, Azrael wird dir nichts Böses tun … lauf nicht weg! Oofiel! Tu dir einen Gefallen und bleib hier!" Er schüttelte resigniert den Kopf und blickte enttäuscht in das runde gleichgültige Gesicht des blassen Vollmonds.

„Ich kann nicht!", schrie er in die Nacht hinaus, „ich kann es einfach nicht. Bitte, komm ein andermal."

„Bleib hier!", drang es aus der Ferne sanft aber bestimmt an sein Ohr.

Oofiel geriet in Panik, spreizte die Flügel und erhob sich in die Lüfte. Ein Blick zurück, verriet ihm, dass ihm der Todesengel auf den Fersen war.

„Bitte, geh nicht", hörte er Azrael rufen, „Verfolgung birgt Anstrengung und Müdigkeit – und ein schweres Herz."

„Bitte", flehte Oofiel, „bitte komm ein anderes Mal!"

„Wovor fliehst du? Du verfolgst dich selbst!", hörte er Azrael antworten, „deine Dämonen finden dich überall. Überall! Stelle dich ihnen!" Tränen rannen Oofiel über die Wangen, als er alle Kraft und Energie in seine Schwingen leitete, um Azrael zu entkommen. „Wegfliegen ist zwecklos", drang es an sein Ohr, „ich weiß, wo du bist! Ich sehe dich, ich rieche dich, ich schmecke deine Energie! – Aber du willst verfolgt werden? Bitteschön! Ich folge dir. Es ist dein Wille!"

Der Boden war steinhart. Oder war er aus Marmor? Sie bückte sich und betrachtete eingehend das Mosaik auf dem Boden. Wie schön – Hanne lächelte verzückt. Sie reckte den Kopf und ließ ihren Blick über die, mit allerlei bunten Mustern verzierten Wände, hoch zur Decke wandern. An einem kleinen, hellen Fleck blieb er hängen. Der Fleck erwies sich als ein kleines, kreisrundes Loch, welches einen Blick ins Freie gewährte.

Wo war sie? War es ein Gebäude, in dem sie stand? Konnte man dieses Gebilde, in dessen Mitte sie sich aufhielt, überhaupt als Gebäude bezeichnen? „Es sieht ein bisschen aus, wie ein Baumkuchen, der sich nach oben verengt und schließlich in dieses kleine Loch in der Decke mündet." Sie sah durch die Öffnung das Tageslicht blinzeln, welches in einem Rund zu ihren Füßen dieses prächtige Mosaik beleuchtete.

„Da kriegt man ja Nackenstarre", sagte sie laut und fuhr sogleich ob des fremden Klangs ihrer Stimme erschrocken zusammen. „Was ist das?", fragte sie laut. Ihre Stimme hallte durch den Raum, erreichte die Gänge und zog an den Wänden empor bis unter die Decke. „Äääh!", schob sie hinterher und presste erschrocken die Hände vor den Mund. „Huuuch", ihr Schrei echote zigfach von den hohen Mauern zurück. Sie glaubte ihren Augen nicht zu trauen, als sie sah, dass ihre zierlichen Hände in gelben, fingerlosen Handschuhen steckten, die nahtlos in die Ärmel eines blau-grünen Oberteils übergingen. Sie sah an sich herab und stieß erneut einen Schrei des Entsetzens aus. Wohin sollte sie zuerst schauen? Sie sah sich in einer hellblauen Hose, die in fremdartigem Schuhwerk steckte, um ihre Taille schlang sich ein dunkelblauer Gürtel. Ihre Oberbekleidung war am Rücken frei und ging in eine kleine Schleppe über, die sie nur erahnen konnte, weil etwas ihren Blick versperrte – irgendetwas, was sie am Rücken trug. „O je", Hanne griff sich an die Stirn. Sie wendete den Kopf zur Seite und prompt klatschte ihr ein Flügel ins Gesicht. „Aua!", schrie sie laut auf und torkelte benommen einen Schritt zurück.

„Hallo!", hörte sie es aus dem oberen Stockwerk rufen, „bitte nicht so laut, es gibt Leute, die wollen hier lesen!" Sie sah empor und blickte direkt in das Gesicht eines brünetten hochgewachsenen Engels, der ihr etwas irritiert zuwinkte.

„Was machst du denn?", fragte er und tippte sich mit seinem Finger an die Schläfe, „komm endlich!" Hannes Augen wurden groß und rund.

„Ich … äh, ich …", stammelte sie, während ihre Aufmerksamkeit vom Engel hin zum eigenen widerspenstigen Haar wanderte, dessen rote Löckchen ihr wirr ins Gesicht hingen.

„Mihr! Komm endlich!", hörte sie den Engel erneut herunter rufen. Hanne erschrak. Wie hatte er sie genannt? Sie verschob ihre Selbstbetrachtung und schaute den Engel einen Augenblick lang verdattert an.

„Ja, ich komme schon", hörte sie sich antworten und ehe sie recht wusste, wie ihr geschah, spreizte sie die Schwingen, erhob sich in die Lüfte und landete direkt vor den Füßen des brünetten Engels. Er war ähnlich gekleidet wie sie, nur größer und, wie gesagt, brünett!

„Ich sitze hier und warte und was machst du? Stehst dort und begutachtest deine Frisur!", er knuffte sie stirnrunzelnd in die Seite.

„Entschuldigung", hörte sie sich antworten, während ihr das Herz wild in der Brust pochte, „es war nur ... ich weiß nicht, gerade eben, ja ... hmm, es war so anders, verstehst du?"

„Was war anders?" Der hagere Engel hob die Augenbraue.

„Micah, ich kann es dir nicht direkt sagen, aber ich meine ...", Mihr räusperte sich, „bitte, halte mich nicht für verrückt, aber einen Augenblick lang habe ich mich angeschaut und fand meine Erscheinung sehr fremdartig und neu!"

„Inwiefern?", fragte Micah neugierig.

„Ich weiß es nicht mehr", Mihr zuckte die Achseln.

„Naja, das wird sich schon finden, ich meine, die Ursache dieser skurrilen Begebenheit", fügte er an, „nun lass uns nachschauen, ob wir in dem Buch nicht nur Informationen, sondern auch ein Bild von Gottes Handschrift finden. Vielleicht haben wir ja Glück!"

Mihr rieb sich begierig die Hände, derweil Micah mit gedämpfter Stimme wortreich von seinem Traum schwärmte, Gott einmal persönlich kennenzulernen. Sie verließen den Gang und betraten gemeinsam einen Saal, dessen Ausmaß Mihr in schieres Staunen versetzte.

„Diese Bibliothek", hörte er Hanne staunend sagen, „ist so unheimlich groß. Dabei sieht das Gebäude so eng und klein aus!"

„Groß? Eng? Klein?", warf Micah verdutzt dazwischen, „was ist ‚groß'? Und was ist ‚eng'? Was bedeutet ‚klein'?" Er blieb abrupt stehen und blickte Mihr verwirrt an, der sich ratlos am Kopf kratzte und nach einer Antwort suchend in die Leere starrte.

Lautes Rasseln brachte Mihr nun vollständig aus dem Konzept, er öffnete die Augen, und stellte fest, dass es höchste Zeit war aufzustehen! Hanne schaltete den Wecker aus und rieb sich den Schlaf aus den Augen. „Was war das bloß? Gerade eben ...", murmelte sie verschlafen. „Das war ein Traum. Ich habe geträumt, dass ich in diesem Traum ...", ihr Herz lieb vor Aufregung fast stehen, „dass ich Mihr war! Ein ...", sie rief sich die Bilder in Erinnerung, „ein kleiner, rothaariger Engel mit heller Haut und Sommersprossen – ja! Und der andere? Wie habe ich den genannt?" Hanne kratzte sich nachdenklich am Kopf. „Irgendwas mit Em. Mi... Michael? Nee, nicht Michael, ein anderer. Mihr bin ich und der andere? Mi... Mi... Mikail? Nein, das ist der muslimische Michael. Nein, Michael war es definitiv nicht, alsooo ... – Na ja, egal, jedenfalls war er brünett und hochgewachsen, riesig im Vergleich zu mir. Mihr und Mi..."

Noch immer vor sich hinbrütend erhob sich Hanne aus dem Bett und begann sich anzuziehen. Nach der Morgentoilette ging sie zu ihrer Mutter in die Küche, wo sie sich nach einem knappen Gruß niederließ.

„Hanne, was ist los? Du bist so still heute Morgen!", trällerte Doris frohgelaunt, „sonst plapperst du mir doch auch die Ohren voll."

„Ach, Mama, mir geht's gut. Ich suche nach dem Namen eines Freundes – glaube ich, aber er will und will mir partout nicht einfallen."

„Ein Freund?", fragte Doris argwöhnisch und blickte Hanne von der Seite an, „du scheinst ihn lange nicht getroffen zu haben, wenn du nicht mehr weißt, wie er heißt."

„Ja, Mama, ziemlich lange. Er war mein Freund in äh ... na ja, in meinen Jugendtagen. Und heute Nacht habe ich von ihm geträumt. Ich frage mich, wie es ihm wohl geht und wo er wohl sein mag. Aber ich komme nicht auf seinen Namen."

„Hast du einen Buchstaben? Wie fängt er denn an?", wollte Doris wissen, während sie den Kaffee eingoss. „Mi...", gab Hanne vor.

„Michael?"

„Nein, eben nicht! Kein Michael, anders. So ähnlich wie Michael, aber anders!"

„Was anderes fällt mir nicht ein", sagte Doris achselzuckend, derweil sie an ihrem Kaffee nippte.

„Na toll", maulte Hanne, „so weit war ich auch schon!"

„Vielleicht fällt er dir im Laufe des Tages ein", munterte Doris ihre Tochter auf.

„Ja, mal schauen, vielleicht", lächelte nun auch Hanne zuversichtlicher.

„Und du?", fragte sie Doris nach einer Weile, „was hast du zu berichten?"

„Hmmm, so viel ist ja nicht los bei mir …", begann Doris, während sie sich ein Wurstbrötchen schmierte, „Ach ja, Nachbars Katze geht's wieder gut!"

„Petras Kater?"

„Weißt du nicht mehr? Letzte Woche hatte er einen Erstickungsanfall, nachdem er Katzengras gefressen hatte. Die arme Petra war ganz aufgelöst. Der Arzt konnte auch nichts feststellen. Sie haben dem Tier Blut abgenommen und nun ist klar, dass der Mika eine allergische Reaktion hatte, vermutlich wegen des Grases! Stell dir vor, das arme Tier, hat eine Allergie!" Hanne hörte gar nicht mehr zu, über ihren Rücken jagten Schauer.

„Wiiie hieß der Kater?", presste sie hervor.

„Mika", antwortete Doris verwundert, „warum fragst du?"

„Der Freund!", sie stöhnte befreit auf und strahlte erleichtert, „ich meine, mein Freund, weißt du? So hieß er! Genauso, aber der Name wird merkwürdig geschrieben: Micah! Em-I-Ce-A-Ha!" Hanne erhob sich von ihrem Stuhl und machte einen Luftsprung. „Danke Mama", jubelte sie hocherfreut und fiel Doris um den Hals, die gar nicht wusste, was sie zu der unverhofften Freude ihrer Tochter beigetragen hatte.

„Jetzt kann es nicht mehr lange dauern, bis ich ihn wiederfinde", lachte Hanne, „mal schauen. Bin gespannt, wo er sich bisher herumgetrieben hat und was er erlebt hat und, nun ja … weißt ja, ne?" Hannes Augen leuchteten.

„Komisch, ich kann mich an keinen Micah aus deinen Jugendtagen erinnern", murmelte Doris, die die Begeisterung ihrer Tochter durchaus nachvollziehen konnte, wenn sie sie auch nicht gerade teilte.

„Ist gaaanz lange her, Mama, ganz lange", kicherte Hanne.

„Hmm", sinnierte Doris, „war wohl eine Bekanntschaft aus dem Kindergarten. Naja, schön für dich, ich wünsche dir viel Glück, dass du ihn wiederfindest", schloss sie sich schließlich ihrer Tochter an.

„Was hast du jetzt vor?", wollte sie nach einer Weile wissen.

„Na, Bewerbungen schreiben, Mama, weißt du doch, und dann gehe ich arbeiten, zu diesem Minijob im Kaufhaus. Heute Abend gehe ich mit Freunden etwas trinken! Ich freue mich schon, war lange nicht mehr aus!"

„Ja, mach das", meinte Doris erfreut. „Hast du schon Antwort auf die anderen Bewerbungen erhalten?"

„Teilweise", antwortete Hanne wegwerfend, ihre Augen verdunkelten sich, „ein paar Absagen, ein paar Vertröstungen, sonst nichts. Ich hoffe noch auf ein Einstellungsgespräch."

„Nicht aufgeben", ermunterte Doris ihre Tochter und strich ihr sanft über die Wange, „trink jetzt deinen Kaffee aus und iss dein Brot, Kind!" Hanne biss herzhaft in ihr Brötchen.

‚Micah, wo bist du?', fragte sie in Gedanken, als sie später vor ihrem PC saß und die Stellenanzeigen durchsuchte. Sie fühlte in sich hinein und meinte für einen kurzen Augenblick zu wissen, wo er war. Als sie jedoch versuchte, dieses Gefühl in einen Gedanken zu fassen, entschwand es ihr sofort wieder. „Mist!" rief sie laut. Ihr kam in den Sinn, dass die Engel es wissen könnten. Gerade wollte sie zu ihrer Frage ansetzen, als sie spürte, wie energetisch ihre Aufmerksamkeit auf den Bildschirm gelenkt wurde. Hanne empfand sich plötzlich wie ein kleines Kind, das an seinem ersten Schultag sanft ins Klassenzimmer geschoben wird, bevor sich hinter ihm die Tür geräuschlos schließt.

„Komm ... die Engel meinen es gut mit dir ...", murmelte sie leise, während ihre Augen über die Stellenanzeigen wanderten – die doch nur wieder jene waren, die sie gestern und vorgestern schon durchforstet hatte. „Wozu das Ganze überhaupt?", brummte sie, „da ist doch eh' nix." Sie wartete auf eine Antwort, doch die Engel erwiderten wie gewöhnlich nichts.

Stattdessen spürte sie eine sanfte Berührung auf ihrer linken Wange.

„Nur nicht aufgeben ... überlegen, wo ich noch schauen könnte ...? Freund Suchmaschine könnte es uns sagen, nicht wahr?" Hanne lehnte sich im Stuhl zurück kratzte sich nachdenklich am Kopf.

„Nein ... nicht ans Esoterikforum denken!", ermahnte sie sich. „Vielleicht sollte ich nach einem neuen Berufsfeld suchen. Probieren wir's doch mal mit ‚Sekretärin'!"

Es dämmerte bereits. Er war an einem Punkt angekommen, an dem er sich eingestehen musste, dass er völlig erschöpft war. Seine Flügel brannten heiß und von der Stirn rann ihm der Schweiß. Oofiel ließ seinen Blick über die Landschaft wandern, auf der Suche nach einer Landemöglichkeit. ‚Hier geht es nicht', dachte er müde, ‚hier in der Stadt sind zu viele Menschen, zu viele Autos, zu viel Störung. Ich brauche dringend Ruhe! Vielleicht hinter der Stadt? Irgendwo wird sich doch ein Plätzchen finden, wo ich landen und ruhen kann und er …', seine Augen suchten in weitem Umkreis das Firmament ab, ‚wo er nicht in der Nähe ist. Er meinte, er findet mich überall!' Sein Herz pochte hart in der Brust und Verzweiflung brannte in ihm und breitete sich aus. Alles in ihm verzehrte sich nach Frieden. Am klatschnassen Haar, das in Strähnen auf der Stirn klebte, floss ihm das Wasser in die brennenden Augen und behinderte die Sicht. Die Kleidung hing feucht und bleischwer an ihm herunter. „Wo kommt nur der viele Schweiß her?" wunderte er sich. „Ach ja, das Wasser!", keuchte er benommen, „es hat sich beim Duschen mit mir vereint. Jetzt verlässt es mich wieder. Warum? Das teure Nass! Warum gehst du? Bleib bei mir", bat er heiser.

„Du bist nicht im Fluss", hörte er es in sein Ohr rauschen und er verstand.

„Ja, das stimmt. Was kann ich tun?"

„Stelle dich dir selbst", antwortete das Element. Aus kleinen Rinnsalen strömte es ihm in die Augen und machte es ihm fast unmöglich, etwas zu sehen. Er wischte sich mit dem Ärmel über das Gesicht. Ein vergeblicher Versuch, denn sofort floss, lief, tropfte es weiter. Als er ahnte, dass er, nun schon fast blind, nur noch durch die Lüfte torkelte, blieb ihm nichts anderes übrig, als zu landen – egal, wo es nun war! Er verlangsamte seinen rasanten Flug, wurde zögerlicher, wischte sich noch einmal die Augen und steuerte eine frisch gestutzte Wiese an. Sie war von einer Gasse umgeben, welche sich durch dichte Baumreihen zog. „Glück gehabt, ich bin im Schlosspark gelandet", keuchte Oofiel und floh sogleich aus dem grellen Scheinwerferlicht, das die Wiese beleuchtete. Er versteckte sich in den dichten Büschen und Sträuchern des Parks. Hier im Verborgenen gönnte er sich endlich den Luxus, sich niederzulassen und sich etwas auszuruhen. Wie viel Uhr mochte es sein? Er hatte keine Zeitvorstellung. Eine ganze Weile war es her, da er sich von Ida verabschiedet hatte. Er erinnerte sich an sein Versprechen, bald wiederzu-kommen und fühlte sich elend dabei.

„Ich bin ein jämmerlicher Feigling!", schalt er sich, „ich habe so eine Hei-denangst vor dem Engel. – Aber ich will nicht sterben." Es fröstelte ihn, er wünschte sich nichts sehnlicher, als wieder zu Hause zu sein und gemütlich im ‚Gras-Engel' etwas zu trinken. Um ihn herum war es dunkel und still – zu still, stellt er fest. Außerdem war es fürchterlich kalt. Sein Blick wanderte in die Baumwipfel, er horchte. War da nicht etwas? Womöglich ein Flügelschlag? A… – Oofiel wagte es nicht, den Namen auch nur zu denken. Gedanken sind Energie und ein Engel kann sie wahrnehmen. Da! Da war es wieder! Oofiel spürte, wie ihm das Blut aus dem Gesicht wich! „Reiß dich zusammen", er-mahnte er sich. Er hatte sich vom Rauschen der Blätter erschrecken lassen. Er legte sich bäuchlings auf den Boden und obwohl das Erdreich kühler als die Luft um ihn herum war, wärmte es ihn doch. ‚Seltsam', dachte Oofiel, wäh-rend seine bernsteinfarbenen Augen über die Grashalme wanderten, die ihm sanft seine Nasenspitze kitzelten. „Die Erde fühlt sich warm an, obwohl sie doch kühl ist …" Der Engel runzelte die Stirn und seufzte erleichtert in das Gras hinein. Keine Frage, er fühlte sich wohl! So wohl wie schon lange nicht mehr. Er schmiegte sich tiefer in den harten Grund, der ihm weich und sicher vorkam. Oofiel spürte, wie sich sein rasendes Herz endlich beruhigte. Er spreizte ein wenig seine Schwingen, so dass sie ihn bedeckten und schloss die Augen.

„Böah! Ich glaube, ich habe etwas zu viel getrunken! Na ja, hab meine Freunde ja auch lange nicht mehr gesehen", murmelte Hanne in die Dunkelheit und fasste sich an den Kopf. Die Umgebung drehte sich wie ein Karussell. Sie verfluchte ihren Einfall, den Heimweg ausgerechnet durch den Schlosspark angetreten zu haben.

„Ich habe keine Ahnung, was mich hierher getrieben hat", sprach sie zu den Bäumen, „eigentlich müsste doch der Park schon abgeschlossen sein! Es muss schon bald zwei sein und sonst sperren sie um zehn schon ab. Na ja, hier bin ich also! Hanne, du solltest mit dem Trinken aufhören, das hier ist ein heftiges Kaliber, verstehst'?" Sie wankte weiter und kicherte leise vor sich hin. „Ob-wohl – so betrunken bin ich gar nicht, nicht wahr? Ich kann mich immer noch gut artikulieren und geradeaus laufen … Aber es fehlt nicht mehr viel. Ich glaube, ein Bierchen mehr und ich wäre …", plapperte Hanne und fasste sich mit zusammen gepressten Lippen an den Magen, in dem der Alkohol bedenklich hin und her schwappte. „Andererseits", meinte sie mit erhobenem Zeigefinger an den Bäumen gerichtet, während sie sich um eine stolze Körperhaltung bemühte, „man muss ja mal merken, wie sich so ein Alkoholrausch anfühlt. Ist nicht so schlecht. Wisst ihr, da bei uns da, da kannst du so viel trinken, wie du willst und wirst nicht betrunken, aber hier", Hanne rülpste laut und blieb stehen, „hier ist das was anderes … Böah, ich muss erstmal stehenbleiben, das Zeug in meinem Magen, nee, das steigt mir gerade zu Kopf, hicks!" Sie wankte zu einem der Bäume und ließ sich an seinem Stamm nieder. Hanne lehnte benommen ihren Kopf zurück, schloss die Augen, und es dauerte keine zwei Minuten, da war sie eingeschlafen.

„Hanne, Hanne, wach auf!", raunte eine Stimme in ihrem Kopf, aber Hanne war gerade nicht da. „Hanne!", wiederholte die Stimme lauter, wieder keine Reaktion. „MIHR!", schrie es und noch ehe es sich Hanne versah, stand sie auf den Beinen. „Was? Was?", noch im Halbschlaf rieb sie sich verdattert die Augen. Wo war sie? Sie sah sich um, alles schien in Ordnung. Sie befand sich immer noch im Schlosspark, aber nun saß sie nicht mehr unter dem Baum, sondern stand irgendwo in der Gegend herum. „Ihr könnt mir nicht sagen, wie ich hierher gekommen bin?", fragte sie die Bäume verwirrt. Die Antwort war das Rascheln der Blätter. Sie musste wohl von ihren Beinen hierher getragen worden sein. Hanne massierte sich die Schläfen. „Ich dachte, dass sich das Schlafwandeln seit einigen Jahren erledigt hat", murrte sie müde, „hmm … anscheinend doch nicht … wenigstens bin ich wieder halbwegs nüchtern."

Ein kurzer Blick auf das Display ihres Handys verriet ihr, dass es beinahe vier Uhr Morgens war. „Uii, ich muss ja nach Hause", rief sie erschrocken aus, „hoffentlich ist Doris schon im Bett und hat nicht wieder vor der Kiste gewartet." Sie ließ ihren Blick umherschweifen und konnte noch orten, wo sie sich in etwa befand. „Ist ja gar nicht mehr so weit, hoffentlich ist das Tor noch offen – wer weiß, wann sie aufschließen? Püh, dann klettere ich eben übers Tor, obwohl das ziemlich hoch ist. Ach was, schau'n wir mal!" Entschlossen stapfte sie weiter.

Ein leises Knacken im Geäst ließ Oofiel abrupt auffahren. Irgendetwas war da – und es war ganz in seiner Nähe. Der Engel spitzte aufmerksam die Ohren und lauschte einige Augenblicke lang regungslos in die Umgebung. Nichts, offenbar hatte er sich getäuscht. Vielleicht war es auch nur ein Tier gewesen, er war hier schließlich im Park. Langsam entspannte er sich wieder und seufzte erleichtert auf. „Du machst dich nur selbst verrückt", murmelte er leise in sich hinein. Wenigstens waren Haar, Körper und Kleidung endlich getrocknet. Lange konnte er nicht mehr liegenbleiben, bald würde es hell werden und der Park würde sich beleben. Er spreizte die Schwingen und stellte zufrieden fest, dass sie nicht mehr schmerzten. Er konnte also weiterfliegen, aber wohin? Seine bernsteinfarbenen Augen wanderten durch die Baumwipfel zum wolkenlosen Himmel und blieben am Mond hängen, der sein fahles Licht über das Blattwerk ergoss und den Boden zu Oofiels Füßen beleuchtete.

Plötzlich hörte er wieder ein Geräusch.

„Was war das?", erschrocken schaute er um sich, „oder halten mich raschelnde Blätter wieder zum Narren? Nein!", Oofiel hielt den Atem an: Schritte, ja, er konnte ganz deutlich Schritte vernehmen! Da sprach doch jemand? Er kniff seine Augen zusammen und erblickte eine zierliche Person, die den schmalen gepflasterten Weg entlanglief und offenbar allein war. Mit wem redete sie?

„Flügel müsste ich haben", hörte er die junge Frau referieren, „dann müsste ich jetzt nicht laufen! Die Straßenbahnen fahren auch nicht mehr. Bleibt das Tor. Nun ja! Ich meine", die Person blieb stehen, „ich habe ja Flügel, eigentlich! Ich könnte … nein, Mihr, du bist ein Mensch, du kannst nicht fliegen, lass den Unsinn!"

„Mihr?" Oofiels Augen wurden groß und rund.

„Obwohl … probieren kann ich's ja, sind schließlich energetische Schwingen, vielleicht gelingt es Mihr ja!", Hanne lachte leise und schüttelte den Kopf, derweil sie ihre imaginären Flügel schwang. In seinem Schlupfwinkel verfolgte Oofiel ihr Treiben und hatte eine Idee!

„Du wirbelst nur heiße Luft auf", hörte Hanne plötzlich jemanden sagen und fuhr erschrocken um.

„Wer ist da?", fragte sie klopfenden Herzens in das Dunkel hinein. Oofiel wagte es noch nicht, sich zu zeigen.

„Oofiel", antwortete er aus dem Verborgenen, „kennst du mich noch?", er machte ein Pause, ehe er bedeutungsschwer fortfuhr: „Mihr?" Hanne wurde kreidebleich.

„Woher weißt du, wer ich bin? Wer bist du?", fragte sie und wich unmerklich vor dem Fremden zurück.

„Oofiel", rief er, diesmal lauter. Hanne schluckte. „Der Bruder von Ooniemme und Jofiel", präzisierte der Engel. Als er den Namen seines Schutzengels aussprach, erinnerte er sich an sein Versprechen, vor Azrael nicht zu fliehen. Beklemmung stieg in ihm auf, doch gleich wischte er sie beiseite und seine Aufmerksamkeit richtete sich wieder auf die Frau, die auf den Namen Mihr hörte.

Hanne ordnete ihre unsichtbaren Schwingen und kratzte sich nachdenklich am Kopf. Woher sollte sie diesen ... Engel kennen? Jofiel, der Erzengel, dieser Name war ihr bekannt, aber Ooniemme und Oofiel? Was waren das für Typen? Hanne versuchte sich krampfhaft zu erinnern, aber ihr Kopf war wie leergefegt.

Oofiel merkte, dass sich Mihr nicht an ihn erinnerte. „Du warst doch in der Bibliothek, oder?", fragte er die Frau.

„Bibliothek, er weiß von der Bibliothek", murmelte Hanne leise, „dann muss er wohl doch dieser O... Oofiel sein ... – Ja!", antwortete sie schließlich laut und raschelte nervös mit den unsichtbaren Schwingen.

„Wenn ich nicht unterwegs war, habe ich in der Bücherannahme gearbeitet, weißt du noch?", rief ihr Oofiel aus seinem Versteck zu. Mihr erinnerte sich.

„Komm heraus", rief er. Oofiel trat aus seinem Versteck. Hanne zuckte bei dem Anblick erstaunt zusammen.

„Was für ein wunderschöner Engel", dachte sie hingerissen. Gleichzeitig fragte sie sich, warum sie ihn sah – üblicherweise hatte sie aus der Engelwelt kaum mehr als Berührungen wahrgenommen.

„Du ... du", stammelte sie leise, während ihr Blick in seinen bernsteinfarbenen Augen ruhte. „Was möchtest du denn hier? Bist du meinetwegen hier? Hast du mir etwas mitzuteilen?"

„Ich brauche ganz dringend deine Hilfe", unterbrach sie der Engel, „du musst mich hier wegbringen, ja? Bitte. An einen sicheren Ort, dahin, wo mich niemand sieht. Es wird bald hell und der Park wird sich füllen. Bitte!"

„Aber, warum bist du hier und nicht zu Hause?", fragte Hanne verwirrt.

„Das erkläre ich dir, wenn wir in Sicherheit sind, ja? Bitte bring mich fort, vielleicht zu dir nach Hause?"

„Das geht nicht", antwortete Hanne, „ich wohne mit meiner Mutter zusammen, wenn die dich sieht, flippt sie aus." Oofiel rieb sich nachdenklich das Kinn. Azrael würde ihn zweifelsohne suchen, aber bestimmt nicht bei Hanne zu Hause – Mutter hin, Mutter her! Er würde sich still verhalten und in der folgenden Nacht weiterfliegen.

„Die schläft doch bestimmt", warf der Engel ein, „ich bin sicher, dass du mich unentdeckt in dein Zimmer bringen kannst, du hast doch ein Zimmer, oder?"

„Ja", antwortete Hanne verdutzt, „aber ..."

„Nichts aber", unterbrach er sie, „du willst mir doch helfen, nicht wahr? Mihr?"

„Äh, weiß nicht, ich ... ja, im Grunde genommen schon, nur ..."

„Bitte!", bettelte der Engel mit dem bernsteinfarbenen Haar.

„Okay", ließ sich Hanne schließlich erweichen und trat seufzend auf Oofiel zu.

„Pass auf", begann Hanne nach einer Weile und blickte zu dem großen Engel auf, „ich kann nicht fliegen. Meinst du, du kannst mich tragen? Dann fliegen wir zu mir nach Hause. Laufen geht auch. Es wird aber bald hell und normale Menschen werden dich sehen können – und eines steht fest!" Die kleine Frau blickte Oofiel scharf an: „Irgendetwas stimmt eindeutig nicht mit dir!" Oofiel blickte verlegen zu Boden, dann erhellten sich seine Gesichtszüge und er nickte heftig.

„Ja, wir versuchen es", sagte er und hoffte innbrünstig, dass Azrael sie während ihres Flugs nicht erwischen würde.

„Versuchen ist zu wenig!", meinte Hanne ernst, „kannst du es oder kannst du es nicht?" Oofiel räusperte sich. Er hatte eine solche Situation noch nicht erlebt und nie darüber nachgedacht. Doch was blieb ihm im Moment anderes übrig? Der Morgen begann bereits zu dämmern, also nickte er heftig. Hanne runzelte die Stirn.

„Also gut. Ich stelle mich mit dem Rücken zu dir", sagte sie, „und du packst mich und hältst mich am Bauch umschlungen, ja?" Hanne wunderte sich über ihre eigenen Worte, ließ aber alles geschehen. Oofiel nickte. Er trat auf Hanne zu und schloss seine starken Arme um sie. Sein Griff war fest und sicher.

„Und nun, los!", bestimmte sie. Oofiel spreizte die Schwingen und machte sich zum Start bereit. Mittlerweile hatte er im Fliegen Routine entwickelt – mit einem Passagier war er jedoch noch nie gereist. Angespannt verfolgte Oofiel seine Bewegungen.

Als sie sich langsam in die Lüfte erhoben, wurde sein Griff fester. Hanne ächzte auf.

„Das machst du gut", sagte sie, „aber drück nicht so fest zu, mir bleibt die Luft weg."

„Entschuldigung", hörte sie, „ich bin es nicht gewohnt, jemanden an Bord zu haben … und ich will ja nicht, dass dir etwas passiert."

„Vertraue dir selbst, Oofi!", antwortete Hanne, „dann klappt es, wirst schon sehen!" Oofiel nickte, seine Anspannung ließ nach, sein Griff lockerte sich ein wenig und nun ging es zügig voran. Je höher sie flogen, desto mehr genoss Hanne dieses Erlebnis.

„Welch wunderschöne Aussicht", staunte sie, als sie den Schlosspark verließen und über Häuserdächer flogen. „Schade, dass ich nicht fliegen kann", seufzte sie. „Weißt du, ich kann meine Flügel im Moment leider nicht benutzen, ja, ich sehe sie ja nicht einmal!"

„Sie sind sehr schön", hörte sie Oofiel sagen.

„Ja, das sagen alle, die sie sehen können", seufzte Hanne, „andererseits, was soll ich als Mensch auch mit Flügeln? Im Alltag würde ich nur darüber stolpern. Aber …", Hanne stockte, als sie sich erinnerte und ihre Augen begannen zu leuchten, „ich hatte neulich einen Traum. Ich habe gesehen, wie ich als Mihr aussehe und ich bin geflogen und – du wirst es nicht glauben – ich habe meinen alten Freund, Micah, gesehen!"

„Micah?" Oofiel gab einen überraschten Laut von sich.

„Was ist?", fragte Hanne neugierig „kennst du ihn?"

„Du heißt Mihr und dein Freund heißt Micah, ja?", hörte sie Oofiel fragen.

„Ja, so war mein Traum. Warum fragst du?"

„Nun", fuhr der Engel fort, „ich habe eine Freundin, sie heißt Ida, und Ida wollte unbedingt wissen, wie ihr Engel-Name lautet. Da fragte sie ihren Begleiter, den Michael."

„Michael ist ihr Begleiter?", fragte Hanne erstaunt.

„Ja", antwortete Oofiel.

„Und? Hat er ihr den Namen verraten?", Hanne glaubte die Antwort bereits zu kennen und platzte fast vor Neugier.

„Er sagte das gleiche, was ich ihr schon erklärt habe. Keine Ahnung, woher ich das wusste, aber wir beide sagten ihr, dass Mihr die Antwort kennt! Und nun läufst du mir über den Weg und nennst mir seinen Namen, ist das nicht witzig?" Hannes Herz pochte wild in der Brust.

„Ehrlich? Ist das wirklich wahr? Ida ist mein Freund Micah?", sie war ganz aufgewühlt und drehte ungeschickt den Kopf, um einen Blick auf ihren Begleiter zu erhaschen. Oofiel lächelte.

„Jetzt weiß ich, warum wir uns getroffen haben!", meinte Hanne befriedigt.

„Ich möchte sie gern kennenlernen", fuhr die kleine Frau fort und klatschte begeistert in die Hände.

„Ja, das können wir machen", Oofiel nickte. ‚Ich sollte mich nicht so echauffieren', dachte er, ‚was kann mir A... – ach lassen wir das!' Er wischte den Gedanken beiseite und drehte übermütig eine kleine Pirouette.

„Da unten!", rief Hanne und zeigte mit dem Finger auf ein Haus, „dort wohne ich. Der Balkon wird zu klein sein, um dort zu landen, daneben liegt das Zimmer meiner Mutter. Wir müssen wohl oder übel vor der Haustür landen. Hoffentlich sieht uns niemand. Aber vielleicht können dich normale Menschen sowieso nicht wahrnehmen?" Der Engel räusperte sich. Es war ihm äußerst unangenehm, mitten in der Wohnsiedlung zu landen. Doch was blieb ihm anderes übrig? Also setzte er vorsichtig zur Landung an.

Hanne kramte so schnell sie konnte, die Schlüssel hervor und öffnete die Tür, während ihr Freund nervös von einem Bein auf das andere trat.

„Wir müssen sehr leise sein", flüsterte sie, als sie auf dem Gang standen. Wegen des riesigen Flügelpaares blieb ihnen die Fahrt mit dem Aufzug verwehrt und sie mussten die Treppe benutzen. „Ziehe deine Flügel ein. Es ist ziemlich unangenehm, wenn man damit über die Wände schleift", empfahl ihm Hanne. „Sobald wir oben sind", fuhr sie fort, „sehe ich nach, ob meine Mutter im Bett ist oder noch vor dem Fernseher liegt." Oofiel nickte und folgte den Anweisungen seiner kleinen Begleiterin. Der Treppenaufgang war wirklich ganz schön eng.

Schließlich standen sie vor einer hell gestrichenen Haustür, deren Spion dem Engel gerade bis zur Brust reichte. Hanne öffnete geräuschlos die Tür und lugte zögerlich in den Korridor. Vorsichtig linste sie ins Wohnzimmer.

„Mist, Mist", schimpfte sie leise als sie wieder bei Oofiel war. „Sie liegt vor der Glotze! Aber sie schläft. Tief und fest!" Hanne atmete tief ein und aus.

„Siehst du dort hinten?", begann sie und wies in den Korridor, „die letzte Tür links?", der Engel nickte. „Das ist mein Zimmer! Da gehst du hinein!", Hanne stockte und fuhr nach einer kurzen Pause erklärend fort: „Wenn du jetzt durch den Korridor gehst, dann wirst du erstens, keinerlei Geräusche verursachen und zweitens, dich von Doris nicht erwischen lassen, okay?" Der große Engel wurde bleich, sein Blick fragte: „Warum gehst du nicht zuerst hinein?" Hanne ging nicht darauf ein.

„Du schlüpfst ins Zimmer und dann komme ich nach! Ich wecke Doris und bringe sie ins Bett. Und du verhältst dich mucksmäuschenstill!" Die Augen der kleinen Frau ruhten ernst auf dem Gesicht des Engels, der sie unsicher anschaute. Schließlich nickte er und sammelte all seinen Mut zusammen. Dann atmete er noch einmal tief durch und tat, was Hanne ihm aufgetragen hatte.

Als er eben die Tür hinter sich geschlossen hatte, drehte Doris gerade den Kopf und blinzelte verschlafen in das Gesicht ihrer Tochter. Hanne nickte zufrieden und schaltete den Fernseher aus.

„Hanne, da bist du ja", Doris rieb sich müde die Augen.

„Ja, Mama, ich bin es", antwortete sie. „Komm, ich bring dich ins Bett, ist schon spät!" Doris spähte durch das Fenster.

„Es wird doch nicht etwa schon hell?", fragte sie erstaunt, „warst du so lange weg?"

„Ja, die Bahnen fuhren nicht mehr und ich musste zu Fuß gehen", antwortete Hanne.

„Oh je, ein, zwei Stündchen im eigenen Bett wären nicht schlecht", meinte Doris verschlafen und rieb sich den schmerzenden Rücken. „Seltsam", fügte sie nachdenklich hinzu, „ich hätte schwören können, dass …"

„Was denn, Mama?" Sie schob ihre Mutter sanft in Richtung Schlafzimmer.

„Ich weiß nicht, aber …", Doris stockte, „ich könnte schwören, da war ein Engel im Korridor!"

„Engel im Korridor?", kicherte Hanne mit gespielter Heiterkeit, „du spinnst!" Sie tippte ihrer Mutter lachend an die Stirn.

„Ja", kicherte Doris und betrat ihr Schlafzimmer, „bei mir fängt es auch schon an!"

„Gute Nacht!", rief Hanne ihrer Mutter zu und gab ihr einen Kuss auf die Wange.

„Nacht!", antwortete ihre Mutter und gähnte herzhaft, während Hanne die Tür leise hinter sich schloss. Sie atmete erleichtert auf und ging in ihr Zimmer. Staunend hielt sie inne, als sie den Engel nun in voller Größe da stehen sah. Sein Kopf reichte fast bis an die Decke.

„Setz dich doch", bat sie ihn, „und jetzt erzähle mir, was passiert ist." Hanne machte es sich in ihrem Bürostuhl bequem und sah Oofiel aufmerksam an. Nun war er also an der Reihe, er fühlte sich bedrängt und kratzte sich errötend am Kopf.

„Also …" begann er seufzend, „ich ääh … hmm." Die großen traurigen Augen verrieten Hanne, dass er sich elend fühlte.

„Ich bin ein kleiner abscheulicher Feigling", begann er schließlich, „ich bin ein Armleuchter. Als ob mir Azrael etwas antun würde … Pah!" Dann erzählte er seine Geschichte und Hanne hörte konzentriert zu.

„Dass so was möglich ist?", meinte sie nachdenklich, nachdem Oofiel seine Ausführungen beendet hatte. „Ich würde dir empfehlen nicht mehr vor ihm zu fliehen", riet ihm Hanne. „Bedenke doch", sie lächelte, „er hat dir einen riesigen Vorsprung gelassen."

„Wie?!", fragte der Engel verwundert.

„Na ja", fuhr sie fort, „er behauptete doch, er bräuchte nicht nach dir zu suchen. Er weiß immer, wo du bist. Er fühlt, riecht, hört, sieht und schmeckt dich. Da wäre es doch logisch, dass er dir den Vorsprung gelassen hat, weil er wollte, dass du mich vorher noch triffst."

„Aber warum soll ich dich treffen?" Oofiel sah sie ratlos an. Dann fiel es ihm wie Schuppen von den Augen. „Ach, du meinst … wegen Ida, nicht wahr?" Die kleine Frau nickte.

„Und damit du deinen Mut zusammennimmst und dich ihm stellst, denn eigentlich tut er dir nichts Schlimmes an. Angst solltest du wirklich nicht haben."

„Das sagst du so leicht dahin. Aber … aber es ist vielleicht sehr schmerz-haft", presste Oofiel endlich hervor, was ihn wirklich bekümmerte, „ich mei-ne, damals, als ich mich in das hier", er spreizte demonstrativ seine Schwingen, „verwandelt habe, da hat es so unendlich, so unendlich weh getan." Seine bernsteinfarbenen Augen ruhten ängstlich auf Hanne. Sie sah ihn mitfühlend an.

„Ich denke, Azrael wird das wissen", spekulierte sie nachdenklich, „ich glau-be nicht, dass es in seiner Absicht liegt, dir Schmerzen zu bereiten."

„Das hat mit Absicht nichts zu tun! Keiner will mir Böses und trotzdem bin immer ich es, der ständig leiden muss" Oofiel stand erregt auf. „Das ist … das ist … einfach ein Fakt!"

„Woher willst du das so genau wissen?" Hanne blickte ihn heraus fordernd an. „Bist du denn schon einmal von einem Engel in einen Menschen zurück-verwandelt worden?"

„Nein, das nicht. Aber … umgekehrt!"

„Ich weiß, ich weiß, das ist etwas anderes. Wenn du Azrael nicht vertraust, wem dann?", unterbrach ihn die kleine Frau sanft aber bestimmt.

„Und du?", lenkte Oofiel vom Thema ab, „du weißt also, dass du Mihr bist, ja? Fühlst du dich denn wohl in diesem Körper?" Er ließ seinen Blick über das – zugegebenermaßen attraktive – Äußere der jungen Frau schweifen.

„Ja, ich fühle mich wohl. Es hat eine kleine Weile gedauert, bis ich die Balan-ce gefunden habe, zwischen Mensch- und Engel-Sein, aber ich fühle mich nun ausgeglichen!"

„Aha. Du hast nicht das Bedürfnis wieder ‚Du‘ zu werden?", fragte Oofiel erstaunt.

„Ich bin schon ‚Ich‘!", antwortete Hanne, „ich war nie jemand anderes, und das da …", sie deutete auf die Flügel des Engels, „das vermisse ich schon und ich denke auch oft an Ban, aber hier, hier finde ich, lässt es sich auch gut le-ben. Auch wenn es noch Momente gibt, in denen ich die Wände hochgehe, weil scheinbar nichts klappt. Glaube mir", versicherte ihm das Frauchen noch einmal, „bis ich so weit war, hat es lange gedauert! Wenn wir mehr Zeit haben, erzähle ich dir gerne meine Geschichte. Doch jetzt sollten wir es tun." Sie sandte ihm einen auffordernden Blick und der Engel seufzte schwer.

„Noch eins: Wenn meine Mutter dich später neben mir im Bett liegen sieht, dann gib dich als neue Männerbekanntschaft aus, die ich nachts an ihr vorbei geschmuggelt habe." Hanne lachte über die verdutzte Miene Oofiels, ging zum Fenster und öffnete die Läden.

„Bitte, ich gebe dir den Vortritt", rief sie gedämpft, aber so, dass es deutlich zu hören war.

„Ich dachte, das sei zu eng", stammelte der Engel verdutzt, „der Balkon war doch ..."

„Für dich schon", grinste sie, „für ihn nicht!" kaum hatte sie ausgesprochen, da stand Azrael auch schon im Zimmer.

„Ich freue mich, dass du dich endlich entschieden hast", meinte er und schmunzelte ihn freundlich an. Oofiel nickte scheu. Er staunte nicht schlecht, als Azrael ihm gegenüberstand, der Todesengel reichte ihm gerade einmal bis knapp unter das Kinn.

„Er ist immerhin größer als ich", feixte Hanne, die Oofiels Reaktion amüsiert verfolgt hatte. Der Todesengel drehte den Kopf und blickte die kleine Frau mit grünroten Augen aufmerksam an.

„Du bist Mihr", stellte er fest, „und noch?"

„Hanne", antwortete sie und reichte dem Engel mit einer knappen Verbeugung die Hand.

„Ja, Hanne", freute sich Azrael und ergriff höflich ihre Hand. „Nun, Oofiel", er warf seinen Kopf in den Nacken, als er zu ihm aufschaute, „alias Sebastian, wollen wir beginnen?"

„Ja", antwortete dieser wehmütig. Seine Augen wanderten ein letztes Mal über seine Erscheinung als Oofiel, er seufzte schwer auf, ordnete die Schwingen und rief entschlossen: „Los!"

„Hanne, schließ die Augen und dreh uns den Rücken zu", wandte sich Azrael an sie. Sie nickte und folgte den Anweisungen.

„Darf ich auch die Augen zumachen?", fragte Oofiel unsicher.

„Es ist notwendig, dass du mich ansiehst", antwortete der Todesengel. Azrael trat ganz nah an ihn heran, streckte seine Arme aus und nahm Oofiels Kinn in seine Hände.

„Schön, dass du dich entschieden hast", sagte er noch einmal, „schau mich bitte an!" Oofiel blickte tief in seine großen Augen. Erstaunt nahm er wahr, wie sich beide Pupillen teilten, ähnlich einer befruchteten Eizelle. Ein Paar wanderte an die Augenränder, führte Energie heran, das andere ruhte nach wie vor auf ihm und strahlte Liebe und Geborgenheit aus, so dass er vollkommen darin versank. Was noch passierte, wusste der Engel später nicht mehr.

Hanne, die konzentriert gelauscht hatte, hielt sich erschrocken die Ohren zu. Zu spät, der ohrenbetäubende Knall dröhnte in ihr Hirn und schmerzte in den Gehörgängen – gleißendes, grelles Licht drang selbst durch die geschlossenen Augen in sie ein. Hanne fühlte den infernalischen Lichtstrahl körperlich, in jeder einzelnen Zelle. Den ganzen Raum durchfloss die Grelle, dass sogar die Baum-Elfen, die sich im Laubwerk vor dem Haus versteckt hielten, aufgeschreckt wurden. Aber auch die Haustiere einiger Anwohner, selbst Vögel und Kleintiere in der Umgebung – kurz, alles, was da kreucht und fleucht, fuhr zusammen und miaute und bellte, fiepte und schnatterte, summte und krächzte vor Schreck. Nur die Menschen schliefen weiterhin friedlich in ihren Betten – es sei denn, sie wurden vom Lärm der aufgeschreckten Fauna behelligt. Da Doris im geschlossenen Schlafzimmer lag und kein Haustier besaß, bemerkte sie von all dem Krach nichts und schlief, wie so viele, weiterhin einen tiefen, traumreichen Schlaf.

Oofiel war weit weg, er war in die Augen Azraels versunken, wie in einen tiefen See, der mit Geborgenheit und Liebe gefüllt war, in dem alles verging, um aus ihm wieder aufzusteigen und geboren zu werden. Gleiches meinte er auch in sich zu spüren: Er verging und kam wieder. Sein Kopf brach durch die Oberfläche des Wassers und tief sog er den Atem ein. Freudentränen benetzten seine Lider, er spürte einen starken, doch angenehmen Druck, der ihn aus dem Wasser und direkt vor das Angesicht des Todesengels zog, in dessen Augen er nun wieder blickte. Sie standen einander auf Augenhöhe gegenüber. Das erste, was Sebastian staunend wahrnahm: Er war kleiner geworden.

„Ist es vorbei?", fragte er den Engel unsicher.

„Es ist nie vorbei", antwortete dieser lächelnd, „aber fürs Erste schon!" Sebastian betastete sich und stellte fest, dass er wieder ein Mensch war.

„Sehe ich so aus wie vorher?", Azrael lachte leise auf.

Nun öffnete auch Hanne die Augen und drehte sich um. „Du siehst ja niedlich aus", sagte sie entzückt, „ein hübscher Kerl!"

„Was meinst du damit?", fragte Sebastian irritiert.

„Schau mal in den Spiegel", schlug ihm die kleine Frau vor. Der junge Mann drehte sich zum Spiegel um und zuckte vor Schreck zusammen. Was er da stehen sah, das war eindeutig er – und irgendwie doch nicht. Sebastian wandte sich abrupt ab. Zitternd betastete er seine Kleidung und knetete er die Hände. Dann fuhr er sich über das Gesicht, glitt mit den Fingern durch sein dichtes Haar, den Nacken entlang, hinunter bis zwischen seine Schulterblätter. „Ich vermisse meine Schwingen", flüsterte er mit melancholischem Unterton, während er Azrael mit seinen bernsteinfarbenen Augen bestürzt ansah.

„Komm", bat der Engel sanft und reichte ihm die Hand. Der junge Mann ergriff sie und ließ sich mechanisch zu Hannes Bett ziehen, wo er sich mit ihm zusammen niederließ.

„Ich fühle mich so schwer, wie ... wie ein Betonklotz. Im Vergleich zu meiner eigentlichen Gestalt, ist das hier ...", er sah bestürzt an sich herunter, „wie Stein. Du kannst dir nicht vorstellen, wie ..."

„Psst ...", unterbrach ihn der Todesengel sanft, indem er seinen Zeigefinger auf Sebastians Lippen legte. „Bemitleide dich nicht", sagte er leise aber bestimmt und schüttelte den Kopf. „Das wäre sehr schade." Sebastian runzelte die Stirn.

„Wenn ich könnte, würde ich selbst inkarnieren", gestand der Todesengel, „nur bin ich in meinem Job leider unentbehrlich." Ein wehmütiges Lächeln umspielte seine blauen Lippen. „Dir aber", fuhr er leise fort, „hat Gott, ebenso wie Mihr, das größte Geschenk gemacht, das ein Engel erhalten kann." Er lächelte milde. „Die Schwerkraft ist nur eins davon ..."

„Ja, vielleicht hast du Recht, das Leben als Mensch ist etwas ganz besonderes. Außerdem laufe ich mir als Engel ja nicht weg, nicht wahr?" Sebastian sah Azrael bittend an.

„Der beste Beweis mag die Farbe des Bernsteins sein, die immer noch an dir haftet", antwortete der Todesengel, während er mit seinen Fingern versonnen über die Decke strich. Sebastian war im Nu aufgestanden. Er rannte zum Spiegel und starrte ungläubig hinein.

„Tatsächlich", flüsterte er fasziniert, „ich habe Haar- und Augenfarbe behalten, das hatte ich gar nicht bemerkt."

„Ja", lächelte Azrael, „ein Geschenk an alle, die zurückkehren ..."

„Entschuldige", schaltete sich Hanne ein, die das Gespräch bisher aufmerksam verfolgt hatte. „Sag ...", sie räusperte sich umständlich, während sie mit dem Bürostuhl näher an Azrael heran rückte. „Machen das viele Menschen? Ich meine, haben viele Menschen versucht, sich mit Hilfe dieses Pulvers in Engel zu verwandeln?"

„Ja, einige. Man kann sagen", grübelte der Engel, derweil er sie mit rötlichen Augen nachdenklich ansah, „es ist so etwas wie ein Nebenjob für mich geworden. Schließlich ist dieses Rezept fast 600 Jahre alt, aber noch nie", der Engel formte mit seinen Armen einen weiten Bogen, „noch nie waren so viele Menschen so versessen darauf, es auszuprobieren wie heute. Es ist wie ... wie ein Engelboom. Früher hatten sie Angst, weil sie es für eine Sünde hielten. Heute hat sie wohl die Demut verlassen oder sie verachten ihr Menschsein so sehr, dass sie es einfach tun. Und längst nicht alle überleben diese Prozedur, und von denen, die sie überleben, gibt es eindeutig zu viele, die darüber verrückt werden ..." Trauer schwang in Azraels Stimme mit. Er seufzte. „Und ich bin dann immer der Bösewicht, der sie töten muss, der Todesengel, verstehst du? Dabei ...", er knetete seine kleinen, kräftigen Hände, „überführe ich sie nur von einen Zustand in einen anderen, eben das, was ich mit den Sterbenden auch tue." Hanne legte ihm freundschaftlich die Hand auf die Schulter.

„Ich glaube", meinte sie zuversichtlich, „ich glaube, es wird Zeit, die Menschen wieder daran zu erinnern, dass sie alle Engel sind, nicht wahr?" Sie bedachte ihn mit einem zärtlichen Blick. Er nickte.

„Vielleicht", wandte sich auch Sebastian an Azrael, „vielleicht tröstet es dich, wenn ich dir sage, dass die Rückverwandlung in einen Menschen überhaupt nicht weh getan hat."

Fahndung

Es stank abscheulich im Keller. Ida hatte ihre Arme in die Hüften gestemmt und begutachtete, mit gerümpfter Nase, das Chaos um sie. Die Windeln mussten umgehend entsorgt werden. Und die blutigen Laken und verschmutzten Hand- und Baumwolltücher? Ida überlegte, ob sie das Blut im Kochwaschgang herauskriegen würde und beschloss, es auf einen Versuch ankommen zu lassen – aber nicht jetzt! Jetzt würde sie erst einmal die Exkremente beseitigen, nur wie? Und vor allem, wo? In einem Sack im Hausmüll würden sie weiter stinken und womöglich gab es neugierige Gemüter, die gerne im Hausmüll der Ida B. wühlten? Seitdem sie einigermaßen prominent geworden war, hatte sie schon viel erlebt.

Da kam ihr eine Idee! Sie holte einen großen Sack, stopfte die Windeln hinein und ging ins Wohnzimmer. Dort entfachte sie ein Feuer im Kamin und warf die Windeln nacheinander hinein. Als das Feuer endlich anständig prasselte, öffnete sie die Fenster und ließ den übelriechenden gelben Qualm aus dem Raum. Anschließend schaufelte sie die Reste in einen Eimer und schüttete ihn im Wald aus, wo die Asche in alle vier Himmelsrichtungen verstreut wurde. Sie ging ins Haus, räucherte das Wohnzimmer mit Salbei aus und beseitigte alle Spuren. „So!", meinte sie, als endlich alles erledigt war, „jetzt dürfte nichts mehr zu finden sein und ehrlich gesagt, will ich auch nichts mehr davon wissen!" Ida rieb sich die Stirn und seufzte.

„Ich hoffe, das wird kein Migräneanfall", murmelte sie und stellte sich sogleich einen Kräutertee zusammen, damit es erst gar nicht dazu käme. „Jetzt werde ich mich erst einmal setzen", sie griff nach dem frisch gebrühten Tee und nahm im Sessel Platz. Erst jetzt fiel ihr auf, dass bereits zweieinhalb Tage vergangen waren, seit Sebastian sich von ihr verabschiedet hatte. „Wo er wohl sein wird? Ich hoffe, es ist ihm nichts passiert", grübelte Ida besorgt, „und Victor? Dieser elende Schuft! Ich frage mich, wo der sich wieder herumtreibt. Ich hoffe nur, dass er nicht auf die glanzvolle Idee gekommen ist, dieses Mittel selbst einzunehmen. Wie ich ihn kenne …", Ida stockte und schüttelte vehement den Kopf. „Nein, das wird er nicht tun. – Pah! Ich sehe ihn schon hier herumflattern – wenn er es denn überlebt!", murmelte sie sarkastisch.

Sie lehnte sich zurück und schloss die Augen. Kaum, dass sie ein wenig Ruhe fand, schoss ihr ein Gedanke durch den Kopf, der sie nicht mehr losließ: das Schicksal der ‚Amnistiker'.

„Ich muss mir etwas überlegen", flüsterte sie leise zu sich selbst, „irgendeine Alternative … Vielleicht eine Umstrukturierung, ein gemeinnütziges Projekt, dem die vielen Arbeitskräfte zugute kommen könnten – wenn ich sie denn von meinen neuen Plänen überzeugen kann. Andererseits kann ich niemanden zwingen, mir zu folgen und will es auch nicht. Ich brauche einen Projekt-Plan. Den kann ich vorlegen. Wer will, kann mitmachen und Ideen einbringen. Etwas … Gemeinnütziges? Etwas zum Wohle der Menschen." Pochender Schmerz durchbrach ihren Gedankengang. Ida biss die Zähne aufeinander.

„Du denkst zu viel, ruh dich … etwas aus, es wird … es wird die Zeit kommen, da können diese Gedanken reifen, aber jetzt nicht!" Sie trank ihren Tee in kleinen Schlucken und spürte wie der Schmerz in ihren Schläfen langsam nachließ.

Als sie sich besser fühlte, ging sie in den Keller, um nach der Wäsche zu schauen. „Ich bezweifle, dass ich Tücher, Laken und Kopfkissen sauber kriege", murmelte sie vor sich hin, „ich glaube, es wäre besser, sie zu verbrennen! Aber das mache ich besser draußen. Die Windeln stinken mehr, als ich dachte! Heute Abend scheint mir ein geeigneter Zeitpunkt zu sein", grübelte sie weiter. „Bis dahin werde ich mich ein wenig im Garten zu schaffen machen, das habe ich ohnehin zu lange vernachlässigt. Ein bisschen Unkrautjäten wird ihm gut tun und mich wird es auf andere Gedanken bringen." Wie, um ihre Einfälle zu loben, nickte sie sich selbst und dem Bastkorb mit der Schmutzwäsche zu und verließ den Raum. Draußen stellte sie erfreut fest, wie angenehm die Sonnenstrahlen über ihre Haut strichen. Es war warm, nicht zu heiß, der Himmel zeigte ein paar harmlose Schleierwolken. Sie holte die Gartengeräte aus dem Schuppen und machte sich an einem Blumenbeet zu schaffen. Sie war so vertieft, dass sie nicht bemerkte, dass Werner, der Freund ihrer Mutter, eben ankam, um die wöchentlichen Einkäufe abzuliefern.

Der Mann konnte, an den vielen Tüten vorbei, kaum sehen, was vor ihm lag, doch kannte er das Anwesen und trat zuversichtlich einen Schritt vor den anderen, bis er vor der Haustür stand. Er reckte den Hals und stellte erleichtert fest, dass die Tür weit offen stand. Zielstrebig betrat er die Küche und begann, wie gewohnt, die Einkäufe auszupacken und in den Kühlschrank zu räumen.

‚Merkwürdig', dachte Werner, ‚warum stand der Pfefferminztee nicht auf der Liste? Den trinkt doch Sebastian so gern. Und die Milchbrötchen, die er so gerne mag, soll ich auch nicht mehr holen. Wenn ich es recht bedenke, habe ich Sebastian schon lange nicht mehr getroffen und Victor ist auch nicht mehr zu sehen. Außer der zierlichen Ida hat mir keiner mehr beim Abladen geholfen. Wo sind die Männer nur abgeblieben?'

Der Küchentisch war leer und anders als sonst, lag kein Geld bereit. ‚Hmm, wahrscheinlich hat Ida vergessen, dass ich heute komme. Nicht, dass ich den Lohn jetzt unbedingt brauche, aber schön wäre es schon, wenn ich die Liste und das Einkaufsgeld für nächste Woche bekäme. Außerdem müssen die Getränkekästen noch ausgeladen werden. Da könnte mir schon jemand helfen!' Er kratzte sich nachdenklich am Kopf und überlegte, was er jetzt tun sollte.

„Ida!", rief er schließlich laut in den Hausflur hinein, „bist du da?" Keine Antwort. ‚Seltsam', dachte der Mann. Er stieg die Treppen hoch und rief noch einmal ihren Namen. Nichts geschah.

„Wo ist sie nur?", brummelte er, „vielleicht im Arbeitsgebäude nebenan", kam es ihm in den Sinn, „vielleicht waren die Männer in den letzten Wochen dort und ich habe sie deshalb nicht getroffen", grübelte er weiter. „Jetzt schau ich erstmal im Keller nach, vielleicht ist dort jemand beschäftigt und hört mich nicht."

Werner ging in Richtung Keller und öffnete zögerlich die Tür.

„Ida? Bist du hier?", fragte er in den Raum hinein. „Hmm, scheinbar nicht!" Gerade wollte er die Tür hinter sich schließen, als ihm etwas ins Auge fiel, das seine Aufmerksamkeit auf sich zog. Ehemals weißes Linnen, übersät mit kleineren und größeren roten Flecken, ragte aus einem der zwei abgedeckten Bastkörbe heraus, die neben der Waschmaschine standen.

„Ich habe keine Kraft mehr", nörgelte Ida, die mittlerweile stark schwitzend, mit aller Kraft an einer widerspenstigen Wurzel zog, die sich durch das Erdreich wand und ihr und ihren Pflanzen das Leben schwer machte. Gerade als

194

sie sich nach einer kurzen Verschnaufpause erneut darüber hermachen wollte, fiel ihr Blick zufällig zum Haus und sie erkannte in der Ferne den alten Freund ihrer Mutter.

„Werner!", rief sie über das Feld, „Werner, ich hatte ganz vergessen, dass heute Einkaufstag ist!" Sie winkte ihn zu sich und dachte erleichtert: ‚Was für ein Glück, dass Werner nicht vorbeigeschneit ist, während ich die Windeln im Wohnzimmer verbrannt und alles entsorgt habe!' – Oh je, da lag doch noch die Wäsche im Keller. Mist, die Haustür stand offen und der Mann war im Haus gewesen. Hoffentlich hatte er Ida nicht im Keller gesucht! Sie spürte, wie ihr das Herz heftig in der Brust zu klopfen begann. Es beruhigte sie jedoch, als ihr einfiel, dass Werner niemals alleine in den Keller gehen würde.

„Werner!", sagte sie herzlich, als der Mann näher gekommen war, „hast du die Getränkekästen schon abgeladen? Sicher noch nicht, oder?" Er verneinte wahrheitsgemäß. Sie beobachtete ihn eingehend und glaubte auf seinem Gesicht eine Spur von Zweifel, ja womöglich Angst, zu erkennen. Sogleich verwarf sie den Gedanken und machte sich daran, die Getränkekästen auszuladen und in der Küche abzustellen.

„Hier sind sie besser aufgehoben", erklärte Ida dem Mann, „so kann sich jeder holen, was er möchte und muss nicht extra in den Keller." Werner runzelte schweigend die Stirn. Er ließ sich das Geld und den Einkaufszettel für die folgende Woche geben und verabschiedete sich hastig, mit der Bemerkung, er hätte noch etwas Dringendes zu erledigen. Dann verließ er das Anwesen und ließ eine verdutzte Ida zurück, die nicht wusste woran sie nun war.

„Ich muss das Werk beenden, sobald es dunkel ist", murmelte sie leise.

Es war spät in der Nacht, der Mond ließ sein fahles Licht über die dichten Wälder rings um das Anwesen fallen. Ida holte den Korb mit der blutverschmierten Wäsche aus dem Keller, sammelte Holz, stapelte es zu einem Haufen und entfachte ein Feuer. Die Bezüge brannten schnell, die Flammen schlugen hoch und loderten hell. Ida glaubte, seltsamen Farben darin zu erkennen, die sie gleichzeitig faszinierten und erschreckten.

„Nein", murmelte sie kopfschüttelnd vor sich hin, „dieses Mittel braue ich nicht noch einmal zusammen. Mag sein, dass es hilft, zu erfahren, wer man ist, aber es muss auch ohne dieses Pulver gehen!" Während das Feuer leise herunterbrannte, holte sie einen Eimer Wasser, Lappen und Putzmittel und wusch den Bastkorb gründlich aus. Dann trug sie ihn wieder in den Keller und wandte ihre Aufmerksamkeit dem benachbarten Korb zu.

„Er scheint sauber zu sein", murmelte Ida nachdenklich, „oder doch nicht? Sie schnupperte kurz hinein und erinnerte sich, dass sie die Windeln darin deponiert hatte. „Pih-uhm", sie rümpfte die Nase, „doch, der muss unbedingt gereinigt werden!" Sie tat, was sie sich vorgenommen hatte, schaute noch einmal zum Feuer und war höchst zufrieden, als es vollständig heruntergebrannt war. Wie schon zuvor, schaufelte sie die Asche in einen Eimer und verstreute dessen Inhalt in alle Winde. Mochte der dunkle Fleck im Rasen noch vom Brand zeugen, so war Ida erleichtert, festzustellen, dass sie alle anderen Spuren beseitigt hatte, alle, die an dieses Engel-Manöver erinnerten.

„Nun herrscht hier gleich eine ganz andere Energie", freute sie sich. „Jetzt würde mich aber wirklich mal interessieren, wo Oofiel bleibt. Er sagte doch, er käme bald zurück und nun ist schon so viel Zeit verstrichen." Ida sah auf die Uhr, es war schon lange nach Mitternacht. Sie holte sich eine Flasche Rotwein, entkorkte sie und machte und es sich im Wohnzimmer bequem.

„Ich hoffe nur, es ist ihm nichts passiert", dachte Ida laut und nippte am Glas. „Ich hoffe, er hat Azrael gerufen, und dieser hat … den Menschen … getötet. Hmm."

In den nächsten Stunden döste Ida vor sich hin und ließ die Gedanken wandern. Mal hierhin, mal dorthin – zwischendurch beschäftigte sie immer wieder der Verbleib Oofiels. Einen kurzen Augenblick überlegte sie, bei Michael Erkundigungen einzuziehen, aber der würde ihr doch nur bescheiden, sie möge abwarten, er käme schon wieder – oder er gäbe ihr wieder eine seiner kryptischen Aussagen, mit denen sie eh' nichts anfangen konnte. „Und er ist der Engel, der als sehr direkt gilt. Oh je", lallte sie weintrunken in das Glas. „Naja, ein bisschen Gesellschaft wäre nicht schlecht, aber du hast sicher wieder zu tun, so ein Erzengel ist immer sehr beschäftigt!" Ida lehnte den Kopf zurück und blickte seufzend zur Decke.

„Victor, was hast du nur gemacht?", fragte sie den Deckenleuchter, „wahrscheinlich hast du es nicht überlebt, nicht wahr? Hast es doch bestimmt probiert, oder? – Ach, was kümmert mich das", murmelte sie müde und enttäuscht, „ich gehe jetzt ins Bett. Vielleicht habe ich Glück und Oofiel weckt mich morgen. Oder er hat sich in den Himmel verzogen – was will er auch hier?" Müde erhob sie sich aus dem Sessel und wankte auf ihr Zimmer, wo sie sich nach einer knappen Abendtoilette ins Bett fallen ließ und sofort in einen tiefen, traumlosen Schlaf fiel, der ihr jedoch keine Ruhe schenkte.

Es war eine geraume Zeit vergangen, doch weder war Oofiel gekommen noch ließ Victor sich blicken. Ida fuhr alleine zur Zentralinspektion. Während ihrer Visite begleiteten sie die neugierigen Blicke der Mitglieder, doch niemand wagte es, sich bei Ida nach den beiden Männern zu erkundigen oder Fragen zu stellen. Das erleichterte sie ungemein. Anders als sonst, wickelte sie die Engelssitzung zügig und unkompliziert ab, regelte alles akkurat und ohne großes Brimborium und war froh, als sie wieder im Jet saß und auf ihr Anwesen zusteuerte.

„Lange wird es die ‚Amnistiker' nicht mehr geben", murmelte sie. Sie spüren wohl auch, dass das Ende naht!" In dieser Hinsicht war es ihr nur Recht, dass Victor nicht mehr zur Verfügung stand. So konnte sie handeln und wandeln, wie es ihr passte.

„Ich werde die Vorbereitungen treffen und meine Entscheidung in der nächsten Sitzung bekanntgeben", beschloss Ida und rieb sich müde ihre Schläfen. „Alles muss nach und nach erfolgen, schließlich hängen sehr viele Menschen an meinem Rockzipfel. Sie sollen die Möglichkeit haben, nach Alternativen zu suchen." Der Jet landete und Ida stieg aus. Sie konnte ihre Enttäuschung über das Ausbleiben Oofiels nicht mehr verbergen. Was war nur mit ihm geschehen? Sie war hin- und hergerissen. Mal zweifelte sie, glaubte, ihm sei etwas Schlimmes passiert, dann wieder hoffte sie, er sei sicher und gesund in den Himmel gefahren. Ida seufzte schwer.

Am späten Nachmittag des nächsten Tages klingelte es am Tor. Ida wunderte sich über den unangekündigten Besucher, denn sie erwartete niemanden. Oofiel würde sicher nicht klingeln. Sie schaltete die kleine Kamera und den Lautsprecher am Tor ein und war überrascht, mehrere Polizeibeamte davorstehen zu sehen.

„Ja, bitte?", fragte sie zögerlich.

„Frau Ida B.?", hörte sie eine strenge Stimme die Gegenfrage stellen.

„Ja", antwortete sie, „darf ich fragen, was Sie wünschen?"

„Ich bin Hauptkommissar Ackermann vom Landeskriminalamt Baden-Württemberg. Wir haben hier einen Hausdurchsuchungsbefehl vorliegen. Sie stehen unter Mordverdacht an Sebastian Z. und Victor H. Bitte öffnen Sie die Tür!"

„Mordverdacht?!", Ida wurde kreidebleich.

„Bitte öffnen Sie die Tür oder wir müssen Gewalt anwenden", hörte sie den Beamten nachdrücklich hinzusetzen. Mechanisch drückte Sie auf den Knopf und hörte noch durch den Lautsprecher, wie die Torflügel summend auseinander glitten. Dann ging sie zur Haustür und erwartete dort die Beamten.

„Guten Tag – wie kommen Sie auf Mordverdacht?!", fragte sie den führenden Beamten mit klopfendem Herzen.

„Herr Werner L. hat uns benachrichtigt. Er sei vor Kurzem bei Ihnen gewesen, um Einkäufe abzugeben und wäre auf der Suche nach Ihnen im Keller auf einen Korb blutiger Wäsche gestoßen, der darauf hindeutete, dass die Ursache von Sebastian Z.'s und Victor H.'s Verschwinden ein Gewaltverbrechen sein könnte. Er berichtete außerdem von Blutspritzern an den Kellerwänden." Ida begann unmerklich zu zittern. Hatte sie es doch geahnt.

„Wir haben die Anordnung, Spuren sicherzustellen! Bitte verhalten Sie sich ruhig."

Was blieb Ida anderes übrig, als sich ruhig zu verhalten? Starr vor Schreck erlebte sie mit, wie die Beamten ihr gesamtes Haus nach Fingerabdrücken und Blutspuren durchsuchten und alles, was ihrer Meinung nach von Belang sein könnte, als Beweismittel in kleinere und größere Plastiktüten verpackten.

„Könnte ein Okkultverbrechen sein", hörte sie einen der Beamten sagen, nachdem sie ihre Arbeit getan hatten.

„Aber … aber … Ich habe weder Sebastian noch Victor umgebracht, das ist eine gemeine Unterstellung", protestierte Ida. Sie wollte noch mehr vorbringen, doch ihr Gefühl riet ihr, sich besser still zu verhalten.

„Je mehr du sagst, desto mehr verstrickst du dich in Widersprüche. Also schön die Klappe halten!", ermahnte sie sich.

„Frau B., wir müssen Sie leider mitnehmen. Es besteht dringender Tatverdacht sowie Fluchtgefahr. Sie werden einem Haftrichter vorgeführt und dieser entscheidet dann weiter. Eine Untersuchungshaft ist nicht ausgeschlossen", wandte sich schließlich Hauptkommissar Ackermann an sie. Ida schluckte trocken.

Als ihr die Polizisten Handschellen anlegten, zitterte sie am ganzen Leib.

‚Michael! Michael!', schrie sie in Gedanken voller Verzweiflung, ‚sie verhaften mich, was soll ich tun?'

„Verhalte dich ruhig", hörte sie ihn gerade noch tröstend antworten, bevor seine Stimme im Durcheinander ihrer Emotionen unterging. Ida wurde zum Polizeiauto geführt.

Keiner der Beteiligten bemerkte die zwei Journalisten, die das Geschehen aus dem sicheren Versteck eines dichten Gebüschs heraus, beobachteten und klammheimlich dokumentierten.

Ida wurde auf das Revier gefahren und verhört.

„Ich weiß nicht, wo die beiden abgeblieben sind!", beteuerte sie immer wieder. „Victor hat sich einfach aus dem Staub gemacht und wo Sebastian ist, weiß ich auch nicht, aber ich *versichere* Ihnen, ich habe *niemanden* umgebracht!", rief sie aufgewühlt und verzweifelt.

„In der Tat ist es so, dass, außer den Indizien, im Moment noch nichts darauf hindeutet, dass an Victor H. ein Gewaltverbrechen begangen wurde. Aber wie erklären Sie sich die Blutspuren im Keller und in Sebastian Z.'s Zimmer? Und vor Allem: Wo ist die blutige Wäsche, die Herr L. entdeckt hat? Sowohl die Bastkörbe, als auch der Überzug von Sebastian Z.'s Matratze sind vor kurzem gereinigt worden – das spricht ganz offensichtlich für die Vernichtung von Beweismitteln!", meinte der Beamte freundlich aber bestimmt. Ida stockte und schluckte. Sie konnte diesem Mann alles erzählen, nur nicht die Wahrheit.

„Ich sage nichts ohne meinen Anwalt!", antwortete sie kurz angebunden – und so war es dann auch.

In der kleinen, dunklen Zelle des Reviers, in der sie vorübergehend festgehalten wurde, kreierte sie die Geschichte, die sie am nächsten Tag so dem Haftrichter vortrug:

„Vor einiger Zeit ist Sebastian Z. von einem Tagesausflug im Wald mit einem stark blutenden Unterarm zurückgekommen. Er sagte, er hätte einen Unfall erlitten, bei dem er gestolpert und schließlich in einen scharfen Gegenstand gefallen sei. Es blieb keine Zeit, einen Arzt zu rufen, denn wir wohnen ziemlich weit außerhalb. Also habe ich mit Hilfe von dicken Bandagen aus Tüchern sowie einer pflanzlichen Tinktur – ich bin Pflanzenheilkundlerin – die Blutung erfolgreich gestoppt. Derweil hatte er auf dem Bett, in seinem Zimmer, Platz genommen. Daher die blutige Wäsche im Korb und die Blutspuren im Zimmer von Sebastian und im Keller. Über die Freude, die akute Gefahr beseitigt zu haben, habe ich die Wäsche dort unten vergessen. Diese wurde dann von Herrn L. entdeckt. Das Blut ist eingetrocknet und Sie wissen selbst, dass so was nur schwer zu entfernen ist. Ich habe versucht, alles zu waschen, aber es ging nicht mehr raus. Da dies selbst im Hausmüll nicht besonders ansehnlich ist, habe ich während einer Aufräumaktion, in deren Rahmen ich auch das gejätete Unkraut verbrannt habe, den Stoff auf diese Weise gleich mit entsorgt. Deswegen die Brandstelle im Garten. Weil der Wäschekorb schmutzig war, habe ich auch den ausgewaschen. Der andere Korb wurde mitgereinigt, weil er muffig roch und ich nun einmal dabei war. Das mag für Sie nach Vernichtung von Beweismitteln aussehen, verhält sich aber nicht so. Ich weiß nicht, wo die beiden Personen abgeblieben sind. Sebastian Z. hat sich vor zirka zwei Wochen mit der Ankündigung verabschiedet, er wolle eine Bekanntschaft aufsuchen und ist seitdem nicht wiedergekommen! Victor habe ich schon längere Zeit nicht mehr gesehen! Wenn Sie mir nicht zuvorgekommen wären, hätte ich Sie deshalb ohnehin aufgesucht!"

„Wissen Sie, welche Bekanntschaft das war, die Herr Z. besuchen wollte?"

„Nein, das ist es ja, ich weiß es nicht. Er hat ein großes Geheimnis darum gemacht!", log Ida dreist.

„Herr L. sagt aus, dass das Verschwinden von Sebastian Z. viel länger zurückliegt. Er hätte ihn kurz nach seinem Eintreffen auf Ihrem Anwesen kennengelernt und einige Male getroffen. Danach sei er verschwunden und mit ihm auch die Dinge, die er am liebsten aß und trank. Sie seien auf der Liste nicht mehr vermerkt worden." Der Haftrichter blickte Ida prüfend an. „Nun ja, er war nicht immer anwesend, wenn Herr L. kam, aber das heißt doch nicht, dass er sich nicht auf dem Anwesen aufhielt", konterte Ida, „Essensgelüste sind außerdem variabel", fügte sie hinzu.

Idas Aussage wurde zu Protokoll genommen. Anschließend kam sie, während man dem Verschwinden der beiden Personen nachging, zur Verwahrung in die, für solcherlei Tatbestände geeignete, JVA in Untersuchungshaft.

Als sie diesmal in Handschellen zum Auto geführt wurde, hatten die Journalisten den Braten längst gerochen und ihre Geschichte kursierte in allen Medien. Sie wurde im Fernsehen, Radio und Internet erörtert und überall standen Reporter, die live und vor Ort berichteten. Alle Kameras, Mikrofone und Aufnahmegeräte waren auf sie gerichtet und alle wollten, dass sie sich zum Tatbestand äußerte. Die Beamten konnten die Journalisten und Gaffer nur mit Mühe von ihr fernhalten. Ida war den Tränen nahe. Bald, sehr bald, das wusste sie, würde die Polizei eine offizielle Erklärung zum Stand der Ermittlungen abgeben müssen. Dann würden alle Angaben öffentlich bekannt. Sie konnte nun nicht mehr von ihrer Aussage abweichen! ‚Sebastian, wo bist du?‘, fragte sie sich verzweifelt in Gedanken.

Der Trubel war endlich vorbei – zumindest vorübergehend! Sie setzte sich auf die Pritsche in ihrer Zelle und begann bitterlich zu weinen.

‚Was habe ich mir bei dem Unsinn nur gedacht?‘, fragte sie sich in Gedanken – sie musste auf der Hut sein, man beobachtete sie durch eine Kamera. ‚Wie konnte ich nur so blauäugig sein, Victors Anweisungen zu befolgen? Gott sei Dank haben die Beamten das ‚Verum Fixum‘ nicht beachtet und im Bücherregal liegenlassen.‘ Sie wischte sich die Tränen aus dem Gesicht, legte sich lang hin und starrte auf die nackte Glühbirne an der Decke.

‚Michael‘, rief sie in Gedanken, ‚Michael, bist du da?‘ Zunächst vernahm sie nichts, was von seiner Anwesenheit zeugte. Als sie sich ein wenig gefasst und ihr aufgewühltes Herz sich etwas beruhigt hatte, hörte sie ein leises ‚Ja‘. Sie blickte sich kurz um und erkannte ihn. Er lehnte genau an jener Stelle der Wand, welche die Kamera nicht erfassen konnte und winkte ihr freundlich zu. Ida lächelte erleichtert.

‚Du musst dich doch nicht verstecken‘, sagte sie in Gedanken.

‚Ich nicht, und du? Wenn ich hier herumlaufe, wird dein Blick mir folgen und wer immer dich beobachtet, wird dein sonderbares Verhalten, wenn schon nicht deuten, so aber sorgfältig dokumentieren können.'

Michael deutete mit dem Zeigefinger auf die Kamera über seinem Kopf. Ida nickte unmerklich und blickte zu Boden.

‚Das fehlte noch!', klagte sie in Gedanken, ‚nicht genug, dass ich so viel Unheil angerichtet habe, nicht genug, dass mein Lebenswerk keinen Pfifferling mehr wert ist, jetzt sitze ich auch noch unter Mordverdacht im Gefängnis …' Tränen rannen ihr wieder über die Wangen. Michael verschränkte die Arme vor der Brust und senkte nachdenklich den Kopf.

‚Weißt du', begann er versonnen in ihren Kopf hineinzuflüstern, ‚ich bewundere euren Mut.' Ida hielt inne und blickte auf.

‚Wie meinst du das?', fragte sie in Gedanken, derweil sie in ein Taschentuch schniefte, welches sie noch in ihrer Hosentasche gefunden hatte.

‚Wie soll ich dir das sagen?' Der Erzengel strich sich eine Strähne seines braunen Haars aus der Stirn. ‚Die Menschen verbinden mich mit Mut, seit … na, seit Langem eben. Und wenn du im Internet nach meinem Namen suchst, dann erhältst du ähnliche Beschreibungen. Das Schwert, das Durchtrennen alter Muster, der Mut zu neuen Taten und – ganz wichtig! – Schutz! Die Leute stellen sich mich gerne als einen riesigen Typen in Ritterrüstung vor, der jeden und alles beschützt und vor absolut nichts Angst hat.' Ida betrachtete seinen schlichten Aufzug, der im Wesentlichen aus einer hellen Baumwollhose und einem weiten blauen Hemd bestand und lächelte wissend in sich hinein.

‚Und? Gibt es etwas, wovor du Angst hast?', fragte sie leise in seinen Kopf hinein.

‚Ja', bekannte er offen und sah sie mit seinen hellbraunen Augen eindringlich an. Auf Idas Gesicht machte sich Erstaunen breit.

‚Und was wäre das?', fragte sie verblüfft.

‚Ich …', er senkte verlegen den Kopf, ‚ich habe von Gott auch einmal das Geschenk erhalten …', er räusperte sich, ‚ich meine, die Möglichkeit, ein Mensch zu werden.'

‚Und?' Idas Augen wurden groß und rund.

‚Ich habe sie nie ergriffen.' Wehmut schwang in Michaels Stimme. ‚Jeden Menschen', fuhr der Erzengel fort, ‚bewundere ich. Glaub mir, ich bin sehr

202

viel bei euch Menschen, ich kenne euch gut. Aber jedes Mal, wenn ich mich darüber ärgere, wie man so dumm sein kann, diesen oder jenen Irrweg zu beschreiten …', er stockte und presste seine Lippen aufeinander. Dann entspannte er sich und fuhr leise fort: ‚Jedes Mal erinnere ich mich dann daran, dass ich es selbst nicht gewagt habe … all das', er zeigte auf die Zelle, ‚gegen meine Allwissenheit umzutauschen, sozusagen … die Kontrolle abzugeben.'

‚Oh …' Ida war sprachlos. Sie hatte alles erwartet, nur nicht dieses Bekenntnis. Verlegen verharrte sie einige Augenblicke und dachte über das Gesagte nach.

‚Kannst du es einrichten, zu mir zu kommen?', bat sie schließlich und sah ihn eindringlich an. Michael spürte das Verlangen, ihrem Wunsch zu folgen, aber das Summen des Kameraobjektivs erinnerte ihn daran, dass es besser war, es nicht zu tun. Er kratzte sich nachdenklich am Kopf und blickte wieder zu ihr hinüber.

‚Ida', flüsterte seine Stimme in ihrem Kopf.

‚Ich verhalte mich ganz ruhig', antwortete ihr Blick, ‚und nun komm!' Ein flüchtiges Lächeln umspielte seine Lippen, als er zu ihr trat und bei ihr auf der Pritsche Platz nahm. Als er seine Hand sanft auf die ihre legte, blieb sie regungslos liegen, ihre Augen glänzten vor Dankbarkeit.

‚Meinst du, sie sehen dich?' Sie blickte fragend in seine rehbraunen Augen. Der Engel lächelte.

‚Die? Für die werde ich höchstens ein Fussel auf der Linse sein.' Ida musste an sich halten um nicht laut loszuprusten. Dann wurde sie wieder ernst.

‚Du kennst meine Aussage, glaubst du, ich habe es richtig gemacht?' Michael nickte.

‚So lange niemand etwas anderes sagt, ja', bestätigte er.

‚Wer könnte denn etwas dagegenhalten?', Ida spürte ihr Herz in der Brust heftig klopfen.

‚Na, beispielsweise Sebastian!', antwortete Michael.

‚Was ist denn mit ihm passiert? Bitte sag es mir, du weißt es doch!', bat Ida.

‚Es geht ihm gut', antwortete der Engel. ‚Es gibt viele Anzeichen dafür, dass er kommt und dir hilft.'

‚Aber wie?! Er ist doch ein Engel, soll er etwa die Gitterstäbe auseinanderbiegen und mich rausholen?'

‚Du hast eine blühende Fantasie.' Michael tippte ihr mit seinem Zeigefinger sanft an die Stirn.

‚Ja, was denn? Er ist doch ein Engel, oder? Er hat doch Azrael gerufen!'

‚Ja, hat er.'

‚Und? Der hat doch die Verwandlung Sebastians in einen Engel vollendet, oder?' Michael sah sie mit glänzenden Augen an, schüttelte aber den Kopf.

‚Nicht?!', fragte Ida verdutzt, ‚aber was denn dann?'

‚Er hat ihn verwandelt in einen ... Menschen, würde ich sagen.' Michael raschelte mit den Schwingen und fuhr fort: ‚Du weißt doch, wie es mit den magischen Zaubersprüchen bestellt ist – die haben oft einen ‚Haken'!' Er sah sie mit gehobener Augenbraue vielsagend an. Ida war sichtlich verwirrt.

‚Bitte, erkläre es mir', bat sie.

‚Azrael zu rufen und ihn walten zu lassen, heißt: Tod und Wiedergeburt! Er verwandelt ihn wieder in einen Menschen zurück und tötet den Glauben, von Gott getrennt zu sein.'

‚Aber ... aber ...', stammelte Ida. Sie sah den Engel fassungslos an. ‚Ich dachte ... ich dachte ... dass wenigstens er mir erhalten bleibt', schluchzte sie in Gedanken. Michael nahm seine Hand von der ihren und hob mit den Fingerspitzen ihr Kinn an.

‚Und was ist mit uns?', fragte er sanft. Ida stieß einen leisen Seufzer aus.

‚Ja, das war vollkommen unsinnig von mir, nicht wahr? Wo ich dich doch immer an meiner Seite habe und auch alle anderen Engel sehen kann. Ich muss mich endlich damit abfinden, dass all meine Bemühungen umsonst waren – in jeglicher Hinsicht ...' Michael ließ ihr Kinn los und tippte ihr auf die Nasenspitze.

‚Jedes Ende ist zugleich ein Anfang', klang es in ihr wider, ‚es ist an dir, das Beste daraus zu machen.'

‚Also mit Hilfe dieses Pulvers, sagst du, ist Sebastian letztendlich auf den ihm vorgesehenen Weg gekommen?' Der Engel nickte.

‚Auf diesen Weg mit seinen Irrgängen: Es ist alles eine Sache seiner eigenen Entscheidung! Ich sagte dir doch: Alles wird gut.' Er winkte ab. ‚Ach, ihr Menschen, glaubt mir das ja nie!'

‚Sag mir, dass er kommt und mich hier rausholt ...', bat sie.

Zusammenkunft

Sie hatten sich noch eine ganze Weile mit dem Todesengel unterhalten, ehe er wieder seiner Wege gegangen war. Dennoch war seine Präsenz, wie ein Parfum, das nach dem Verlassen der Person im Raum weiterschwebt, noch deutlich spürbar. Das war dem jungen Mann im Moment jedoch, herzlich egal! Seine Augen brannten höllisch. Er war so erschöpft, er wollte einfach nur noch ins Bett. Mit einem Blick bedeutete er Hanne, dass er schlafen wollte.

„Ja", murmelte sie, „ich werde mich auch hinlegen, ich bin hundemüde!" Sie wies auf ihr Bett. „Mach es dir bequem!" Sie entkleidete sich bis auf T-Shirt und Unterhose und Sebastian tat es ihr nach.

In der Position, in der sie sich im kleinen Bett aneinanderkuschelten, schliefen beide sofort ein. Sie hörten nicht, dass Doris später ins Zimmer lugte und überrascht feststellte, dass ihre Tochter offensichtlich nicht alleine war. Doris überlegte kurz, ob sie Hanne aufwecken und zur Rede stellen sollte. Als sie jedoch sah, wie tief und fest die beiden schliefen, verwarf sie diesen Gedanken wieder.

Stunden später öffnete Sebastian langsam die Augen. Anfangs war er verwirrt und wusste nicht, wo er sich befand, dann erinnerte er sich allmählich.

Er betrachtete die kleine schlafende Frau, die sich an ihn geschmiegt hatte und ruhig atmete und kam nicht umhin, ihr sanft über die Wangen zu streichen.

‚Eigentlich', so dachte er und lächelte, ‚hat doch alles einen wunderbaren Ausgang genommen. Genau, wie Ooniemme gesagt hat, ich habe mich nicht verloren, sondern dazugewonnen! Ich erinnere mich wieder an Ban und ich bin jetzt hier – was wäre ein größeres Geschenk?' Hanne gefiel ihm, er fand sie reizend.

„Wann bekomme ich wieder eine solche Gelegenheit?", fragte er leise in den Raum. Er war überrascht und leicht amüsiert. Vielleicht konnte man das in Ban fortführen?

Zwar glaubten die Menschen es nicht, aber, so erinnerte sich Sebastian frohen Herzens, Engel konnten durchaus zusammenfinden. Er biss sich bei dem Gedanken, der ihn nun anflog, auf die Lippe und formte ein stummes: Auweia!

Entgegen seines Verlangens, aufzustehen, sich zu bewegen und umherzulaufen, entschied er sich, liegenzubleiben, Hanne nicht aufzuwecken und Doris' Aufmerksamkeit nicht verfrüht auf sich zu ziehen. Er schaute Hanne geduldig beim Schlafen zu, bis sie endlich erwachte und ihn mit einem stummen Lächeln begrüßte.

„Sebastian?", murmelte sie und blickte ihm in die bernsteinfarbenen Augen.

„Ja?"

„Ich ...", sie stockte, „ich erinnere mich wieder an dich. Im Park, da habe ich mich auch irgendwie wieder erinnert, aber es war nur schemenhaft. Jetzt jedoch weiß ich ...", Hanne spürte wie ihr das Herz in der Brust vor Aufregung wild zu klopfen begann.

„Ja?" Sebastians Augen glänzten vor Neugier. Hanne presste ihre Lippen aufeinander. Kleine, rote Flecken erschienen auf ihren Wangen.

„Du ...", stammelte sie, „ich ...", sie atmete geräuschvoll aus, ehe sie fortfuhr, „ich war als Engel in dich verliebt!"

„Wie?", fragte er verdutzt lächelnd.

„Naja, wir sind uns ja nur ab und an über den Weg gelaufen – du und ich. Meistens war es in der Bibliothek!"

„Ja, stimmt!"

„Damals habe ich eine unglaubliche Anziehung zu dir verspürt und ich hatte den brennenden Wunsch, dir näherzukommen, aber die Umstände waren nie so bestellt." Sebastian lachte leise auf.

„Und ich fragte mich schon, wie es kam, dass ich dich vom ersten Augenblick an, da ich dich sah, entzückend fand. Ich hab das auf dein hübsches Äußeres geschoben, aber offensichtlich hab ich auf mehr reagiert, als nur auf dein hübsches Gesicht." Er hielt kurz inne. „Ich glaube ... es beruht auf Gegenseitigkeit, ja." In Erinnerungen schwelgend, errötete er immer mehr.

„Huch!", presste er schließlich hervor und drückte sich die Hand auf die Lippen.

„Was, was, was?", fragte Hanne, die vor Neugier schier zu platzen schien.

„Ich ..." Während er spürte, wie sich sein Herz mehr und mehr den Gefühlen öffnete, bekamen seine Augen einen tiefen, leidenschaftlichen Schimmer, der Hanne unwillkürlich zurückfahren ließ.

„Ich habe dich sooo lange beobachtet", flüsterte Sebastian schließlich kaum hörbar, derweil er sie zärtlich ansah, „du ahnst das gar nicht …" Hanne, deren Herz in wilden Sprüngen pochte, stolperte und jubilierte, sah ihn sprachlos an.

„Wie lange denn …?", brach es schließlich, ein wenig zögerlich, aus ihr heraus. Der junge Mann überlegte.

„Seit ich dich dort oben das erste Mal sah."

„Aber, warum hast du mich denn nicht angesprochen? Ich beiße doch nicht!"

„Und warum hast du es nicht getan?" Der junge Mann hob eine Augenbraue und sah sie eindringlich an. Hanne blickte verlegen zur Seite.

„Okay", murmelte sie und drückte ihr Gesicht gegen seine Brust, „du hast gewonnen!" Eine Weile lang lagen sie eng aneinandergeschmiegt, stumm beisammen und genossen das Gefühl der gegenseitigen Geborgenheit.

„Ich glaube", begann Hanne schließlich von Neuem, „wenn wir nicht zu Menschen inkarniert wären …"

„Dann würden wir in der Bibliothek einander heute noch aus der Ferne anschmachten", vollendete Sebastian den Satz der kleinen Frau. Sie nickte, derweil ihre Finger sanft unter sein T-Shirt fuhren und seinen Rücken zärtlich streichelten.

„Genau hier!", lächelte sie und drückte die Fingerkuppen sanft auf zwei Stellen zwischen seinen Schulterblättern. Sebastian zuckte zusammen. „Genau hier sind deine Flügelansätze. Dein Name, ich habe einmal …", sie lächelte verlegen, während sie ihn weiter zwischen den Schulterblättern streichelte, „ich habe ein Buch gesucht und nach langer Suche auch gefunden, ein Buch, das deinen Namen erklärt – und deine Aufgaben."

„Lass mich raten, du hattest Angst, mich nach dem Buch zu fragen, weil du dachtest, ich könnte ahnen, was du darin suchst?"

„Ja", lachte Hanne, „blöd nicht? Na, auf jeden Fall habe ich es gesucht und gefunden."

„Und?"

„Ich kann den Worten, die ich damals las, erst jetzt eine Bedeutung zuweisen, das heißt, damals habe ich sie mir zwar gemerkt, aber nicht verstanden." Hanne spürte, wie seine Hand unter ihr T-Shirt wanderte.

„Hoppla", stieß sie aus, als sie spürte, wie sich seine Finger sanft in die weiche Haut ihrer Flügelansätze drückten.

„Unendliche Möglichkeiten", flüsterte Sebastian in einem vielsagenden Unterton und sah sie dabei leidenschaftlich an. Hanne atmete geräuschvoll aus.

„Lass mich jetzt raten", keuchte sie leise, „du möchtest gerne wissen, was dein Name bedeutet?" Er nickte.

„Ich glaube, du solltest es mir sagen, du weißt es sicher besser als ich. Ich habe nie darüber nachgedacht", gestand er, derweil er sich genussvoll unter ihren Berührungen räkelte, „eine ... Mischung würde ich sagen. Ein Mix aus Jofiel und Ooniemme, also ... meine Brüder. Jofiel", er atmete geräuschvoll aus, „ist die göttliche Weisheit und Ooniemme, die Dankbarkeit." Hanne lächelte und drückte ihm einen Kuss auf die Lippen. Sie spürte seine Finger in den Mulden ihrer Schulterblätter und fühlte sich gerade so, als wäre er mit seiner Hand in ihren Körper eingedrungen, ja fast so – kam ihr plötzlich in den Sinn – so, als würde er bald ... ihr Herz umfassen können. Aber, das war ja nicht möglich, nicht als Mensch. Sie sah ihn lächelnd an, und strich ihm mit ihrem Zeigefinger sanft über die Lippen.

„Göttliche Weisheit in Dankbarkeit annehmen, das bedeutet dein Name", säuselte sie leise. Sebastians Augen leuchteten bei den Worten wissend auf.

„Und du?" Der junge Mann leckte flüchtig über ihre Unterlippe. „Erzähl mir etwas über deinen Namen, Mihr."

„Bedingungslose Liebe in Beziehungen", hauchte sie leise, derweil sie seine Liebkosungen erwiderte, „Freundschaft, Liebe, das wecken, was im Herzen des Menschen ...", sie atmete leise aus, „erkannt und ... gelebt werden will ... Selbstliebe ... Annahme und dann ..." Sie sah ihn leidenschaftlich an, und er verstand. Einen Augenblick lang dachte sie darüber nach, die Tür abzuschließen, aber sofort war es ihr egal!

„Sie wird nicht reinkommen", hauchte er ihr in ins Ohr. Hanne lächelte und zog ihn an sich.

Es war weit nach Mittag. Sie lagen erschöpft und zufrieden nebeneinander und sahen einander stumm an. Der junge Mann strich ihr lächelnd über die Wangen.

„Sag mal …?", fragte Hanne nach einer Weile nachdenklich. „Was kommt eigentlich dabei heraus, wenn sich Engel paaren?"

„Hmmm!", Sebastian überlegte, während er ihr eine Strähne aus der Stirn strich „ich glaube, es ist wie bei uns Menschen", er hielt kurz inne und sah sie mit seinen bernsteinfarbenen Augen liebevoll an. „Wenn … ich meine, wenn wir beide zusammen gekommen wären, damals, dann hätten wir Kinder gekriegt, genauso wie Menschen eben auch."

„Aber Engel besitzen doch kein Geschlecht", entgegnete Hanne die Stirn runzelnd.

„Sie paaren ihre Herzen." Sebastians Augen leuchteten warm auf. Die kleine Frau nickte.

„Und es kommt ein neuer Engel mit einem neuen Herzen heraus, der aus unserer beider Herzen besteht?", führte sie seine Ausführungen weiter.

„Wenn nun ein dritter dazu käme", erklärte Sebastian mit, „zum Beispiel dein Freund Micah, dann hätte unser aller Kind ein Herz, bestehend aus denen dreier Engel." Hanne wurde rot und senkte beschämt den Blick. „Mach dir keine Sorgen", sagte Sebastian leise, „das bleibt unter uns." Er legte verschwörerisch den Zeigefinger auf seine Lippen und lächelte sie liebevoll an.

„Es ist gar nicht so einfach, das alles zu verdauen." Die Stimme der kleinen Frau war kaum mehr als ein Flüstern. „Vor allem …", sie stockte, „… weil Menschen ihre Liebe gerne nur Einem schenken …" Sie sah ihn an. Melancholie schwang in ihrer Stimme mit. „Es ist …", sie presste ihre Lippen aufeinander, ehe sie fortfuhr, „als würde ich, menschlich betrachtet, nur dich lieben und doch gleichzeitig Micah, aber …" sie sah ihn bestürzt an, „… dabei habe ich es damals versäumt."

„Was hast du versäumt?"

„Es ihm zu sagen. Die Liebe mit ihm zu teilen, ihm mein Herz zu schenken", antwortete Hanne traurig, „also mit Ida, die auch Micah ist…" Sie runzelte skeptisch die Stirn, so dass der junge Mann leise auflachen musste.

„Nein, nein", wandte er gestenreich ein, „du bist hier ein Mensch, keiner zwingt dich und", er wurde wieder ernst, „es ist auch nicht für jedermanns Ohren bestimmt." Die kleine Frau nickte verständig und gab ihm einen liebevollen Kuss.

Es klopfte zaghaft an die Zimmertür.

„Hanne? Seid ihr wach?", hörten sie Doris leise fragen.

„Ja, Mama", antwortete ihre Tochter.

„Möchtet ihr etwas essen? Ich habe gekocht und bin gerade fertig." Sebastian und Hanne nickten gleichzeitig.

„Ja, danke, Mama, wir kommen gleich." Sie erhoben sich, kleideten sich an und verließen das Zimmer genauso, wie sie es vor vielen Stunden betreten hatten.

„Hallo!", grüßte Doris den jungen Mann freundlich, während sie ihn neugierig musterte und gab ihm herzlich die Hand, „ich bin Hannes Mutter und wie heißen Sie?"

„Sebastian", antwortete er lächelnd. „Sebastian, ein schöner Name. Kommen Sie, ich hoffe, Sie mögen Lasagne?"

„O ja, ich liebe Lasagne", Sebastian setzte sich und sog genüsslich den deftigen Essensduft ein. Endlich konnte er wieder essen! Ein weiterer, wie er fand, sehr appetitlicher Aspekt des menschlichen Daseins.

„Greif zu!", Hanne hatte seine Gedanken offensichtlich erraten und zwinkerte ihm zu. Sebastian ließ sich das nicht zwei Mal sagen. Als seine Geschmacksnerven die Hackfleisch-Käse-Mischung erkannten, seufzte er zutiefst befriedigt auf. Doris, zufrieden darüber, dass es dem jungen Mann offenbar mundete, eröffnete das Gespräch.

„Darf ich fragen, wie ihr euch kennen gelernt habt?", fragte sie an Sebastian gewandt, „meine Tochter hat mir von Ihnen gar nichts erzählt." Der junge Mann blickte hilfesuchend zu Hanne.

„Gestern", erwiderte sie knapp, „er ist ein Freund meiner Freundin."

„Aha." Doris legte die Stirn in Falten und maß ihn mit durchdringenden Blicken. „So schnell geht das heute, was?", fügte sie leicht schnippisch hinzu.

„Mamaaa!", Hanne ließ vor Schreck die Gabel fallen.

„Was denn? Ich bin doch deine Mutter, man darf ja wohl noch fragen, oder?" Sebastian fühlte sich etwas unwohl, sagte jedoch nichts, sondern aß stillschweigend weiter.

„Und? Was machen Sie so beruflich?" Hanne wollte wieder für ihn antworten. „Jetzt lass den Mann doch mal selbst was sagen", unterbrach Doris sie.

„Computer-Administration und BWL", antwortete Sebastian kauend.

„Oh", Doris war sichtlich beeindruckt, „und wo arbeiten Sie?"

„Sie meinen, wo ich bis vor kurzer Zeit gearbeitet habe? In der Zentrale eines großen Konzerns."

„Und warum arbeiten Sie nicht mehr dort?"

„Weil ich mich neu orientieren möchte", antwortete Sebastian lapidar. Weiter kam Doris nicht, sie erntete einen verärgerten Blick von Hanne und hielt sich nun zurück. Auch wenn sich ihre Tochter zugegebenermaßen zu schnell für ihn entschieden hatte, so wog seine solide Bildung doch vieles auf – sie hatte scheinbar einen guten Fang gemacht.

„Ich habe noch etwas Eiscreme", meinte sie, um die eingeknickte Atmosphäre etwas aufzulockern, „möchtet ihr welche?"

„O ja", antwortete Sebastian mit glänzenden Augen.

„Du hast ihr Herz im Sturm genommen, hast du das bemerkt?", fragte Hanne ironisch, als sie später wieder in ihrem Zimmer saßen.

„Na ja", erwiderte Sebastian, „ich habe ihr gesagt, was sie hören wollte."

„Und? Stimmt es?"

„Klar, ich war zwei Jahre in der Zentrale der ‚Amnistiker' im Dienste am Engel", antwortete Sebastian und fügte hinzu: „Warum sollte ich deine Mutter belügen?" Hanne blickte beschämt zu Boden.

„Ach", wiegelte sie ab, „es ist … Entschuldige, sie ist immer so, du weißt schon, man kommt sich vor wie bei der Inquisition."

„Mach dir keinen Kopf, die meisten Mütter sind so." Der junge Mann machte eine wegwerfende Handbewegung und strich ihr sanft durchs Haar.

„Komm, lass uns in die Stadt gehen", schlug Hanne vor, „es ist so schönes Wetter und du brauchst ohnehin etwas Kleidung zum Wechseln."

„Ich habe kein Geld", sagte Sebastian.

„Aber ich", Hanne hakte sich bei ihm ein und blickte ihn erwartungsvoll an.

„Hanne", begann Sebastian stockend, „ich habe Ida versprochen, wiederzukommen. Sie wird auf mich warten."

„Ich komme doch mit zu ihr?", erkundigte sich Hanne hastig, „das hast du Mihr versprochen!" Sebastian blickte auf die kleine Frau und nickte lächelnd.

„Klar", sagte er und gab ihr einen zärtlichen Kuss auf die Lippen.

„Und? Wo soll es hingehen?", fragte Hanne neugierig.

„Ida wohnt sehr abgelegen. Es ist ganz schön weit dorthin", antwortete Sebastian.

„Na gut. Einen Teil der Strecke können wir mit einer Mitfahrgelegenheit zurücklegen", meinte Hanne nachdenklich, „danach entscheiden wir spontan, gemäß der Situation." Sie schaltete ihren PC an und wählte sich ins Internet ein.

„So", sagte sie konzentriert, „wie heißt der nächst größere Ort in der Umgebung? Ich schaue nach, ob jemand mit seinem Auto in nächster Zeit dorthin pendelt." Sebastian nannte den Ort und Hanne gab ihn als Zielpunkt ein.

„Hier ist einer, der fährt dort hin", sagte sie schließlich, „aber erst in zehn Tagen!"

„In zehn Tagen?", fragte Sebastian bestürzt, „so spät? Können wir nicht mit dem Zug fahren?"

„Das ist viel zu teuer, mein Lieber", verwarf Hanne den Gedanken.

Sebastian seufzte. Wenn er eine menschliche Erfindung verabscheute, dann war es das Geld. Ohne das Zahlungsmittel war man hier vollkommen handlungs- und bewegungsunfähig.

„Hier ist eine Handy-Nummer angegeben. Ich werde den Mann anrufen und fragen, ob er noch Plätze frei hat. Wir sind bestimmt die ersten, die sich zur Mitfahrt anmelden", sagte Hanne nachdenklich, „oder kennst du noch eine andere Siedlung, die sich bei Idas Wohnort befindet. Vielleicht fährt jemand anders früher dahin." Sebastian schüttelte traurig den Kopf.

„Es gibt noch einen Ort", meinte er, „der ist aber fast Einhundert Kilometer entfernt, da liegt der andere günstiger – oder … warte!" Sebastian kam ein neuer Gedanke. „Ich könnte doch Ida anrufen! Sie schickt uns ihren Jet oder ein Auto – halt! Oh, nein!" Sebastian fasste sich seufzend an den Kopf.

„Was ist?", fragte Hanne.

„Mist, Mist!", fluchte Sebastian, „ich kenne ihre Nummer nicht! Wie auch?! Ich war mit anderen Dingen beschäftigt, ich brauchte sie nicht! Und die vom Büro? Hmm, habe ich die Nummer noch im Kopf? Ich habe sie so selten gewählt. In der Zentrale war es meist Georg, der mit beiden direkt verkehrt hat! Mist!" Sebastian ärgerte sich maßlos. „Vielleicht", kam es ihm in den Sinn, „vielleicht weiß es Ooniemme?"

„Dann ruf ihn mal", entgegnete Hanne, die innbrünstig hoffte, dass sich ihre Fähigkeit, Engel zu sehen, nicht wieder verflüchtigt hatte.

„Ooniemme, mein Freund, bist du da?" Sebastian wagte es noch nicht, ihn mit ‚Bruder' anzusprechen.

„Nicht so zaghaft", hörte er eine helle Stimme nah an seinem rechten Ohr. Der junge Mann drehte seinen Kopf und blickte dem Engel direkt in die bernsteinfarbenen Augen. Sebastian zuckte überrascht zusammen und lächelte unsicher.

„Du siehst gut aus, lieber Bruder." Ooniemme knuffte ihm sanft in die Wange und nahm ihn, noch ehe er es sich versah, überschwänglich in den Arm. Der junge Mann lachte herzlich auf. Alle Berührungsängste waren dahin.

„Komm, lass dich drücken, du … Ich freu mich so, dass du da bist", stieß er freudig aus und erwiderte die Umarmung. Er staunte, dass sich der Engel ganz fest anfühlte – nicht so wie früher einmal, ätherisch und ganz weit weg.

„Hast du deinen Birnenduft wieder aufgelegt?", feixte er und fuhr seinem Bruder ungestüm durch das bernsteinfarbene Haar.

„Darauf kannst du wetten. Ich finde ‚Eau de Birne' steht mir gut", scherzte Ooniemme.

„Hanne", wandte sich Sebastian an die kleine Frau, „darf ich vorstellen? Ooniemme, mein Schutzengel und mein Bruder." Sie verlagerte ihr Gewicht nervös von einem Bein auf das andere und sah ihn verlegen an.

„Hallo", grüßte sie leise und hielt ihm zögerlich die Hand hin.

„Hallo Mihr", antwortete dieser freundlich und ergriff sie mit beiden Händen, „lange nicht gesehen!"

„Kennen wir uns denn?" Erstaunen spiegelte sich in den Zügen der kleinen Frau wider. „Das ist lange her …", lächelte der Engel, „ich erinnere mich", grübelte er weiter, „an die Akademie, da haben wir zusammen allerlei Unsinn angestellt. Weißt du noch?" Er zwinkerte ihr neckisch zu. Hanne, die sich nun langsam an ihre Lehrzeit zu erinnern begann, errötete über das ganze Gesicht.

„Ouh", räusperte sie sich wissend und blickte beschämt zu Boden. „ich erinnere mich. Puh …" sie entzog dem Engel ihre Hand, „es tun sich immer wieder neue Mysterien auf, nur eines nicht …" Ihre Stimme war kaum mehr als ein leises Wispern geworden.

„Du kannst ihn ruhig rufen", reagierte Ooniemme und raschelte mit seinen hell getupften Schwingen, „er wartet nur darauf."

„Wen? Wer?" Sebastians Augen waren vor Neugier ganz groß und rund geworden.

„Na wen wohl? Ihren Schutzengel natürlich!"

„Du hast ihn nie gerufen?" Der junge Mann fuhr sich erstaunt durch das bernsteinfarbene lange Haar. Hanne, die mittlerweile puterrot angelaufen war, scharrte nervös mit den Füßen und nickte nur unmerklich.

„Willst du denn?", fragte Ooniemme einfühlsam. Sie nickte ohne aufzublicken.

Die kleine Frau spürte einen leichten Windhauch in ihrem Nacken. Dann legten sich zwei Hände sanft auf ihre Schultern. Hanne atmete leise aus, drehte sich um und schaute hoch in ein hellblaues Augenpaar, das sie liebevoll ansah.

„Hallo Chef", grüßte sie verschmitzt lächelnd und senkte wieder den Blick.

„Weswegen ich dich gerufen habe", flüsterte Sebastian seinem Bruder beiläufig ins Ohr, während sie die rührende Szene betrachteten, „kennst du die Telefonnummer von Ida?" Der Engel schüttelte den Kopf.

„Warum sollte ich sie kennen?", fragte er erstaunt.

„Na, ihr Engel wisst doch immer alles!"

„Nein, wir wissen nicht alles", wies er ihn zurecht, „wir wissen nur das, was wir wissen sollen, den Rest wissen andere."

„Mist, Mist", fluchte Sebastian wieder.

„Was ist denn so schlimm daran, die Mitfahrgelegenheit abzuwarten?", meinte Ooniemme forsch, „so habt ihr mehr Zeit, die ihr einander widmen könnt", fügte er in einem vielsagenden Unterton hinzu.

„Okay", seufzte Sebastian und schmunzelte gleichzeitig ob der Unterstellung.

„Das nächste Mal", Chamuel lächelte weise, während er seinem Schützling sanft in die Wange knuffte, „mach es dir nicht mehr so schwer." Hanne atmete geräuschvoll aus.

„Schutzengel und Chefs im Himmelreich … vertragen die sich denn?", hüstelte sie verlegen. „Ich dachte … nun ja, hier unten … hier bin ich ja kein besonders guter Mihr gewesen." Chamuel musste an sich halten, um nicht amüsiert loszulachen.

„Ein guter Mihr, den Spruch muss ich *mihr* merken." Der Erzengel strich sich durch das blonde Haar und raschelte vergnügt mit seinen Schwingen. Das ärgerte Hanne, sie runzelte die Stirn und blickte unsicher zu ihm auf.

„Die Angst", Chamuel ging in die Hocke, so dass sie einander Auge in Auge gegenüber standen, „die Angst, dass du mir so wie du bist, nicht genügst, ist vollkommen unbegründet. Beginne endlich, dir selbst zu genügen", fügte er zärtlich hinzu und bedachte sie mit einem väterlichen Blick. „Hm?" Er zwinkerte ihr freundlich zu. Hanne nickte artig.

„Ich ruf dich auch, wenn ich dich brauche", versprach sie verlegen und fühlte sich dabei wie ein Kind, das seinem Vater ein Indianerehrenwort gibt. Chamuel nickte dankbar.

„So, und nun ruf den Mann von der Mitfahrzentrale an, er wartet auf dich."

„Ach ja, der Mann", erinnerte sie sich. „Öhm … danke dir." Sie schlang zaghaft ihre Arme um seinen Hals und drückte ihn an sich. Der Erzengel klopfte ihr liebevoll auf den Rücken. Dann erhob er sich und bedachte auch Sebastian und Ooniemme mit einem freundlichen Abschiedsgruß, bevor er verschwand.

Hanne stand ganz benommen da.

„Du siehst leicht abwesend aus", sagte Sebastian, „ich glaube, es wäre besser, wenn ich den Anruf für dich übernehme, hm?" Die kleine Frau nickte dankbar. Ooniemme lächelte zufrieden, gab ihr einen Luftkuss und verabschiedete sich ebenfalls.

Das Telefonat verlief erfolgreich.

„Doris wird sich ungemein freuen, dich noch eine Woche lang mit durchfüttern zu dürfen", grinste Hanne, nachdem sie sich von der intensiven Begegnung mit Chamuel etwas erholt hatte, „außerdem wirst du wohl oder übel, wenn ich arbeite, einige Stunden hier alleine verbringen müssen."

„Und wann ist das der Fall?", wollte Sebastian wissen.

„Regulär drei Mal die Woche. Manchmal den ganzen Tag, manchmal nur von 16 bis 20 Uhr oder am langen Donnerstag von 18 bis 22 Uhr. Danach werde ich mir frei nehmen, so oft es geht! Da ich stundenweise arbeite, steht mir ein wenig Urlaub zu. Also, lass uns jetzt in die Stadt gehen und uns nach etwas Kleidung für dich umschauen, ja?" Sie stupste ihn mit der Nasenspitze an und gab ihm einen kurzen Schmatz auf die Lippen, den er erfreut erwiderte.

„Mama", rief Hanne ihrer Mutter zu, bevor sie das Haus verließen, „wir gehen in die Stadt, Klamotten kaufen, ja?"

„Aber Kind, die Läden schließen doch bald", rief ihnen Doris hinterher, doch sie hörten sie nicht mehr, ihre Tochter und der junge Mann an ihrer Seite, waren bereits gegangen.

Sebastian hörte die Tür hinter sich zuschlagen und fand sich im Treppenhaus wieder.

„Wollen wir den Fahrstuhl nehmen?", fragte Hanne und drückte auf den Knopf.

„Klar!", lachte Sebastian.

„Darf ich bitten?" Die kleine Frau öffnete die Tür und machte eine auffordernde Handbewegung. Der Fahrstuhl war tatsächlich klein, fand der junge Mann, doch jetzt hatten er und Hanne ausreichend Platz.

„Als Engel hätten wir Mühe, hier zusammen zu stehen. Jetzt sind wir viel fahrstuhltauglicher." Sie schaute vielsagend zu ihm auf.

„Eigentlich kann es doch Engeln gar nicht an Platz mangeln", sinnierte Sebastian, „sie sind doch Energie!"

„Stimmt, nur – wie hättest du dich gefühlt, wenn du dich samt deiner Flügel in diese Zelle gequetscht hättest? Du hättest womöglich einen klaustrophobischen Anfall bekommen!" Hanne blinzelte Sebastian zu. „Es ist alles eine Sache der Wahrnehmung, nicht wahr?", fragte sie, während sie leger die Tür des Lifts aufstieß.

„Ja, so kann man das sagen", pflichtete Sebastian bei. „Bei unserer Ankunft rietest du mir, ich solle meine Flügel einziehen, sonst würden sie an den Wänden entlang schleifen. Wenn ich bedenke, dass man sich einst den Kopf darüber zerbrochen hat, wie viele Engel auf einen Stecknadelkopf passen, dann ist es doch reiner Hohn, zu behaupten, dass Räumlichkeiten für einen Engel zu eng seien. Dieser Raum hier", Sebastian deutete auf die Fahrstuhlzelle, „kann ein ganzes Engeluniversum enthalten und wir bemerken es nicht einmal. Alles, was groß ist, ist auch klein, womit bewiesen ist, dass Größe nicht von Belang ist." Hanne nickte wissend.

„Ja", erinnerte sie sich, „jetzt verstehe ich auch, warum Micah so verwirrt aussah, als ich einmal zu ihm meinte, der Raum der Bibliothek sei größer, als es das Gebäude vermuten ließe. Er scheint so gewöhnlich, wenn man im Erdgeschoss steht. Wenn man aber empor fliegt, in eines der Stockwerke und die Räume dort betritt, dann erkennt man, dass sie ein kleines Universum bilden. Ist das nicht toll? Ich meine", fuhr Hanne mit leuchtenden Augen fort, „ich stand in diesem unendlichen Raum und egal, wohin ich blickte, überall waren Bücherregale. Sie reichten so weit in die Ferne, dass mein Auge deren Ende nicht ausmachen konnten."

„Dann weißt du nun auch, warum ich ab und an in der Bücherannahme ausgeholfen habe. Das Verlangen nach Erkenntnis ist grenzenloser als die – möglicherweise daraus folgende – Freude oder Enttäuschung", fügte Sebastian weise hinzu.

Sie traten ins Freie und entzückten sich an der untergehenden Sonne, die sie mit ihren letzten Strahlen wärmte. Sebastians Blick wanderte über die Vorgärten der Wohnsiedlung, dann auf den Asphalt zu seinen Füßen. Er nickte zufrieden. Er war wieder ein Mensch. Nun war alles wieder in Ordnung.

„Komm", forderte er sie auf, „lass uns ins Getümmel stürzen." Sie schlenderten zur Haltestelle und stiegen in die nächste Bahn.

Wie lange lag es zurück, als Sebastian das letzte Mal mit öffentlichen Verkehrsmitteln gefahren war? Er kratzte sich nachdenklich am Kopf und kam staunend zu dem Ergebnis, dass es mehrere Jahre her sein musste. Er erinnerte sich an seine Kindheit und die Jugendzeit. Damals hatte er den strengen Geruch und die drängenden Menschenansammlungen in öffentlichen Verkehrsmitteln gehasst und sich sehnlichst gewünscht, dass seine Eltern endlich über die finanziellen Mittel verfügen würden, um sich ein Auto zuzulegen.

Heute empfand er den Mief als würzig und sog den Duft tief und mit Genuss ein. Als er einer älteren Frau lächelnd seinen Platz anbot, war es ihm eine Freude, ihr Lächeln zu sehen. Hanne lehnte an seiner Schulter und blickte verträumt auf die vorbeiziehenden Gebäude, Gassen, Autos und Menschen. Irgendwann wurde ihre Zielhaltestelle durchgesagt. Sie erhoben sich und traten zu einem der Ausstiege. Sebastian blickte durchs Fenster und staunte.

„So viele Menschen", flüsterte er Hanne tief beeindruckt zu. Hanne lächelte versonnen. Die Türen schoben sich auseinander und Sebastian sah zig Gesichter unterschiedlichen Alters und Geschlechts. Sie sahen ihn mehr oder minder geduldig an und warteten darauf, dass er den Einstieg freimachte.

Plötzlich begann sein Herz wild zu klopfen und ihm wurde schwindlig. Hanne packte ihn sanft am Ärmel und zog ihn energisch aufs Trottoir.

„Komm, setz dich", sagte sie und bugsierte ihn zu einer Bank, die in der Nähe stand. Dann nahm sie seine Hand und streichelte sie so lange, bis der verstörte Ausdruck von Sebastians Gesicht verschwand und einem gequältem Lächeln Platz machte.

„Ich kenne dieses Gefühl", meinte sie nach einer Weile mitfühlend, „es wird für dich viel schlimmer sein, weil du es nicht gewöhnt bist, unter vielen Menschen zu sein. Aber schau", Hanne wies auf die Passanten, die an ihnen vorüber zogen, „niemand nimmt Notiz von uns."

„Woher kennst du dieses Gefühl?", fragte Sebastian aufmerksam, „du warst doch nie …" Er stockte. Hanne blickte ihn schlau an.

„Als ich erfuhr, dass ich – auch – ein Engel bin", begann sie im Flüsterton, „da konnte ich plötzlich anders wahrnehmen. Ich habe mich zunächst ausschließlich als Engel unter Menschen begriffen und gefühlt – und daher völlig deplatziert und fremd. Wenn du dich unter Menschen fremd fühlst, dann färbt das auf sie ab und sie erkennen dich als Fremden. Sie fühlen oder merken deine Selbstwahrnehmung und ihre Sensoren – je nachdem, wie stark sie ausgebildet sind – richten sich automatisch auf das, was du in diesem Augenblick signalisierst: den Engel. Du strahlst aus, was du bist, was du denkst und was du fühlst. Deine Umwelt spiegelt es nur. Wenn du dich ausschließlich als Engel fühlst und siehst, kann deine Umgebung dich nicht als Mensch erkennen. Was du verstecken willst, werden sie umso neugieriger betrachten. Wenn du dich als Engel selbst verleugnest und meinst, du seiest ausschließlich ein Mensch, dann werden dich die Menschen zwar ignorieren, aber du wirst dich fühlen, als hättest du dich selbst vergewaltigt. Wie sie dich sehen, hängt also ganz von dir ab!" Hanne tippte Sebastian mit ihrem Finger sanft an die Brust.

„Am schönsten ist es", fuhr die kleine Frau energisch fort, als sie sein Interesse bemerkte, „unter Menschen zu wandeln und sich als Engel zu fühlen, der sich als Mensch erfährt, dann gehörst du dazu. Du bist sowohl das Eine als auch das Andere. Die Balance ist wichtig, die Ausgewogenheit in allem!"

„Du hast keine Angst, dass die Umgebung auf deinen Engelanteil verwirrt reagiert?", fragte Sebastian verwundert.

„Es mag an mir etwas sein, was manchen Menschen fremd vorkommt. Aber damit müssen sie leben – ich muss es schließlich auch! Wenn ich in mir selbst ruhe und sehr klar bin, keine Angst habe, dann reagieren die Menschen, trotz dieser eventuell für sie ungewohnten Facette an mir, ruhiger und gelassener. Sie halten den unbekannten Teil von mir eher aus, verstehst du? Nimm dich selbst, so wie du bist und deine Umgebung wird es dir gleich tun!" Sebastian nickte zustimmend.

„Das leuchtet mir ein", sagte er dankbar und fügte überzeugt hinzu, „immer schön die Balance halten, nicht wahr?"

„Ja, genau", freute sich Hanne, „und nun komm, lass uns durch die Geschäfte ziehen und für dich was Hübsches kaufen!"

Bote

„Was habt ihr denn vor in F.?", der Fahrer warf einen Blick in den Rückspiegel.

„Wir besuchen eine Freundin", antwortete Hanne. „Sie waren auf die Minute pünktlich", lobte sie den jungen Mann, „das ist bei Mitfahrgelegenheiten nicht selbstverständlich. Manche sagen zu und dann wartet man vergeblich", fügte sie hinzu.

„Nein, zu denen gehöre ich nicht", der Fahrer lachte, ein Student, der regelmäßig zwischen Wohn- und Studienort pendelte. „Es lohnt sich schließlich auch für mich, wenn ich die Spritkosten teilen kann." Er hielt kurz inne. „Wir sind gleich da. Soll ich euch am Bahnhof absetzen?" Sebastian nickte.

„Schön, da muss ich ohnehin vorbei." Hanne kramte im Rucksack herum und förderte einen Geldschein zutage. Als der junge Mann anhielt, reichte sie ihm diesen, bevor sie ausstiegen.

„Vielen Dank!", sagte sie lächelnd, „es war eine angenehme Fahrt."

„Hat mir auch gefallen", antwortete der Fahrer erfreut. „Der Kofferraum ist offen", schob er nach.

„Danke nochmals", sagte auch Sebastian, bevor er den Kofferraum zuschlug und der Mann weiterfuhr.

„So, das hätten wir! Ich glaube, wir sollten unsere hungrigen Mägen füllen, findest du nicht?", fragte Sebastian.

„O ja", stöhnte Hanne und wies auf einen Imbiss in unmittelbarer Nähe des Bahnhofs. „Komm", sie packte Sebastian sanft am Ärmel und zog ihn hinter sich her. „Döner macht schöner!" erklärte sie. Die beiden schlenderten auf den Imbiss zu und genossen die Sonnenstrahlen auf ihrer Haut, als Sebastian plötzlich wie angewurzelt stehen blieb.

„Sieh mal!", rief er und wies auf die Zeitung, die auf der Ablage eines Kiosks lag. Er griff danach und seine Augen wurden groß und rund.

„Was denn?", neugierig schaute ihm Hanne über die Schulter.

„Lass uns die Zeitung kaufen", bat er aufgeregt und forschte ungeduldig in ihrem Gesicht nach einem Zeichen der Zustimmung.

„Ja, ja, okay", antwortete Hanne leicht verwirrt, „wie du meinst." Sie kramte ein paar Münzen hervor und bezahlte. „So und nun?", fragte sie vorwitzig und linste wissbegierig auf das Titelblatt.

„Hier!", sagte Sebastian, während sie sich vom Kiosk entfernten und wies auf ein großes Foto, „das ist Ida! Sie wurde verhaftet, weil sie unter Verdacht steht, etwas mit meinem Verschwinden zu tun zu haben!" Sebastian sah die kleine Frau bestürzt an.

„Wieso sind wir nicht früher darauf aufmerksam geworden?" Der junge Mann fluchte leise und klatschte sich mit der Handfläche gegen die Stirn. „Sie sitzt da … im Knast, und wir …", er seufzte leise, „vertrödeln uns die Zeit mit einkaufen …"

„Beruhige dich", bat Hanne und legte ihm tröstend die Hand auf die Schulter. „Vielleicht war es ganz gut so!" Sie erntete von Sebastian einen verständnislosen Blick.

„Wie meinst du das?", fragte er irritiert.

„Na …", überlegte Hanne, „Ooniemme war bei uns und hat sich gefreut, dass wir Zeit miteinander verbringen. Er wusste doch, dass Ida in Schwierigkeiten war, hat uns aber nichts gesagt. Wir sollten nicht voreilig reagieren, erst, wenn es an der Zeit ist, verstehst du?" Der junge Mann spürte Wut in seinem Bauch aufsteigen. Er war kurz davor, den Engel zu rufen und ihn zur Rede zu stellen, als er sich erinnerte, dass sie mitten in der Fußgängerzone standen. Hanne schien seine Gedanken erraten zu haben.

„Gib nicht dem Engel die Schuld", sagte sie leise und sah ihn mit ihren dunklen Augen eindringlich an.

„Warum soll es nicht an der Zeit gewesen sein, sie schon eher da raus zu holen?", bellte er im pampigen Ton, den er sogleich bereute.

„Das kannst du mir sicherlich sagen", antwortete Hanne ruhig. Er zog sie am Ärmel zu einer nahestehenden Bank.

„Lass uns hier hinsetzen. Ich habe das Gefühl, dass die Imbissbude Ohren hat", murmelte er. „So …", überlegte er – erstaunt darüber, dass ihm gerade ein Geistesblitz gekommen war. „Ida ist eine herzensgute Frau, aber sie ist …", Sebastian fuhr sich übers Kinn, „in einigen Dingen sehr stur – kein Wunder, musste sie ihre ‚Amnistiker'-Idee doch gegen viele Widerstände durchsetzen. Dann lastete die Verantwortung für die Sekte auf ihren Schultern. Der Punkt ist", er sah die kleine Frau mit seinen Bernsteinaugen nachdenklich an, „dass ich, als ich mich damals entschieden habe, Azrael zu rufen und mich in einen Menschen verwandeln zu lassen, fühlte, dass sie dagegen gewesen wäre, hätte sie die Wahrheit gewusst."

„Die Wahrheit?" Hanne hob skeptisch eine Augenbraue.

„Ja, sie dachte, Azrael würde mich zu einem vollständigen Engel machen."

„Ach das." Hanne erinnerte sich. „Und was glaubst du? Wie ist es jetzt?"

„Ich weiß es nicht. Wenn ihr nicht einer der Engel einen Tipp gegeben hat, kann sie nicht wissen, was mit mir passiert ist. Aber sie hat die Bestätigung dafür, welch überaus dumme Idee es war, dieses Gebräu herzustellen – und mich damit in einen Engel zu verwandeln. Der Arrest gab ihr nun genug Zeit zum Nachdenken. Schon als ich sie verließ, dachte sie vorsichtig über die Auflösung der ‚Amnistiker‘ nach, aber jetzt …"

„… müsste ihr klar sein, dass dies der einzig richtige Weg ist", vollendete Hanne den Satz und gab ihm für seine Findigkeit einen kurzen, aber innigen Kuss auf die Lippen. Der junge Mann lächelte und atmete leise aus.

„Wenn das so einfach wäre", sinnierte er und sah sie stirnrunzelnd an, „es handelt sich um ein riesiges Imperium. Und die Schlagzeilen", er hielt die Zeitung hoch, „machen es nicht gerade einfacher. Komm, lass uns etwas essen gehen, ich habe Hunger."

„Außerdem können wir die Zeitung dort auf dem Tisch ausbreiten", Hanne erhob sich.

„Wie wollen wir sie befreien?", fragte Hanne, als sie mit dem Döner in der Hand an einem der Tische saßen und sie es sich schmecken ließen.

„Hmm, lass uns erst essen, dann können das ganze Special über Ida lesen." Hanne nickte.

„Okay", meinte sie und biss herzhaft in die gefüllte Teigtasche.

Auch Sebastian ließ es sich schmecken. Früher waren Döner einfach Döner gewesen, nichts besonderes, ein Imbiss halt, den man sich zwischendurch reinschob. Jetzt war diese einfache Speise für ihn wie ein Königsmahl: das weiche, warme Brot, die duftenden zarten Fleischstreifen, der knackige bunte Salat – alle Sinne auf das Mahl gerichtet, glaubte er, in jeder Zelle seines Körpers diesen Genuss zu erleben. Hanne freute sich über die Lust, die er offensichtlich am Essen hatte.

Als sie satt waren, lasen sie gemeinsam sämtliche Artikel über die Vorfälle um Ida.

„Sie hat eine Aussage gemacht", sagte Hanne nach einer Weile, „die Polizei hat sich dazu geäußert."

„Ich weiß nicht, ob sie mit der ganzen Wahrheit herausgerückt ist", sagte Sebastian und rieb sich nachdenklich das Kinn. „Ich muss herausfinden, welche Geschichte Ida zum Besten gab. Wenn ich bei der Polizei auftauche, muss ich dieselbe Aussage machen. Nur so kann ich sie entlasten und Werners Aussage entkräften. Ich lebe ja schließlich noch."

„Wir kommen aber nicht an sie heran, um sie zu befragen", meinte Hanne stirnrunzelnd.

„Wir müssen uns etwas einfallen lassen", erwiderte der junge Mann aufgeregt.

„Was ist denn mit Victor?"

„Hier, schau doch", Sebastian wies auf eine Stelle im Artikel, die Hanne überlesen hatte.

„Sie haben Victor im Wald gefunden, er ist dort herumgeirrt. Sie sagen, er würde wirres Zeug stammeln und sei nicht zurechnungsfähig. Auf Grund seiner Akte bei den Behörden, konnte er identifiziert werden."

„Was ist denn mit ihm passiert?", fragte Hanne bestürzt und blätterte aufgeregt im Blatt.

„Ich vermute, er hat dieses Pulver an sich selber ausprobiert, als er sah, dass es bei mir funktionierte. Er sah mich oft so seltsam an. Ich glaube, es war Neid …" Sebastian stockte und blickte direkt in das neugierige Gesicht des Dönerbudenbesitzers.

„Komm", forderte er Hanne auf, „lass uns gehen." Sie beglich die Rechnung beim Ladeninhaber, der sichtlich enttäuscht war, dass er nun das Ende der Story nicht erfuhr.

„Kennst du dich hier aus?" Hanne blickte den jungen Mann fragend an.

„Ein wenig", antwortete er. „Ich glaube", ein Lächeln erschien auf seinen Lippen, „es gibt einen Park in der Nähe, er ist sehr hübsch, weitläufig und grün."

„Genau das, was wir brauchen, um ungestört zu sein", fügte die kleine Frau hinzu. Er ergriff ihre Hand und führte sie vor das Tor einer weitläufigen Parkanlage.

„Wie vor Gottes Haus damals, erinnerst du dich? Ach …", ihr Blick wurde melancholisch, „das warst ja gar nicht du, sondern Micah, mit dem ich dort gewesen bin."

„Du warst bei Gott zu Besuch?" Sebastians Augen wurden vor Staunen groß und rund.

„Ja, kurz bevor wir Menschen wurden." Hannes Augen leuchteten. „Er sagte, wir würden uns hier erfahren. Ich meine …" sie zögerte, „wir verstanden die Bedeutung unserer Aufgaben und unseres Daseins, im Bezug auf die Menschen, nicht. Micah, mein Freund, nicht und ich auch nicht."

„Oofiel, sag mir", sie sah in eindringlich an, „warst du auch einmal bei Gott?" Sebastian legte seine Stirn in Falten und dachte nach.

„Wir sind alle bei Gott", meinte er, „aber bei ihm zu Hause, zu Besuch …", er grübelte, „nein, da war ich nicht."

„Wer hat dich auf die Idee des Inkarnierens gebracht?" Hanne war aufrichtig erstaunt.

„Ich glaube, es war Jofiel – nein, nicht Jofiel, es war Ooniemme. Er meinte, ich soll es machen, das sei ein brennend heißer Tipp unter Engeln: inkarnieren!" Der hoch gewachsene Mann lachte über das ganze Gesicht.

„Und warum hat er es nicht gemacht?"

„Weil er mir den Vortritt lassen wollte. Er meinte, es müsse jemanden geben, der auf mich aufpasst, derweil ich in der Welt der Menschen wandle. … Ich erinnere mich jetzt, als sei es gestern gewesen." Hand in Hand schritten sie gemeinsam durch das Tor.

„Und Jofiel?", hakte sie nach, derweil sie den Weg durch den Park beschritten.

„Du stellst Fragen. Was möchtest du denn über Jofiel wissen?"

Sebastian spürte, wie ihm bei dem Namen das Herz wild zu klopfen begann. Er nahm seine Kappe ab.

„Alles okay mit dir?", fragte Hannes besorgt.

„Er ist … der älteste von uns …", Sebastian lächelte versonnen, „etwas sehr Inniges verbindet mich mit ihm, aber … ich", er blickte auf und sah sie mit seinen Bernsteinaugen seltsam melancholisch an, „ich erinnere mich kaum an ihn."

„Kannst du dich nicht erinnern oder willst du es nicht?", hakte Hanne eindringlich nach.

„Warte." Sebastian wurde es ganz heiß vor Emotionen, er blieb stehen.

„Schau", meinte die kleine Frau, „dort hinter den Büschen, die Bank. Lass uns dort hinsetzen, ja?" Der junge Mann nickte und ließ sich dankbar führen. Als er Platz nahm, atmete er erleichtert auf.

„Also ...", Sebastians Blick wanderte nachdenklich zum Himmel. „Er ...", kleine Schweißperlen sammelten sich auf seiner Stirn – so etwas hatte er noch nie erlebt.

„Lass dir ruhig Zeit", Hanne ergriff seine Hand.

„Jofiel und mir wurde eine Beförderung zugesprochen, wir sollten im engeren Umkreis von Gott zu arbeiten. Nur ...", Sebastian atmete geräuschvoll aus und runzelte die Stirn, „wenn du diese Aufgabe übernimmst, kannst du nicht mehr inkarnieren ... und ...", der junge Mann stockte, „einer von uns musste diese Aufgabe übernehmen."

„Er hat sie übernommen, damit du inkarnieren kannst?", fragte Hanne mitfühlend. Sebastian senkte den Kopf und nickte.

„Ja", sagte er leise.

„Ich dachte, Erzengel wären schon inkarniert", sinnierte Hanne, „Michael wusste Bescheid und konnte es erklären, Chamuel auch, aber nicht Jofiel?"

„Nein, der nicht. Er konnte mir andere Fragen beantworten, aber davon hatte er keine Ahnung. Manchen Engeln ist es eben versagt, zu inkarnieren." Sebastian blickte zu Hanne. Tränen standen ihm in den Augen.

„Und jetzt fühlst du dich schuldig?" Der junge Mann nickte wieder und sah beschämt zu Boden. „Sebastian, das ist Unsinn", Hanne sah ihn eindringlich an und fuhr ihm mit der Hand durchs weiche Haar, „nur weil er jetzt nicht inkarnieren kann, heißt es noch lange nicht, dass ihr euch nicht ablösen könnt!"

„Ablösen?" Sebastian hob eine Augenbraue.

„Ja, die Aufgabe wurde euch beiden angeboten."

„Ja, und?"

„Na, überlegt doch mal. Er kann nicht inkarnieren, solange du hier bist, weil eine bestimmte Aufgabe erfüllt werden muss. Bist du wieder zu Hause, kannst du diese Aufgabe übernehmen. Dann kann er Mensch werden."

„Er hat doch viel mehr Erfahrung gesammelt, es wäre doch blöd von Gott, ihn durch mich Stümper zu ersetzen. Ich muss das alles doch erst lernen!" Hanne musste lachen.

„So denken nur Menschen", sagte sie und wurde sofort wieder ernst. „Verstehst du das nicht?", fragte sie leise. „So wie er lernte, wirst du auch lernen. Du wirst genauso erfahren sein. Jeder hat alle Möglichkeiten, er nutzt sie nach Gutdünken. Wenn Gott Jofiel fehlt, dann bist du eben da. Bist du nicht ‚gut genug', wird es jenen Lehrer geben, der einst auch Jofiel unterwies, hm?" Sebastians Züge hellten sich auf.

„So habe ich das noch gar nicht gesehen", meinte er erstaunt. Voller Herzenswärme dachte er an seinen Bruder und sandte ihm zum ersten Mal seit langem einen Gruß, der sofort und freudig erwidert wurde.

„Hanne", sagte er gerührt, „danke!"

„Keine Ursache." Die kleine Frau schlang ihre Arme um seinen Hals und gab ihm einen zärtlichen Kuss. „Lass uns überlegen, wie wir die Sache mit Ida angehen, hm?" Sebastian, immer noch ergriffen, stimmte zu.

„Nur ein paar Minuten", bat er, „um die neue Sachlage mit meinem Bruder zu verdauen. Dann legen wir los." Hanne nickte mitfühlend.

Eine geraume Weile verharrten sie nebeneinander und genossen, jeder für sich, die Ruhe und Schönheit der Natur.

„Gut", begann Sebastian schließlich, „resümieren wir. Victor, haben wir erfahren, wurde gefunden und in eine Psychiatrie eingewiesen. Er ist nicht zurechnungsfähig, er …", er stockte.

„Er hat die Rückverwandlung in einen Menschen nicht verkraftet", wandte Hanne ein, „weißt du noch, wie du zögertest? Obwohl du wusstest, dass es das einzig richtige ist." Sebastian nickte und atmete geräuschvoll aus.

„Wie hätte er es verkraften können? Sein Dasein als Mensch hasste er, er hasste sich und diese Welt. Aber sein Ego reichte in den Himmel. Er wollte ein Engel sein, um überhaupt in den Spiegel schauen zu können. Was meinst du, wie er sich gefühlt haben muss, als ihm nach all den Schmerzen klar wurde, dass er nun sterben sollte." Der junge Mann fuhr sich mit zitternden Händen durch das Haar.

„Die Verwandlung und die Rückverwandlung, es hat dich alles ziemlich mitgenommen, ist es nicht so?" Hannes Stimme war voller Mitgefühl.

„Es ist nicht nur das." Sebastian fühlte sich auf einmal sehr müde. „Es ist das Hin und Her der Emotionen und …" er sah sie gequält an, „diese Vielfalt an Informationen. All die Verwandtschaftsverhältnisse zwischen den Engeln, die Erinnerungen an das Engelreich und … Ja, die Verwandlung und …", er seufzte tief, „unser winziger Verstand, der alles unter einen Hut zu bringen versucht. Ich …", er stockte und lehnte sich zurück, „es wundert mich nicht, dass Victor verrückt geworden ist."

„Glaub mir, ich kenne das. Ich habe zwar keine Verwandlung hinter mir, aber die letzten Monate … oh, wie habe ich mich verrückt gemacht. Bin ich Mihr, bin ich nicht Mihr? Kann ein Mensch ein Engel sein, darf er sich das anmaßen? Was macht ein Mihr in einer Menschenwelt? Ich", sie stockte, „ich kam mir so deplaziert vor in dieser Welt, als deren Teil ich mich nicht empfand."

„Ist es denn besser geworden?" Die Bernsteinaugen blickten sie eindringlich an.

„Ich denke ja-nein", antwortete die kleine Frau wahrheitsgemäß. „Es gibt vieles, was in meinem Leben noch nicht stimmt. Solange ich mit meinem Leben nicht zufrieden bin, werde ich nicht ankommen und mich fremd fühlen. Das ist auch nicht das Ziel, ich kam hierher, um mich zu erfahren. Glaub mir", bat sie leise, sanft glitten ihre Finger über den zarten Flaum auf seinem Hals, „für mich ist es auch nicht einfach, Mensch und Mihr zugleich zu sein. Zwei Welten, die miteinander verbunden werden wollen." Sebastian nickte mitfühlend und gab ihr einen Kuss, den sie dankbar erwiderte. Dann schmiegte sie sich an ihn und ließ sich von dem sanften Auf und Ab seines Brustkorbs beruhigen.

„Ich glaube", Sebastian fuhr der kleinen Frau durch das Haar, „Victors Irrwege haben uns einen wesentlichen Vorteil verschafft."

„Welchen?" Hanne hob den Kopf. Neugierig ruhten ihre braunen Augen auf seinem Antlitz.

„Er ist unglaubwürdig geworden! Er gilt als irre und kann so viel er will, von Engeln und Verwandlungen labern, es wird ihm keiner glauben. Dass er noch lebt, entlastet Ida!"

„Einer bleibt, an dessen ‚Tod' sie Schuld sein könnte", warf Hanne ein.

„Ja, ich!" Sebastian nickte.

„Dann ist es doch ganz einfach!", plötzlich kann Leben in die kleine Frau, „wir gehen zur Polizei und sie sehen, dass du nicht tot bist!"

„Nee, eben nicht!", fuhr der junge Mann aufgeregt dazwischen, „ich muss wissen, was sie ausgesagt hat. Ich kann doch den Beamten nicht irgendwas erzählen, was meine Abwesenheit erklärt, aber es deckt sich nicht mit der Geschichte von Ida."

„Aber du bist doch nicht tot!" Hanne sah ihn verständnislos an.

„Ja, verstehst du denn nicht? Das reicht nicht. Sie hat eine *Aussage* gemacht. Alles wird überprüft. Sie steht unter *Mordverdacht*! Ich muss wissen, was sie gesagt hat, um sie nicht Lügen zu strafen." Hanne sank in sich zusammen.

„Ja", murmelte sie geknickt, „aber wie finden wir das heraus?" Sie sah ihn ratlos an.

„Ooniemme könnte es für uns herausfinden."

„Darf er denn solche Erkundigungen einziehen?"

„Das habe ich mich auch schon gefragt", seufzte Sebastian, „andererseits … Wir sollten es versuchen, wir können ihn ja fragen, ablehnen kann er immer noch … Ooni?", rief Sebastian seinen Bruder, „Ooniemme bist du da?" Sie hörten eine Stimme, die lauter wurde.

„Bin schon da, bin da", sagte der Engel, als er vor ihnen stand. „Ihr habt euch ja ein schönes Plätzchen ausgesucht", meinte er und schaute sich neugierig um. „Rückt mal ein bisschen", er nahm neben den beiden auf der Bank Platz. Dann ordnete er seine hellen Schwingen und sah die beiden aufmerksam an.

„Ida wurde verhaftet", begann Sebastian, „das weißt du sicherlich. Sie hat eine Aussage über meinen Verbleib und den chaotischen Umständen in ihrem Haus abgegeben."

„Sie ist unschuldig", pflichtete Ooniemme seinem Bruder bei.

„Ja, genau. Deshalb wollen Hanne und ich sie aus der Haft herausholen."

„Dafür braucht ihr den Inhalt ihrer Aussage, stimmt's?"

„Ja, genau", sagte Hanne. „Kannst du sie befragen? Du würdest uns außerordentlich helfen!", fügte sie hinzu.

„Hmm, ja, das verstehe ich gut", sagte der Engel aufmerksam, hielt aber inne. „Hmm", er rieb sich grübelnd das Kinn, „ich weiß nicht ... ich darf eigentlich nicht von deiner Seite weichen." Er sah Sebastian zweifelnd an.

„Kannst du nicht eine Ausnahme machen? Bitte Ooniemme, du bist der Einzige, der uns helfen kann." Sein Bruder sah ihn flehend an. Der Engel runzelte nur die Stirn.

„Du versuchst es?" Sebastians Blick hatte etwas Verzweifeltes.

„Ja, ich schaue was sich machen lässt. Wartet hier." Die beiden nickten.

Nach einigen Flügelschlägen war er im Himmel angekommen. Ooniemme strich sich die Kleidung glatt und verlagerte nervös sein Gewicht von einem Bein auf das andere.

„Komm, mach auf, ich weiß, dass du da bist", rief er.

„Ja, ja, ich komme schon", hörte er eine Stimme sagen. Jofiel öffnete die Tür.

„Was machst du denn hier?", fragte er verblüfft, „du darfst doch deinen Schützling nicht alleine lassen!" Er sah ihn mit seinen Bernsteinaugen durchdringend an.

„Ich bin gleich wieder weg, ich muss dich was fragen."

„Musst du dafür gleich in den Himmel kommen, warum hast du mich nicht gerufen?"

„Ich dachte, du seiest beschäftigt."

„Aha!", Jofiel runzelte die Stirn, „aber hierher zu kommen ... Ach, ich werde euch Schutzengel nie verstehen, manchmal kommt's mir wirklich so vor, als färbte das Verhalten eurer Schützlinge auf euch ab. Komm herein und setz' dich wenigstens." Ooniemme trat in Jofiels Büro und nahm Platz.

„Raus mit der Sprache." In knappen Worten erklärte der kleine Engel seinem großen Bruder das Problem.

„Du weißt, dass du nicht von Sebastians Seite weichen darfst?", wiederholte Jofiel ironisch, nachdem sein Bruder geendet hatte.

„Jahaaa", der kleine Engel schnaubte verächtlich, „ich hab ...", er grummelte leise vor sich hin.

„Was hast du?", unterbrach ihn sein Bruder scharf.

„Ich hab meine Freundin, die Elfe gebeten, auf ihn aufzupassen, solange ich nicht da bin. Dem passiert schon nix!"

„Ouuh", Jofiel klatschte sich mit der Hand gegen die Stirn. „Du bist ein Dödel!", er seufzte leise.

„Darf ich?" Ooniemme sah seinen großen Bruder flehend an.

„Wo bleibt der Kerl nur?", Sebastian fuhr sich ungeduldig durch das Haar, „es wird bald dunkel, und kalt ist mir auch."

„Hab noch etwas Geduld", antwortete Hanne und gähnte, „ist vielleicht etwas knifflig, die Sache", fügte sie hinzu. „Komm, ich wärme dich." Sie kuschelte sich noch enger an ihn und gab ihm einen Kuss.

Ida lag auf der Pritsche und starrte in das Auge der kleinen Kamera, die auf sie gerichtet war. Dann wanderte ihr Blick auf den blinden Punkt darunter und sie seufzte schwer. Nein, sie konnte nicht erwarten, dass Michael ihr permanent Gesellschaft leistete. Ida sah erneut in die Kamera. Amüsiert stellte sie fest, dass sich ihre Bewacher auf der anderen Seite nun von ihr beobachtet fühlten. ‚Wenigstens etwas Unterhaltung‘, dachte sie nachdenklich. Irgendwann wurden ihr die Augen schwer und sie fiel in einen tiefen, erholsamen Schlaf.

‚Ida?‘, sie blinzelte vorsichtig durch die schweren Lider.

„Ja?", jetzt erkannte sie Sebastians Schutzengel, der sie mit einem Lächeln begrüßte.

‚Ooniemme!‘, entfuhr es ihr gerade noch in Gedanken. Mit einem Schlag war sie hellwach, ‚Ooni bist du's wirklich? Sag mir, was macht Sebastian, geht's ihm gut? Was ist aus ihm geworden? Erzähl‘, insistierte Ida in seinen Kopf hinein.

‚Es geht ihm gut! Er ist ein Mensch‘, antwortete Ooniemme. ‚Das weißt du doch von Michael!‘

‚Ja, aber es von dir zu hören, macht es greifbarer‘, antwortete sie mit einer Spur von Scham, ob ihrer gehegten Zweifel.

‚Sebastian schickt mich, um von dir Informationen einzuholen. Er möchte den Inhalt deiner Aussage wissen. Damit er dich befreien kann.‘ Ida nickte.

‚Weißt du, dass er eine riesige Narbe am Oberarm hat? Sie rührte von einem Unfall vor einiger Zeit.‘

‚Ja‘, sagte der Engel aufmerksam.

‚Er erzählte mir, er sei mit Freunden im Wald gewesen und in eine Scherbe gefallen. Ja. Dies habe ich auch den Behörden erzählt. Außerdem hätte er sich von mir verabschiedet, um jemanden zu besuchen. Wer das sei, wüsste ich nicht. Die Polizei sucht nach ihm, fand ihn jedoch bisher nicht!‘ Der Engel nickte wissend.

‚Ja, Zufälle gibt’s, die gibt’s gar nicht! Ich habe mir deine Geschichte gemerkt, sie ist schlüssig! Ich werde Sebastian informieren. Er wird jemanden mitbringen.‘

‚Wen denn?‘, fragte Ida neugierig.

‚Das ist eine Überraschung‘, erklärte der Engel geheimnisvoll.

‚Magst du mir einen Hinweis geben?‘, bettelte Ida.

‚Sein Name fängt mit Em an‘, grinste Ooniemme.

‚Michael? Was soll an ihm überraschend sein?‘, fragte Ida verwirrt.

‚Nicht Michael!‘, der Engel schüttelte den Kopf. ‚Lass dich überraschen‘, wiederholte er, ehe er sich von Ida verabschiedete.

Sie waren auf der Parkbank eingeschlafen.

„He, ihr Schlafmützen, aufwachen“, klang es von weit her an ihr Ohr.

„Hä? Was?“ Hanne rieb sich verschlafenen die Augen und streckte sich.

„He, wach auf!“, stupste sie ihren Begleiter an.

„Hmm? O ja, Ooni, da bist du ja.“ Sebastian war sofort hellwach.

„Sie hat mir mitgeteilt, was sie aussagte“, meinte der Engel aufgeregt, „hört zu …“

Sebastians staunte: „Ich wusste nicht, dass sie sich noch daran erinnert, sie ist genial! Ich habe diese Narbe und eine fremde Person habe ich auch besucht. Wow! Zufälle gibt’s, die gibt’s gar nicht! Weiß sie von Michael, dass ich bei Hanne bin?“ Ooniemme schüttelte den Kopf.

„Nein, sie ist“, er deutete auf Hanne und seine Augen leuchteten, „das Sahnehäubchen auf dem Eis.“

„Ooni, ich kann dir gar nicht sagen, wie dankbar ich dir bin“, Sebastian umarmte seinen Bruder. Hanne nickte freundlich und hielt sich rücksichtsvoll abseits.

„Du wirst dich doch nicht zieren", wandte sich Ooniemme an sie und breitete seine Arme aus. Hanne fühlte sich ertappt, Röte schoss ihr ins Gesicht. Sie lächelte verlegen, zögerte kurz und umarmte dann den Engel.

Nachdem sich der Schutzengel verabschiedet hatte, beschlossen die beiden, eine Pension aufzusuchen und dort über Nacht zu bleiben.

Am Morgen standen sie zeitig auf und machten sich auf dem Weg zum nächsten Polizeirevier. Die Beamten waren sehr verblüfft, als Sebastian sich identifizierte. Sie kramten ungläubig ein Fahndungsfoto hervor, dessen Abbild sie mit Sebastians Äußerem eingehend verglichen. „Wer ist die junge Dame neben Ihnen?", wollte der Beamte wissen.

„Sie ist jene, die ich besucht habe, gemäß der Aussage von Frau Ida B."

Sahnehäubchen

„… Nachdem Polizei und Staatsanwaltschaft von dem unglaublichen Ereignis unterrichtet waren, wurde umgehend das Gerichtsverfahren eingeleitet. In dessen Rahmen wog eine Aussage die andere auf. Werner L.'s Verdacht, der Hintergrund zu Sebastian Z.'s Verschwinden sei ein Mord, wurde entkräftet! Ida B. wurde gestern offiziell aus der Untersuchungshaft entlassen! Victor H., der seit seinem Auftauchen aus unbekannten Gründen unzurechnungsfähig ist, verbleibt bis auf Weiteres in der ‚Goldberg'-Psychiatrie!"

Ida schlug die Zeitung zu und warf sie auf den Tisch. „Auf uns!", sie hob triumphierend ihr Glas zum Tost.

„Auf uns!", Sebastian und Hanne stießen mit ihr an.

„Schön haben Sie es hier", wandte sich Hanne an Ida, nippte an ihrem Glas und kuschelte sich tief in den Sessel. Sie ließ ihren Blick durch das Wohnzimmer schweifen, das von warmem Kerzenschein erhellt wurde.

„Du kannst mich ruhig duzen", lachte Ida, „so alt bin ich nicht." Die kleine Frau senkte den Blick. ‚Duzen', dachte sie, ‚ich kann sie kaum ansehen, so verlegen bin ich. Dass dies Micah ist … ich kann es kaum fassen.' Sie schüttelte unmerklich den Kopf, ‚aber ich sehe schließlich auch nicht mehr wie Mihr aus.' Sie sank tiefer in den Sessel und schaute hilfesuchend zu Sebastian, der unauffällig den Kopf schüttelte.

‚Na los, sag es ihr, lüfte die Überraschung, das erleichtert.' Sie verstand ihn sehr gut, seine Bernsteinaugen sprühten vor Vorfreude.

‚Gemach, gemach', bedeutete sie mit einer energischen Handbewegung und wandte sich angespannt ab. ‚Ida kann unmöglich Micah sein', dachte Hanne mit heißem Herzen und wurde rot, ‚sie ist viel zu alt! Wir sind doch zusammen inkarniert, oder?' Sie kratzte sich nachdenklich am Kopf, versuchte vergeblich sich daran zu erinnern, was sie unmittelbar vor der Inkarnation gedacht hatte. ‚Mist, Mist!', schimpfte sich Hanne. Sie wich den Blicken der anderen aus, starrte den Rotwein an, der im Glas bei jeder Bewegung auf- und abschwappte.

Ida hob eine Augenbraue. Verstohlen linste sie zu der kleinen Frau, die angespannt im Sessel saß und mit einer ihr unverständlichen Konzentration in das Glas starrte. Sie war wirklich nett. Ida freute sich, dass Sebastian jemanden gefunden hatte, nachdem er ein Mensch geworden war. Ihr Blick wanderte über seine menschliche Gestalt, sie seufzte leise. ‚Ach, wie war er schön als Engel, ich habe ihn so geliebt‘, dachte sie mit wehmütigem Herzen, ‚aber‘, sie straffte sich, ‚er hat mich rausgeholt. Das war ihm nur als Mensch möglich, sonst hätte es nicht funktioniert. Dieses Mädchen‘, sie runzelte die Stirn, ‚ist mir ein Rätsel. Sie muss wissen, was passiert ist. Sie kennt die ganze Geschichte, das merke ich an ihrem Verhalten. Irgendwas ist mit ihr, ich weiß nur nicht was‘. Ida strich sich nachdenklich durch das rote Haar und rieb sich das Kinn.

„Du-hu, Ida …“, warf Sebastian plötzlich vielsagend ein.

Hanne, gerade noch vollkommen abwesend und in sich versunken, schreckte auf und blickte ihn mit großen, runden Augen an. ‚Du wirst doch nicht …‘, flehten sie. Sebastian nickte. Hanne sank verlegen in sich zusammen. Sie fühlte sich wie ein Schüler vor dem ersten Referat: elend und unbehaglich. Sie war nun doch leicht ärgerlich.

„Was ist?“, fragte Ida gespannt.

„Erinnerst du dich an das Gespräch mit Ooniemme? Er meinte, ich würde jemanden mitbringen, dessen Name mit Em anfängt?“

„Ja, warum?“ Idas Augen glänzten vor Neugierde.

Ja, sie erinnerte sich sehr gut. Auch an ihre Enttäuschung, als sich die kleine Frau an seiner Seite als Hanne vorgestellt hatte.

„Schön“, meinte Sebastian zufrieden. „Erinnerst du dich auch noch an die Szene auf dem Dach? Als ich ausgeflogen bin?“

„Ja.“

„Du fragtest, wer du bist?“

„Du hast es mir nicht sagen können“, antwortete Ida mit heißem Gesicht.

„Richtig. Dann gaben dir Michael und ich einen heißen Tipp, weißt du es noch?“

Hanne glaubte, vor Anspannung zerbersten zu müssen. Sie nahm einen großen Schluck und schaute Ida unruhig an. Diese dachte angestrengt und krampfhaft darüber nach, was dieser „heiße Tipp“ war. Es war schier zum aus der Haut fahren.

Da fiel es ihr ein: „Du sagtest, wenn ich wissen will, wer ich bin, soll ich Mihr fragen.“

„Bingo!“, Sebastian klatschte freudig in die Hände.

„Die Person, deren Namen mit Em anfängt", Ida rieb sich die heißen, schwitzigen Hände. „Ich …", ihr Herz machte einen kleinen Satz und plötzlich war es da: das Bild eines kleinen, rothaarigen Engels mit rötlich getupften Schwingen. Sollte das Mihr sein? Sie sah zur Frau im Sessel gegenüber. Nein, sie sah wirklich nicht wie Mihr aus. Wer war Mihr?

„Du bringst jemanden mit, dessen Namen mit Em anfängt", wiederholte sie krächzend die Aussage, „die einzige Person, die du mitgebracht hast, ist … sie", Ida deutete auf den Sessel, „sie heißt doch … Hanne! Oder?"

„Und du heißt Sebastian, nicht wahr, Oofiel?", gab Hanne, die plötzlich ihre Sprache wiederfand, mit einem Seitenblick auf den jungen Mann zu bedenken.

„Genau!", lachte er und prostete ihr zu. Ida spürte Schweiß unter ihren Achselhöhlen.

„Sag bloß", stammelte sie ungläubig, „sag bloß, *du* bist Mihr!" Hanne konnte nicht mehr an sich halten und prustete los.

„Genaauuuu", grölte sie und klatschte aufgeregt in die Hände, „der Kandidat hat 100 Punkte!"

„Aber …", Ida stammelte, „du hast das Mittel, ich meine dieses Pulver – du hast es gar nicht genommen! Woher hast du diese Informationen?"

„Geht auch ohne!", meinte die kleine Frau keck.

„Und wer bin ich? Bitte, sag es mir", bettelte Ida.

„Dieses Haus hier", Hanne sah sie eindringlich an, „ähnelt in Stil und Bauweise einem anderen. Erinnerst du dich? Wir waren dort!"

„Äh …?" Ida spürte ihr Blut in den Schläfen pulsieren, ihr Herz hämmerte so laut und heftig in der Brust, dass ihr schwindlig wurde. Kleine Lichtpunkte tanzten vor ihrem Auge, als ihr spontan ein Wort aus dem Mund schoss: „Gott! Wir waren bei Gott."

„Jaah, genau", Hanne lachte, „du warst so ergriffen von der Schönheit des Hauses und hast es dir hier nachgebaut!"

Bilder prasselten auf Ida ein. Ihr Gesicht hellte sich auf, als ihr einfiel, dass sie der Engel Micah war. Vor Schreck und Freude entfuhr ihr ein leiser Schrei. Tief gerührt erhob sie sich und torkelte mit wackeligen Beinen auf die kleine Frau zu. „Mihr!", brach es aus ihr heraus, „Mihr, du siehst so anders aus! Du bist … ich glaube es nicht." Überraschung und Freude zeichneten sich auf ihrem Gesicht ab. Hanne stand auf und sie fielen sich in die Arme.

Wie gut das tat. Zwar war Ida ein Mensch, aber sie fühlte sich genau so an, wie Hanne es in Erinnerung hatte, wie ihr Micah.

„Ich habe dich soo vermisst", flüsterte sie leise. Tränen kullerten ihr über die Wangen, „so sehr vermisst. Mir war das überhaupt nicht bewusst. Ich hatte alles vergessen."

„Dass ich dich wiedersehe ...", gluckste Ida, „hier ... Ich kann es kaum fassen." Sie umarmten sich, gaben sich kleine Küsschen und betrachteten sich verlegen. Sebastian hatte die Szene stumm mitverfolgt.

„Oofiel, darf ich vorstellen, das ist Micah", sagte Hanne leise, streckte ihren Arm aus und zog den jungen Mann zu der kleinen Gruppe.

„Hallo Micah", Sebastian streckte ihr die Hand zum Gruß entgegen. Seine Augen hatten einen sonderbaren Glanz angenommen, den Ida nicht deuten konnte. Auch sie fühlte sich merkwürdig: himmelhochjauchzend, doch auch betrübt. Sie sah Sebastian verdattert an. Hatte der junge Mann ihr ihre Partnerin genommen? Ida schüttelte das irritierende Gefühl ab und nahm den jungen Mann ebenfalls herzlich in die Arme. ‚Unsinn‘, entschied sie.

„Weißt du", Hanne gluckste leise und sah zu Ida hoch, „das ist der Oofiel aus der Bücherannahme."

„Bücherannahme?" Die hoch gewachsene rothaarige Frau schaute etwas verwirrt drein.

„Ja, die Bücherannahme in der Bibliothek." Hanne gab Ida einen kleinen Stups. Plötzlich fiel es ihr wie Schuppen von den Augen.

„Deeer? Du bist deeer? Dieser Typ aus der Annahme, von dem Mihr so geschwärmt hat? Hah! Ich fasse es nicht!"

Jetzt konnte sie das Gefühl, welches sie eben übermannt hatte, deuten. Es war – sie erschrak – Eifersucht! Bestürzt blickte sie auf die kleine Frau herab, die sie mit ihren braunen Augen liebevoll ansah und schluckte trocken. Dann ließ sie die beiden los und torkelte ein paar Schritte zurück.

„Das sind menschliche Gefühle", Hanne ahnte ihre Gedanken. „Im Himmel", fügte sie hinzu, „haben Engel mehrere Partner, nur hier..."

„Schweig!" Idas Stimme war nur noch ein leises Krächzen. „Ich muss mich kurz setzen." Sie blickte verloren zu Sebastian. Er nickte.

„Ich", sie spürte, wie ihr schwindlig wurde, „ich habe dich da oben nie angetastet, nie! Aber", sie sah auf und Hanne direkt in die braunen Augen, „ich habe dich geliebt."

„Ich dich auch", antwortete die kleine Frau, „ich habe deine Zurückhaltung jedoch respektiert. Auch Oofiel gegenüber." Sie deutete auf Sebastian.

„Hier auf Erden", nahm der junge Mann den Faden wieder auf, „stiftet eine Dreiecksbeziehung Verwirrung. Menschen haben eben nur einen Partner."

„Ja", antwortete Ida knapp und seufzte, „meine Güte, ich gönne es euch doch." Sie lächelte müde, „da oben hätte ich es euch auch gegönnt."

„Uns gegönnt", verbesserte Hanne, „im Himmel ist es uns dreien zu gönnen, oder?" Sie blickte die große Frau hingebungsvoll an.

„Ja", Idas Gesichtszüge hellten sich etwas auf. „Manchmal", sinnierte sie, „ist es gut, wenn man hier unten einige Dinge nicht weiß. Es wird mir nicht leicht fallen, auf dich zu verzichten, Mihr, nicht hier unten, aber es ist nun einmal so, und ich muss das respektieren." Sie strich sich müde über das Gesicht und lächelte gequält.

„Es ist nicht wirklich ein Verzichten", gab Hanne zu bedenken, „Liebe für einander empfinden können wir auch hier." Sie zwinkerte Ida zu.

Die hoch gewachsene Frau nickte. „Ja, so ist es. Ich werde das schon lernen."

Die beiden gingen zum Sessel und nahmen auf den weichen Lehnen zu Idas Seiten Platz.

„Hör mal", begann Sebastian ernst, „ich weiß, dass dir diese Frage unangenehm ist, aber …", er stockte, „hast du schon Pläne für die ‚Amnistiker'?"

Sie blickte müde auf und schüttelte enttäuscht mit dem Kopf.

„Ich weiß nicht so recht", gab sie wahrheitsgemäß zu und senkte wieder den Blick. „Ich weiß, dass ich sie auflösen möchte, nur wie? Das macht mir zu schaffen."

„Einen konkreten Plan habe ich auch nicht", meinte Sebastian nachdenklich, „aber wir werden es irgendwie schaffen, wenn wir gemeinsam an die Aufgabe gehen."

„Würde ich auch sagen", stimmte Hanne zu, „irgendwie kriegen wir es schon hin."

„Soll das heißen, ihr wollt mir helfen?", fragte Ida vorsichtig.

Die beiden nickten.

„Danke!" Obwohl sie auch jetzt keinerlei Anhaltspunkte hatte, wie die Auflösung dieser großen Gemeinschaft zu bewerkstelligen sei, spürte sie, wie ihr doch leichter ums Herz wurde.

„Puh", seufzte sie, „ich bin von all den Eindrücken total durcheinander", sie fasste sich an den Kopf. Dann begannen ihre Augen zu glänzen. „Erinnert ihr euch noch an den ‚Gras-Engel'?"

Hanne und Sebastian nickten.

„Ich hatte als junges Mädchen einen Traum", fuhr Ida nachdenklich fort, „ich fand ihn später nahezu lächerlich, aber damals wollte ich ein Café oder ein Bistro oder so was eröffnen. Das war noch lange vor den ‚Amnistikern' und der Idee mit der Engelwerdung. Ich werde dieses Projekt im Hinterkopf behalten, für die Zeit nach der Auflösung der ‚Amnistiker'. Wie findet ihr das?"

Ida blickte unsicher auf ihre Zuhörer.

„Aber klar", antwortete Hanne, „das ist eine gute Idee, ein Pendant zu unserer Energiehütte da oben. So etwas wie …", sie hielt kurz inne und rieb sich nachdenklich das Kinn, „ein Treffpunkt für spirituelle Menschen, die Ähnliches durchgemacht haben wie wir, oder Sebastian?" Der junge Mann nickte.

„Ja", meinte er sachlich, „das wäre gut, schließlich gibt es mehrere Menschen, die sich an ihre Engelidentität erinnern und den Umgang damit lernen müssen. Wenn wir – ich spinne jetzt ein wenig – wenn wir ein Café oder Bistro in mehreren Städten eröffnen, könnten wir vielen Leuten helfen, die auf der Suche nach sich selbst sind. Wir können sie aufklären und sie können von uns lernen. Wenn sie Fragen haben, wissen wollen, was ist, wenn man plötzlich energetische Flügel besitzt oder sich für einen Engel hält?"

„O ja", stimmte Hanne zu, „wenn ich daran denke, wie viel Verwirrung mir das erspart hätte, und dir Ida …", sie sah die hoch gewachsene Frau aufmerksam an.

„Reden wir nicht mehr darüber, ich glaube sowieso, dass ich mich erstmal gründlich irren musste, bevor ich diesem Vorschlag Gehör geschenkt hätte – und, so war es ja auch!"

„Wie wollen wir *unseren* ‚Gras-Engel' nennen?", fragte Sebastian. Nach einer längeren Pause nachdenklichen Schweigens sprang Hanne plötzlich auf.

„Ich hab's! Wir nennen unser Bistro ‚Zur Himmelspforte'!"